대
몽

대몽

초판1쇄 발행 2022년 1월 5일
초판2쇄 발행 2022년 9월 20일

지은이 김은수
교정교열 정난진
펴낸이 이찬규
펴낸곳 북코리아
등록번호 제03-01240호
전화 02-704-7840
팩스 02-704-7848
이메일 ibookorea@naver.com
홈페이지 www.북코리아.kr
주소 13209 경기도 성남시 중원구 사기막골로 45번길 14
우림2차 A동 1007호
ISBN 978-89-6324-823-3 (03810)

값 17,000원

대조영이 깨어나 세계를 품는 꿈을 이룬,
실화적 요소를 바탕으로 한 장편소설!

대몽

김은수 지음

북코리아

들어가는 말

필자는 문단에 등단한 전문 소설가는 아니다. 오랜 기간 함정을 타고 국내외를 누비고 다닌 퇴역 군인이다. 대조영 함장으로 재직 시 국외 활동에서 겪은 바를 소설형식으로 적었다. 즉, 이 글은 해군 함정의 생활상과 대조영이 건국한 발해 등의 고대사를 군사보안에 저촉됨이 없이 쉽게 설명하기 위해 쓴 소설이다.

해군에 관심이 있는 분이나, 해군에 근무하기를 원하는 젊은이, 특히 발해 등의 우리나라 고대사에 대한 정확한 개념을 얻고자 하는 사람들이 꼭 읽어볼 만한 책이다. 필자는 과거 현역 시절 육군이나 공군 장병들로부터 해군은 바다에서 물고기를 잡고 두둥실 항해를 즐기는 사람으로 오해를 받은 적이 있다. 나 또한 육군은 철책선 안에서 멧돼지나 노루, 산토끼를 사냥해서 좋겠다고 생각했다. 또 공군은 한 두어 시간 하늘을 맘껏 날고 내려와 골프 운동을 할 수 있어 참 좋겠다고 생각했다. 이는 실상을 모르고 막연히 상상만 했기 때문이다.

이 글은 해군 함정이 바다에 나가 어떤 일을 하는지 실 생활상을 소개한다. 1부는 대조영 함장 기간 국외로 나가 수행한 청해부대의 활약상을 그렸고, 2부는 해사 생도 68기 생들이 수행한 순항 훈련 실상을 담았다. 뿐만 아니라 대조영이 건국한 발해와 우리나라 고대사에 대한 토론 내용을 적었다. 1부에는 발해의 남북국 시대 등장과 정통성, 2부는 우리나라 고대사를 주장하는 두 부류 학자들의 견해를 쉽게 설명했다.

특히, 고대사는 왜 우리 강토와 맞닿아 있는 북쪽의 발해 땅과 사람들이 지금의 중국으로 넘어갔는지 그 이유를 설명했다. 광활한 지금의 만주 땅이 중국화됐을 때 왜 우리 한반도는 쏙 빠졌는지도 알 수 있다. 우리나라에 활약 중인 민족사학자와 실증사학자들의 주장 위주로 담았다. 한국 사람이라면 반드시 이상하게 생각될 우리나라의 고대사를 아주 객관적으로 설명했고, 향후 우리의 나아갈 역사적 식견도 제시했다.

한반도 북쪽 우리의 고토를 당장 회복할 수는 없다. 그러나 한국의 위대하고 찬란한 문화만이라도 고토에 깊이 심어 고대사를 실현해 나가는 현실적 방안을 마련해야 함을 피력했다. 끝으로, 발해와 고대사에 관심 있는 분은 이 글을 읽고 같은 동지의식을 가지길 기대하며 이 소설을 쓴다.

2022년 1월

김은수

목차

아덴만의 평화를 위해
13

대조영, 지구를 돌아 온 세계에 발해를 심다
249

"전대장님. 속보입니다, 속보!"

"무슨 일이야? 또 어느 배에서 사고 쳤어?"

"그게 아니고요. 헥헥…."

"무슨 일인데 그리 숨이 차?"

"청해부대입니다, 청해부대."

"아니, 청해부대에서 또 무슨 일 났어?"

부전대장이 육중한 몸을 이끌고 내 방문을 열고 들어왔다. 아직 겨울 추위가 다 가시기 전인데, 몸이 무거워서인지 얼굴이 상기된 상태다. 이마에 땀까지 좀 배여 있는 것으로 보아 뭔가 큰일이 생긴 거라 직감했다.

"전대장님. 지난번에 청해부대장이 공금 횡령으로 보직 해임되고 구속된 거 있잖습니까?"

"응. 왜?"

"그게 지금 말입니다. 그 부대만 그런 게 아닌가 봅니다. 청해부대 갔다 온 모든 부대를 죄다 다시 수사한다고 합니다."

"작년에 끝난 거 아냐? 다른 부대도 비리가 있었다는 거야?"

"그게 아니고요. 이게 부식비를 다른 용도로 사용한 문제라 다른 부대에서도 동일 사례가 있는지 전수조사 차원이랍니다."

"그래?"

"제 동기생이 본부 헌병감실에 근무하는데, 청해부대 예산 운용 실태에 대해 대대적인 수사를 진행한답니다."

"도대체 뭘 수사한다는 말이냐? 벌써 몇 년이 지난 일인데. 내 기억으론 기항지마다 예산 집행 후에 결과 보고를 본부에 다 해줬는데…. 좀 더 알아봐."

"본부 헌병감실에선 자료만 제공하고 실제 수사는 국방부에 있는 군 검찰에서 직접 해서 그 친구도 잘 모른답니다."

청해부대는 많은 돈을 달러로 바꿔 가져 나간다. 현금을 주고 처리해야 할 일들이 많아서다. 청해부대뿐만 아니라 외국에 나가는 함정들은 대부분이 그렇게 한다. 특히 청해부대는 장기간 파병을 나가는데 유류를 공급해줄 군수지원함이 따라가지 않아 더 많은 현금을 들고 나간다.

"하, 참! 나도 9진 부대장으로 갔다 왔는데…."

"그래서 제가 걱정돼서 달려왔습니다. 동기생 전화 받고 말입니다."

"그래, 난 현금 1원 한 푼도 규정에 어긋나게 집행해본 적 없어. 2011년도 말에는 파병을 갔지만, 2013년에는 68기 순항훈련도 갔다 왔어. 그렇지만 한 번도 예산 문제는 없었는데, 대체 뭔 소리야?"

"그러니까 말입니다. 해군이 무슨 비리 집단도 아니고 말입니다."

사실 몇 해 전부터 진행된 방산비리 수사로 동료 여럿이 구속되었다. 몇 년 전에는 해군이 방산비리의 주범처럼 인식되었다. 작년에는 이런 분위기를 일소하기 위해 참모총장이 직접 나서서 바닥에 떨어진 명예를 다시 세운다는 명분으로 '명예해군'을 부르짖고 있다. 우리 전단 입구에도 '명예해군' 행동강령 현수막이 걸려 있다.

"큰일이긴 하네. 방산비리에 이어서 청해부대에서도 이러니 말이야."

"혹시 전대장님께는 연락 온 거 없습니까? 지금 전 함정을 다 수사한다는데…."

부전대장은 마치 내가 수사 대상인양 미리 확정 짓고 물어보는 것 같았다. 지레짐작하고 물어보는 부전대장의 속내를 굳이 바꾸고 싶지 않았지만, 군인의 본분은 지키고 싶었다.

"난 아무 연락 받은 거 없어. 그리고 좀 전에 얘기했다시피 우리 9진은 정말 말 안 통하는 오만에서 힘들게 예산 집행했다고."

"네, 그러시겠죠. 전대장님은 그럴 분이 아니시지요. 아니고 말고요."

2년 후배인 부전대장은 대령 진급이 누락돼 내 밑으로 온 장교다. 나와는 중령 때 합참대학교를 같이 다닌 아주 친한 후배다. 사실 합참대학교 동기생이다. 위해주는 척하지만, 확신에 차서 물어보는 게 틀림없어 보였다.

"나도 몇 년 전 일이라 다 생각나진 않지만, 우리 진은 예산만큼은 아주 깐깐하게 집행했어. 아무 문제 없을 거야."

"그래야죠. 전대장님. 전 믿습니다. 전대장님."

"계속 이런 일이 터지니 국민은 해군을 아주 큰 비리 집단으로 볼 거 아니야. 도대체 뭐가 문제인지 나도 궁금하다. 좀 알고 싶다고."

"조만간 추가 수사를 한다니 모든 게 밝혀지겠지요. 전 전대장님만 괜찮으시면 됩니다."

평소 내게 아부성 발언을 하지 않던 부전대장이 이런 말을 하니 더욱 부아가 치밀었다. 나도 당시로 되돌아가 다시 한번 그 상황을 되짚어보고 싶었다.

2011년 말, 갑자기 대조영함 함장으로 보직을 받고 바로 청해부대 9진으로 출항했다.

아덴만의 평화를 위해

"쿠궁!"

엄청난 굉음이었다.

올 것이 왔다고 생각했다. 그것도 너무 빨리….

식사 시간이라 숟가락을 든 채 서로 얼굴을 쳐다볼 뿐이다. 순간 직감적으로 올 것이 왔다고 생각했다.

자리를 박차고 문을 나섰다. 수직 계단을 막 올라가는 중에 방송이 나왔다.

"실전! 총원 전투배치!"

짐작한 그대로였다. 불과 10m 정도 거리에 있는 전투정보실까지 이동하는 데 1시간이나 걸리는 것처럼 느껴졌다. 출항할 때 이미 많은 가능성을 염두에 뒀기 때문이다.

"무슨 상황이야?"

"네, 함장님. 방금 우리 함정을 4천 야드가량 접근하면서 고속으로 지나가는 소형 쾌속선 4척이 나타났습니다."

쾌속선들이 큰 군함에 아주 가까이 접근해서 뱅글뱅글 돌면서 공격한다면 무장이 크고 많은 군함일지라도 타격을 받을 수 있다. 마치 덩치가 큰 사람이라도 아주 작은 벌떼의 공격에 속수무책이듯.

"그래? 그럼 조금 전 '쿵' 하는 굉음은 뭔가?"

사실 이 굉음 때문에 급하게 올라왔다. 사관실에서 식사 중이던 참모장을 비롯한 참모들이 상기된 얼굴로 나를 쳐다본 것도 이 때문이다.

"함장님. 좀 확인해보겠습니다."

전투체계관 윤 소령은 아라비아 연안으로 접어든 우리 함정의 안전한 방호를 위해 식사도 뒤로하고 상황실을 지키고 있었다.

"음… 호르무즈해협에 접어들었는데도 해적선들이 날뛴단 말인가?"

난 혼잣말처럼 중얼거렸다. 윤 소령은 내 중얼거리는 소리에 기다렸다는 듯 조건반사적으로 대답했다.

"분석을 좀 해봐야겠지만, 해적선은 아닌 듯합니다. 이곳 호르무즈해협 입구 우측은 이란, 좌측은 우리가 귀항할 아랍에미리트입니다. 쾌속선들이 이란 쪽으로 향하는 걸 봤을 때 아마 이란혁명수비대 소속 순찰선인 거 같습니다."

"그래? 그럼 조금 더 지켜보고 나서 별다른 상황이 없으면 전투배치는 해제하고, 경계는 계속해서 강화된 상태에서 항해하도록 해."

일단 군사적 상황은 아닌 것으로 판단했다. 전투정보실을 빠져나와 함정 외부를 모두 볼 수 있는 배의 상층부에 있는 함교로 향했다. 함교에는 작전관인 차 소령이 배를 운항하고 있었다. 상선을 비롯한 거의 모든 배는 외부를 훤히 볼 수 있는 배의 상층부에 함교를 설치한다. 이곳에서 항해사들이 배를 운항한다. 즉, 자동차로 치자면 운전석이다. 그러나 군함은 조금 다르다. 특히나 구축함인 경우는 함교에서 배를 운항하지만, 아래쪽에 있는 전투정보실로부터 작전적 권고 사항을 받아서 운항한다. 한마디로 전투정보실에서 권고하는 대로 운항한다고 보면 된다.

"작전관. 지금 상황은 이란혁명수비대 소속으로 추정되는 쾌속선들이 지나가는 상황이라고 한다. 그런데 쿵 하는 굉음은 무엇이었나?"

"네, 함장님. 조금 전 그 소리는 함교와 전투정보실 간 전령 임무를 수행하던 수병 한 명이 급히 함교로 올라오다가 계단에서 미끄러져 넘어진 소리입니다."

"뭐? 수병 상태는 어떤가?"

"넘어져 타박상은 있으나 건강상 다른 문제는 없는 듯합니다."

"함정에서 뛰어다니지 말라 했는데, 왜 뛰어가다 넘어진 거야?"

"네. 그 수병은 함교 조타병인데, 전투정보실에서 획득한 정보를 함교 해도에 표기하기 위해 잠시 내려갔다가 급히 올라오다 미끄러졌습니다. 쾌속선 상황을 먼저 인지하고 급히 함교로 복귀하다가 생긴 사고입니다."

"그래? 대단하군. 수병이지만 전투준비태세는 아주 양호한 친구네. 그 수병에게 수시 표창을 줄 수 있도록 부장에게 알려줘."

참으로 대단한 수병이다. 우리 함정의 전투대비태세를 한눈에 알 수 있는 상황이다. 함정에는 수병이 여럿 있는데, 해군의 장비와 무기체계를 다뤄야 하는 특성상 수병들에게도 특기를 부여하고 있다. 이를테면 조타 수병은 배를 항해하는 데 필요한 조타 업무를 수행하는 직별의 특기를 가진다. 갑판 수병은 갑판 업무를 수행하는 직별이고, 조리 수병은 함정에 필요한 식사를 준비하고 만들어 보급하는 직별이다.

"네. 아부다비항에 입항할 때까지 당직에 빈틈이 없도록 하겠습니다. 필승!"

"그래, 여긴 호르무즈해협이다. 이란혁명수비대 함정이 우릴 감시하고 있다. 전파방사통제 철저히 하고, 함교에서 견시 임무도 철저히 하도록."

호르무즈해협을 타고 들어가면 끝단 쪽에 미 5함대 사령부가 있다. 바레인이다. 최근까지만 해도 미국과 껄끄러운 관계에 있던 이란이 미국 함정의 이동을 봉쇄하겠다고 한 곳이다. 아덴만에서 많은 함정이 호송하고 있다 보니 해적은 이곳 호르무즈해협까지 와서 활동한다고 한다. 함교 당직사관인 작전관에게 임무를 부여하고 다시 사관실로 내려왔다.

★ ★ ★

대조영함이 부산항을 출항한 것은 2011년 12월 16일이었다. 그해 1월 말 목포에 있는 3함대 사령부의 작전참모로 부임했다. 채 10개월이 안 된 11월 초순에 대조영함 함장으로 다시 보직이 변경됐다. 장교의 보직 기간이 10개월 미만인 경우는 극히 드물다. 아주 특별한 경우가 아니고는 말이다. 뒤늦게 해군본부 인사참모부 실무자에게 전해 들은 얘기다. 물론 그도 정보작전참모부에서 적합한 인물을 물색해 달라는 요청을 받고서 선발되었다고 한다.

나를 함장으로 특별히 선정했다고 했다. 사유는 1년 전 아덴만에서 '아덴만 여명작전'이라는 유명한 군사작전을 수행한 최영함이 부산항을 출항한 시기와 같기 때문이라 했다. 무슨 말인지 몰라 좀 더 자세히 물어봤다. 아덴만의 바다가 연중 가장 잔잔해서 해적들이 침투하기 아주 좋은 시기가 이때라고 한다. 해적이 활동하기 좋은 적기가 바로 이때다. 그렇기에 12월 중순에 출발하면 2012년 1월 중순경 아덴만에 도착해서 전년도 최영함이 수행했던 것과 똑같이 작전을 수행할 수 있다. 최영함의 '아덴만 여명작전'은 2011년 1월에 전개되어 우리나라 상선인 삼호주얼리호에서 해적에게 납치된 선원 모두를 구해낸 작전이다. 정부수립 이후 대외적으로 성공한 완벽한 작전으로 평가된다.

1년 전 최영함이 '청해부대 6진'으로 갔다 왔고, 9진인 대조영함이 다시 다음 해 12월에 출항하게 되었다. 대조영함이 가는 기간은 전년도 최영함이 활동한 기간과 같아 매우 조심해야 했다. 아덴만의 해상은 1년 내내 잔잔하지 않다.. 연초부터 5월까지는 아주 잔잔하나 6월 이후부터는 파고가 높아진다. 바다가 잔잔하면 해적이 활동하기 쉽고, 파도가 높으면 활동하기 힘들다. 작은 보트로 큰 상선에 올라타기가 힘들어서다.

예년과 달리 대조영함이 아덴만에 도착하는 2012년 초순에는 더욱 조심해야 했다. 왜냐하면 전년도에 아덴만 여명작전에서 해적들 가운데 많은 사상자가 났고, 특히 그중 생존 해적이 한국에서 재판을 받는 상황이라 더욱 그랬다. 해적이 우리 선박을 다시 납치한다면 국내에서 재판받고 있는 자신의 동료들을 쉽게 구해낼 수 있다고 오판할 수 있다. 납치한 우리 선원과 그들의 동료를 서로 교환하자고 할 수 있어서다. 이런 상황을 고려하여 대조영 함장은 ‘아덴만 여명작전’에 버금가는 작전을 수행할 능력의 소유자가 필요했다고 한다. 그리고 그게 나라고 했다.

엄청 부담되는 얘기였다. 3함대 사령부 작전참모로 부임하기 전인 2009년부터 2011년 1월까지 합동참모부 작전본부에 근무하면서 많은 경험을 했다. 그때 벌어진 군사적 사건만 해도 21세기 들어 최대였다. 2009년 남북 해군 함정 간의 교전인 ‘대청해전’, 2010년 북한의 ‘천안함 폭침사건’, 또 연말 북한의 ‘연평도 포격 도발’ 등. 여러 건의 국난이 발생했을 때 합참 작전담당자로 근무하면서 연합 및 합동작전 수행 경험이 대조영 함장으로 낙점되는 결정적 요소가 되었다고 한다.

이후 출항하는 과정에서도 지휘부로부터 많은 지도와 훈련을 받은 부분이 이 분야였다. 그래서 출항 당시부터 단단히 준비했다. 먼저 최영함을 찾아가서 작전 수행 중에 경험한 노하우를 전수 받았다. 해적의 특성 및 취약점, 예방법, 예방 실패 시 퇴치 방법, 사전 준비사항 등. 무엇보다 예방법에 주의를 기울였다. 예방만 잘된다면 우리 선박이 해적에게 일방적으로 탈취당해서 납치될 일이 없다는 걸 알았다. 아무리 잔잔한 바다라지만 바다는 늘 위험하다. 사람이 항해 중인 선박에 사다리를 설치해서 올라타기란 쉽지 않다. 특히나 아덴만을 이동하는 우리나라 상선은 작은 배가 아니다. 유럽으로 수출하기 위해 다니는 대형 선박들이다. 조금만 방비한다면 충분히 이겨낼 수 있다.

그러나 예산상의 이유로 상선에 편승한 선원이 많지 않고, 만

이 위원장이 되었다. 참모장 신 중령은 사관학교 2년 후배다. 참모장 겸 작전참모를 겸하고 있다. 함정에서는 인사참모를 겸임 중인 부장과 군수참모를 겸임 중인 기관장을 포함했다. 나머지 위원들은 청해부대를 위해 특별히 편승한 특별참모 위주로 선정했다. 이러한 절차를 통해 선정된 업체 대표가 박 사장이었다.

사실 이 업체가 선정된 데는 에피소드가 있다. 입항하기 며칠 전에 위성 전화로 무관과 통화했다. 당시 무관은 전역을 앞둔 공군 대령이었다. 군수참모인 기관장이 무관에게 에이전트 선정 위원회를 열어야 하니 두세 개의 업체를 추천해 달라고 했다. 그런데 무관은 UAE에는 한국계 업체가 하나밖에 없다고 했다. 난 업체 선정은 반드시 복수로 추천받아서 선정 위원회를 통해 하나를 정하라고 지시했다. 그렇게 전하자 공군 무관은 화를 냈다고 한다. 앞서간 다른 부대들은 이 업체로부터 잘 지원받고 갔는데, 이 부대는 함장이 왜 그리 깐깐하냐는 것이었다. 결국 무관은 현지인 에이전트를 하나 추가로 추천해줬다. 둘 중 하나를 선택하는데, 최종 선정된 업체가 박 사장 업체다.

"함장님. 에이전트 박 사장입니다."

"안녕하세요. 한국분이시네요?"

"아! 네. 한국에서 와서 장사하고 있는 박상수라고 합니다."

"여기서도 장사하시는 분이 다 있고…. 암튼 우리 부대 군수품은 모두 1등급 물품으로 조달해주세요."

"당연하지요. 계시는 동안 불편함이 없도록 하겠습니다."

"다른 건 몰라도 여기 우리 군함이 입항한 곳이 나름 이 나라 보안 구역이라고 하네요. 이따 우리 대원들 외출 나가고 들어올 때

귀가 시간 늦지 않게 들어올 수 있도록 출입 조치 잘해주세요.”

“아, 그건 아무 걱정하지 마십시오. 여긴 제가 꽉 잡고 있는, 제 나와바리입니다.”

“그래요? 그리고 출항하면 먹어야 할 부식들도 싱싱하고 맛있는 물품들로 잘 조달해주세요.”

“제가 여기서 수년째 장사를 하고 있습니다. 이 나라에는 나는 게 별로 없어서 주로 유럽에서 사오는데, 특A급 물품만 들여옵니다. 걱정하지 마십시오.”

난 당장 UAE 해군본부 참모차장을 방문하게 돼 있었다. 짧은 시간이지만 에이전트에게 당부할 사항은 핵심 위주로 얘기하고 나왔다.

UAE 해군본부 참모차장은 왕족으로 실권을 쥔 사람이라고 했다. 그는 기항하는 기간 중 애로사항이 있으면 언제든 말하라고 했다. 그리고 출항할 때 자국 위관장교 2명을 배에 편승하게 해달라고 부탁했다. 이는 한국에서 출항하기 전에 두 국가가 결정한 사항이다. 당시 한국은 UAE에 원전을 수출하는 과정에서 군사외교 차원으로 여러 행사를 해왔다. 그중 하나가 청해부대가 아덴만으로 갈 때 UAE에 들러서 군수적재를 하고 가는 것이다. 그리고 두 번째가 이곳 장교를 우리 함정에 편승하여 한국해군의 실상을 익히게 하는 것이다. 현지에서 임무를 수행하는 배와의 임무 교대는 아덴만 인근 오만이라는 나라에서 한다. 굳이 호르무즈해협을 통해 이곳 UAE까지 오지 않아도 되었지만, 이런 군사외교 차원에서 오게 되었다.

여긴 우리 청해부대 외에도 이미 육군과 해군의 특수부대로 조합된 아크부대가 와 있다. 이 부대는 한국 육군 중령을 부대장으로 한다. 그리고 그 안에 한국해군 UDT 팀도 편성해 있다. 이들은 특수전에 대한 능력을 배양시키기 위한 교육훈련을 수행 중이다. UAE 해군본부 참모차장은 한국군을 대표하는 나에게 감사를 표했다. 그리고 다시 한번 위관장교 2명을 함정에 편승해서 잘 교육해 달라고 신신당부했다.

이 나라가 우리나라 원전을 수주하면서 우리와 군사외교를 강하게 하려는 것은 나름의 이유가 있다. 그들은 우측 바다 건너에 적대국이 존재한다. 앞서 얘기한 바와 같이 바로 이란이다. 미국에 우호적인 자기네들과 달리 이란은 미국과 대적 관계에 있다. 그리고 늘 호르무즈해협을 위협해왔다. 우리나라와 일본과의 관계 이상으로 늘 이란을 위협국으로 인식하고 있다.

공식적인 방문 행사를 끝낸 나와 참모진은 인근 시내를 돌아봤다. 내 평생 처음 방문하는 낯선 이국땅이었다. 에이전트를 통해 대여한 현지 승합차를 이용했고 운전사도 현지인이었다. 승합차 앞쪽에는 영어로 '한국해군 지휘부'라는 팻말을 작게 만들어 걸고 다녔다. 그렇게 하라고 무관이 알려줘서다.

"참모장. 오늘 대원들 상륙 시간은 몇 시인가?"

"네. 저녁 9시입니다."

"오전에 입항해서 홋줄 정리하고 나면 오후나 돼야 나갈 수 있을 텐데, 어디 한 군데라도 돌아보겠나?"

"그래서 2개 조로 구분해서 오늘 상륙조는 모래 출항 당일 오전에 잠시 한 번 더 나갔다 오게 할 예정입니다."

정박 기간이 2박 3일이니까 첫날 상륙자는 입항 당일 오후에 나가고, 출항 당일 오전에도 나가게 하겠단다. 둘째 날 나가는 다른 조는 오전 오후 하루 종일 나갈 수 있어서 형평성을 고려한 조치다.

“대 해적작전 수행차 외지에 나와서 관광이나 하고 다녀선 안 되겠지만, 일할 때 일하고 놀 때 노는 걸 원한다.”

“나올 때 9시까지만 상륙하는 걸로 사전에 보고드렸습니다.”

“보아하니 여긴 치안상태가 양호하고 미국과 우리나라의 우방국이나 다름없다. 오늘 상륙 시간은 밤 10시까지 해라.”

출항 전에 국내에서 많은 계획을 수립해서 나온다. 그러나 현지에서 확인해보면 출항 전 정보와 다른 것이 많다. 특히 현지 대사관이나 무관단을 통해 듣는 정보는 살아있는 정보다. 비록 이 나라가 이란과 적대관계에 있다 해도 이란에서 테러행위를 한다는 첩보가 없었다. 그리고 우리 부대인 대조영함은 남아 있는 절반의 대원들로 자체 방호태세를 유지하고 있다. 그래서 계획된 상륙 시간에 대해 좀 더 융통성 있게 부대를 지휘할 필요를 느꼈다. 군인은 늘 돼지에 비유한다. 잔칫날 제대로 잡아먹기 위해 평소에 통통하게 살을 찌워놔야 한다. 군인도 평소에 사기충천하게 관리해놔야 실전에서 살신성인하는 법이다. 물론 대비태세나 정신자세는 평소에 확립돼 있어야 한다. 한국에서 출항하기 전부터 대비태세를 직접 유지해온 나로서는 자신 있었다.

전적지라 해봐야 별곳이 없었다. 바닷가에 있는 옛 전투지역 몇 군데를 돌아보고 인근에 있는 한국 식당에서 식사했다. 식사를 마친 우리 일행은 8시 반경에 복귀했다. 대조영함이 정박해 있는 곳은 군항이 아니다. 이 나라는 별도의 군항이 없다. 상선들이 계

야식 먹을 시간이 가까워오고 있었다. 5시에 저녁을 먹기 시작했는데, 저녁 먹고 3시간 넘게 대화했다. 곧 야식을 차릴 사관실 조리병들을 위해 자리를 떠야 했다. 내일 아침이면 오만 아리부항에 도착한다. 전투정보실에 들러 내일 입항지에 대해 다시 한번 확인하고 침실로 향했다. 침실에 들어서니 군수참모를 겸하고 있는 기관장 김 중령이 문 앞에서 기다리고 있었다. 이번 입항에 필요한 군수적재품목과 내일 입항하면 문무대왕함으로부터 인계받을 목록을 보고하기 위해서였다.

"이곳 아리부항에서 편의를 제공하는 에이전트는 그동안 앞서 다녀간 함정들이 이용해오던 현지 업체란 말이지?"

"넵. 오만에서 제일 큰 대기업이고, 인도계 회장이 운영하는 업체입니다."

"그래 알았고, 문무대왕함으로부터 인수할 물품들은 이미 다 검토했으니 변동사항 없으면 그대로 집행해."

"네, 알겠습니다. 함장님."

한국과 문화나 관습이 완전히 다른 아랍국가에서 생활해야 하는 현실이 무척 부담으로 다가왔다. 국내에서 앞서 다녀간 함정의 함장으로부터 들은 바로는 음식 재료 구하기가 쉽지 않다고 했다. 식재료를 주로 유럽에서 조달해오지만, 아랍인의 구미에 맞는 재료 위주란다. 유럽인이 주로 먹는 재료가 아닌 아랍인이 먹는 음식 재료라는 것이다. 방랑객이 쉰 음식은 안 되지만, 식은 음식을 먹는 건 당연하다고 생각했다. 스님이 절에 맞춰 살 수밖에 없는 노릇이다. UAE에서 에이전트로 인해 겪은 생고생이 다시금 생각나서 또다시 화가 치미는 것을 참았다.

★ ★ ★

아리부항은 비교적 수로가 길지 않았다. 깊지 않은 만곡부에 방파제를 쌓아 만든 부두였다. 바람이 많지 않은 지형적 특성이 고려된 항구다. 도선사의 도움을 받아 대조영함은 무사히 상선 부두 1번 석에 입항했다. 이 부두는 원래 전용 상선 부두다. 부두 사용료도 다른 부두보다 비싸다. 하지만 특별히 이 부두로 들어왔다. 내일 방문할 국내 VIP 행사를 위해서다.

UAE를 방문한 국무총리님과 청와대 안보보좌관이 청해부대를 격려하기 위해 방문한다. 우리 대조영함이 부두 안쪽에 계류하고 그 옆에는 우리와 교대할 문무대왕함이 나란히 계류했다. 문무대왕함은 5개월 전에 와서 임무를 종료하고 우리와 교대하여 국내로 복귀한다. 원래 함정이 외국 항에 입항하면 대사관이 주축이 되어 현지 한인을 대동하고 와서 입항 환영식을 해준다. 하지만 여기선 그런 게 없었다. 오만의 아리부항엔 우리 교포가 한 명도 없다. 오만의 수도인 무스카트에는 교민이 조금 있다고 한다.

그래도 태극기를 들고 있는 몇 명이 눈에 들어왔다. 대사관 직원 몇 명과 육군 복장의 군인 몇 명이 부둣가에 보였다. 입항하고 난 다음 현문이 설치되는 함미 갑판으로 내려갔다. 아직 현문을 설치하고 있었다.

"천천히 내려. 발판 위로."

"영차! 영차!"

갑판장의 지시에 따라 현문 사다리를 부두에 내리고 있었다. 부둣가에 서 있는 사람들의 얼굴이 눈에 들어왔다. 양복 상단에 대한민국 배지를 부착한 이들은 대사관 직원들이었다. 대사님을 안내해오는 사람은 얼핏 봐도 무관으로 보였다. 어깨에 금색 줄을 감고 정복을 입고 있어서다. 오만에는 전용 무관이 배치되어 있지 않았다. 지금 온 무관인 육군 대령은 사우디아라비아 무관이 겸임하고 있다. 청해부대 교대와 내일 있을 행사를 위해 특별히 참석한 거라고 했다. 그리고 얼룩무늬 군복에 베레모를 쓴 사람들의 어깨에는 '아크부대'라고 적혀 있었다.

현문이 설치되고 나자 오만 대사님과 무관, 아크부대장이 배로 올라왔다. 사관실로 이들을 모셨다. 사관실에서 간단하게 티타임을 하고 쉬다가 오찬까지 할 요량이었다. 애초에 대조영함은 순항훈련과 달리 대 해적작전을 위해 투입되다 보니 의전행사나 군사외교를 할 물품들을 준비해오지 않았다. 오찬이라고 해봐야 그냥 우리 승조원과 같이 식사하는 수준이다. 작전에만 전념해야 해서 따로 행사 용품을 준비하지 않았다. '아덴만 여명작전' 1주기 도래에 따른 해적의 보복 위협 등에 대비해야 했기 때문이다.

대사님은 작년 '아덴만 여명작전'에도 참여해서 대 해적작전에 대해 박식했다. 특히 삼호주얼리호의 석해균 선장이 총상을 입고 사경을 헤맬 때 자신이 많이 도왔다고 했다. 자부심에 가득 찬 목소리로 무용담을 얘기했다. 자신의 주선으로 아리부항에서 제일 큰 병원으로 이송하여 석 선장을 구조했던 일을 자신의 큰 성과라고 했다.

대사님과 간단한 오찬을 마치고 다시 일행을 배웅하기 위해 비행갑판으로 나왔다. 현문에서 작별 인사를 했다. 대사님은 오늘 하루 민간 호텔에서 자고 내일 행사 후 대사관저가 있는 무스카트로 돌아간다고 했다. 그래서 오늘 저녁은 아리부항에서 제일 큰 크라운호텔에서 저녁을 사겠다고 했다. 손님들을 배웅하고 다시 사관실로 향했다. 내일 있을 VIP 방문 행사 준비사항을 점검해야 했다. 그때 누군가 반갑게 인사를 해왔다.

"함장님. 안녕하십니까? 입항은 잘하셨습니까?"

"아, 예. 누구시더라?"

순간 깜짝 놀랐다. 다시는 기억하고 싶지 않은 얼굴이었다. 혹시 내가 사람을 잘못 봤나 싶었다. 내 생각을 미리 알고 있었는지 그는 정중하게 자신을 다시 소개했다.

"네, 함장님. 박 사장입니다. UAE 에이전트."

"아니, 박 사장이 여긴 어떻게?"

말문이 막혔다. 이 사람이 여기 올 일은 없지 않은가! 설령 개인적인 일로 오만의 아리부항에 왔다고 해도 우리 배를 다시 찾아올 일은 없었다.

"아, 저희가 사실은 이곳 오만에서도 사업을 하려고 추진 중입니다."

"그래요? 그런데 여긴 어쩐 일로…."

"사업을 확장하려다 보니, 여기 아리부항에 우리 군함이 입항해서 군적을 한다기에…."

아덴만에 파병 나온 청해부대 구축함은 인근 국가에서 군수적재를 한다. 군수적재를 줄여서 '군적'이라고도 부른다. 수주에 한 번꼴로 입항해서 군적을 한다. 군적을 하면 우선, 부두를 사용해야 하고 부두 사용료를 지불해야 한다. 부두를 사용하기 위해서는 입항과 출항 시에 도선사와 보조 선박인 터그보트를 사용해야 하는데, 이것도 돈이 많이 들어간다. 그리고 다음 출항 시에 싣고 갈 군수품을 사서 적재한다. 거기에는 유류비가 가장 많은 비용을 차지한다. 그다음으로 승조원들이 먹게 될 식재료 구입비용이다. 물론 주식인 쌀은 국내에서 충분히 싣고 나온다. 장기 보관이 어려운 고기, 채소, 과일, 음료 등은 모두 현지에서 구매한다. 이뿐만이 아니다. 기항 동안에 사용할 각종 운송용 차량도 렌트해서 사용한다. 이것은 모든 나라가 똑같다. 입항하는 군함을 포함한 상선에도 똑같이 적용된다. 국제규약이기 때문이다. 이 모든 물품 대금은 미화로 지불한다. 미화는 함장실 옆방인 보급관 침실에 있는 금고에 현금으로 보관했다. 내가 싣고 온 현금은 우리 돈으로 약 43억 원이었다.

박 사장은 대조영함에 현금이 40억 원 넘게 실려 있음을 알고 여기까지 좇아온 모양이다. 등골이 오싹했다. 3일 전에 UAE에서 생긴 부두 출입 문제가 생각나자 나도 모르게 큰 소리가 나왔다.

"여기 들어오는 우리나라 상선이 있을지 모르겠는데, 우리 대조영함은 현지 에이전트가 선정돼서 이미 거래하고 있어요."

"함장님. 잘 알고 있습니다. 기관장하고 통화했어요."

"아니, 이해가 잘 안 되네요. 일하는 곳이 UAE인데, 1,500km나 더 떨어진 여기 와서 어떻게 장사를 하려는지?"

"비행기 타고 한 번씩 오면 됩니다. 청해부대가 입항할 시간에 맞춰 제가 오면 문제가 없습니다."

어이가 없었다. UAE 현지에서도 제대로 된 업무를 못 한 사람이다. 부두 출입 조치를 원활하게 못 해줘서 승조원들을 2시간이나 배로 복귀하지 못하고 부두 앞에서 기다리게 했다. 사실 문화와 종교가 다르고 생활환경이 완전히 다른 국가에서는 쉴 곳으로 배만 한 데가 없다. 특히 날씨가 덥다 못해 뜨거운 사막 기온이다. 종교적인 문제로 술도 먹을 수 없는 곳이다. 이런 데는 잠깐 외출하고서는 모두 배로 돌아와 쉬려고 한다.

더군다나 여긴 우리를 지원해줄 무관이나 영사관도 없다. 무관은 사우디아라비아에 있다. 아까 왔다 간 무관도 사우디아라비아에 있으면서 큰 행사가 있을 때나 방문한다고 했다. 그만큼 이곳에서의 에이전트는 모든 일을 다 해줄 수 있어야 한다. 그래야 승조원들이 조금이나마 안식을 취할 수 있다. 생각해보라. 수주간 쉴 새 없이 항해하고 2박 3일 입항해서 잠시 쉬는 게 고작이다. 이때 피로를 제대로 풀지 못하면 작전에 막대한 지장을 받게 된다. 이곳 오만에 아무런 연고나 기반도 없는 한국 사람이 청해부대의 작전 지원에 관한 일을 도맡아 하겠다니 기가 찰 노릇이다.

"아니, 이곳 사정도 잘 모르는 분이 여기 와서 청해부대 에이전트를 어떻게 한단 말입니까? 이해가 잘 안 됩니다."

"함장님. 걱정하지 마십시오. 여기서 일반 상선을 대상으로 조금 하고 있습니다. 전혀 문제없습니다. 그나 저나 많이 힘드시겠습니다. 말도 잘 안 통하는 외국 회사하고 무슨 거래가 되겠습니까?"

적반하장에다 사돈 남 말 한다는 게 바로 이런 걸 두고 하는 소리다. 지금 우리 대조영함 걱정할 때인가. 도무지 이해되지 않는 사람이었다.

"우리 앞에 왔던 부대들도 다 현지 업체하고 거래했대요. 먹거리 같은 것은 좀 불편할 수 있어도 부두 확보 같은 것은 아주 잘한다고 하던데요."

"아, 그건 걱정하지 마십시오. 이곳 항만청 관계자들 제가 다

구워 삶아놔서 어려운 거 없습니다."

이 사람은 그저 돈만 벌면 된다는 식이다. 청해부대가 수주간 해상에서 호송 임무를 수행하고 들어오면 반드시 부두에 계류해서 쉬어야 한다. 부두에 들어와야 당직을 서는 일부 인원을 제외하고 모두 쉴 수 있다. 그렇지 않고 만약에 정박해야 할 부두가 없어 외항에 투묘한다고 하자. 이때는 당직도 항해 당직에 준한 인원을 배치해야 한다. 제대로 쉴 수 없다. 이뿐만이 아니다. 외출자를 위해 반드시 부두에서 외항에 투묘 중인 함정까지 승조원들을 실어 나르는 소형 선박을 빌려야 한다. 이렇게 작은 선박을 타고 왔다 갔다 하면 또 다른 안전 문제가 따른다. 이 얼마나 불편한 일인가.

함정이 임무를 종료하고 항구에 들어왔을 때는 안전하게 부두에 정박해서 승조원들을 쉬게 해야 한다. 나는 늘 이것을 가장 큰 책무로 생각해왔다. 이곳 아리부항은 상선 부두이고 무역항이다. 무역을 위해 상선들이 들어오면 실린 짐을 하역하거나 다시 적재하는 대형 곤돌라가 많다. 상선도 부두가 부족해서 며칠간 항구 밖의 바다에 닻을 내리고 자리가 날 때까지 대기한다. 이런 판국에 오만에 적을 둔 적도 없는 에이전트가 입항 관련한 항무 업무와 각종 군수지원 업무 등을 제대로 수행할 수 있겠는가 하는 의심이 컸다.

"우리 청해부대는 이미 현지 에이전트를 정해놨고, 그들이 지원업무를 시작했습니다. 돌아가서 UAE 쪽 업무나 잘하세요."

난 단호하게 거절했다. 박 사장은 내 눈치를 봐가며 3일 전 있었던 자신의 업무 착오에 대해 미안한 표정을 감추지 않았다.

"함장님. 지난번 UAE에서 불편을 끼쳐드려서 정말 죄송합니다. 그렇지만 여기서도 우리가 사업을 할 수 있도록 좀 도와주십시오. 이역만리에 와서 우리나라 사람끼리 도와야 하지 않겠습니까? 보아하니 억양이 우리 경상도 분이신 거 같은데….”

“허허. 여기서 고향이 왜 나옵니까? 우린 사업하러 온 사람들이 아닙니다. 군사작전 하러 왔어요.”

급기야 목청을 높였다. 옆에서 내 목소리를 듣고 있던 우리 참모들도 내 얼굴을 연신 쳐다보고 있었다. 사관학교에 들어가서 4년이라는 세월 동안 바꾸려고 노력해서도 못 바꾼 나의 경상도 억양을 듣고 한 말이다. 여기서 나의 생도 시절 사투리나 억양과 관련된 에피소드를 말하자면, 대략 이런 내용이다.

사관학교 생도는 전국 팔도에서 다 모인다. 그리고 임관 후에는 전국으로 배치되어 부하를 지휘해야 한다. 그러니 당연히 생도들은 사투리와 억양을 못 쓰게 한다. 나도 교육은 좀 받았지만 잘 안 되었다. 특히 1학년 때 본의 아니게 연극반에 들어갔는데 여기서 엄청난 트레이닝을 받았다. 그래도 바뀌지 않은 것이 경상도 억양이다.

“네, 잘 알겠습니다. 함장님. 그래도 여기 계시다 보면 불편한 점이 많으실 겁니다. 한국 사람이 한국 사람 불편한 걸 제일 잘 알지 않겠습니까? 나중에라도 연락해주시면 고맙겠습니다.”

나의 완강한 거절에 자신도 좀 창피스러웠는지 휭 하니 현문을 내려갔다. 속으로 낯 두꺼운 사람이라는 생각이 들었다. 나도 뒤돌아보지 않고 사관실로 돌아왔다.

★ ★ ★

두 배는 오후부터 직별별로 서로 인수인계 작업을 했다. 국내

두고 지리적으로 많이 떨어져 있으니….”

“꼭 그렇게 생각할 필요 없다. 지리적으로 떨어져 있고 서로 생각하는 바가 다른 사람들이 있다 보니 통일이 아니라 오히려 독립전쟁을 한 게지.”

“미국 입장은 독립전쟁이지만, 영국 입장은 통일을 위한 전쟁 아닌가요? 그러니까 영국으로부터 미국이 떨어져나가지 않기를 바란….”

“그렇게 볼 수도 있겠지. 그러나 신라는 삼국을 통일한 이후 뺏긴 고구려의 영토를 다시 회복하기 위한 행위를 하지 않았다. 그 대신 뺏긴 고구려 영토에 발해가 건국되는 걸 반겼던 거지. 그리고 지금의 영국과 미국처럼 형제의 나라로 지낸 거지. 그런데 그 이후에 고려는 좀 달랐어. 발해가 망한 이후 잃어버린 고구려 땅을 되찾기 위해 노력했다. 물론 통일을 목표로 해서 대단위 전쟁은 하지 않았지만 말이야.”

“그럼 신라, 고려가 발해와 통일전쟁을 하지 않은 것은 당연하다는 논리네요. 왜 그렇습니까?”

“신라나 고려는 발해 땅을 그다지 필요로 하지 않았다는 뜻이지. 발해 땅에는 고구려 유민만 사는 게 아니라 하층계급에 말갈족이 있었다. 그들이 살아가는 방식은 완전히 달랐다. 그들은 위도와 해발 고도가 높고 수량이 적은 목초지가 주를 이룬 땅에서 살았다. 그러다 보니 주로 말을 타고 사냥을 하거나 유목을 해왔다. 신라나 뒤를 이은 고려는 상대적으로 위도나 고도가 낮고 수량이 많은 땅에 살았다. 주로 농경사회를 이루고 살았지. 이렇게 서로 다른 자연환경에서 살다 보니 살아가는 방식이 완전히 달랐던 거지.”

"아, 그럼 생활방식과 문화가 서로 달랐다는 얘기네요. 그런데 신라나 고려도 기마 민족이라 하던데…?"

"기마 민족의 기상이 깃든 것은 사실이다. 그렇지만 자연 환경적으로 북쪽의 툰드라 지역과는 완전히 달랐다. 우리나라는 산이 많지?"

"네. 산이 엄청 많지요. 산이 많으니 사냥도 많이 했던 거 아닙니까?"

"산만 많은 게 아니다. 우리나라 산에는 굵은 나무가 많다. 특히나 소나무가 말이다. 소나무 가지를 먹고사는 동물은 없다. 동물들은 주로 풀을 먹고사는 거지. 왜 그런지 알아?"

"잘 모르겠습니다. 요즘은 산에 있는 소나무가 재선충 땜에 많이 없어지고 있다는 건 잘 압니다. 하하."

"연중 강우량이 많기 때문이다. 나무는 많은 물을 먹고 산다. 그러니 집채 높이만큼 키가 커진다. 반면에 비가 많이 오지 않는 지역엔 오히려 좀 억세지만, 동물들이 뜯어 먹을 수 있는 풀이 자란다. 광활한 고원 지대에 나무 없이 풀만 있으니 초식 동물들이 살기에 안성맞춤이지. 그래서 이들은 주로 유목을 해왔다. 양이나 소, 염소로 말이다. 이런 짐승들을 방목으로 키우다 보니 효율적인 통제를 위해 자연스레 말이 필요했던 거고…."

"그렇군요. 그런데 왜 우리 민족을 기마 민족이라 하는지 모르겠습니다."

"아, 참! 답을 안 했구나. 그건 말이다. 발해나 고구려가 있기 전에 이미 북쪽에서 말을 타던 사람들이 남쪽으로 많이 내려와서 살게 되었기 때문에 궁극적으로 기마 민족이라 일컬었다."

"그런 근거가 있습니까. 어디에?"

"우리나라의 고대사에 대한 일부 기록된 자료가 있으나 믿지 않는 사람들이 많아. 당시에 기록되지 않고 고려 시대 이후에 정리된 것이라 믿을 수 없다고 하고, 특히 일제 강점기에 왜곡된 부분이 있어 불신하기도 하고. 사실 좀 복잡해. 그래서 이 얘기는 여기서 안 하는 게 좋겠어. 우리 고대사 얘기 말이야."

차마 우리나라 고대사에 대해 여러 주장을 하는 사람들이 많다는 사실을 말하지 못했다. 특히 고조선과 그 이전 역사를 두고 서로 다른 주장을 하는 부류가 존재한다는 사실을 말이다. 이 부분은 내가 좀 더 공부하고 나서 얘기함이 타당할 거라 판단했다.

"네, 함장님. 오늘 얘기는 여기까지 하시죠. 〈대조영〉 드라마 계속 보고 나중에 다시 의문 사항을 말씀드리도록 하겠습니다."

오늘은 통역장교가 먼저 내 말을 끊었다. 나도 임지에서의 첫 항해라 함 전체적으로 근무상태를 점검할 시간이 필요해서 일어섰다. 전투정보실에 들러서 상황을 파악하고 몇 가지 지침을 다시 일렀다. 아직 아덴만의 호송지점까지 이동하는 데는 몇 시간이나 더 남았다. 첫 호송은 내일 시작된다. 함교로 이동하여 쌍안경으로 쪽빛의 드넓은 바다를 이리저리 둘러봤다. 저 멀리 간간이 불빛이 몇 개 눈에 띄었다. 출항한 지 몇 시간 지나지 않았는데, 고기잡이하는 어선들이 일찍 불을 밝힌 탓이다.

★ ★ ★

다음 날 아침 식사가 끝난 지 얼마 지나지 않아 참모장이 들어왔다. 호송계획을 보고했다. 겨우 5척이었다. 첫날이라 그러려니

했다. 상선들을 앞세우고 대조영함을 맨 뒤에 두고 갈 건지, 대조영함이 앞서고 상선들을 뒤에 두고 갈 건지를 놓고 장단점을 보고했다. 난 고민 없이 결정했다. 군함이 앞서고 상선이 뒤따르는 게 맞다. 레이더 성능이 우수한 전투함이 앞서면 전방, 좌우를 살펴서 선단 쪽으로 접근하는 해적선을 빨리 식별할 수 있다. 만약 어디 숨어있다가 뒤쪽에서 접근하여 따라오는 상선에 침투하더라도 성능 좋은 레이더로 먼저 잡아낼 수 있다. 몇 척 안 되는 상선을 데리고 600마일이 넘는 아덴만의 항해를 시작했다. 바다는 잠잠했다. 그리고 또다시 저녁 시간이 돌아왔다.

"통역장교. 오늘은 UAE 친구들, 대조영함에 대해 더 궁금한 거 없다더냐?"

"이제 〈대조영〉 드라마는 다 봐갑니다. 그런데 드라마를 보는 내내 신라와 관계를 설정하는 내용은 안 나오고, 거란족 추장과의 대립 부분만 나와서 잘 이해가 되지 않는다고 합니다. 거란족은 왜 고구려 유민을 잡아두고 독립하는 걸 반대했는지 그게 궁금하답니다."

"그렇구나. 신라와의 관계는 그저께 얘기했다시피 발해 건국에 관여하지 않음으로써 도와준 거나 마찬가지다. 거란족은 발해 북부 의 말갈족과 유사한 유목민이다. 이들을 자신들의 아래에 두고 부려먹으면 경제적으로 훨씬 유리하지. 발해가 차지한 땅은 일부 남부 지방에서 농사를 지을 수 있지만, 그 위쪽은 유목만이 가능하다. 한반도 서북쪽, 즉 중국의 북부에 해당하는 곳엔 거란족이 유목 생활을 하고 있었지. 이들은 서로 유목이라는 동종의 경제영역을 차지하기 위해 자주 싸워왔다."

"일종의 영역싸움이었다고 보면 되겠습니다. 거란과 말갈족 말입니다."

"그런 셈이다. 이후에도 엎치락뒤치락 주도권 쟁탈전을 주고받았어. 고구려를 멸망시킨 당나라가 망하고 50여 년 지난 뒤 바로 거란족이 요나라를 세우고 지금의 중국 북부지방 전역을 장악하지. 이때 중국의 남부지방엔 송나라가 있었고, 동쪽엔 발해가 있었어. 그런데 웃기는 건 중국 남부에 있던 송나라보다는 오히려 동쪽에 있는 척박한 땅인 발해를 탐내고 공격하게 된다. 그러다가 마침내 926년 거란족에 의해 발해는 망했다고 한다. 698년 중국 북부 영주 땅에서 고구려 유민과 말갈족을 이끌고 동으로 탈출하여 동모산에서 발해를 건국한 지 270여 년 만이다. 발해의 전성기인 800년대 초반에는 5개의 서울인 5경과 15개의 지방부, 62개의 주가 완성되어 당나라로부터 '해동성국'이라는 칭호를 받기도 해. 이렇게 잘나가던 발해가 갑자기 900년대 초에 거란족에게 망했다는 거야. 이 내용은 주로 중국의 사료를 통해 밝혀진 내용이야."

"우와. 그럼 중국 북쪽 지방에 살았던 거란족이 동쪽으로 영역을 넓혀 영토를 확장한 거네요. 이 땅이 지금은 중국이니까 발해를 중국 역사라고 주장하는 겁니까?"

장황한 설명에도 통역장교는 잘 이해하고 되물었다.

"맞아. 중국은 그렇게 주장하지. 그런데 이 내용이 잘못된 것이라 주장하는 학자들도 많아. 거란족의 군대가 있던 랴오둥반도에서 발해의 수도까지는 2천 리가 넘는다고 해. 여기까지 진격하기 위해서는 아무런 군사적 저항 없이 그냥 말을 타고 와도 10일 이상이 소요된다고 해. 그런데 6일 만에 발해가 망했다고 전해."

"그럼 거란족이 말이 아닌 비행기를 타고 공중강습이라도 했나 봅니다. 하하. 아니면 자신들의 전과를 허위로 기술했다는 겁니까?"

"그럴 가능성이 크지. 왜 그런가 하면 당시 당나라가 있었지만 약 50년 동안은 중국 북쪽의 여러 곳에서 봉기가 일어나고 부족끼리 쟁탈전을 할 때야. 거란족이 건국한 요나라의 역사서인《요서》에는 자신들이 발해를 멸망시키고 북중국을 통일하여 요나라를 세웠다고 해. 이건 상식적으로 앞뒤가 안 맞는 얘기야."

"어떻게 상식적으로 안 맞는단 말씀입니까? 다른 증거라도 나왔습니까?"

"우선 논리 전개상 맞지 않고, 또 다른 증거들도 나오고 있어. 과학적 기법으로 말이야."

"그럼. 여기에 대해 중국을 포함한 국제사회도 이 사실을 인정하겠군요. 구체적으로 어떤 내용입니까?"

"아직 그 정도는 아니지만, 한번 들어봐. 당나라 말기에 중국 북부지역에 있던 많은 부족이 당나라에 반기를 들었어. 그중 힘센 부족이 거란족이야. 그럼 거란족은 우선 그 지역을 통합해서 지역 우두머리가 되는 게 먼저야. 정확히 907년 당나라는 망하고 이른바 '5대 10국' 시대가 시작돼. 거란은 916년 유목 세계의 수장인 야율아보기가 중국 북부지역 부족을 통합하고 '키탄키타이'라는 나라를 세워. 이때 중국 남부지방에는 아직 송나라가 생기기 전이야. 송나라는 960년에 들어서거든. 그런데 926년 발해국인 진나라를 멸망시켜. 아직 자신들의 활동 무대인 남부지역이 무주공산으로 남아 있는데도 말이야. 즉, 평정되지 않은 국내 지역이 있는데도 다른 나라를 친다? 그게 말이 돼? 정상적인 경우라면 916년에 나라를 세운 거란은 최소한 송나라가 건국되는 960년까지는 국내문제에 집중해야 해. 당나라가 망하고 전국에서 군웅들이 활개를 치고 있는 상태에서 군사력을 국외로 몰 수는 없잖아."

"동쪽에 있는 발해를 먼저 치고 나중에 남부지방으로 내려가려고 했던 건 아니었겠습니까?"

"남쪽엔 무주공산이었어. 당나라가 분열됐으니 분열된 나라를 먼저 통일하고 다른 나라를 손보는 게 순서다. 더군다나 발해는 건국할 때도 거란으로부터 도망쳐 나와 먼 동쪽의 외딴곳에다 둥지를 틀었어. 또한, 당시 발해는 전성기를 누리고 있었어. 800년 후반에 발해는 헤이룽강까지 세력을 확장하여 흑수말갈을 통제했지. 남으로는 랴오둥 지방과 한반도의 대동강 유역까지 세력을 넓혔어. 이는 당나라 역사서에도 나타나. 872년 '빈공과'라는 시험에서 신라 유학생을 제치고 발해 유학생이 장원을 하고, 897년에는 발해 왕자가 신라 사신보다 윗자리에 앉기를 요구한 '쟁장사건'이라 불린 일도 있었지. 그만큼 발해의 위상이 대단했단 말이다. 그랬던 발해가 926년 거란에 무너졌다니 상식적으로 이를 곧이 믿을 학자들이 없지."

"많이 궁금해집니다. 그럼 도대체 무슨 일이 있었기에 갑자기 발해가 멸망했단 말입니까?"

"주장하는 바는 두 가지가 있어. 첫 번째는 발해의 지도부 간 내분으로 인해 거란에 전혀 대항하지 못하고 망했단 거야. 주로 역사학자들이 주장하지만, 신빙성이 부족해. 아무리 갈등이 심한 지도부라 할지라도 적이 쳐들어오면 자기들끼리의 싸움은 중지하고 먼저 적을 상대하게 된다. 그렇다면 절대로 6일 만에 멸망할 수 없다는 거지. 둘째는 최근 들어 과학자들이 주장하는 바다. 특히 일본 지질학자들인데, 백두산이 화산으로 폭발하여 무너졌다는 거야. 《고려사》에도 이와 연관된 내용들이 나와. 뭐냐 하면, 백두산이 화산으로 폭발하니까 눈으로 뒤덮인 산야가 마그마로 온통 녹아내렸어. 순식간에 녹은 눈은 인근의 강가나 하천가를 범람시켰어. 백성들은 주로 강이나 하천을 끼고 살았는데, 이곳이 아수라장이 되었던 게지. 이뿐 아니라 하늘 높이 치솟은 화산재는 밤낮을 가렸어. 사람이 살 수 없었지. 거란의 역사서인 《요서》에도 발해 사람 대부분이 랴오둥 지방으로 이주하여 살았다고 하고, 일부는 고려로 넘어와 살았다고 해. 고려는 그때 하늘의 해를 한 달 동안이나 보지 못했다고 해."

"일본 학자들이 그런 걸 어떻게 알았다고 합니까? 발해가 자신들과 무슨 연관이 있는 것도 아닌데요?"

"일본의 지질학자들은 화산활동을 연구하는 사람들이다. 이들이 일본 전역을 돌며 지질을 연구한 결과를 발표했어. 대부분 화산재가 후지산을 모태로 하는 일본 내의 화산활동으로 생겨나고, 이게 쌓여서 단층을 이뤘다는 거야. 그런데 일본 북쪽의 큰 섬인 홋카이도에 쌓인 화산재는 일본 것이 아니란 거야. 조사해보니 백두산에서 발생한 화산재가 편서풍을 타고 일본으로 넘어와 쌓였다는 거야. 백두산 화산재의 낙진인 게지."

"좀 말이 되는 거 같네요. 그러니까 당시 백두산을 두고 사방으로 흩어져 살던 발해 백성이 마그마와 화산재로 인해 생활 터전을 잃고 자발적으로 거란에 투항한 거란 말씀이죠?"

"맞아. 발해 땅이 넓다고 해도 사람이 살만한 데가 많지 않았고, 결국 평야가 있는 랴오둥 지역으로 이주할 수밖에 없었다. 급작스레 랴오둥 지역으로 많이 유입된 발해 유민은 거란의 한 축이 된 거지. 이로써 거란은 태종대에 와서 '요'나라로 이름을 바꾸고 황제국이 된다."

"고려로 온 사람들은 어떻게 되나요?"

"고려는 918년에 건국되었지만, 아직 후삼국을 완전히 통일하지 못한 상태야. 936년에 와서야 후삼국을 통일한다. 그런데 발해가 926년에 망하고 발해의 지도부 중 일부는 고려로 투항했지. 이 시기 고려는 백제와 한창 전투 중이야. 서기 900년 지금의 전주에 견훤이 후백제를 건국한다. 견훤은 901년 개성에서 건국한 후고구려의 궁예 군대와 통일전쟁을 계속해왔다. 궁예를 몰아내고 후고구려를 물려받은 왕건은 918년 철원에서 고려를 건국한다. 927년 대구에서 일어난 공산 전투에서 고려는 후백제에 대패한다. 태조 왕건이 전투에 참전했다 패하여 병사 복장으로 변장하고서 겨우 살아 돌아온단다. 전열을 가다듬은 고려는 930년 지금의 안동에서 후백제를 격퇴했다. 그리고 마침내 936년 논산에서 후백제를 무너뜨린다. 신라는 935년 고려에 항복한다. 그러니까 발해가 망해서 그 유민이 고려로 넘어올 때 고려는 후백제와 전쟁 중이라 다른 경황이 없었어."

"부대장님. 일본 학자들이 발해가 백두산 폭발로 스스로 망했다고 했다니 좀 찜찜합니다. 일본은 역사적으로 늘 우리 민족을 중국과 갈라놓으려고 했잖습니까? 구한말에 조선을 청나라에서 갈라놓듯이 말입니다."

“물론이다. 일본은 우리 조선을 청나라로부터 독립시킨다고 하면서 개입하고는 결국 합병했지. 그래서 일본이 우리 문제에 개입하는 것 자체가 불쾌한 것도 사실이야.”

참모장 신 중령은 일본에 대해 반감이 많아 보였다.

“청나라로부터 독립시킨다면서 조선이 갑자기 ‘대한제국’으로 이름이 바뀌잖아요. 그 이후에 힘없던 대한제국은 일본에 합병되지요.”

“맞는 말이다. 그렇지만 서로 간에 많은 발전을 이룬 오늘날 그들이 밝혀낸 과학적인 사실까지 믿지 않을 수는 없잖아.”

“암튼 좀 그렇습니다. 혹시 압니까? 일본이 발해를 중국 역사로부터 독립시켜서 또다시 만주 지역에 눈독을 들일지….”

“하하. 완전히 배제할 수 없는 얘기는 아니네. 그렇지만 발해가 스스로 망한 나라라고 한들 일본이 그 땅에 권한을 행사할 수는 없지 않겠어? 이 얘기는 여기까지 하자.”

저녁 식사 후에 한두 시간은 정말 잘 지나간다. 낮 동안 전술토의와 간담회 등 여러 가지 업무를 한다지만, 이 시간이 제일 빨리 지나간다. 내가 재미있어하는 분야이고 하고 싶은 말을 많이 하니까 그런가 싶기도 하다. 어느새 야식 준비를 해야 하는 사관 조리병들을 위해 자리를 비켜줘야 했다.

★ ★ ★

내일 오후에는 5척의 상선들을 무사히 홍해 입구까지 데려다주고 다시 새로운 선박을 받는 날이다. 전투정보실에 들러 내일 새로 호송해야 할 상선들의 현황을 살폈다. 홍해 입구에서 인도양 시작점까지 호송해야 할 상선은 척수가 꽤 많았다. 무려 20여 척이었다. 같이 따라 나온 작전참모 겸 참모장인 신 중령에게 선단 구성을 지시했다. 이번에도 대조영함이 선두에 서고 상선들이 뒤를 따르게 했다. 뒤에 선 상선들은 다이아몬드 대열처럼 짜게 했다. 대조영함을 축으로 뒤쪽 좌우 대각선 방향으로 각각 한 척, 정중앙에 한 척씩, 그리고 그 뒤에 똑같은 방법으로 줄을 서게 했다. 맨 뒤에 서는 상선들은 건현이 높고 속력이 빠른 신형 선박으로 했다. 혹시 모를 해적의 접근에 대비하기 위함이다.

대열을 다 구성했을 때 대조영함과 맨 후미의 상선과는 거의 수 km 정도 이격되었다. 만약 맨 끝에 있는 상선에 해적이 접근한다면 신속하게 움직여야 했다. 대비책이 더 필요했다. 몇 가지 사항을 내일 선단에 합류할 상선들에 전파하게 했다. 요즘 상선에는 위성 전화나 단파통신기, 인터넷이 있다. 우선 매시간 안전 유무를 확인하고 통보하게 했다. 그리고 레이더 당직을 철저히 서도록 했다. 레이더에 접근하는 물체가 나타나면 즉각 대조영함에 통보해줄 것도 당부했다. 대조영함은 성능이 좋은 레이더를 갖고 있다. 하지만 해적선처럼 소형의 목조선이나 플라스틱 재질의 선박은 잘 잡히지 않을 때가 있다. 자신들에게 접근하는 물체는 자신들의 눈(레이더)으로 보는 게 더 정확할 수도 있다. 내일 있을 2차 호송에 대비하여 구체적인 지침을 하달하고 함교로 향했다.

바다는 칠흑같이 어두웠다. 불빛이라고는 뒤에 따라오는 상선들이 내는 붉은 등, 푸른 등, 흰색 등이 여러 개 보였다. 급하게 전투정보실에서 함교로 보고하는 내용이 있었다.

"함장님. 전투정보실 당직시관 전투체계관입니다. 아군 상황

보고드립니다."

"아군 상황? 무슨 일이야?"

"영국 슈퍼링스 1대가 본 함 10마일 밖에서 접근하고 있습니다. 확인해보니 '해양 안보작전' 중인 영국 군함에서 보낸 것이고 순찰 중이랍니다."

"그래? 알았다. 정보 교환 사항 있으면 서로 교환하고 안전비행 기원한다고 해줘."

아덴만 항로대를 왕복 운항하고 나면 수일간 '해양 안보작전'을 한다. 우리 배도 내일 홍해 입구에서 출발해서 인도양까지 다시 한번 호송하면 이 작전을 해야 한다. 이 기간은 특정한 구역에서 대기하면서 순찰을 주로 한다. 정보가 있거나 상황이 발생하면 즉각 투입한다. 영국 군함이 우리 선단으로부터 그리 멀지 않은 구역에 있다는 말이다. 헬기의 작전 반경을 고려했을 때 100마일 근처에 있을 것이다.

아덴만에는 세계 여러 나라 함정들이 소말리아 해적들의 활동을 잠재우기 위해 활동하고 있다. 이들 중에 우리 대조영함처럼 선단을 호송하기도 하고, 또 개별적으로 활동하는 국가의 함정도 있다. 미국의 요청으로 나온 함정들은 미 5함대 사령부 예하 'CTF'라는 대 해적작전 사령부의 요청에 따라 '해양 안보작전'을 수행한다.

이 사령부는 미군이 전담하는 게 아니다. 미국을 위시한 세계의 여러 국가에서 장성급 장교와 참모가 파견 나와 임무를 수행한다. 그러니 명령이라기보다는 요청하는 방식으로 업무가 수행된다. 지금 나와 있는 사령관이 태국 준장인데, 영국 군함에 편승해 있다고 한다. 호송이 끝나는 대로 만나보고 현지 상황을 공유할 필요가 있음을 느꼈다.

★ ★ ★

아침이 밝았다. 식사를 마치고 함교로 올라가니 이미 뒤따르던 상선들은 저 멀리 나아가고 있었다. 첫 호송은 성공이었다. 속력별로 가장 빠른 배가 수에즈운하를 먼저 통과할 것이다. 차례대로 수에즈운하를 빠져나가 유럽으로 간다. 국제상선망을 통해 모든 상선의 마지막 안전항해를 당부했다. 그들은 고맙다고 인사해왔다. 잠시나마 첫 작전을 성공한 자부심이 통신기를 타고 흘러나왔다.

오후에 있을 2차 호송을 준비했다. 아덴만에는 통항로가 정해져 있어 출발점으로 이동해야 했다. 대조영함은 다시 출발점으로 향했다. 이미 보고를 받은 바와 같이 홍해 입구 출발점에는 많은 상선이 기다리고 있었다. 우리 한국 상선 3척이 있었다. 한국 상선을 대조영함 바로 뒤에 배치하고 나머지 배는 어제 하달한 지침에 의거하여 차례대로 배열했다. 오후 3시경에 출발했다. 모든 게 순조롭게 잘 진행되고 있었다.

★ ★ ★

호송이 시작되고 난 이후 다시 저녁 식사 시간이 돌아왔다. UAE 장교들은 이제 제법 함정 식사에 적응하고 있었다.

"아랍 장교들은 아직도 빵 위주로 식사하고 있나?"

"이제 밥도 조금씩 먹습니다. 소고기나 닭고기도 잘 먹고요."

"원래 돼지고기는 안 먹는 사람들이니 구별해서 주도록 해라. 아, 그리고 이제 〈대조영〉 드라마는 거의 다 봐가겠네."

“네. 천문령 전투를 재미있게 보았습니다. 당나라 장수 이해고가 추격하다가 패하고 대조영이 승리하는 장면이 나옵니다. 여기서 재밌는 부분은 이해고의 아들이 실제로는 대조영의 숨겨둔 아들로 나오는데 사실입니까?”

“허허. 역사적으로는 그런 사실이 전혀 없다. 드라마를 재밌게 하려고 꾸민 얘기일 거야. 왜 있잖아. 요즘 아버지나 엄마가 다른 막장드라마도 많잖아.”

“그렇군요. 그럼 대조영의 군대가 당나라의 이해고 군대를 물리친 것이 정확하네요?”

“그렇지.”

“허기야 한 나라를 건국하려면 군사력이 막강해야 가능했겠지요. 그런데 드라마에 나올지 모르겠지만, 발해가 군사력을 가지고 다른 나라와 싸워 정복 활동을 했다는 사실은 없는 게 아닙니까?”

“발해는 건국 이후 과거의 부여와 고구려 땅의 대부분을 되찾는다. 그래서 명실상부하게 고구려의 후예가 되었다고 봐야지. 당나라 군대를 따돌리고 요수를 건너 랴오둥으로 넘어온 대조영은 마치 성경에서 애굽을 탈출한 모세 같은 처지였단다. 도읍지를 정하기 위해 동분서주하다가 결정적으로 천문령에서 이해고를 물리치고 동쪽으로 와서 건국한 거란다.”

“당나라에서는 대조영 군사들의 탈출을 무력으로만 제지하려 했단 말입니까? 필요하다면 좀 다독여서 제 편으로 만들 생각은 안 했나요?”

“물론 했지. 당나라에서 대조영의 아버지 대걸중상과 말갈족 추장인 걸사비우에게 ‘진국공’, ‘허국공’이라는 벼슬을 내려서 탈출을 막았다. 그러나 이들은 거절하고 요수를 건너 동쪽으로 탈출하여 나라를 건국했다."

"아, 그렇군요. 그래서 발해가 고구려의 후예니까 우리나라에서는 남북국 시대라고 하는 거네요."

"맞다. 북쪽에는 발해, 남쪽에는 신라 또는 고려가 모두 고구려의 후예라고 하니까 남북국 시대라고 하는 거야."

"그럼 이후에 발해와 고려가 서로 통일을 위해 싸우거나 그런 일은 없었나요? 즉, 통일전쟁 같은 것 말입니다."

"앞에서도 말했지만, 발해는 백두산 화산 폭발로 나라가 망하면서 많은 지도부가 후백제와 전쟁 중인 고려로 투항해왔다. 당연히 전쟁한 적은 없다. 다만 발해가 과거 부여와 고구려 영토를 수복하는 와중에 신라와 잠깐 대적한 적이 있다. 발해의 정복에 위기를 느낀 북쪽에 있던 흑수말갈족이 당나라에 구원을 요청했다. 이에 당나라는 만주 동북쪽의 흑수말갈, 한반도 남쪽의 신라와 3국이 연합한다. 발해는 바다 건너 일본과 당나라 서북쪽의 돌궐국과 연합해서 3 대 3의 대립 전선을 형성하지. 727년 처음으로 일본에 사신을 파견하여 국교를 수립하기도 했지. 732년 발해는 장문휴 장군을 보내 당나라의 등주와 하북 지방을 공격한다. 그러자 당나라는 신라에 발해의 남부 지방을 공격해달라고 요청했다. 신라는 군사를 보냈으나 전투는 하지 않았다. 신라는 군사들이 모두 발이 얼어 걷지를 못한다고 당나라에 항변하기도 했다. 이로써 신라도 발해와 남북국을 형성했다. 신라는 삼국 통일 당시 당나라로부터 국경선을 인정받은 선에서 더 이상 땅에 대한 욕심은 부리지 않았다."

"좀 전에 일본과의 관계를 말씀하셨는데, 발해가 일본과 편 먹고 신라나 당나라를 공격한 적은 없습니까?"

"그런 적은 없다. 771년 발해는 일본에 국서를 보내 양국의 관계를 '구생관계'라고 했다. 이 말은 '장인과 사위'라는 뜻이고, 발해가 장인이라는 거다. 당나라나 신라를 별도로 공격하지 않고 이전의 부여와 고구려 영역에서 독자적인 활동을 하고 살았다."

"발해가 고구려의 후예라면 과거 고구려가 해오던 풍습이나 제도를 그대로 따르고 당나라와는 별개로 살았다는 거네요."

"맞다. 초기 발해는 고구려의 풍습과 제도를 그대로 유지하고 살았다. 그러다가 국력이 커지고 나서 당나라의 제도도 모방하고 해서 독자적인 생활을 했다."

"고구려를 계승한 발해와 고려 모두가 우리의 역사이고, 그래서 남북국이라고 한다고 했습니다. 고려 건국 이후에 조금 있다가 발해가 망해버렸는데, 이후에 발해 땅은 누가 차지합니까?"

"발해 땅은 사람이 살기 힘든 상황이었지. 화산 폭발로 인해 황폐해진 땅에 한동안은 사람이 안 살았겠지. 발해 거주자의 대부분이 랴오둥반도 쪽으로 이주해서 거란에 들어갔고, 일부는 고려로 와서 동화되었으니까."

"아, 그런 게 우리 역사에 나오나요?"

"우리 역사서는 아니고, 거란의 《요서》에 나온다. 거란은 발해를 멸망시키고 928년 '동단국'이라 칭하고 '요양'에 수도를 둔다. 그리고 200년 후에 금나라가 생길 때쯤 발해인은 랴오둥반도에서 자취를 감춘다고 나온다. 모두 요나라와 금나라에 동화되었다고 봐야지."

"그렇다면 고려는 이후에 발해 땅인 잃어버린 고토를 회복하기 위한 노력을 한 적이 있나요?"

참모장 신 중령이 조심스레 물었다.

"노력을 많이 했지. 여러분이 다 알고 있는 서희의 단판외교로 '강동 6주'를 뺏어오는 것도 이 때문이지. 고려 예종 때인 1107년에 있었던 윤관 장군의 여진 정벌로 인한 '동북 9성' 구축도 같은 맥락이다. 또한, 고려 말기 공민왕 때 요동 정벌 활동도 마찬가지다."

"고려 전반에 대한 것도 좀 알아볼 필요가 있겠네요. 오늘은 시간이 많이 됐으니 내일은 고려의 활동에 대해서도 좀 말씀해주시죠."

"알았다."

★ ★ ★

마침 야식 시간이 다가옴을 느꼈다. 매일 실시하는 시간 맞추기 시간이다. 1시간 빨라짐을 알리는 방송이 들렸다. 오후 6시인데 7시로 조정한다는 방송이 나왔다. 세계를 거의 하루 만에 이동하는 비행기 안에서는 착륙 전에 현지 시간을 알린다. 그러나 몇 날을 항해하여 이동하는 군함의 경우 하루에 한 번꼴로 1시간씩 변경한다. 함정에서 일상생활을 편하게 하기 위해서다. 낮과 밤을 명확하게 구분해서 일하기 위해서는 경도가 변하는 만큼 현지 시간대에 맞도록 시간을 조정하는 것이다. 그래야만 현지에 도착했을 때 빨리 적응할 수 있다.

아덴만의 통항로는 동서로 640마일이다. 2박 3일에 걸쳐 횡단하는 호송작전을 하다 보니 서쪽으로 갈 때는 1시간 늦도록 조정하고, 동쪽으로 올 때는 1시간 빠르게 조정한다. 그러니까 서로 갈 때는 1시간을 벌게 되지만, 동으로 올 때는 1시간을 뺏기게 된다.

매번 하듯이 침실이 있는 함장실로 가기 전에 전투정보실에 들렀다. 당직사관 전투체계관은 일목요연하게 브리핑했다. 다 듣고 나서 간단한 지침을 내렸다.

“야간에 항해등을 포함한 군함을 나타내는 대공등을 켜고 항해해라. 그래야 군함이 호송하고 있음을 알고 해적이 접근하지 않을 것이다. 그리고 특별한 상황이 없을 땐 전자전 장비나 사격통제 레이더, 소나는 작동하지 마라. 우리 배가 가진 주파수 정보가 새나갈 수 있다. 야간 취침 시간 이후에는 함교와 비행갑판을 제외하고는 외부로 나가는 문은 폐쇄해라. 어두운 야간에 발을 헛디뎌 안전사고가 발생할 수 있다. 대신 비행갑판에도 안전줄을 매달아 뒤쪽 난간으로 나가지 않도록 하고, 흡연 장소는 비행 급유 장비가 없는 좌현 쪽에 지정해라.”

“네. 공지하고 이행하겠습니다.”

함정에는 온통 위험한 곳 투성이다. 곳곳에 빨간색으로 표시된 곳은 만지거나 들어가면 안 되는 곳이다. 각종 전기, 유류, 화학약품, 장비, 공구 등이 많기 때문이다. 그리고 철 구조물로 이뤄진 함정에는 엘리베이터가 별도로 설치되어 있지 않다. 층간에는 사다리로 연결되어 발을 헛디디면 추락할 수 있다. 보안상의 이유로 함정 외부에는 사다리에 길을 밝혀줄 전등이 없다.

전투정보실을 나와서 바로 옆 격실인 전단 상황실로 향했다. 전단 상황실은 유사시 전단이 우리 배에 편승했을 시 원활하게 전단 예하 부대를 지휘하기 위해 설치된 공간이다. 주로 모니터 위주로 갖춰진 작은 전투정보실이라 해도 과언이 아니다. 여긴 참모들이 당직을 서고 있다. 바로 '안전항해 지원작전'을 수행하는 곳이다. 호송에 합류하지 않고 개별적으로 이동하는 우리 상선에게도 위협이 발생한 정첩보가 접수되면 즉각 해당 선박에 알려 공조하도록 체계를 갖춘 곳이다. 어찌 보면 호송작전을 수행하는 것보다 더 중요할 수 있는 곳이다.

"개별적으로 이동하는 우리 상선은 없나?"

"오는 거 1척, 가는 거 1척으로 총 2척입니다."

"별다른 문제는 없다고 하나?"

"홍해로 들어오는 상선은 속력이 빠르고 건현이 높아 해적이 쉽게 접근하기 힘들다고 합니다. 그런데 인도양으로 나가는 상선은 속력이 10노트밖에 안 나고 소형입니다. 우리 선단하고 일정이 맞지 않아 하루 일찍 출발했다고 하는데, 매 시간 호출해서 이상 유무를 확인하고 있습니다."

"오케이. 당직 철저히 서고, 상황 생기면 선조치 후보고하라고 해."

침실로 돌아와 어제 읽던 성경을 꺼내 읽기 시작했다. 장기간 항해하는 사위를 위해 교회 집사님이신 장모님이 사주신 거다. 이참에 처음부터 끝까지 숙독하기로 마음먹고 읽고 있다. 잠시 후 긴급한 방송이 흘러나왔다.

"헬기 비상 이륙 준비! 헬기 비상 이륙 준비!"

머리에 쥐가 났다. 함장인 내 승인도 없이 야간에 헬기를 비상 이륙시켜야 하는 상황이 생겼음을 의미하기 때문이다. 헬기 통제는 함교에서 한다. 문을 막 나가려는데, 나를 부르는 통신 호출이

전투정보실에서 왔다. 사실 함장실에도 모니터가 두 개 설치되어 있어서 기본적인 상황은 전시가 되어 실시간으로 볼 수 있다. 함교나 전투정보실에서 함내 통신기로 바로 음성 통신이 된다. 통신기로 물어볼 상황이 아님을 직감으로 알았다. 통신 호출을 받지 않고 곧바로 함교로 갔다. 함교 당직사관은 작전관이었다.

"뭐야? 헬기 비상 이륙 상황은?"

"함장님. 우리 선단 전방 80마일 해상에서 인도양 방향으로 이동하는 우리 상선에서 신고가 들어왔습니다. 불을 켜지 않은 소형 선박이 접근 중이라는 신고 상황입니다."

"알았다. 일단 헬기 이륙 준비하고, 전단 상황실 호출해서 당직 참모에게 그 상선과 실시간 교신 설정하라고 해."

홀로 이동하는 우리나라 상선이다. 사전에 브리핑을 받아서 알고 있지만, 이 상선은 피랍될 가능성이 매우 크다. 그나마 다행인 것은 레이더 운용을 잘해서 해적선 의심 선박을 사전에 발견했다는 것이다.

"그리고 상선은 매뉴얼에 따라 최대 속력으로 증속하고 지그재그 기동 철저히 하라고 해. 혹시 외부에 해수나 청수 펌프가 있으면 최대로 작동해서 물을 쏘아 해적이 배에 오르지 못하도록 방해 활동도 하라고 해."

상선들이 해적을 만났을 때 구조함정이 도착하기 전까지 수행해야 할 행동수칙이 있다. 최근 삼호주얼리호 사건 이후에 해수부 주관으로 많이 홍보도 하고 교육도 했다. 참모 당직자에게 상선과 실시간으로 교신하면서 응급조치를 하도록 지시했다.

"함장님. 헬기 이륙 준비 완료되었습니다."

당직사관 작전관이 보고했다.

"응, 이륙시켜. 현장으로 즉각 보내서 교전규칙에 따라 조치하라고 해."

"네, 알겠습니다."

"그리고 상선 인근에 외국 함정들은 없나?"

"있습니다. 해양 안보작전을 수행하는 스웨덴 함정 1척이 50마일 지점에 있습니다."

"그래? 그럼 헬기 띄워서 대응하라고 협조를 구해. 상급 부대인 CTF에도 보고하고…."

"그런데 스웨덴 함정은 항공기가 없는 초계함 클래스입니다."

"헬기가 없으면 함정이 직접 급파해서 대응하도록 부탁해봐."

"스웨덴 함정이 가는 것보다 우리 헬기가 먼저 도착할 것 같습니다."

전투정보실에서 전투체계관이 보고했다. 함교에서 함내 통신으로 대화하니까 주요 당직실에는 내 말이 그대로 전파되고 있었다. 1초, 1초가 1시간처럼 느껴졌다. 비록 내가 직접 호송하는 선박은 아니라지만, 우리나라 상선이 피랍 직전에 처해 있다. 만약 피랍이라도 된다면 내 작전은 물거품이 된다. 말이 쉬워서 아덴만이지 640마일의 거리다. 폭 또한 평균 158마일이다. 마일에 대한 개념이 없을 수 있어 이를 km로 환산하면 거의 두 배다. 정확하게는 1.82배다. 계산해보면 길이가 1,164km이며, 폭은 287km다. 이 넓은 해역을 우리 함정 1척으로 모두 감당해야 한다. 그렇지만 피랍된다면 모든 책임은 청해부대에 지울 것이다. "피 같은 세금으로 해적 잡으라고 보냈더니 해적은 못 잡고 유람만 하고 있다"라는 소리를 들을 게 뻔하다.

"헬기 위치 보고해봐."

"헬기 위치 보고. 우리 상선으로부터 280° 20마일, 속력 300 노트, 곧 현장에 도착할 것 같습니다."

"상선은 이상 없는지 확인해봐."

"지그재그 기동하면서 접근하는 선박에 물대포를 쏘아댄다고 합니다. 아직 사다리를 걸지는 않았다고 합니다."

"다행이군. 헬기는 고도를 높여서 먼저 조명탄을 10발 이상 발사하라고 해."

헬기 소리는 바다에서 잘 들리지 않는다. 특히 항해하고 있는 선박이라면 파도 소리와 배 소음에 묻혀서 잘 들리지 않는다. 그렇기에 아직 멀리 떨어져 있긴 해도 높은 곳에서 아주 밝은 조명탄을 쏘면 해적은 위축되게 돼 있다. 지원군이 온 것을 알기 때문이다.

"조명탄 10발 발사 완료. 아직 헬기에서 해적선이 보이지는 않는다고 합니다."

"해적선은 작아서 20마일 밖에서 잘 안 보일지도 몰라."

"상선에서 확인한 사항입니다. 해적선이 사다리를 걸려고 하지 않고 떨어져나가고 있다고 합니다."

"오케이. 그럼 해적선이 확실하니까 위협 사격 100발 하도록 준비하라고 해."

"알겠습니다. 함장님. 헬기에서 상선과 해적선으로 추정되는 소형 선박을 동시에 봤다고 합니다."

"그럼, 추적하고 위협 사격하라고 해."

"넵. 해적선이 상선에서 떨어져나와 외해로 고속으로 도주한다고 합니다.”

“위협 사격하고 있는 거야?”

“네, 지금 위협 사격했고, 추적 중입니다.”

“몇 발 했나?”

“K-6 100발 했습니다. 그리고 헬기에서 격파 사격하겠다고 연락이 왔습니다.”

“격파? 격파 사격은 대기해.”

이때 참모장 겸 작전참모가 원론적인 수준에서 거들었다.

“부대장님. 해적 행위가 명백했기 때문에 격파 사격해도 됩니다.”

“아니야. 외해로 10마일 이상 도주했으면 격파 사격은 하지마. 완전히 멀어질 때까지 감시만 하도록.”

“네. 알겠습니다.”

우리에게 확실하게 피해를 입히고 도주하는 해적선이라면 반드시 격파해야 한다. 그러나 해적질을 시도만 하다가 달아나는 선박을 격파해서 인명피해 및 재물 손실을 입힐 필요는 없다. 이들은 해적일 뿐 군사적 도발을 일삼는 우리의 주적은 아니다. 청해부대는 최우선으로 우리 선박을 보호하고, 다음으로는 아덴만의 평화를 지키기 위해 나왔다.

소말리아 해적들은 모두 생계가 어려운 민간인이다. 이들이 갑자기 부유해질 수는 없지만, 생활 여건이 나아지면 우리의 무역 상대국 사람들이 될지도 모른다. 국내에서 나름 다양한 작전을 경험하고 나온 나로서는 무조건 무력을 행사할 수 없었다.

“헬기 비행시간 얼마나 남았나?”

“1시간 정도 남았습니다.”

“오케이. 지금 스웨덴 군함은 우리 상선과 얼마나 떨어져 있나?”

“약 10마일 정도 떨어져 있고, 항무망으로 교신 설정이 된 상태입니다.”

“그럼 상선과 교신도 하고 있고, 레이더로 상선을 접촉하고 있겠구먼.”

“네. 그렇습니다.”

“오케이. 전투정보실 당직 참모는 모든 상황을 스웨덴 군함에 인계하고 헬기는 RTB 시켜.”

우리 헬기는 함정 탑재용으로 영국제 링스헬기다. 기본 목적이 대잠용이다. 평소 바다에 수평으로 정지된 상태로 비행하는 하바링 상해에서 줄을 물속에 내려 소나음을 방사한다. 소나음이 방사돼서 물속 잠수함에 맞아 되돌아오는 음을 분석해서 적 잠수함을 잡는 헬기다. 그런데 소나를 떼어내고 거기에 K-6 14mm 구경 소형포를 설치했다. 해적을 소탕하는 데 적격이다. 이 밖에도 라켓이나 신호탄 등 다양한 무기를 싣고 다닌다.

원거리에서 상황 발생 시 즉각 대응하게 하거나 해상 순찰하는 데는 이만한 게 없다. 그러나 해적선에 너무 가까이 접근하기에 부담도 크다. 요즘 해적은 휴대용 대공미사일을 가지고 있기도 하기 때문이다. 또한, 늘 비행시간에 제약을 받는다. 한 번 이륙하면 오가는 데 드는 시간을 빼면 아주 오랜 시간 비행할 수 없다. 아무튼 우리 상선에 접근해서 납치를 기도했던 해적선을 헬기를 이용해 격퇴했다는데 큰 의의가 있었다.

“헬기 착함 5분 전!”

함내 방송이 들렸다. 계속 함교에 있으면서 헬기가 돌아올 때까지 기다렸다. 야간에 헬기는 이륙할 때보다 착륙할 때가 더 위험하다. 함정에서 헬기를 무선통신으로 통제해서 배로 유도한다. 그러나 가까이 와서도 비행갑판에 최종 내리는 게 쉽지 않다. 특히 야간은 더 위험하다. 함정 근처에 왔다 해도 최종적으로 함정을 한 바퀴 돌고 나서 착륙시킨다. 배의 머리 방향과 꼬리 방향, 그리고 항해하는 방위와 비행갑판을 완전히 확인하고 숙지한 상태에서 착륙하기 위해서다.

"헬기 착함!"

함교에 설치된 CCTV를 통해 헬기가 안전하게 착륙하는 것을 확인하고 나서 함교를 내려왔다. 오늘 하루는 정말 길게 느껴졌다. 방으로 돌아와 다시 성경을 꺼내 들었다. 잠시 후 항공대장 장 소령이 방문을 두드렸다.

"필승! 임무 완수하고 안전하게 복귀했습니다. 인원, 장비, 기타 이상 없습니다."

"오늘 수고했고, 해적선은 다른 무장 같은 건 없었나?"

"IR 카메라로 보고 들어갔는데, 무장은 식별되는 게 없었습니다. 어구 같은 통이 몇 개 보였는데, 그 안에 소총 같은 걸 숨기고 있지 않았나 생각합니다."

"그래? 녹화는 해왔지?"

"네. 카이샷으로 보내 드린 것 외에도 보도사가 찍어놓은 영상도 별도로 있습니다."

헬기 사격수는 특전요원이 수행한다. 그들은 모두 '카이샷'이라는 실시간 전송 가능한 영상 장구를 착용하고 있다. 지난번 삼호주얼리호 피랍 구출 작전에서도 실시간 영상을 송신하여 함정에서 효율적인 작전지휘가 가능했다.

"나중에 한번 보도록 하세. 그리고 오늘 내용은 상부에 정리해서 종합보고를 하도록 준비해."

"네. 쉬십시오. 필승!"

항공대장이 물러간 뒤 긴장이 풀려서 그런지 어떻게 잠자리에 든지도 모르게 잠이 들었다.

★ ★ ★

또 하루가 지나갔다. 오늘 저녁은 시간 변경도 없고 좀 느긋하게 UAE 장교를 포함한 통역장교와 발해, 고려 얘기를 할 수 있겠다. 식사를 마치고 통역장교를 통해 어젯밤에 있었던 상황을 물어봤다.

"어제 상황에 대해 UAE 장교들은 어떻게 생각하더냐?"

"큰 전투가 벌어지는 줄 알았다고 합니다."

통역장교는 웃으면서 말했다.

"해적은 우리가 가니까 미리 겁을 집어먹고 멀리 도망가고 없었고, 피해도 없었기에 완벽한 작전이었다고 알려줘."

"오기 전에도 그렇게 얘기해줬습니다."

"한국의 문화 같은 것도 많이 배우게 해야겠지만, 한국의 역사를 아는 것도 아주 중요해. UAE 장교들에게는 우리 배 대조영함의 이름에 대한 유래와 역사에 대해서도 좀 자세히 알려줄 필요가 있어."

"발해가 건국되는 〈대조영〉 드라마는 아주 재밌게 잘 보았다고 합니다. 그런데 몇 가지 궁금한 사항을 물었습니다."

"뭐냐? 구체적으로 얘기해주마."

"발해가 고구려의 후예라고 했는데, 고구려의 문화나 종교 등 여러 사회제도를 그대로 물려받아 이어왔다는 겁니까?"

"그렇지. 행정조직도 5경, 15부, 62주, 다수의 현으로 이뤄졌다. 이는 정착민들에게 적합한 전형적인 체계다. 목축을 주로 하는 유목민의 행정체계와는 다르다. 관리의 관복제도 또한 고구려와 흡사하다. 품계에 따라 관복의 색을 자주색, 붉은색, 녹색 등으로 나누었고, 관직에 따라 들고 다니는 패인 홀도 급수에 따라 상아홀, 나무홀로 구분했다. 또한, 허리띠에 해당하는 어대도 금어대, 은어대로 나눠서 차고 다녔다. 유목민이 가축을 도축하여 가죽옷을 입고 고기와 젖을 짜서 먹고 생계를 유지한 것과는 비교된다. 실제로 발해의 하층민인 유목을 주로 하는 말갈족은 이렇게 살았다. 그러나 농경을 바탕에 둔 발해의 지배층은 철저히 고구려의 의식을 이어받아 살았다."

"네. 종교는 어떻습니까?"

"발해의 종교는 고구려의 영향으로 불교가 번성했다. 고구려는 소수림왕 때인 서기 500년대에 불교가 전래되었다. 랴오둥의 넓은 평야에 살던 사람들을 통해 들어왔다. 불교는 농경민족의 종교다. 살생을 금기시하고 윤회를 기본사상으로 하는 불교가 유목민에게는 적합하지 않다. 유목민은 고기와 젖으로 배를 채우고 산다. 불교가 맞을 리 없다. 발해의 지배층은 농경을 주로 하고 불교를 신봉하면서 살았지만, 하층민인 말갈족은 그렇지 않았다. 정치제도는 내부적으로 왕을 '황상'이라 칭하고 왕비를 '황후'라 불렀다. 전 기간에 걸쳐 독자적인 연호를 사용했다. 과거 고구려가 행하던 관습을 그대로 따랐다. 이게 모두 고구려의 후예인 발해의 지배층이 농경문화를 숭상했기 때문에 가능했다."

"아, 그렇군요. 그럼 고구려의 또 다른 후예인 고려는 어땠습니까? 발해가 망한 후 발해 지배층을 포함한 10만여 명이 고려로 넘어왔다고 했는데, 왜 발해 땅을 수복하지 못했나요?"

"전에 잠깐 얘기하다가 말았는데, 고려는 발해의 잃어버린 땅을 수복하기 위해 노력을 많이 했다. 그런데 중국에 있던 거란족이 세운 요나라에 비해 국력이 미비해서 많은 땅을 거둬오지 못한다."

"거란족이 요나라를 세움으로써 중국 본토에는 두 개의 나라가 존재했다. 남북으로 갈라졌는데 남쪽은 송나라, 북쪽은 요나라가 된다. 우리 고려는 외교적으로 송나라와 손을 잡고 요나라에 대적했다. 후삼국을 통일한 초대 임금인 태조 왕건은 거란을 금수의 나라로 봤다. 반면에 영토를 회복해야 할 땅에 거주하는 말갈족은 형제로 봤다. 이것만 해도 과거 고구려나 발해가 말갈족을 지배하기는 했으나 같은 핏줄로 여겼다는 걸 의미한다."

"태조 왕건이 그렇게 대했다는 근거라도 있습니까?"

"있고말고. '훈요십조'라고 들어봤을 것이다. 태조 왕건이 자손들에게 훈계하기 위해 942년 몸소 지은 유훈이다. 이때는 왕건이 임금이 된 지 25년째 해다. 세상을 떠날 무렵 자신의 최후 공신인 박술희 장군에게 전해 고려 왕실의 헌장으로 신앙, 사상, 정책, 규범 등을 망라했다. 한마디로 말하자면 성경에 나오는 모세의 십계명과 같은 거다. 애굽을 탈출한 모세가 감람산에서 40여 일간 식음을 전폐하고 하나님의 말씀으로 만들어낸 것이 십계명이다. 왕건은 말했다. '평범한 가정에서 태어나 19년 만에 피곤한 몸으로 국내를 통일하고 즉위 25년에 몸은 이미 늙었다. 행여나 후사들이 방탕하여 기강을 문란하게 할까 두려워하여 훈요를 지어 전하노니, 조석으로 읽어 길이 귀감을 삼으라.' 이것은 한반도에 후삼국을 통일하고 과거 고구려의 고토를 수복하고자 하는 고려의 국가 성격을 보여주는 거라 할 수 있다."

"훈요십조에 거란에 관한 내용이 있다는 말씀입니까?"

"훈요 4조에 보면 이런 내용이 있다. '우리 동방은 예부터 당의 풍습을 숭상해 예악문물을 모두 거기에 좇고 있으나, 풍토와 인성이 다르므로 반드시 같이할 필요는 없다. 더욱이 거란은 금수의 나라이므로 풍습과 말이 다르니 의관 제도를 본받지 말라.' 이는 당시 고려의 국가적 정체성을 나타내고 있다. 고려의 건국자가 고려의 성격과 향후 외교적 방향을 얘기했다는 사실이다. 신라를 이어받은 고려는 한족이 지배층인 당나라의 풍습과 관습, 문물은 받아들이라 했다. 반면 북방 민족인 거란족의 요나라는 배척해야 한다고 했다."

"왜 이런 얘길 했답니까? 고구려의 후예라면 거란 땅도 일부 찾아와야 하니까 친하게 지내야 할 텐데 말입니다."

"여기에는 이런 차이점이 있다. 당나라는 한족 중심의 농경민족이 운영하는 국가다. 요나라는 거란족이 초원에서의 유목 생활을 하는 국가다. 왕건은 고려가 유목민과는 어울리지 말 것을 지시했다. 늘 농경민족과 어울리라는 국가 운영 지침이다. 다들 알다시피 고려는 불교 국가다. 훈요 1조에 이런 말이 나온다. '국가의 대업은 부처의 호위를 받아야 하므로 선과 교 사원을 개창한 것이니,

후세에 간신이 정권을 잡고 승려들의 간청에 따라 각기 사원을 경영 및 쟁탈하지 못하게 하라.' 또 훈요 6조는 이렇다. '나의 소원은 연등과 팔관에 있는바, 연등은 부처를 제사하고, 팔관은 하늘과 5악 명산, 대천, 용신 등을 봉사하는 것이니 후세의 간신이 신위와 의식절차의 가감을 건의하지 못하게 하라.' 연등과 팔관은 다들 들어봤을 거야. 흔히 '연등회', '팔관회'라고 하지."

"네. 저도 잘 알고 있습니다."

"이는 고려가 불교국가임을 보여주는 확실한 증거다. 이뿐만이 아니다. 훈요 5조에는 고려가 고구려의 후예임을 보여준다. '우리나라 산천의 신비력에 의해 통일의 대업을 이루었다. 서경(평양)의 수덕은 순조로워 우리나라 지맥의 근본을 이루고 있어 길이 대업을 이룰 곳이니, 사중마다 순수하여 100일을 머물러 안녕을 이루게 하라.' 황제가 연중 100일은 평양에 가서 통치하라는 말이다. 그만큼 고구려의 수도였던 평양을 고려 제2의 수도로 삼아 고토를 회복하라는 의미가 담겨 있다고 하겠다. 결론적으로 말하면, 고려는 고구려를 이어받은 국가다. 그리고 고려는 농경문화에 입각한 불교를 숭상하는 가운데 평양을 중심으로 삼아 옛 고구려의 실지를 회복하란 얘기다. 그러니 발해는 우리의 역사가 확실하다는 것이다."

"그렇긴 하지만, 그 이후에 옛 발해지역에서 생겨난 국가들은 모두 중국에 편입돼서 중국이 됐잖습니까? 거란족의 요나라 이후에 들어선 금나라가 그랬고, 원나라, 심지어 만주족의 청나라도 중국으로 갔습니다. 이것은 발해가 중국 역사라는 사실을 보여주는 것 아닙니까?"

작전을 마치고 오랜만에 같이 식사했던 참모장 신 중령이었다. 그는 중국의 역사를 좀 알고 있는 듯했다.

"절반은 맞는 말이다. 발해가 망한 이후 그 땅에 들어선 국가는 여진족의 금나라, 몽골족의 원나라, 만주족의 청나라다. 그들은 모두 한반도를 건너 중국과 한편이 됐다. 발해가 망한 이후 발해의 지배층인 고구려의 후손들은 모두 거란과 고려에 투항했다. 고려는 아무 조건 없이 그들을 받아주고 높은 벼슬을 주었다. 이 사람들은 지금 우리나라에도 후손이 있다. 태씨와 대씨 성을 가진 사람들이다. 이들은 모두 현지인에 동화돼서 없어진 거나 마찬가지다. 거란으로 간 사람들은 거란인으로, 고려로 온 사람들은 고려인으로 말이다."

"발해가 화산 폭발로 망했다면 그 이후 거기에 산 사람들은 누구입니까?"

"나중에 화산재 위에 새로이 퇴적된 새로운 발해 땅에 다시 들어가 산 사람들은 바로 말갈족이다. 척박해진 고향 땅을 개척하며 들어간 사람은 농사를 짓는 사람들이 아니었다. 농사는 기름진 땅이 아니면 수확할 수 없다. 그러나 화산재가 퇴적된 척박한 땅에도 다소 뻣뻣하긴 하지만 풀은 자란다. 부드럽지는 않으나 초원이 형성되었다. 여기에 가서 살 수 있는 사람은 농사를 짓는 사람이 아닌 유목을 하는 사람만이 가능하다. 바로 유목민인 말갈족이다. 백두산 화산 폭발로 뿔뿔이 흩어졌던 말갈족은 고향 땅에 조금의 풀이라도 자라나자 이내 돌아와서 가축을 길렀다. 물론 지금의 헤이룽장성 인근에 살던 흑수말갈인은 화산 폭발에도 그 자리를 지키며 살고 있었다. 그러니까 백두산 폭발로 흩어졌다가 다시 들어온 사람들과 헤이룽장성 인근에서 계속 살던 흑수말갈족이 모여 나라를 세우게 된다. 이게 금나라다. 즉, 926년 발해가 망한 이후 200여 년이 흐른 1115년 그들은 자신들을 지배하던 거란을 무너뜨린다."

"화산재가 묻힌 자리에 돋아난 초목을 이용하기 위해 말갈족이 다시 고향으로 돌아왔다는 말씀이네요?"

"학자들은 당시의 기술 수준으로 봤을 때 화산재로 덮인 땅에 자연스레 식물이 자란 시간은 대략 100년 전후로 본다. 그러니까 서기 1000년 이후에 말갈족이 고향으로 다시 들어와 살다가 100년간 힘을 기른 후 거란을 무너뜨린 걸로 생각하면 된다. 말갈족은 금나라를 세워 100년 넘게 만주와 중국 북부를 지배했다. 그러다가 다시 1271년 몽골족인 원나라에 나라를 빼기게 된다. 금나라는 만주 지역과 과거 거란이 다스리던 중국 북부지역까지 다스린다. 이때 중국의 한족은 거란의 요나라가 있을 때보다 좀 더 남쪽으로 쫓겨 내려가게 된다. 그게 남송이다. 즉, 만주를 포함한 중국 북부지역을 거란이 지배할 때 중국 남부에는 송나라가 있다가 말갈족인 여진족이 지배할 땐 남송이 있었던 게지. 그리고 그다음에 들어선 원나라는 아예 남송까지 없애고 중국 전체를 지배했단다. 물론 이후에 들어선 청나라도 원나라와 같이 중국 전체를 지배하게 되지."

"그렇다면 거란족의 요나라, 여진족의 금나라, 몽골족의 원나라, 만주족의 청나라가 모두 우리 민족이 아니었기 때문에 중국으로 갔단 말입니까? 우리 한반도는 그대로 두고 말입니다."

재차 신 중령이 물었다.

"우리 민족이 아니었기 때문에 한반도만 남겨두고 중국으로 갔다기보다는 한반도라는 땅이 그다지 탐나지 않았던 게지. 그들로서는 중국의 광활한 땅을 차지하는 게 먹거리를 해결하고 경제 영역을 넓혀나갈 수 있었으니까. 이들은 모두 가축을 기르는 유목민이고 이동 수단은 말이다. 말은 위도가 많이 차이 나면 기온과 먹거리의 변화로 활동하기가 힘들어진다. 즉, 남쪽으로 깊숙이 내려가면 기온이 올라 이동이 느려지고 초목의 두께가 굵어져 먹거리를 구하기가 불편하다. 그래서 이들은 중국으로 가서도 너무 남쪽으로는 내려가진 않았다."

"그럼 한반도는 그들이 유목하기 힘들어해서 내려오지 않았단 말씀입니까?"

"유목에 적합하지 않은 지형 특성을 가진 곳이 바로 한반도다. 한반도는 산으로 둘러싸여 있고 남북으로 길게 형성돼 있어 말이 활동하기 대단히 불편하다. 중국만큼 광활하지도 않고. 예나 지금이나 땅을 넓혀나가는 목적은 그 민족의 경제생활과 직접 연관이 있다."

"그렇다 하더라도 잘 이해되지 않습니다. 요나라, 금나라가 중국 북부를 차지했지만 진짜로 넓고 먹거리가 많은 남부지방으로 영역을 넓히지는 않았습니다. 그 이유가 말이 이동하기 힘들고 말먹이를 구하기 힘든 환경으로 인해 원활한 유목 생활을 유지하기 곤란해서라고 했습니다. 그런데 원나라 때에 와서는 중국 남부지방까지 영역을 넓힙니다. 원나라는 유목민 아닙니까? 원나라의 몽골족은 말을 잘 달려서 세계를 제패했다고 하는데, 어떻게 그게 가능했을까요?"

"《손자병법》에 이런 말이 있다. '불가승재기, 가승재적', '적이 나를 이기는 것은 나에게 달려 있고, 내가 적을 이기는 것은 적에게 달려 있다'라는 뜻이다. 승리의 요건이 상대방에게 달려 있음을 표현한 거다. 그러려면 상대방과 맞닿아 살아봐야 한다. 상대방을 알아야 한다. 이와 유사한 말이 '지피지기면 백전백태'라는 말이다. '적을 알고 나를 알면 백 번 싸워도 이긴다'라는 뜻이다. 요나라나 금나라 때 중국 중부지방까지 내려와 국경선을 맞대고 송나라의 한족과 생활해보니 서로를 알게 되었다. 이로운 점도 많았다는 거야. 북부의 유목민이 만들어내는 고기와 우유, 남부지방의 농경민이 만들어내는 각종 농산물은 서로 교환하기에 이상적이었다. 서로의 경제적 욕망을 충족시켜줄 수 있었지. 고대나 중세 초기 때는 물물교환식의 구상무역이 흔했으니 서로 윈윈했던 거야. 그렇지만 좀 전에 얘기했듯이 너무 남부지방으로 내려가서 뒤섞여 살 순 없었다. 살아온 환경이 달라서이고, 이를 극복할 마땅한 대책이 없어서 그렇다."

"그렇지만 원나라는 남부지방까지 내려가서 남송조차 멸망시키고 중국 전체를 통일했잖습니까? 이건 어떻게 해석해야 합니까?"

"그렇지. 반면에 몽골의 원나라는 앞선 요나라, 금나라를 거치면서 축적된 정보를 가지고 좀 더 서로 윈윈할 수 있는 전략을 취했다. 무슨 얘기냐 하면 원나라를 건국한 쿠빌라이 칸은 몽골제국을 통일한 칭기즈칸의 손자다. 몽골제국의 5대 칸이지. 칭기즈칸의 아들 형제와 손자 형제를 거치면서 대몽골제국의 대표 칸이 되기 위해 무척 노력했다. 형제간에 치러진 전쟁도 있었다. 최종적으로 금나라와 중국 한족의 도움을 받아 대표 칸이 되었다. 지금의 중국 한족의 지원을 받아 여러 형제를 물리치고 대표 칸이 되었단 얘기다."

"한족의 지원을 받았다고요? 쿠빌라이 칸이 한족의 지원을 받았더라면 오히려 한족을 독립국으로 살게 놔뒀어야 하는 거 아닙니까?"

"좀 더 들어봐. 여기서 눈여겨볼 부분은 쿠빌라이 칸이 대표칸이 되도록 도운 사람들이 중국의 한족이라는 사실이다. '왜 한족은 몽골과 치열한 전투를 치르지 않고 같은 편이 되었을까?' 또 '쿠빌라이는 그전의 유목민과 달리 왜 여름에 뜨거운 중국 남부지방까지 지배권에 두고자 했는가?'라는 의문이 들 것이다."

"네. 그렇습니다. 한족이 자신들을 치러 온 몽골족을 도왔다는 게 이해되질 않고요. 만약 그렇다면 한족의 남송을 그대로 두거나 오히려 더 큰 국가로 만들어줘야 하는 거 아닙니까? 그게 도무지 이해되질 않는데요."

"그것은 바로 앞서 얘기한 대로 유목민과 농경민이 요나라, 금나라를 거치면서 서로를 알아왔기 때문에 가능했다. 농경민인 한족은 유목민이 실제로 남쪽으로 내려와서 살지는 않을 것이라는 사실을 알았다. 유목민도 농경민이 북으로 올라와서는 농사를 지을 수 없다는 걸 알았다. 그리고 무엇보다 핵심적인 사항은 쿠빌라이 칸이 내세운 이분법적 통치지배 철학이 한족에게 먹혀들어서다."

"이분법적 통치란 게 뭡니까? 처음 들어보는 말씀입니다."

"구체적으로 설명하자면, 중국의 한족은 이미 오래전에 칭기즈칸이 몽골 부족들을 통일하고 그의 아들 우구데이 칸이 그 세력을 전 세계로 넓혀가고 있음을 알았다. 서쪽으로 달려간 몽골족은 저항하는 현지인과 문화를 무지막지하게 파괴하며 영역을 넓혀나갔다. 반면 중국으로 내려온 몽골족은 금나라를 등에 업으면서 중국 본토의 한족에 대해 알게 된다. 그리고 서로 또 다른 빅딜을 하게 된다. 쿠빌라이 칸은 중국의 한족에게 몽골이 지배하더라도 절대 한족의 문물이나 풍습, 관습, 종교, 경제생활 등에 대해 간섭하지 않겠다고 했다. 기존에 한족이 가지고 있던 모든 권한을 다 인정해주겠다고 했다. 그 대신 중국에 대한 지배권만 몽골족에게 달라고 했다. 한족은 계산했다. 이 지역에 쿠빌라이가 아닌 그들의 형제인 다른 칸과 싸워서 모든 것을 다 파괴하고 앗아가게 할 것인가, 아니면 우리와 경제생활 등을 유지한 채 지배권한을 넘겨주고 살 것인가 고민했다. 한족은 싸우는 것보단 중국 본토인 남부지방에 대한 권리를 인정받고 몽골을 포함한 북부지방과 합치는 게 낫다고 판단했다."

"그렇다면 쿠빌라이가 아닌 그의 다른 형제가 내려왔다면 한족 문화가 모조리 부서졌을 것이라 여겨서 한족이 항복하고 합쳤다는 말씀입니까?"

"그렇지. 몽골족은 5대째에 와서 대표 칸의 자리를 두고 형제간에 전쟁을 치르고 있었다. 즉, 몽골 본토에 있던 막냇동생 아리케부케가 대표 칸으로 등극하려 하자 쿠빌라이가 진압하면서 생긴 전쟁이다. 중국에 와서 남방 정벌을 펼치고 있던 쿠빌라이가 한족의 도움을 받아 아리케부케를 무너뜨린다. 이때부터 몽골은 몽골 본토를 포함한 중국을 통일해서 원나라를 세우고 쿠빌라이는 대표 칸에 오르게 된다. 그리고 서방으로 건너간 몽골족이 지배하는 나라는 원나라의 속국이 된다."

"어쨌건 중국의 한족은 쿠빌라이 칸의 이분법적 통치를 받아들이고 원나라 건국에 동조한 걸로 봐야겠습니다."

"그럼. 이렇게 건국된 원나라의 태조 쿠빌라이 칸은 베이징에 수도를 세우고 여름엔 몽골에서, 겨울엔 베이징에서 통치했단다. 원나라는 철저히 이분법적 통치를 해왔다. 한족 관할 지역엔 농경민에 적합한 고정된 정착형 행정구역과 제도를 적용했다. 지금의 우리나라 행정구역제와 비슷하다. 반면에 북쪽의 유목민 구역엔 이동형 행정제도를 지정하고 부족을 인정해줬다. 유목민은 철 따라 초지를 찾아 부족 단위로 이동하기 때문에 그들 부족과 이동지역 등을 인정해줬다는 얘기다. 철저하게 생활환경에 부합한 행정구역과 제도를 적용했다. 이로써 남쪽의 한족과 북쪽의 유목민이 한 나라에서 공존할 수 있었다. 이런 경험이 주효하여 근세에 와서 생겨난 청나라 때도 중국 한족은 자연스레 만주족의 지배하에 살아갈 수 있었다. 몽골에 대한 얘기는 나중에 기회가 있을 때 다시 하기로 하자. 몽골과 고려의 전쟁은 우리의 뿌리 찾기에서 아주 중요한 요소이기도 하기 때문이다."

"설명을 듣고 나니 조금은 이해가 됩니다. 우리의 북부지방에 있던 금나라나 청나라가 왜 중국 쪽으로 갔는지 이해되네요. 그들 스스로 중국으로 가서 서로 합쳤고, 고려는 같이 합치지 않고 내버려뒀기 때문에 우리 조상으로 볼 순 없다는 말씀이죠?"

"하하. 그건 조금 다른 얘기다. 그들이 고려나 조선을 놔두고 스스로 중국으로 향했다 해서 우리 민족이 아니라고 단정 짓는 건 무리다. 그건 별개의 문제야. 민족 문제는 별개야. 단지 이들을 우리의 역사로 둘 것인지는 좀 더 연구가 필요하단 말이지. 즉 발해는 고구려의 후예가 확실하기 때문에 우리의 역사에 속하지만, 그 이후에 생겨난 금나라나 청나라를 우리 역사로 두는 문제는 부담이 된다는 얘기지. 그건 다른 얘기야.”

“역사랑 민족은 서로 다른 얘기라는 말씀이죠?”

“그렇지. 민족이란 한마디로 핏줄을 말한다. 같은 핏줄을 가진 사람이 다른 나라에 살고 있다고 그 나라의 역사가 우리 역사가 될 수는 없다. 미국 서부에 우리 교포가 많이 살고 있다고 해서 미국의 역사가 한민족의 역사가 될 수 없듯이 말이다. 암튼 이 얘기는 좀 시간이 될 때 따로 하자. 오늘은 시간이 많이 흘렀으니.”

“네. 알겠습니다.”

얘기를 조금 길게 하다 보니 벌써 야식 시간이 됐다. 할 수 없이 같이 야식을 해야 했다. 야식 메뉴는 짜장면이었다. 고국을 떠나온 지도 어느새 달포가량 지났다. 고향 생각에 특별히 만든 야식이라 했다. 짜장면을 만들 때 들어가는 춘장은 국내에서 나올 때 미리 준비했다. 다만 면은 국외에서 조달하기로 해서 따로 준비하지 않았다. 오랫동안 보관하기 어려워서다.

“함장님. 아리부항에서 에이전트에게 짜장면 만들 면을 사달라고 요청했는데, 도저히 못 구하겠다고 합니다. 그래서 준비한 게 스파게티 면입니다. 오늘 스파게티 면으로 만든 짜장면을 드실 테니, 드시고 음식 만평을 해주시기 바랍니다.”

부장은 특별히 별식을 준비한 것처럼 말했다. 내심 기대도 되었다. 사실 짜장면을 거의 두 달 가까이 못 먹어봐서 기대감도 컸다. 하지만 그보다는 짜장면과 스파게티 면이 조합되면 어떤 맛이 날까 하는 기대감도 있었다. 드디어 짜장면이 나왔다.

“함장님. 짜장면 맛이 어떻습니까?”

한 두어 젓가락 떴나 싶었는데 부장이 재빨리 물었다. 요리조리 눈치도 살피면서….

"야, 이거 나만 그런가? 영 아닌데."

그만 솔직하게 느낀 입맛을 그대로 내뱉어버렸다. 사실 음식을 만드는 조리병들 생각해서 함장인 나는 어떤 음식이든지 늘 맛있다고 얘기해왔다. 나도 모르게 나와버린 말이었다.

"아! 함장님. 저도 이런 맛은 아닐 거라 생각은 했습니다. 정말 죄송합니다."

짜장면 맛이 아니었다. 춘장을 엄청 부었어도 스파게티 본래의 맛이 배어나왔다. 처음 알았다. 스파게티 면에다 짜장면 만들 때 쓰이는 춘장을 넣어 버무려도 스파게티 맛이 난다는 사실을.

"문화의 차이를 여기서 다시금 느끼네. 그냥 국수 만드는 면도 구할 수 없었다더냐?"

"여긴 식재료 대부분을 유럽에서 가져온답니다. 그런데 이곳 현지 에이전트에서는 스파게티 면 외에는 취급하지 않는답니다."

순간 퍼뜩 스쳐 지나간 인물이 있었다. UAE 에이전트 박 사장이었다. 그는 달콤한 말솜씨로 내게 다가와서 은밀히 속삭였다. 풍습이 다른 외국에서 한국식으로 생활하도록 도와주겠노라고.

"이런 경험도 해보는 거야. 이때 아니면 언제 이런 문화의 차이를 경험해볼 거야. 안 그래?"

동서양의 문화가 혼합되어 새로운 문명을 꽃피울 것 같은 그런 맛은 절대 아니었다. 한마디로 먹기 거북한 이상한 맛이었다.

"다음부턴 밀가루를 사 와서 면을 만들어보는 건 어때?"

"네. 함장님. 한번 해보겠습니다. 이런 맛이 날 줄 저도 몰랐습니다. 밀가루로 면을 뽑아보도록 시도하겠습니다."

"그렇다고 꼭 만들라는 얘기는 아니다. 혹시 밀가루를 잘 다루는 사람이 있으면 하고, 그렇지 않으면 그냥 수제비처럼 만들어서 거기다 춘장을 넣어 먹어도 될 거야. 못 만드는 면을 억지로 만들려고는 하지 마라."

"네. 한번 해보고 다시 내놓도록 하겠습니다. 죄송합니다."

부장은 고국의 맛을 내보이기 위해 나름 노력했다. 매일 육류 중심의 식단을 꾸리다 보니 고국 생각이 많이 났을 터다. 동남아를 거쳐 아랍까지 오면서 줄곧 육류 중심의 식사를 해왔으니 그럴 만도 했다. 먹는 둥 마는 둥 하고 사관실 문을 나섰다.

고래 싸움에 새우등 터지지 않기

2차 호송도 얼마 남지 않았다. 아침 식사를 마치고 나서 비타민 D도 맘껏 충전할 겸 함교로 향했다. 함교에는 갑판사관 김 대위가 당직사관으로 있었다. 대조영함 뒤편으로 길게 늘어서 있던 호송선단은 이미 흩어져 있었다.

“아직 좀 남지 않았나? 통항로 끝단까지 가려면?”

“통항로 끝단까지 갈 필요가 없어 새벽에 모두 해체시켰습니다. 여기서부턴 인도양으로 접어들기 때문에 저속항해 선박을 제외한 상선들은 먼저 가겠다고 해서 해체했습니다.”

“그럼 우리 바로 뒤에 있는 상선들은 끝까지 우리가 보살펴야 할 선박들이군. 속력 빠른 상선들은 미리 치고 나갔단 말이지?”

“네, 맞습니다. 우리 바로 뒤에 있는 선박들은 최대 속력이 12노트 정도밖에 안 나가는 상선들입니다.”

"그래, 알았다. 속력이 빠른 큰 상선들이야 별문제 없겠지만, 이런 배들이 탈취당할 우려가 크니까 끝까지 안심하지 말게."

"나중에 호송이 종료되어도 '안전항해 지원작전'을 통해 우리 작전구역을 벗어나서도 끝까지 안전을 책임지겠습니다. 전단상황실 참모 당직자들이 계속 체크해서 안전하게 인도양으로 나가도록 조치하겠습니다."

"그래. 전단상황실 참모 당직자들에게 알려줘."

"네. 지시사항 전파하겠습니다."

함교를 내려오는데 함가가 울려 나왔다. 전단상황실에 아침 브리핑을 받기 위해 들렀다. 함정은 24시간 당직 개념으로 돌아간다. 미드워치 당직자가 최종 기상하는 시간에 맞춰서 브리핑한다. 이들은 새벽 4시 넘어서 잠든 사람들이다. 10시에 기상하니까 이 시간에 맞춰 대조영 함가를 틀어주도록 했다. 노래는 사람을 재생시키는 효과가 있다. 지쳐 쓰러진 사람을 다시 일으켜 세우는 힘이 있다. 해군의 구축함급 함정에는 함가가 있다. 대부분의 함가는 기존의 우렁차고 다소 살벌한 군가와는 조금 다르다.

함정은 부대이면서 동시에 생활공간이고 전장이다. 어떨 때는 최고의 군기를 유지해야 하는 부대이지만, 또 어떨 때는 사람이 먹고 배설하고 자는 공간이다. 전투가 벌어지면 치열하게 싸우며 목숨을 내놔야 하는 전장이기도 하다. 이런 다양한 목적으로 운용되는 함정에 살벌한 군가만 틀 수는 없다. 명실공히 한 배를 탄 동료의식을 심어주기 위해 만든 노래가 함가다. 아침에 일어나는 시간에 너무 살벌한 군가를 틀면 종일 짓눌리는 생활을 해야 한다. 대조영함 함가는 편하게 잠을 깨우는 군가라고 자부한다. 간단한 브리핑 후 작전참모인 신 중령이 첨언했다.

“부대장님. 오늘 오후부턴 ‘해양 안보작전’ 기간입니다. CTF에 협조를 요청해보니 현 위치에 대기하면서 작전에 임하라고 합니다.”

“요즘 인도양 입구가 오히려 더 위험하다고 하더니 이곳에 대기하라는 건가?”

“해적들이 출몰하는 지역이 일정하지 않습니다. 특히 바다에 파도가 없는 이 시기에는 대양에서도 해적이 출현합니다.”

“그렇겠군. CTF와 협조해서 최대한 안전하게 작전을 수행하도록 해. 그리고 우리 유류 수급은 언제 하나?”

“이번엔 입항해서 하지 않고 해상에서 할 예정입니다.”

“해상에서? 외국 군수지원함은 정해졌나?”

“아직 정해지진 않았고, 가능한 함정은 두 군데가 있습니다.”

한쪽에서 가만히 듣고 있던 군수참모인 기관장이 응답했다.

“CTF가 편승해 있는 영국 군함과 미국 군함이 있습니다.”

“그래? 영국 군함에 CTF가 편승해 있다고? 그럼 영국 군함과 먼저 해야겠군.”

“네. 그렇게 하시면 될 것 같습니다. 영국 군함에선 자국의 현재 유류가격으로 계산한다는데, 오히려 국제기준 유가보다 저렴하답니다.”

“그거 잘됐군. 기름값에 갖고 온 돈 다 쏟아부을 수는 없잖아.”

“미국 군함은 한미동맹 하에 상호 군수지원협정이 체결돼 있어 현지에서 돈을 안 줘도 됩니다. 나중에 한국에서 현물로 미군부대를 상대로 정산할 수 있습니다.”

"좋아. 내일은 영국 군함에서 받고, 다음번엔 미국 군함에서 받도록 하자. 아무래도 상급 부대인 CTF가 편승한 함정에 먼저 가서 신고하는 게 도리이니 말이야."

"네. 그렇게 준비하겠습니다."

현지 물품 구매 대금으로 국내에서 많은 현찰을 들고 나왔다. 머리털 나고 처음으로 많은 돈을 만져보는 기회였다. 현금은 모두 달러로 환전해서 가져나왔다. 돈은 모두 함장실 맞은편 보급관 방의 금고에 보관 중이다. 돈을 지불할 때는 군수참모와 인사참모, 보급관이 입회하고 부사관인 경리장이 직접 금고를 열어 세어준다. 물론 금고 키는 복수로 관리한다. 반 짝은 군수참모가, 반 짝은 보급관이 가지고 있다. 이 두 사람이 키를 같이 가져와야 금고를 열 수 있다. 돈 관리는 철저했다. 수십억 원의 현금을 직접 관리할 일이 없기에 신경이 더욱 곤두섰다.

다시 저녁 식사 시간이 돌아왔다. 오늘은 모처럼 한가한 시간이다. 어제는 저녁 식사 후에 너무 늦게까지 얘기하다 보니 야식 시간까지 앉아 있었다. 통역장교는 UAE 장교들이 우리나라 역사는 물론이고, 중국 역사까지 공부하게 되었다고 좋아했다. 물론 100% 다 이해하는 것 같지 않았다. 이해할 리도 없었다. 그렇지만 통역장교와 우리 장교들에게는 발해를 건국한 대조영과 발해가 우리 역사임을 알게 해야 했다. 이 사람들이 어디 가서도 쉽게 설명하기 위해서는 이 정도쯤은 알고 있어야 막히지 않고 설명해줄 수 있기 때문이다.

다음 기항지는 오만의 아리부항이 아니라 아프리카 북단의 홍해 입구에 있는 스리부항이다. 스리부는 해적이 들끓는 소말리아 북쪽 끝단의 조그마한 항구다. 그런데 이곳은 소말리아로부터 아주 오래전에 떨어져 나와 프랑스령이 되었다. 프랑스령이긴 한데, 그냥 빈곤에 시달리는 아프리카 중 하나라는 평을 듣는 곳이다. 청해부대는 굳이 스리부항에 들어갈 필요가 없을 것 같은데, 들어가는 이유가 있다. 여긴 미군과 프랑스군, 일본군, 중국군 등 많은 국가의 군대가 진출해 있는 곳이기도 하다. 또한, 수에즈운하를 타기 위해 거쳐 가는 홍해의 입구 지점이다. 세계의 해상 교통요지라고 해야 할 지점이다. 이러다 보니 자원도 돈도 없는 스리부에 많은 국가가 몰려들고 있다. 그리고 무엇보다 여긴 함정의 군수지원을 위한 기반이 마련돼 있다. 바로 우리와 동맹인 미군이 주둔하고 있어 미군으로부터 지원을 받을 수 있는 곳이다.

"어제 어디까지 얘기했지? 역사 얘기는 재미는 없어도 할 얘기는 많아요."

"함장님이 재밌게 말씀해주셔서 아주 즐겁게 듣고 있습니다."

"난 이런 아부성 발언 싫어하는데, 오늘은 싫지 않네."

"고려의 태조 왕건이 거란을 싫어하고 당나라를 좋아한다고 했습니다. 당나라가 망한 후에 중국의 북쪽은 거란족이 세운 요나라, 남쪽엔 한족이 세운 송나라가 존재했습니다. 왜 고려는 이후에도 한족인 송나라와 친하게 지냈는지 궁금합니다. 어찌 보면 북방민족인 거란족은 우리의 옛날 조상인 고조선인의 후예일 수도 있는데 말입니다."

"아주 좋은 질문이다. 고려라는 국가는 후삼국을 통일했지만, 신라를 거의 물려받은 것이나 다름없다. 성경으로 보면, 남쪽 유다 지방의 다윗이 북쪽 수도인 예루살렘을 치고 이스라엘을 통일한 것과 같다. 신라의 수도가 남부지방의 경주라면, 고려는 지금의 북한 개성지방인 송악에 수도를 세웠다. 그리고 불교를 국교로 선정한 것 외에는 신라가 전부터 행해오던 관습이나 풍습을 그대로 이어받았다. 신라가 삼국을 통일할 때 한족이 지배계층인 당나라와 손잡고 해냈다. 그리고 당나라와 문물을 주고받으며 나라를 지탱해왔다. 고려를 건국한 왕건도 바다 건너 당나라와 문물을 교환하며 세력을 키워 나중에 나라를 건국했다."

"고려도 신라처럼 중국에 사대하다 보니 거란족을 배척한 거네요."

"다시 말해, 신라나 고려는 한족이 가진 찬란한 문화와 농경 정착사회를 유지한 질서 정연한 법, 제도를 엄청나게 동경해왔다. 문화와 제도만 따른 게 아니다. 경제적으로 풍부한 한족과 문물을 교환해야 득이 되고 남는 장사가 됐던 거야. 반면에 거란족은 유목 생활을 통해 만들어낸 고기와 우유뿐이다. 한반도 동부는 대부분 산악지역이고, 서부에만 일부 평야가 있다. 위도가 34°부터 40°까지 남북으로 길게 늘어선 지형 특성을 가졌다. 이런 땅에서는 유목 생활을 할 수 없다. 산에는 짐승들이 좀 살 수 있을지 몰라도 대규모의 유목은 할 수 없다. 양이나 소를 대규모로 기르기 위해서는 넓은 초원이 필요하다. 그런데 우리 한반도에는 그런 땅이 없다. 그나마 조금 있는 평야는 농사만 가능했다. 신라와 고려만이 그런 게 아니다. 신라가 삼국 통일을 이루기 전 삼국시대에 백제와 고구려도 중국 남부지방의 국가들과 교류를 해왔다. 중국의 남북조 시대에도 이들은 모두 남조와 교류했다."

"중국의 남조는 어떤 국가들입니까?"

"남조는 송, 제, 양, 진 4개의 나라를 일컫는다. 우리 한반도에 들어선 고대 국가들은 모두 중국 남부지방의 국가와 교류를 맺고 친했다."

"이런 데 특별한 이유가 있습니까?"

"그렇게 함으로써 무엇보다 경제적으로 이익을 볼 수 있었다. 농경법을 배우고 익혀 오곡백과의 생산성을 향상시켰다. 우리나라 노래에도 '오곡백과 풍성한 금수강산 옥토 낙원'이라는 가사가 나온다. '오곡'이란 쌀, 보리, 조, 콩, 기장이고, '백과'는 백 가지 과일이다. 우리나라 사람들은 전통적으로 고기를 주식으로 삼고 살아오지 않았다. 세계적으로도 온난습윤한 기후를 가진 위도 30~40° 사이의 국가들이 쌀농사 재배를 가장 많이 한다. 우리나라나 중국, 일본도 여기에 속한다. 다만 중국 북부지방은 그렇지 않다. 매우 춥고 건조한 지역이라 농사를 짓기에는 부적합하고 유목을 하기에 적당하다."

"아, 그렇구나!"

"두 번째가 문화와 관습이다. 중국 남부지방은 농경사회를 이루며 정착된 생활을 하다 보니 온순하고 정겹다. 반면 북부지방은 유목 생활을 유지하다 보니 거칠고 사납다. 우리 한반도에 세워진 고구려, 백제, 신라 등 고대 국가는 모두 중국 남부지방과 교통하면서 살아왔다. 이러한 교류는 세대가 바뀌어도 존속되어왔다. 고려도 그런 맥락에서 중국 남부지방의 한족과 친하게 지내려고 했다."

"요즘처럼 민족의 개념이 아니라 철저히 경제적 이익을 고려해서 중국 남부지방의 한족을 동경해왔다고 봐야겠습니다."

"그렇다고 봐야지. 반면 거란족은 발생지와 활동 공간이 거의 지금의 몽골과 겹친다. 몽골족은 아직도 게르에서 생활하면서 유목을 주업으로 살고 있다. 거란은 대흥안령산맥을 기준으로 동서로 랴오허강 서쪽, 시라무렌강 북쪽에 펼쳐진 평원에서 살았다. 당나라가 망한 후 세력을 키워 발해를 병합하고 중국 북부지역의 맹주가 된다. 그리고 그들의 아래에는 한족인 송나라가 있었고, 그 옆에는 고려가 자리하고 있었다. 한반도를 중심으로 삼각 구도다. 송나라와 영토전쟁을 하고 있던 거란은 옆에 있는 고려가 늘 신경 쓰였다. 송나라와 친교 관계를 맺고 있던 고려를 못내 의심스러워 했다. 거란은 922년 고려 태조 5년에 낙타, 말 등을 보내며 수교를 요청했다. 하지만 고려는 수교를 거절했다. 남부지방의 한족과의 관계 때문이었다. 그러다가 942년 거란의 태종이 보내온 낙타 50필을 만부교 다리 밑에서 굶겨 죽이고 사신 30명을 유배 보냈다."

"이때는 송나라가 건국했을 때였습니까?"

"아니다. 송나라는 이후에 건국된다. 985년 고려 성종 4년에 중국 남부에 송나라가 건국되었다. 송나라는 고려와 협공으로 거란을 치자는 제안을 해왔다. 이러한 움직임을 안 거란은 랴오둥 지방에 밀집해 있던 발해의 유민이 세운 정안국을 토벌하고 고려를 침략할 계획을 세운다. 그리고 마침내 993년 소손녕의 군대가 압록강을 넘었다."

"한족의 국가인 송나라가 건국되기 전인데도 고려는 한족을 의식해서 거란족을 배척했군요. 참 이해가 안 됩니다."

"이해가 안 될 거야. 좀 더 들어봐. 이때 등장한 인물이 서희다. 서희의 담판외교로 유명한 거란의 1차 침략이다. 흔히들 서희가 외교가 능통하여 전쟁을 막고 오히려 강동 6주를 얻었다고 생각한다. 그러나 자세히 들여다보면 전혀 그렇지 않다."

"아니라고요? 학교에서도 그렇게 배운 거 같은데…."

"거란이 침략하자, 고려에서는 처음에 할지론이 대두되었다. 뭐냐 하면 대동강 이북의 땅을 거란에 떼어주고 화친을 하자는 논리였다. 이때 황제는 고려의 뼈대를 만든 성종이었다. 태조 대에 후삼국을 통일했으나 어수선한 상황이었다. 나라의 안정을 도모하기 위해 혼인정책을 썼고, 불교를 국교로 받아들여 국론을 일치시키기에 바빴다. 성종 대에 와서야 명실공히 강력한 중앙집권의 왕권을 확립하고 개혁을 도모했다. 그런데 갑자기 거란이 침략해왔다. 고려는 많은 고민 속에 전쟁보다 화친을 택했다. 여기에는 성종의 피눈물 나는 결단이 있었기에 가능했다."

"화친해서 서희가 외교로 강동 6주를 얻은 거 아닙니까?"

"결론적으로는 그렇지만 과정은 정반대다. 외관상으론 서희가 나가 소손녕과 담판을 했다지만 결정권은 성종이 가지고 있었다. 서희는 외교관이라기보단 무관이었다. 고려의 군사를 이끌고 나가 소손녕 군대와 대치했다. 서로 일촉즉발의 전선이 형성된 가운데 회담이 진행됐다. 고려 군대가 다가왔는데도 소손녕의 거란군이 먼저 공격하지 않았다. 이유는 회담이 진행되면서 알 수 있었다. 송나라와 결전을 앞둔 거란은 고려와 크게 싸울 이유가 없었다. 소손녕은 크게 두 가지를 요구했다. 첫째는 고려가 거란이 차지한 고구려의 옛 땅을 잠식한 점, 둘째 고려가 거란과 국교를 수립하지 않고 바다 건너 송나라와 수교하고 있는 것이었다. 한마디로 두 번째 이유 때문에 고려를 침략했다. 즉, 고려가 송나라와 손잡고 연합으로 거란을 공격하는 일이 없도록 막겠다는 전략이었다."

"서희가 전문 외교관인 줄 알았는데 그렇지 않았군요. 화친하고자 했으니 송나라와 거래를 끊어야 했겠습니다."

"그렇지. 당시 고려 조정에는 송나라와 연합하여 거란을 몰아내자고 주장한 주전파와 평양 이북 땅을 거란에 떼어줘서 전쟁을 피하자는 주화파가 있었다. 주전파는 주로 개경 출신, 주화파는 신라 출신의 대신이었다. 서희는 개경 출신으로 전쟁을 각오하고 군사를 이끌고 전장에 나갔던 사람이다. 그러니 외교관이라기보단 무관에 가까웠다. 서희는 고려가 고구려의 옛 땅을 잠식한 것은 거란을 치기 위해서가 아니라 고려가 고구려의 후예이기에 원래 땅을 되찾고자 한 행위라고 설득했다. 즉, 송나라와 손잡고 거란을 침략하기 위한 행위는 아니란 얘기다. 둘째, 송나라와 교류하는 건 먹고살기 위해 어쩔 수 없어서라고 했다. 너희 거란과 교류해서 먹고살려니 앞에 나가는 길목에 여진족이 진을 치고 있어 나갈 수 없다고 했다. 그러니 앞에 있는 여진족 땅을 떼어준다면 송나라와 거래를 끊고 너희 거란과 교류하겠다고 했다."

"고려가 송나라와 거래를 끊는다면 거란은 고려를 칠 생각이 없다는 걸 알게 돼서 정책이 완전히 반대로 전환되었군요?"

"그렇게 된 셈이지. 이에 소손녕은 그렇게 하겠다고 했다. 고려가 송나라와 거래를 끊고 거란과 편을 먹으니 좀 전에 거란이 장악했던 여진족의 땅인 정안국을 떼어주겠다는 것이다."

"정안국은 뭡니까?"

"발해 유민이 세운 제2의 발해인 셈이다. 앞서 얘기했다만, 발해가 화산폭발로 망한 이후 발해 유민이 한반도 서북쪽으로 몰려오면서 많은 인원이 거란과 고려에 투항했지만, 일부는 그 언저리에 남아 '정안국'을 세웠다. 이렇게 받은 여진족의 땅이 강동 6주다. 강동 6주는 다들 알다시피 대동강 이북에서 압록강까지의 한반도 서북쪽 땅이며, 발해 유민인 여진족이 살던 곳이다. 마침내 고려는 994년부터 거란의 연호인 '통화'를 쓰고, 지금의 대사관 격인 '부로'를 상호 설치하여 교환함으로써 송나라와는 거래를 끊게 되었다."

"그렇군요. 여진족이 그럼 발해 유민이란 말입니까?"

"용어 정의가 필요하겠구나. 여진족은 그전엔 말갈족이었다. 발해 지도부가 해체된 이후 말갈족은 스스로 '여진족'이라 칭하고 나라를 세웠다. 그것이 정안국이다."

"잘 알겠습니다. 계속 설명해주십시오."

"대신 고려는 잃어버린 게 많았다. 우리는 모두 이때 강동 6주 땅을 얻은 것만 잘했다고 알고 있는데, 잃은 것도 많다. 뭐냐 하면 바로 경제다. 오늘날도 늘 경제가 문제다. 전통적으로 문물과 관습, 제도 등 모든 것을 송나라와 교통해서 들여왔는데 그게 불가능해진 것이다. 고려가 어떻게 생긴 국가인가? 지금의 개성인 송악에서 뱃길로 중국 남부지역과 무역해서 돈이 많아진 세력이 만든 국가다."

"송나라와 거래가 끊어진 고려도 타격이 컸겠습니다."

"바로 그거다. 이들은 서류상으로는 송나라와 거래를 끊겠다고 했지만 그렇지 않았다. 무역하던 사람이 무역을 안 하고 살 수는 없었다. 자연스레 거란이 모르게 송나라와 거래를 해왔다. 이후 거란도 대충 알고 있었지만 먹고사는 문제이니까 그간 눈감아주고 있었다. 그러던 것이 뒤집히는 사건이 일어났다. 바로 강조의 반란이다. 서희가 담판외교로 강동 6주를 찾아온 지 불과 10년 만에 거란은 2차 침략을 하게 된다."

"고려가 송나라와 완전하게 거래를 끊어내지 못해 거란의 2차 침략이 있었다는 말씀이군요?"

"그래 맞다. 강조는 강동 6주 땅을 지키던 도독이다. 지금으로 치면 지역 사령관인 셈이다. 그가 군사를 몰아 성종의 뒤를 이은 목종을 몰아내고 현종을 앉혔다. 반란으로 황제가 바뀌었다. 왕조 국가에서 쿠데타로 왕이 바뀐다는 건 외교정책이 바뀐다는 것이다. 1010년 말에 압록강을 건넌 거란은 파죽지세로 남하하여 고려의 수도인 개경을 쑥대밭으로 만들어버렸다. 고려 현종이 피난길에 올라 광주를 지날 때 거란군은 수도 개경에 도착하여 궁묘와 민가가 많이 소실되었다. 물론 이때 고려는 양규, 이수화 장군이 대항했으나 거란군은 우회하여 남하했다. 거란군의 길목을 지키고 있던 고려의 반정군 대장 강조는 거란군에 잡혀 죽었다. 다음 해 1월 13일 고려 현종이 나주에 이르렀을 때 거란군이 철퇴했음을 보고받았다. 현종은 21일에 나주에서 출발하여 다시 개경으로 돌아왔다."

"거란군이 그냥 돌아갔을 리 없을 텐데요?"

"거란군이 돌아가면서 고려에 요구한 조건은 고려왕의 친조였다. 고려왕이 거란에 직접 와서 사죄하란 뜻이다. 고려왕은 가지 않았다. 정책을 바꾸기 위해 반란이 일어나서 임금이 되었는데, 거란에 가서 사죄할 수는 없었던 게지."

"아, 그렇구나. 고려 현종은 지금으로 치자면 친송정책을 받아들인 왕이었군요. 외교정책이 완전히 바뀌었으니 거란이 가만있지 않았겠고요."

"그럼. 이에 거란은 돌려줬던 강동 6주를 내놓으라고 협박했다. 거란이 고려를 침략한 목적은 하나다. 송나라와 관계를 끊고 자신들과 교통하라는 거다. 강동 6주를 얻었으니 이제 그쪽 통로를 통해 교역하자는 의미였다. 그런데 고려는 10년 만에 정권이 바뀌었다. 고려의 막강한 군주 성종이 보여준 리더십이 아들 목종대에 흔들리기 시작했다. 성종은 거란과 전쟁을 하지 않고도 국가 위기를 극복할 능력이 있는 인물이었다. 그 정책을 그대로 물려받은 그의 조카 목종도 거란과 화친정책을 폈다. 그러나 고려 귀족세력은 송나라와의 관계가 자신들의 이익에 부합하다고 판단했다. 거란과 친화정책을 추진한 목종을 죽이고 정권이 현종으로 바뀌었다. 현종으로 바뀐 고려 정부는 노골적으로 거란에 적대시 정책을 폈다. 이에 거란은 2차 침략을 감행한 것이다. 수도 개경을 불태우고 고려왕이 거란에 친조해서 다시 국교를 정상화하길 원했으나 고려는 응하지 않았다. 오히려 이참에 거란과 완전히 거래를 끊고 송나라와 교통하기를 원했다."

"부대장님. 저도 몇 년 전에 사극에서 봐서 조금 기억이 나는데, 이때쯤 천추태후가 등장하잖습니까. 목종의 어머니 천추태후하고 김치양이 눈이 맞아서 태어난 아들이 있었대요. 김씨 성을 가진 의붓동생에게 왕위가 계승될까 두려웠던 목종이 강조를 불러들여서 이들을 몰아내게 한 사건이 '강조 정변'이라 했습니다. 강조 정변으로 이들을 몰아내고 세운 왕이 현종이던데요. 드라마에 나오는 것과는 다른 말씀인데, 이게 근거가 있는 말씀입니까?"

신 참모장이 연속극으로 방영한 사극을 보고 한 말이다.

"맞다. 이때 우리가 알고 있는 고려의 천추태후가 등장한다. 천추태후는 성종 앞에 있었던 경종의 비이며 외척이다. 경종이 죽었을 때 나이 어린 목종이 왕이 되지 않고 사촌인 성종이 왕이 되었다. 그러다가 성종이 후사 없이 죽자 다시 왕의 자리가 제자리로 돌아왔다. 경종과 천추태후의 아들 목종에게 말이다. 과부였던 천추태후는 아들 목종이 왕이 된 후 신라의 후예인 김치양과 사통해서 아들을 낳았다. 이 둘은 외척 사이이다. 역사는 이 둘 사이에 난 김씨 성의 아들에게 정권을 물려주려다가 강조 정변이 발생했다고 주장한다. 역사는 승자의 편에서 기술된다. 설사 그렇다 할지라도 문맥상 앞뒤가 맞지 않는 모순이 있을 때는 역사를 재해석할 필요가 있다. 그럼 잠깐 여기서 강조가 정변을 일으킨 사유를 살펴보도록 하자."

"뭔가 숨어있는 다른 게 있나 봅니다."

"그래 들어봐. 고려 5대 왕인 경종은 두 명의 비가 있었다. 헌애왕후와 헌정왕후다. 근친상간이 일반화된 고려 초기에 이들 세 명은 모두 사촌 간이다. 경종과 헌애왕후 사이에 난 아들이 나중에 목종이 된다. 그런데 경종이 죽고 왕이 된 인물은 경종의 동생 성종이다. 성종은 981년에 집권하여 997년까지 16년을 통치한다. 성종 12년인 993년에 거란의 1차 침략이 있었다. 성종이 후사 없이 죽자 이를 이은 이가 경종의 아들이며 성종의 조카인 목종이다. 18세에 왕이 된 목종을 대신하여 어머니 헌애왕후는 섭정했으며, 스스로 '천추태후'라 했다. 천추태후는 외척인 김치양을 끌어들여 정치의 중심에 서게 했다. 1003년 천추태후와 김치양 사이에 아들이 생기자 강조를 포함한 고려 귀족들은 반란을 준비한다. 마침 목종에게는 왕위를 계승해줄 아들이 없었다. 그들은 목종 다음으로 천추태후와 김치양 사이에 난 아들을 왕으로 세울 거라 판단하고 거사를 일으켰다."

"이건 사극 드라마와 같은 내용이네요."

"더 들어봐. 한편 경종의 또 다른 부인인 헌정왕후는 삼촌인 태조 왕건의 아들 왕욱과 사통하여 아들을 낳았다. 사촌이면서 남편이고 전직 국왕이던 경종이 죽고 난 다음이긴 하지만, 헌정왕후는 '왕욱'이라는 삼촌과 사통하여 아이를 낳았다. 귀족들은 목종을 죽이고 이 아이를 왕위에 앉혔다. 그가 바로 현종이다. 고려 왕실의 왕위계승은 거의 신라 제도를 이어받은 것이라 했다. 왕이 되려면 철저하게 성골이어야 한다. 그래서 삼촌과도 결혼하고 사촌끼리도 결혼한 거란다. 그리고 같은 왕씨 성을 가진 부모 밑에서 태어난 아이가 왕이 될 1순위다. 다른 피를 섞지 않기 위해 사촌 간에 결혼하고, 그사이에 태어난 아이를 왕으로 앉히지 않았는가. 그 다음 순위로는 왕과 다른 성의 계비 사이에 태어난 사람이 왕이 될 가능성이 크다."

"아, 그럼 아빠도 왕씨, 엄마도 왕씨여야 왕이 될 가능성이 제일 크단 말씀이네요. 그다음은 아빠가 왕씨이고 엄마는 다른 성인 경우고요?"

"그렇지. 그런데 왕씨 성을 가진 사람이 아닌 김씨 성을 가진 김치양의 아들을 왕위에 앉히려는 작당을 꾸몄다고 한다. 이건 그 시대 왕위계승의 우선순위를 전혀 고려하지 않은 억지 스토리다. 아마도 《고려실록》을 작성한 이씨조선이 고려를 폄훼하기 위해 재해석한 내용일 가능성이 매우 크다. 유교적 해석을 곁들어서 말이야."

"역사적 문헌에도 그런 내용이 있습니까? 만약 그렇다면 결국 정치적으로 송나라와 국교가 정상화되기를 희망하는 세력이 정권을 잡기 위해 벌인 정변이었다고 봐야 하는 거네요."

"맞는 말이다. 역사적인 문헌을 보아도 목종과 그의 어머니 천추태후가 김치양 사이에 태어난 아이를 목종 다음으로 왕위에 앉힐 계획은 나타나지 않는다. 태자로 정한 사실도 없다. 당시 사회에서는 성적인 문화가 개방되었음을 알 수 있다. 경종의 두 아내인 헌애왕후나 헌정왕후는 둘 다 남편이 죽자 다른 사람과 사통했다. 이는 고려 사회가 성적 문제에서 개방적이고 관대했음을 보여준다. 문헌상에는 목종이 어머니 천추태후가 의붓동생에게 왕위를 계승할까 봐 겁이 나서 강조의 군대를 불렀다고 한다. 그럼 정변이 끝나고 강조는 왜 자신을 불러들인 목종을 죽였을까? 또 실제로 정변의 큰 원인이며 위협인 천추태후는 왜 죽이지 않고 귀양만 보냈을까? 말이 안 되는 논리의 비약일 수밖에 없다."

"문헌에 있다 해도 잘 헤아려봐야겠습니다. 논리적으로 맞지 않는 부분이 많으니까 말입니다."

"그렇다. 강조는 목종을 폐위시키고 죽였다. 목종을 위시한 정치 일파 모두를 척살하고 정책의 반전을 꾀하기 위한 정변이었다. 목종과 김치양 일파를 모두 죽이고, 천추태후는 황주로 도망가게 해서 여생을 마치게 했다. 헌정왕후와 왕건의 아들 왕욱 사이에 난 '대량원군' 순을 왕위에 앉혔다. 이가 현종이다."

"현종으로 바뀐 고려 정부는 거란과 거래를 끊고 다시 송나라와 손을 잡아서 거란의 2차 침략이 일어나는 거네요."

이제야 참모장 신 중령은 쉽게 이해했다. 통역장교는 반은 알아들은 듯 반은 모르는 듯한 표정이었다.

"맞는 말이다. 정변이 일어나 정권이 바뀐 고려는 외교정책도 바뀌었다. 다시 거란을 배척하고 송나라와 친교를 맺고자 했다. 고려는 1013년 거란과 완전히 국교를 단절하고 송나라와 국교를 정상화했다. 이것이 의미하는 바는 크다. 즉, 고려를 건국한 왕건의 훈요십조에서 언급된 바와 같이 거란을 멀리하는 정책으로 되돌아갔다는 의미다. 그러나 이로 인한 고려의 손실은 막대했다. 수도가 함락되고 엄청난 인원이 도륙됐다. 그뿐 아니라 거란은 3차 침략을 자행한다."

"정책이 바뀌어서 덕을 본 사람은 많지 않은데 고생한 사람들은 엄청 많은 거네요. 어쩌면 지금 우리 사회랑 비슷한지 모르겠습니다."

"그래서 역사를 보고 미래를 판단하란 얘기다. 거란의 3차 침략은 2차 침략 때 약조했던 사항들이 전혀 지켜지지 않아서 벌어졌다. 고려의 국왕이 거란에 친조하지 않았을 뿐 아니라 돌려 달라는 강동 6주도 주지 않았기 때문이다. 거란 입장에서 강동 6주는 고려의 침략을 막을 전략적 요충지였다. 고려와 거란 사이에 여진족이 자리하고 있던 지역이기에 그렇다. 거란은 강동 6주가 고려와 거란의 문물이 오갈 때 필요한 교통로로 생각한 땅이다. 지금으로 치면 한마디로 완충구역이라 생각하면 된다. 이러한 목적으로 그 땅을 고려에 떼어준 건데 다시 송나라와 손을 잡는다니 돌려받을 수밖에 없었다. 고려가 거란을 배척하고 급기야 송나라와 손을 잡은 데 대한 보복이었다. 강동 6주 땅에 살고 있던 발해 유민인 여진족은 거란의 2차, 3차 침략을 사전에 고려에 알려주기도 했다."

"자신들이 살고 있는 땅에서 전쟁이 나는 건 모두 싫어했나 봅니다."

"당연하다, 1017년 12월 거란의 소배압을 지휘관으로 하여 10만 대군이 또다시 고려를 침략했다. 3차 침략이다. 우리 고려는 강감찬과 강민첨 장군이 대응했다. 거란군은 개경 근처 신은진까지 왔다가 다행히 강화가 성사되어 되돌아갔다. 되돌아가던 거란군은 귀주에서 강감찬 장군에게 공격을 받아 겨우 몇천 명만 살아갔다고 한다. 이게 귀주대첩이다."

"아, 귀주대첩. 이때 나온 명장이 강감찬 장군 아닙니까?"

"맞다. 그렇지만 거란의 요구는 들어줄 수밖에 없었다. 거란의 강화조건은 1차 침략 시 서희와 담판했을 때와 같았다. 송나라와 국교를 단절하고 거란과 교통하라는 것이다. 고려는 형식상 다시 송나라와 거래를 단절하고 거란과 교통하는 것처럼 했다. 다시 성종 때처럼 되돌아간 것이다."

"그럼 또다시 송나라와는 거래를 완전히 끊은 겁니까?"

"표면상으로는 그랬다. 그러면서 송나라와는 비공식적으로 무역을 지속했다. 물론 강동 6주도 고려가 소유권을 유지하고 있었다. 거란과 물물교환을 하려면 강동 6주를 통해야 했기 때문이다. 이때 거란과 송나라의 관계도 송나라가 거란에 조공을 바치는 조건으로 평화가 유지되었다."

"하, 참 허무합니다. 늘 인간은 부질없는 도전을 하는 것 같습니다. 결과적으로 거란의 2차, 3차 전쟁은 별 의미가 없었다고 할 수 있는 거 아닙니까? 1차 때 서희가 담판했던 그대로 돌아갔으니 말입니다."

"그렇게 볼 수 있다. 이후 고려는 국방에 전력을 기울였다. 거란과의 국경선에 천리장성을 쌓았다. 수도인 개경 근처에도 성을 쌓아 북방의 침략에 대비했다. 오랜 기간 전쟁을 거치면서 서로 간에 얻은 것은 없었다. 거란은 고려가 다시 송나라와 손잡는 걸 인정할 수 없었고, 고려는 형식적으로 송나라와 거래를 끊었으나 뒤로는 밀무역을 하고 있었다. 그래서 강동 6주는 고려가 계속 통치할 수 있었고, 다음에 다시 이런 일이 생길지 몰라 북방에 천리장성을 쌓았다. 이게 결론이다."

"서희가 1차 침략을 잘 막았잖습니까? 그냥 그 기조를 유지하고 있었으면 될 텐데 괜히 거란과 거래를 끊고 송나라와 손잡아서 2차, 3차 전쟁이 일어난 거 아닙니까? 왜 그런 어리석은 짓을 한 건지 원!"

"당시 주력 정치세력들은 송나라와 무역을 통해 부를 축적한 개경을 중심으로 한 무역상들이다. '개성상인'이라고 들어봤지? 해상무역을 통해 세력을 키운 사람들이었기에 거란과 단교하고 송나라와 거래해야 한다는 이념을 가진 사람들이지. 태조 왕건의 훈요십조에도 거란과는 문화와 관습이 다르니 교통하지 말라고 했다. 이들의 정변은 정당성 면에선 전혀 문제가 없다고 봐야지."

"암튼 결과적으로 상호 간에 이긴 쪽이 없다는 거 아닙니까? 고려 입장에선 민초들만 죽어 나간 전쟁이네요. 정말 정치인들이 잘해야 할 거 같습니다. 군인들도 엄청 힘들었겠네요."

"클라우제비츠는 국가 간의 전쟁은 마지막 외교적 수단이라 했다. 물론《손자병법》에도 싸우지 말고 이기라고 했다. 정치를 잘못하면 군인은 전쟁해야 하고 백성은 모든 전비를 다 충당해야 한다. 그뿐인가. 군인들로 소집돼가는 사람들이 전부 백성의 자제들 아닌가. 젊은 사람들이 전장에 나가니 생업이 유지될 수 없지. 그래서 함부로 전쟁하지 말라고 하는 거야."

이때 잠자코 듣고 있던 통역장교가 물었다.

"정변을 일으킨 강조 일당이 거란을 버리고 다시 송나라로 정책 전환을 한 건 단순히 경제적 문제로만 볼 수 없을 것 같은데요. 태조의 유훈인 훈요십조가 있어서 그런 거 아닐까요? 이를테면 오늘날 이념적 갈등 같은 거 말입니다."

"그렇다고 볼 수도 있지. 북쪽의 유목민과 거래를 끊고 산 지는 너무 오래되었다. 역사 기록이 남아 있는 삼국시대에도 유목민과 거래하지 않았다. 고구려가 영토를 확장해가는 측면에서 일부 유목민을 흡수하기는 했어도 고구려 백성 스스로 유목민이 되지는 않았다. 그러니 고려야 오죽했겠나."

"그럼 1차 침략 시 성종과 서희의 담판외교는 새로운 길을 걸어가는 시도였다고 봐야겠습니다."

"그렇게 봐야겠지. 무려 16년 동안 고려를 통치하면서 기반을 닦아놓은 성종이었다. 성종의 정책에 시비를 건 사람이 아무도 없었다고 봐야지. 그랬기에 서희를 통해 전쟁하지 않고 오히려 강동 6주를 빼어오는 외교정책을 구사할 수 있었다. 그러나 오래가지 못했다. 10년도 채 안 돼 정변이 일어나서 예전으로 돌아가고 말았다."

통역장교는 다소 격앙된 목소리로 다시 물었다.

"조금 이해가 안 됩니다. 그러는 사이에 송나라는 뭘 하고 있었답니까? 고려가 거란에 2차, 3차에 걸쳐 당하고 있으면 우방인 송나라는 고려를 도와줘야 하는 것 아닙니까?"

"송나라는 국경 근처에서 크고 작은 전투를 벌였지만 큰 전쟁은 하지 않았다. 거란의 3차 침략 시에는 고려가 먼저 송나라에 연합해서 거란을 치자고 했지만, 국내 사정으로 잘 이행되지 않았다. 그래서 결국 고려는 거란에 강화조건을 대충 수락하고 전쟁을 일단락했지."

"우와~ 지금도 유사한 상황이 일어나고 있는 거 아닙니까? 우리나라는 '미국'이라는 부자나라와 동맹을 유지한 채 엄청난 경제적 이익을 얻고 있습니다. 그런데 새로 등장한 힘센 중국이 우리 옆에서 미국과 대적해야 한다고 하고 있습니다. 중국은 우리더러 미국과 거래를 끊고 자신들과 손을 잡자고 공공연히 주장하고 있습니다. 이러다가 미국의 힘이 다소 약해지면 중국이 우리를 치러 올 수 있는 거 아닙니까?"

"아직 그 정도 상황은 아니지만, 중국의 힘이 더 강해지고 미국과 싸워야 한다면 그런 상황이 올 수도 있다고 생각된다."

"제가 미국에서 공부하면서 느낀 바로 미국은 중국을 엄청난 위협으로 판단하는 거 같습니다. 소련이 있었을 땐 소련을 견제하기 위해 중국과 일시적으로 손을 잡았지만, 지금은 그렇지 않은 듯합니다. 중국이 아시아를 넘어 태평양 외부로 힘을 뻗쳐나간다고 생각하고 있습니다. 나중에 중국이 우리에게 한미동맹을 해체하고 자신들에게 붙으라고 주장한다면 어떻게 해야 합니까?"

미국 워싱턴에서 주립대 국제정치학 석사까지 마치고 온 장교라 그런지 송곳 같은 질문을 해댔다.

"어려운 질문이다. 일단은 정세를 잘 관망해야겠지. 그런 다음

판도를 보고 힘이 더 센 어느 한쪽을 선택해야겠지. 그 선택은 전쟁하지 않는 쪽이 돼야 한다. 남의 나라 전쟁에 휘말릴 필요는 없다. 특히나 무역을 통해 나라의 근간을 유지하고 있는 우리나라는 전쟁을 피할 수 있는 쪽을 택하는 게 최선의 답이다. 그리고 또 다른 한쪽과는 우리의 처지와 상황을 잘 이해시키고 경제적 교류를 계속해나가야 한다. 이게 진정 우리가 추구해나가야 할 외교정책이라고 본다."

그야말로 원론적이고 상식적인 답만 할 수밖에 없었다. 역사는 반복된다고 한다지만 난 외교 전문가도 아니다.

"가정이 너무 많고 복잡한 문제라서 그런지 두 분 말씀의 의미가 선뜻 와 닿지 않습니다. 공부를 좀 더 해서 내일 말씀드리는 게 좋을 듯합니다. 부대장님."

통역장교가 휴전을 제안했다. 곧 야식을 알리는 방송이 나왔다. 역사가 반복되는 건 맞지만 똑같이 반복되기야 하겠는가. 거란과 송나라, 그 중간에 낀 고려의 상황이 어쩌면 지금 상황과 같을 수도, 완전히 다를 수도 있다고 생각된다. 어떻게 보고 준비하느냐에 우리의 미래가 달렸다고 생각된다. 오늘은 야식을 절대 안 먹기로 했다. 배 안에서 러닝머신을 이용한 운동 외에는 별로 하는 거 없이 하루 세끼 밥만 먹어대니 도통 살이 빠지지 않고 있어서다.

★ ★ ★

영국 군함으로부터 해상공수급을 통해 연료를 받은 우리는 오후 일정도 매우 빠듯했다. 오전에 연료를 공급받은 영국 함정을 방문해야 해서다. 거기에는 CTF 사령부가 편승해 있다. 점심을 먹고 난 후 얼마 지나지 않아 일부 참모와 헬기에 올랐다. 해상작전용 헬기라 많은 인원이 탈 수 없었다. 항공대장 장 소령이 직접 조종간을 잡았다. 이륙과 동시에 하늘 높이 날았다. 헬기에서 내려다본 대조영함은 태극기를 휘날리며 힘차게 앞으로 나아가고 있었다. 마스트 꼭대기에 새겨진 태극마크는 함 중앙으로 올라갈수록 더욱 선명하게 보였다. 헬기는 대조영함을 높이 날아 한 바퀴 돌고 난 다음 영국 군함 쪽으로 향했다. 오전에 있었던 해상 군수지원 임무로 인해 두 함정은 멀리 떨어져 있지 않았다. 헬기는 근처에 있던 영국 군수지원함에 금방 내렸다. 군수지원함은 생각보다 굉장히 컸다. 막상 착륙하려고 하니 비행갑판이 커 보였다. 헬기가 내릴 수 있는 패드장이 네 군데나 되었다. 영국 비행 보조사들의 안내를 받아 왼쪽 끝에 그려져 있는 패드장에 무사히 내렸다.

안내 요원의 안내를 받아 격납고 쪽으로 걸어가니 함장이 기다리고 있었다. 함장은 나보다 나이는 좀 들어 보였다. 어깨에 단 견장을 보니 나와 같은 대령인 것 같았다. 4개의 금색 줄이 두 어깨에 선명했다. 나중에 얘기하다 알아보니 그는 대령이 아니었다. 함장은 맞지만 현역 군인이 아니었다. 우리로 치면 해양대학교를 나와서 오랫동안 민간 배를 탄 경력을 가진 군무원 같은 사람이었다. 모병제를 운용하는 영국에서 현역을 군수지원함에 편성하기 힘들어서 고용한 군무원이었다. 아마도 현역으로 앉히려면 소위 때부터 교육해서 최소 십수 년간 경력을 쌓아야 대령이 될 수 있다. 그 비용은 고스란히 국방비로 충당해야 한다. 모병제 국가에서 가장 힘든 부분이 인건비다. 비전투원은 철저히 현역에서 배제하고 경력직 군무원을 뽑아 운용함을 알 수 있었다. 전체 승조원 중에 현역 비중은 3분의 1 정도 수준이었다. 나머지 3분의 2는 모두 군무원에 해당하는 민간인 신분이었다. 현역은 주로 전투를 담당하는 직책이었다. 자체 방어를 위해 탑재된 일부 전투 장비를 운용하는 데 필요한 사람들이다. 현역보다는 민간인을 군무원으로 채용해 운용하는 게 국방비를 줄일 수 있다고 판단해서다. 몇 가지 질문을 했다.

"함장님. 우리나라에도 군수지원함이 있습니다. 우리나라는 모두 현역으로 편성되어 있는데, 군무원으로 운용해도 문제가 없습니까?"

"보시다시피 별문제 없습니다. 우리도 한땐 모두 현역으로 운용했습니다."

"아무래도 군함인데, 혹시 민간인으로 편성된 군함이 전투 현장에서 투철한 책임감으로 작전에 임할 수 있겠습니까? 위험한 전투 현장엔 군인들로 구성된 함정이 운용돼야 하지 않을까요?"

"꼭 그렇지만은 않다고 생각합니다. 이들도 군인과 똑같은 책임과 임무를 부여받은 사람들입니다. 지상군의 경우를 예로 든다면, 현역이 부족하면 예비군을 편성해서 전투하기도 합니다. 여기 있는 군무원들은 배를 운용하는 데 기술적으로 아무 문제가 없습니다."

우리의 생각과 완전히 다른 개념을 가지고 있는 듯했다. 우리는 군함에는 무조건 군인이 있어야 한다고 생각한다. 물론 육상직위에는 군무원이 편성돼 있다. 주로 한자리에서 같은 일을 반복하는 사람들이 그렇다.

"함장님은 군무원이시고, 전투 장비를 운용하는 일부 인원은 현역인데, 서로 다른 구성원들을 대상으로 지휘하시는 데 문제는 없습니까?"

"아무런 문제 없습니다. 현역은 현역으로서 주어진 임무를 수행하면 됩니다. 근무평정이나 각종 인사권을 군무원인 함장이 행사하고 있어 현역 승조원을 지휘통제할 수 있습니다. 그리고 무엇보다 우리 배의 임무는 군수지원입니다. 그 임무는 제가 잘할 수 있고, 어느 전장이라도 달려가서 지원할 수 있습니다. 아시겠지만 전투 현장이라 할지라도 군수지원은 전투가 멈춘 후방지역에서 이뤄지기 때문에 위협은 덜하다고 보면 됩니다."

"그렇군요. 아주 합리적으로 군을 운영하는 것 같아 귀감이 됩니다."

영국은 우리나라의 군사적 환경과는 다르다. 우린 남북이 정전 상태하에 서로 대치 중이다. 아니, 잠시 전쟁을 멈춘 상태라고 봐야 한다. 그러나 영국은 소련이 해체된 이후 적이 없는 국가다. 적이 없다 보니 모병제로 군을 운영한다. 우리나라처럼 병사들을 징발해서 저렴하게 운용할 수 없다. 영국 해군은 3만 8천 명 정도로 우리나라보다 규모가 작다.

CTF 사령관은 두 달 전에 나온 태국 준장이었다. 한 달 후면 국내로 복귀한다고 했다. 사령관은 반갑게 맞아주었다. 직접 조직 구성과 작전 전반에 대해서도 브리핑해주었다. 너무 감사했다. 사령관은 감사를 표하는 나에게 오히려 고맙다고 했다. 무슨 얘기인가 들어보니 작전 요원 중에 우리 해군 장교가 있는데, 우리나라에서 적극적으로 파견을 보내줘서 그렇다고 했다. 함정이 커서 그런지 참모진들은 여러 군데에 나뉘어 배치돼 있었다. 작전상황실에서 이 대위를 만났다. 여군이었다. 이 대위도 무척 반가워했다.

"필승! 함장님. 만나 뵙게 되어 반갑습니다."

"아이고! 영국 군함에 한국 장교가 있었네."

"네, 참모 모집 공모에 제가 지원했습니다."

어린 여군 장교지만 또박또박 대답했다. 집 나간 내 자식을 우연히 낯선 곳에서 만난 것 같은 느낌이었다.

"대단하다. 짧은 기간이긴 하나 지상 근무도 아니고 외국 함정에 파견 나올 생각을 했다니…."

"영어 공부도 할 수 있고, 경험도 쌓을 겸 해서 지원했습니다."

"그래, 잘했다. 있는 동안 우리 대조영함도 옆에 있으니 배에서 말 안 통하고 힘들면 전화해. 내가 사령관께 바로 보고해서 해결해 줄 테니."

"하하하. 고맙습니다. 대조영함에 무전이나 전화로 자주 정보 교환하고 연락드리겠습니다."

"아냐. 우리 배 참모들이 자네한테 수시로 정보 교환 차 연락하도록 조치하겠네. 귀찮다고 하지만 말게."

이 대위는 두 달 전 바레인으로 비행기를 타고 와서 CTF 지휘부 교대 시 영국 군함에 편승했다. 영국 군함에 우리나라 해군 대위가 타고 있으리라곤 상상하지 못했다. 다음 기항지로 대조영함이 들어갈 아프리카 스리부에 있는 미군 부대에 파견 나온 사람들만 파악하고 있었다. 군함에 파견 나가서 외국군의 작전 경험을 체험하는 장교도 더러 있다. 대부분 미국 군함에서다. 주로 하와이나 일본 근처에서 활동하는 군함에서 이뤄진다. 지금처럼 아덴만까지 나와서 미국 군함이 아닌 영국 군함에 파견 나온 예는 처음이다. 아무튼 여군인 이 대위의 도전정신이 나의 편견을 깨는 데 일조했다.

이 조직은 국제조직이다. 사령관은 태국사람이지만 참모진들은 미국, 영국, 한국, 캐나다 등 여러 국가에서 모인 사람들이다. 물론 사령관도 3개월에 한 번씩 국가별로 돌아가면서 교대로 맞는다. 해상에 나와서 두 달 넘게 외로이 활동한 터라 그럴 수도 있다. 이 대위는 한국말을 하는 자국 장교들을 만나서 너무 기뻐했다. 브리핑이 끝나고 개인적으로 여기저기 소개해주며 자신의 외로움을 모두 털어내는 듯했다. 태국 출신의 사령관은 조만간 한국 장성이 사령관으로 올 테니 그때는 태국 장교도 참모진으로 많이 보내주겠노라고 약속했다. 한 달 후에 다른 사령관으로 교체된다고 했다. 다음 사령관은 스웨덴 준장이 올 거라 했다. 적극적인 해적 정보사항을 실시간으로 공지해주고 연합국 전력을 즉각 운용할 수 있도록 의견을 개진하고 복귀했다.

★ ★ ★

해양 안보작전 이틀째 날이다. 저녁 메뉴는 오리탕이 나왔다. 여느 식당에서처럼 네 명을 기준으로 하나의 휴대용 가스레인지가 올려졌다. 미리 끓이고 있어서 아주 먹음직스러워 보였다. 식사하기 전에 레인지 위 용기에 들어 있는 오리를 한 마리씩 꺼내 앞자리 대접에 담았다. 왼쪽에 놓인 밥그릇에 손이 가기 전에 고기로 손이 먼저 갔다. 밥술을 뜨기 전에 오리고기를 뜯었다. 순간 이상함을 느꼈다. 아무래도 뭔가 이상했다.

"야, 이거 무슨 냄새야?"

"저… 오리를 냉동 상태로 오랫동안 보관해오다 요리하다 보니 냄새 제거가 제대로 안 된 거 같습니다."

부장이 금방 분위기를 읽고 대답했다.

"그래? 보기에는 되게 먹음직스럽게 보이는데, 왜 이럴까? 나만 그런가?"

"아닙니다. 저희도 느끼고 있습니다."

실제로 조리장을 관리 감독하고 있는 보급관 염 대위가 나섰다. 그런데 사관실에서 식사 중인 거의 30명 정도 되는 장교들이 모두 잘 먹고 있었다. 이건 분명히 나에게 문제가 있다는 걸 의미한다. 아까운 오리고기이고 또 국내에서 가져온 귀한 고기라 먹으려고 노력했다. 하지만 도저히 먹을 수 없었다. 구역질이 나왔다.

"정말 미안한데, 아무래도 안 되겠다. 김치하고 다른 마른반찬이나 좀 갖다줘."

"네, 죄송합니다. 함장님."

보급관은 조리병들을 불러 내 앞에 놓인 오리고기를 치우게 했다. 냄새가 나는 중에도 잘 먹는 친구들이 보였다. 나처럼 오리고기를 치우는 사람은 두 사람뿐이었다. 나보다 유일하게 나이가 많은 준사관 신분의 기무관이었다. 조리병들의 노고를 생각해서 어지간하면 참고 먹으려고 했다. 젊은 장교들에 비해 나이가 들다 보니 적응력이 약해져서 그런가 싶기도 했다. 나는 40대 후반, 기무관은 50대 초반이다. 40대 초반인 참모장은 내색 없이 잘 먹었다. 원래 특전요원이라 그럴 거라 생각했다. 해군 특전요원은 한때 무인도에서 뱀과 쥐를 잡아먹고 며칠씩 버티는 훈련도 한다고 들었다.

참모장 신 중령은 해군 특전교육 과정을 이수한 특전 특기 보유자다. 1년 전에 있었던 삼호주얼리호 해적 피랍사건 때 해군작전사령부에서 특수전과장으로 근무했다. 그 공로로 대조영함 참모장으로 오게 됐다. 자세히 들여다보니 신 중령은 특전요원의 깡다구로 먹는 게 아니었다. 과거에 노린내 나는 고기를 맛본 경험이 있었기에 가능하리라 생각되었다. 원래 돼지고기도 특유의 냄새가 나지만 냄새가 나도 잘 먹는다. 먹어본 경험을 해왔기에 잘 먹을 수 있다.

★ ★ ★

식사를 물리고 어제저녁에 이어 역사 이야기를 더 해나가기로 했다.

"어제, 오늘 도서실에서 역사 공부 좀 했는가?"

"함내 도서실에 있는 역사 서적들 좀 찾아보았습니다."

"오, 그래? 그럼 오늘은 무슨 얘기를 좀 할까?"

"어제 말씀하신 발해 유민이 세운 정안국을 거란이 무너뜨리고, 그리고 고려는 정안국 땅인 강동 6주를 서희가 거란과 협상해서 빼어왔다고 했습니다. 이후 고려가 송나라와 다시 거래를 트자 거란은 강동 6주를 돌려 달라 하고 고려에 두 차례나 쳐들어왔습니다. 결국, 고려는 다시 거란과 수교하고 송나라와 거래를 끊음으로써 강동 6주도 지키고 전쟁도 끝냈습니다. 그럼 강동 6주에 살던, 즉 정안국 사람들은 누구 편에 서 있었던 겁니까? 거란과 고려 사이에 말입니다. 그리고 할아버지인 태조 왕건의 유훈을 거역하고 거란과 손을 잡은 성종은 어떤 인물입니까?"

"잘 이해하고 있네. 통역관은 역시 머리가 좋은가 봐. 골치 아프고 재미없는 역사를 잘 이해하고 있으니."

"아닙니다, 함장님. 전 개인적으로 관심이 많습니다. 제가 미국에서 정외과를 나오다 보니 역사, 인문 분야에 관심이 많아서입니다."

"좋아. 그럼 좀 더 구체적으로 말해주지. 정안국은 발해가 급작스레 백두산 폭발로 망한 이후 압록강변으로 몰려온 발해 유민이 세운 국가다. 2대 왕이 배출되고 나서 존속기간은 48년간이다. 938년 건국되어 986년 거란에 다시 망하고 만다. 거란의 역사서인 《요사》에는 거란의 태조 야율아보기가 926년 발해를 망가뜨리고 그 땅에 '동란국'(926~936)이라는 괴뢰국을 세웠다. 자신의 태자인 야율배를 왕으로 세워 다스리게 했다. 그러나 야율배는 병으로 일찍 죽고 그 지역을 발해 마지막 왕의 태자인 '대광현'이 대신 다스린다. 사실상 '후발해'다. 그러나 내분이 일어나 대광현은 934년 고려 태조 왕건에게 무리 수만 명을 이끌고 귀순했다. 왕건은 대광현에게 왕씨 성을 하사하고 땅도 내주었다. 이후 938년에는 발해인 박승이 3천 호를 이끌고 고려로 넘어온 사건도 있었다.

"대조영의 후세들이 모두 고려로 귀순했군요. 그럼 정안국의 주인은 누굽니까?"

"'열만화'라는 사람이다. 대광현의 신하였던 열만화가 대광현을 몰아내고 남경 남해부에서 서경 압록부로 이동하여 정안국을 세웠다. 열만화는 여진 사신을 통해 송나라와 친교하며, 서로 힘을 합쳐 거란에 대항하자고도 했다. 열만화를 이은 임금은 오현명이다. 오현명도 송나라에 여진 사신을 보내 송나라와 힘을 합쳐 거란에 대항하자고 했으나 송나라 내부 사정으로 불발됐다. 여기서 눈여겨볼 부분은 바로 열만화라는 사람이다. 이 사람은 대광현의 신하였고 남경 출신이다. 그리고 대광현을 몰아내고 정안국을 세운 다음 여진 사신을 송나라에 보내 친교를 맺었다."

"후발해의 주인인 대광현을 몰아냈다는 건 단순히 왕을 교체하는 수준이 아닌 거 같은데 말입니다."

"그렇지. 재밌는 건 열만화가 대광현을 몰아낼 때 많은 발해인이 고려로 투항해왔다는 사실이다. 발해의 왕족은 모두 고구려 후예들이다. 그런데 이때 열만화의 정안국이라는 나라에서 그 이전에는 나오지 않던 '여진족'이라는 말이 등장한다. 이런 걸 추론해 볼 때 열만화는 말갈족이 확실하다. 말갈족은 고구려와 발해 때는 피지배계층으로 지내면서 '말갈족'으로 불렸다. 그러다가 정안국에 와서 갑자기 여진족으로 불린다."

"지난번에 여진족은 말갈족이 자신들을 높여 부른 소리라고 말씀하셨습니다."

"그래. 이들은 스스로 그렇게 불렀다. 말갈족이 나라를 세우고 난 이후 그들 스스로를 높여 여진족이라 부른 것이다. 이들은 후에 금나라를 세우고 중국과 한반도의 북방을 호령한다. 근세에는 청나라를 세워 중국 전체를 다스리기도 했다. 결론적으로 말하자면, 정안국은 말갈족이 최초로 한반도 북부지방에 세운 국가라고 봐야 한다. 발해 유민이 세운 국가이긴 하나 발해 왕족이 주인은 아니었다."

"아, 그럼 정안국이던 강동 6주를 우리 고려가 빼어왔으니 고려가 여진족, 즉 말갈족도 다스린 거네요?"

"그럼. 암튼 발해가 있던 고대 및 중세 초기 시대에 말갈족은 우리 민족의 지배를 받던 민족이었다. 그랬기 때문에 서희도 강동 6주 지방에 살던 여진족의 통치권을 고려에 달라고 거란에 요구했다. 정안국을 세워 2세대까지 나라를 운영하던 여진족은 거란에 망하고 만다. 거란은 983에 1차, 985년에 2차로 정안국을 침략한다. 2차 침략 때 포로 10만 명과 말 20여만 필을 노획했다고 한다. 대략 정안국은 986년에 망한 것으로 추정한다. 거란은 정안국 땅에 4개의 주를 설치하여 직접 지배했다."

"정안국을 말갈족이 세웠다는 주장이신데, 그럼 정안국은 과거 발해가 가진 땅 전체라고 보면 되겠습니까?"

"아니다. 앞에서도 말했지만 발해는 거란의 침공을 받아 망한 게 아니라 백두산 화산폭발로 망했다. 백두산을 거점으로 해서 살던 사람들은 모두 피난을 해야 했다. 백두산을 기준으로 사방으로 사람들이 살기 어려웠다고 봐야 한다. 다행히 백두산 서쪽 멀리는 좀 피해가 덜했다. 왜냐하면 우리나라는 봄, 여름을 제외하곤 늘 북서풍이 분다. 화산재가 날려도 서쪽으로는 많이 날아오지 않았다. 당연히 많은 사람이 화산재를 피해 랴오둥지방 쪽으로 오게 되었지. 그러니 정안국은 거란족이 많이 살지 않은 랴오둥 근방에 세워진 거야. 즉, 평양 이북의 강동 6주 자리라고 봐야 한다."

"사실 서희가 담판으로 얻은 땅은 강동 6주에 불과한데, 발해 땅 전체를 얻었다고는 생각되지 않습니다. 그렇지만 발해 땅 일부는 되찾은 거로 봐야겠군요."

잠자코 듣고 있던 참모장이 거들었다.

"맞는 말이다. 고려는 고구려의 후신이라 했다. 고구려가 지배하던 광활한 땅, 후에 발해가 지배하던 만주지방의 땅은 찾아오질 못했다."

"아, 참! 아까 말씀드렸던 고려 성종 말입니다. 할아버지가 태조 왕건인데, 훈요십조에 나온 할아버지의 명을 어기고 거란과 화친을 하는 게 어떻게 가능했습니까? 송나라와 거래를 끊고 거란과 친교를 맺어서 강동 6주를 찾아온 거 아닙니까?"

"참 중요한 질문인데, 역사란 위정자의 리더십에 따라 달라진다. 그런데 리더십이 아무리 뛰어나도 민심을 이길 수는 없다. 당시 민심이 어찌 움직였느냐가 중요하다. 민심을 이끌어나가는 게 대신들이다. 이때도 민심의 향방은 거란과 싸우지 않고 화친을 하는 거였다."

"그럼 애초에 민심이 거란을 받아들이고 송나라와 거래를 끊자는 것이었습니까? 우리 민족 자체가 농경민족이라 신라 때부터 송나라 지방에 살던 화이족과 가까웠다 했잖습니까?"

이번엔 통역장교가 훅하고 들어왔다. 갑자기 눈을 부라리며 물었다. 앞뒤가 안 맞아 이해하기 쉽지 않겠다는 생각도 들었다. 그래도 얘기를 더 이어갔다.

"그런 건 아니다. 태조가 통일을 이룩하고 난 다음 3대에 걸치면서 성종 때는 신라 땅에 살던 사람들이 많이 개경으로 올라와서 정치를 했다. 이들은 거란이 쳐들어온다고 하자 화친을 주장했다. 그냥 서경을 포함한 이북의 땅을 거란에 내어주고 전쟁을 하지 말자고 했다. 서경은 지금의 평양이다. 평양을 포함한 그 이북 땅을 거란에 주자고 했다. 사실 신라나 고려가 삼국통일의 정통성을 주장하는 것은 과거 고구려의 수도였던 평양을 손에 넣었기 때문에 가능하다. 아무리 거란이 무섭기로서니 고구려의 수도인 평양을 포함한 북쪽 땅을 넘겨주려 했으니 반대파가 나오지 않을 수 없었다. 이때 서희를 비롯한 주전론자가 등장하게 된다."

"잠깐만요. 외교를 잘했던 서희가 전쟁을 원한 주전론자였단 말씀입니까?"

"지난번에도 말했잖아. 서희는 전문 외교관이 아닌 무관에 가까운 대신이라고. 서희는 전쟁을 원한 사람이었다. 서희 등 개경 쪽에 근거지를 둔 대신들은 주전론을 주장했다. 즉, 서희가 처음부터 거란과 화친을 원한 게 아니었다. 처음엔 전쟁을 준비했다. 전쟁을 준비해서 거란의 소손녕과 군사적 대치로 이어지면서 협상에 나섰다. 서로 맞부딪쳐서 막 전쟁이 벌어지기 전에 협상에 나갔다. 과연 서로 원하는 바가 무엇인지를 정확히 알아야 전쟁이든 화친이든 제대로 힘을 모아 할 수 있다. 참으로 현명한 방법을 택했다. 서희가 전장에 나가보니 소손녕은 결사적으로 싸우려고 하지 않았다. 무조건 전쟁을 벌이기 위해 고려로 온 게 아니란 걸 알았다. 서희는 소손녕의 요구조건을 들어봤다. 소손녕은 고려에 원한이 있어 싸우러 온 게 아니었다. 송나라를 치러 나가는데 고려가 옆구리를 노리고 있어 먼저 그 위협을 제거하기 위해 왔음을 알았다. 거란의 주적은 송나라였다. 주적인 송나라와 전쟁을 벌이기 전에 송나라의 동맹국인 고려를 먼저 떼어놔야 하는 건 병법의 기본진리다."

"아! 죄송합니다. 지난번에 서희가 주전파라고 말씀하셨는데 기억이 가물거려서 잠시 착각했습니다. 서희가 전쟁을 주장했지만 참 현명한 사람인 건 확실하네요."

"그랬다. 서희는 소손녕의 속셈을 알았다. 협상도 힘이 뒷받침되지 않으면 쉽지 않다. 이미 거란과 일전을 앞둔 고려는 상군사에 박양유, 중군사에 서희, 하군사에 최량을 임명하여 거란군과 대치하고 있었다. 협상이 결렬되면 바로 전쟁할 요량이었다. 이러한 배수진 아래에서 서희는 말갈족인 여진족이 기거하던 강동 6주의 통치권을 건네받을 수 있었다."

"주전론자였기에 강동 6주를 받아올 수 있었다니 참으로 대단합니다. 임진왜란 때 성웅 이순신께서 '죽고자 하면 살고, 살고자 하면 죽는다'라는 말과 같은 논리네요. 그럼 성종도 주전론자였습니까?"

"그 물음에 답을 하기 위해선 성종이라는 사람을 우선 살펴봐야 한다. 이분은 태조 왕건의 아들인 대종 '욱'이라는 사람과 딸 선의왕후 사이에 태어났다. 그러니까 아빠, 엄마가 모두 태조 왕건의 자식이다. 물론 이들의 어머니는 다르다. 배다른 동생이지. 아버지 욱의 어머니는 황보 씨고, 어머니 선의왕후의 어머니는 유 씨였다. 다들 알다시피 왕건은 각 지역 호족 우두머리의 딸과 결혼을 통해 통치기반을 다졌다. 그러다 보니 엄청 많은 부인을 거느리고 있었다. 왕족의 혈통을 지키기 위해 엄마가 다르면 이복형제라도 결혼했다. 신라 시대 성골과 비슷했다. 성종은 우연히 왕이 되었다. 성종의 아버지 '욱'은 왕이 아니었다. 윗대 선왕은 경종이다. 경종은 왕권을 강화했던 광종의 아들이다. 죽을 때 아들이 하나 있었지만 겨우 두 살이었다. 아버지 광종이 왕권 강화에 힘써온 사실을 너무 잘 알고 있었다. 두 살짜리 아들에게 왕위를 넘겨서는 왕권이 유지되기 힘들다는 걸 알았다. 경종은 자기 아들이 아닌 사촌동생인 성종에게 왕위를 넘겼다. 그리고 나중에 성종은 다시 왕권을 경종의 아들인 목종에게 넘겨줬다. 즉, 원래 왕을 했어야 했는데 너무 어려서 못했던 경종의 아들에게 되돌려줬다. 성종은 16년간 통치했다. 사촌 형님으로부터 왕위를 물려받아 대리통치를 했으니 경종과 광종 때의 통치 철학을 그대로 인계받았다. 광종 때 형성된 강력한 왕권 강화를 위해 힘썼다. 숭유억불 정책으로 왕권을 강화했다. 우리가 잘 아는 최승로의 '시무 28조'가 이때 나왔다. 할아버지 태조가 불교를 국교로 정해놓았으나 그것을 멀리하고 유교를 받들었다. 이미 삼촌인 광종 때 넓혀놓은 것을 집대성했다. 상하 위계질서를 강조하는 유교는 왕권을 강화하는 데 적합했다. 당시에 유교는 종교라기보다는 사회질서를 잡아나가는 생활풍습 및 관습 같은 것이었다. 광종 때 실시된 과거제로 인해 이미 많이 선발된 우수한 관료들을 중심으로 행정을 펼쳤던 거지. 이로써 태조 때 형성돼 있었던 강력한 호족세력들의 힘이 어느 정도 빠진 상태였어. 그랬기 때문에 성종은 강력한 황권을 발휘할 수 있었던 거야."

"성종이 강력한 황권을 장악했기 때문에 전쟁이든 화친이든 국론이 분열되는 일 없이 국정을 펼칠 수 있었단 말씀이네요. 그러고 보니 좀 이해가 될 것 같습니다. 성종 12년에 거란과 담판을 지어 강동 6주를 얻고, 4년 후에 죽었습니다. 그리고 다음 황제인 목종도 성종의 뒤를 이어 선황제가 해오던 외교정책을 그대로 이어받을 수 있었다는 사실 말입니다. 5촌 당숙인 성종으로부터 다시 황제 자리를 넘겨받은 목종이니까 말입니다."

"그렇지, 목종은 5촌 당숙부로부터 황제를 물려받았지만 원래 자기 아버지가 경종이고 할아버지가 광종이니까 외교정책은 그대로 이어간 게지. 사실 거란과 일전을 불사하겠다는 전쟁 의지는 당시 분위기로 봤을 때 당연했는지 몰라. 그렇지만 강동 6주를 얻는 대가로 동맹 관계에 있던 송나라와 국교를 단절하고 거란과 동맹을 체결한다는 건 정말 힘든 결정이었을 거야. 고려 개국공신에 해당하는 호족세력들은 거의 모두 송나라와 거래하면서 성장한 사람들이야. 그런 호족세력들의 반발을 물리치고 송나라와 단절하고 거란과 친교를 맺은 것은 강력한 황권을 가졌기에 가능했던 거야. 성종의 뒤를 이은 목종도 그대로 이 정책을 이어가다가 강조에 의해 축출된 거지."

"강조가 반란을 일으켜 목종을 몰아내고 다시 성종의 이복동생인 현종을 황제로 세웠군요. 반란군은 목종의 어머니 천추태후가 외척인 김치양과 사통하여 낳은 아들에게 황제 자리를 물려준다는 소문을 퍼뜨려 반란을 정당화하고 말입니다."

통역장교의 말에는 자신감이 흘러나왔다. 이제 이 사실을 확고히 믿는 것 같은 느낌이 들었다.

"그래. 앞에서도 말했지만 고려 초기의 결혼 풍습이나 황제 계승 논리 등을 볼 때 천추태후가 김치양과 사통해서 낳은 아들에게 황제 자리를 넘긴다는 건 있을 수 없는 일이야. 성종으로부터 황제 자리를 넘겨받은 목종도 원래 성종 앞 황제였던 경종의 아들이며, 또 어머니가 성종의 동생이기도 해. 이중으로 황제와 연관돼 있는 거지. 즉 아빠도 왕 씨, 엄마도 왕 씨라는 거야. 아버지는 경종, 어머니는 성종의 여동생인 헌애왕후니까 말이다. 성종은 5촌 조카이면서 누이동생의 아들인 목종에게 왕위를 넘겼어. 그런데 목종의 어머니 헌애왕후는 훗날 천추태후가 돼."

"천추태후가 김치양을 곁에 둔 건 황권 강화 차원이기도 하겠습니다."

"그렇고말고. 천추태후는 아들 목종의 황권을 지켜주기 위해 정치기반을 외척인 경주김씨와 다지게 된다. 개국 공신들인 개경의 호족들을 멀리하고 말이야. 목종 12년 정치 일선에 있던 신라 김씨 일파를 몰아낸 사변이 바로 강조의 반란이란 말이다."

"네. 어쩜 드라마보다 더 드라마틱합니다. 정권이 현종으로 바뀌어 외교정책이 바뀌니까 곧바로 거란은 2차, 3차 침략을 하게 되는군요. 거란과 두 차례에 걸쳐 전쟁을 벌인 결과 결국 고려는 거란의 요구조건을 다 들어주고 말입니다. 그럴 거면 왜 싸웠답니까? 애꿎은 백성만 위정자 잘못 만나서 죽고, 생고생하고 그런 거 아닙니까?"

"적이 쳐들어온다면 죽을힘을 다해 물리치고 싸워야 하는 건 정상적인 나라라면 당연하다. 그러나 싸우지 않고 이길 방법이 있다면 그 길이 다소 험난하더라도 가야 한다. 그게 위정자가 할 일이다. 강조가 정변을 일으키지 않고 외교정책의 변화가 없었다면 거란은 전쟁을 일으키지 않았다. 그리고 좀 더 참고 기다렸다면 송나라와의 경제교류는 허용됐을 거야. 왜냐하면 고려가 송나라와의 경제교류를 제대로 하려면 결국 거란과 송나라와의 관계가 재정립돼야 가능하거든. 실제로 거란은 송나라와 평화체계를 구축한 이후에는 고려가 송나라와 무역을 하는 데 아무런 제재를 가하지 않았어."

"역사는 반복된다고 했는데, 지난번 말씀하셨던 것처럼 지금의 한반도 상황에서도 그대로 적용되는 사례라고 봐야겠네요. 중국은 우리와 다른 정치체제에 있고 우리 동맹국인 미국과 아주 대립적인 경쟁 관계에 있습니다. 중국이 정말 굴기해서 미국을 몰아내야 하는 상황이라면 미국 편에 서서 동맹을 유지 중인 우리나라를 먼저 치려고 하지 않겠습니까? 그때 우리는 어떤 자세를 취해야 하겠습니까?"

전날 모호한 현 국제 정세에 대한 얘기를 나누다가 먼저 화제를 돌렸던 참모장이 이번엔 더 적극적이다. 하루 사이에 공부를 많이 하고 온 듯했다. 전날엔 분명히 내가 먼저 질문을 던졌는데, 이번엔 참모장이 치고 나왔다.

"굉장히 어려운 문제라고 했지? 덩치 큰 두 놈이 싸울 때는 가만히 지켜보는 게 상책이야. 물론 어느 한쪽의 편을 들어야 할 상황이라면 그중에서도 힘센 놈의 편을 들어야 한다. 그래야 덜 다치는 게다. 무슨 얘기냐 하면, 덩치 큰 두 놈 중에서도 더 큰 놈이 있다. 그놈이 싸움을 거는 거라서 자신이 도전하고자 하는 대상에 지원군이 있다면 그 지원군부터 깨부수고 도전하는 게 일반 상식이다. 이것을 현 상황에 대입해보자. 원래 중국과 미국은 싸우지 않았다. 냉전 시대에는 소련이라는 큰 적대국이 있어서 미국은 중국을 품었다. 그래서 서로 정치체제가 달랐지만, 수교를 맺고 경제적 지원을 해왔다. 그러던 중 미국의 압박에 소련은 해체되었다. 미국의 지원 아래 성장해온 중국은 이제 혼자서도 펀치를 날릴 힘이 생긴 거야. 그러고는 미국의 간섭에서 벗어나 독자적인 길을 가겠다는 거지."

"마치 거란과 송나라 같은 관계인 거 같습니다."

"그렇게 볼 수 있지. 여기서 만약 미국과 중국이 대결을 벌인다면 도전자가 누구냐가 중요해. 도전자는 자신이 이길 수 있다는 자신이 생겼기 때문에 도전하는 거거든. 바로 중국이다. 중국이 미국과 한판 붙을 요량으로 주먹을 든다면 반드시 미국 옆에 붙어서 미국에 힘이 돼주는 작은 놈부터 친다. 그게 바로 우리나라야. 우린 바로 중국에 붙어있지. 한반도에 미군이 주둔하고 있거든. 그럼 이런 상황이 온다면 우린 어떻게 해야 할까? 고려가 거란에 했던 것처럼 싸울 기세를 유지하되, 대화로 풀 수 있도록 해야 한다. 그들이 정녕 우리 땅덩어리를 탐내서 쳐들어오는 게 아니라면 타협점을 찾아야 한다. 중국이 우리나라 땅을 차지하기 위해 침략하는 게 아니라면 그들의 요구를 들어주고 일단 기다려야 한다. 다소 시간은 걸릴지 모르겠지만 중국과 미국의 관계가 재정립되고 나면 지금처럼 양쪽을 다 이용할 수 있다. 이쪽저쪽 양쪽으로부터 다 이익을 낼 수 있단 말이야."

"여기까지 지난번에 말씀 나눴던 얘기입니다. 지금의 우리나라 사정은 고려가 거란과 송나라 틈에서 처한 상황과는 다르다는 말씀입니다. 우린 아직 북쪽에 우리를 호시탐탐 노리는 북한이 있습니다. 주한 미군도 북한의 재침략에 대비하기 위해 존재하는 거 아닙니까?"

참모장이 또다시 날카롭게 몰아붙였다. 정말 별도의 공부를 했다는 사실을 입증하는 듯했다.

"물론 현 상황이 고려가 당시에 처한 상황과 일치하지는 않아. 그러나 그때도 북쪽에 바로 거란이 있었던 게 아니라 정안국이 우리와 국경을 접하고 있었다. 거란과 거래를 잘 틈으로써 정안국 사람들인 여진족이 살던 땅인 강동 6주를 우리가 차지했다. 여기서 더 구체적인 얘기를 하긴 쉽지 않지만, 남북통일을 함에 있어서도 중국의 힘이 필요할 거야. 통일에 중국의 힘이 더 필요하다면 일시적으로 미국과 소원해질 수도 있다."

"현실적으로 절대 안 되지요. 한국전에서 나라를 구해준 동맹국인 미국과 소원해질 수는 없습니다."

"전쟁이라는 큰 국가적 재난을 피해 가려면 일정 기한 그런 자세를 유지할 필요가 있단 말이다. 정말 중국의 힘이 강대해져서 미국과 싸움을 시작할 때, 먼저 우리를 침략한다면 우린 잠시 중국 편에 서야 할지도 모른다. 물론 이때 우리도 중국과 싸울 태세를 반드시 갖춰야 한다. 그리고 협상에 임해야 한다. 서희가 그랬던 것처럼 말이야. 중국과의 전쟁을 피하고 북한을 손에 넣을 책략을 구사해야 한다. 북한이 가로막혀 중국 편에 다가가기 힘드니 먼저 북한을 우리에게 준다면 미국과 거래를 끊고 중국 편에 서겠노라고 해야 한다. 중국이 미국과 싸운다고 해도 천년만년 싸울 수는 없다. 어느 정도 싸우다 보면 서로 타협점을 찾고 관계를 재정립할 거야. 그때가 되면 자연스레 우린 통일된 조국으로서 양쪽을 다 이용할 수 있게 된다."

"아무리 역사가 반복된다고 해도 어째 옛날과 똑같겠습니까? 너무 비약적인 비유 아닙니까?"

"좀 억지스러움이 있지만 슬기롭게 극복해야 한다는 걸 강조해서 하는 말이다. 이게 고려가 거란과 송나라 사이에서 살아남고 강동 6주도 차지한 지략이다. 어렵게 생각하면 한없이 어렵고, 쉽게 생각하면 쉬운 게 국제관계다. 국제관계는 냉엄할지언정 애증은 없다. 그 대신 민족 내부의 분쟁은 늘 애증 관계에 있어 상처가 오래간다. 사랑하는 만큼 증오도 깊다. 군사적으로 힘을 기르고 국제사회에 올바른 역할을 해온 국가라면 반드시 타협이 가능한 때가 온다. 그때를 기다려야 하고 그때까지 힘을 길러야 한다."

"미국과의 거래를 끊고 중국과 거래를 튼다고 하셨는데, 그게 우리나라 실상에 맞겠습니까? 우리나라가 나아가는 방향이 서구 지향적이고, 무역을 통해 경제대국을 이룩한 국가인데 말입니다. 아무리 미국의 힘이 빠진다고 해도 절대로 미국에 등을 돌리고 중국 편에 서지는 못할 겁니다. 특히나 미국이 어떤 나라입니까? 한국전에서 10만 명이 넘는 사상자를 내고서 우리나라를 지켜낸 나라입니다. 절대로 그 은혜를 잊을 수는 없단 말씀입니다."

"그래, 맞는 말이다. 그러나 좀 전에도 말했듯이 냉정해야 한다. 국가 간에는 절대로 냉정해야 한다. 시간이 지나면 그들도 다 이해한다. 중국과의 전쟁을 피하고 북한과의 통일을 위해 부득이하게 등을 돌리는 걸 영구히 이해 못 하진 않을 것이다. 잠시는 성질부릴 수 있다. 그러나 민족이나 형제간의 분쟁처럼 그렇게 오래 가지 않는다. 국가 간의 관계는 애증 관계가 아니라 이익 관계이고, 종국적으로 선린 관계이기 때문이다."

"뭐 굳이 그렇게 생각하신다면 그럴 수도 있겠습니다. 하지만 필리핀의 경우를 보면 미군이 떠난 이후 다시 돌아오지 않았습니다. 미군이 필요 없다고 하는 곳에 다시 가겠습니까? 미국과 한번 틀어지면 엄청난 경제적 파탄이 발생하고, 우리 국민은 그것을 절대 못 참을 겁니다."

"꼭 그런 것만은 아니다. 베트남을 봐라. 미군이 개입해서 남북이 전쟁을 치렀고 미군은 남쪽의 민주 정부를 지원했다. 전쟁이 장기화되자 미국 내에 반전 여론이 득세하고 급기야 미군은 철수했다. 미군이 철수하자마자 베트남은 공산화되었다. 그러나 오늘

날 어떻게 되었는지 봐라. 미국은 공산화된 베트남과도 많은 경제적 거래를 통해 베트남 경제는 날로 발전하고 있다. 이렇듯 국제사회는 영원한 우방도 영원한 적도 없다. 이게 정설이다. 서로 적대관계에 있다가도 또 득이 된다 싶으면 다시 친구가 되는 게 현실이다. 너무 겁먹을 일은 아니라고 생각한다."

"부대장님. 이제 야식 시간이 다 됐습니다. 오늘은 이만하시고 내일 공부 좀 더해서 말씀하시는 게 좋을 듯합니다."

참모장이 대화 초반에는 칼을 갈고 나온 듯했으나 이제 스스로 물러났다. 통역장교는 더 할 말이 있는 듯했다. 하지만 야식을 핑계로 참모장이 말꼬리를 자르니 더 입을 열지는 않았다.

★ ★ ★

내일부터는 또 호송작전이다. 이번엔 홍해 입구에서 시작해서 인도양 입구까지 갔다가 되돌아오는 코스다. 미리 받아본 자료에 의하면 이번 호송 선박은 14척이나 됐다. 호송 방법은 전과 동일하게 하라고 지시했다. 야식은 늘 그랬던 것처럼 생략하기로 했다.

침실로 복귀하여 국내 공보실에서 가져온 드라마를 시청하다가 잠이 들었다. 대조영함은 함내 방송 시스템이 설비되어 있다. 300개가 넘는 격실이 있고, 그중 20개가 넘는 침실과 생활공간이 있다 보니 이 설비를 통해 함내 방송을 한다. 작전사 공보실에서 파견 나온 공보요원들이 국내 종영 드라마 파일을 사온다. 방송체계를 이용하여 드라마 파일을 틀어주면 TV가 설치된 전 격실에서 볼 수 있다. 방송 시간도 사전에 공지해준다. 거의 국내 유선 TV 회사에서 틀어주는 수준이다. 아덴만에서 볼 수 있는 국내 실시간

방송은 하나밖에 없다. KBS에서 운영하는 월드 TV다. 뉴스라든지 국내의 중요한 소식 등은 이걸로 직접 보거나 녹화해서 다음 날 함내에서 방송해준다. 나머지 드라마 등은 국내에서 유상으로 구매해 온 동영상을 오후 6시부터 자정까지 재생해서 보여준다.

★ ★ ★

"삐삐~, 삐삐~"

한밤중에 함내 전화벨이 울렸다. 잠결에 받은 전화라 예감이 좋지 않았다. 잠자는 지휘관을 깨울 정도면 비상 상황이 발생한 경우가 대부분이다.

"무슨 일이야? 당직사관!"

"네, 함장님. 외해에서 홍해로 진입하는 러시아 국적 선박에서 해적이 출몰했다고 신고가 들어왔습니다. 그 상선은 지금 우리 앞쪽에서 홍해로 들어가고 있고, 해적으로 추정되는 소형 선박은 우리로부터 080° 20마일 근처에 있습니다. 지금 레이더상으로는 잡히지 않습니다."

"알았다. 러시아 상선이 우리를 직접 불렀나? 아님 CTF에서 연락이 온 거냐?"

"러시아 상선은 국제조난신호망과 항무망으로 일방송신을 해왔습니다."

"오케이. 신고내용은 CTF에 보고해줘라. 전투배치하고. 곧 내려가마."

"넵. 조치하겠습니다."

"딩딩딩딩~, 총원 전투배치!"

당직자를 제외한 모두 잠들어 있는 야심한 밤에 울려 퍼진 전투배치 방송이다. 우리나라 상선에 직접 해적 행위를 한 것은 아니지만, 일반 조난신호망으로 인근 군함을 찾았다는 건 위급 상황이다. 우선 이 상황을 지휘통제를 받고 있는 CTF에 통보하고 추가 정보를 수집하면서 전력지원을 받을 필요가 있었다. 인근 국제전력을 모아서 연합으로 대응하는 게 타당하다고 봤다. 러시아 군함도 2~3척이 여기서 활동하고 있다. 그런데도 러시아 군함을 호출하지 않은 것은 러시아 군함이 이곳에 없다는 뜻이다. 아마 아덴만 동쪽 끝단에서 활동하는 게 분명했다. 가벼운 복장으로 전투정보실로 달려 내려갔다.

"해적 의심 선박이 있다는 지점까지 거리는 얼마야?"

"함장님. 약 16마일 앞이고 아직 레이더에 잡히지는 않고 있습니다."

"신고 선박인 러시아 상선과는 연락이 돼?"

"네. 가까이 있어 무선망으로 연락체계를 유지하고 있습니다."

"좋아. 상황을 상세히 보고해봐."

"러시아 상선에서는 소형 선박이 자신들에게 다가와서 승선을 시도했다는 겁니다. 겁이 난 상선은 고속으로 피해서 지나왔고 따라오지는 않았다고 합니다."

"그래? 일단 가까이 가보자. 신고지점으로 가보자고."

"네. 고속으로 가고 있습니다. 일단 의심 선박에 대한 검색 및 도주에 대비해서 특전요원들의 RIB 보트와 헬기는 가동 준비 중입니다."

"그래, 잘했어. 레이더에 포착되면, 그때부터 우리 배는 천천히 기동하면서 RIB을 내려 검색하도록 해. 헬기는 엄호지원 준비하고."

"네. 알겠습니다."

함정의 작전은 작전관인 차 소령이 관장한다. 작년부터 근무하고 있어 함정을 충분히 익힌 상태라 함 장비 운용에는 베테랑이다. 함정의 전술적 조치를 수행하는 주무장교가 작전관이다.

"참모장은 실시간으로 CTF에 상황을 공유하고 추가 정보가 있으면 받을 수 있도록 해."

참모장인 신 중령은 청해부대 작전참모를 겸한 인물이다. 함정의 장비를 운용하는 전술적인 조치보다는 상부 및 인근 부대와 합동·연합작전을 담당한다.

"부대장님. 인근에 외국 군함은 없습니다. 확인 결과 해적 관련 별도의 추가 정보도 없습니다. 다만 최근에 아덴만 북쪽에 있는 예멘에서 내전으로 인한 해상탈출 선박이 발생하고 있다는 첩보가 있습니다."

"그래? 특별한 해적 정보는 없나 보네. 일단 가보자. 레이더에 뭐가 잡히면 바로 보고해."

아덴만의 해상상태가 연중 가장 좋은 시기이다 보니 거구의 대조영함이 시속 70km에 버금가는 고속 기동에도 흔들림이 없다. 더구나 여긴 어망을 부설하는 어선들이 많이 없어서 항해하는 데는 제격이다.

"전탐 접촉 보고. 방위 085°, 거리 12,000. 레이더상 간헐적 접촉."

"좋아. 뭐가 잡혔구나. 거리가 6마일, 즉 10km쯤 되니까 현 위치에서 RIB 보트 내리고 헬기 띄워."

평소 훈련된 대로 RIB 보트와 헬기는 금방 함정으로부터 빠져나갔다. 야간이긴 하나 비상시에 대비한 훈련을 줄곧 해왔다. 더욱이 함정이 해적 의심 선박을 찾기 위해 접근하면서 미리 준비했기에 가능했다.

"네. 알겠습니다."

"헬기는 멀리서 동태만 감시하라고 해. 가까이 접근하면 도망갈지 모르니…."

"우리 함정에서 레이더로 잡고 있으니까 RIB 보트를 접근시켜서 검색하도록 하겠습니다. 헬기는 도주에 대비하겠습니다."

"좋아."

헬기는 5마일 정도 떨어진 거리에서 대기토록 했다. 물론 대조영함도 5마일 이내로 접근하지는 않았다. 대신 RIB 보트를 유도해서 의심 물체에 접근시켰다. 해상 마일을 km로 환산하려면 1.82배를 곱해야 하니까 5마일은 대략 9km쯤 되는 거리다. 육지와 달리 전면에 장애물이 없는 바다에서는 짧은 거리다.

"RIB 보트에서 자체 레이더로 의심 물체를 포착했습니다. 현재 거리는 2마일입니다. 곧 완전히 접근할 것 같습니다."

"RIB 보트 요원들 모두 완전무장한 거 맞지?"

혹시 모를 우발 상황에 대비해야 했다. 무장하고 있는 해적이라면 접근하는 RIB 보트에 사격을 가해올 것이 확실했다. 작년 삼호주얼리호 사건 때도 접근하는 RIB 보트에 사격을 가해왔다. 그때 우리 특전요원 중 일부가 부상당하기도 했다.

"넵. 완전무장에 방탄 조치되어 있습니다. 그리고 등화관제 중입니다."

"좋아. 거리 계속 보고하고 나포 가능성 보고하라고 해."

"네. 알겠습니다."

특전 RIB 보트가 움직이고 있다. 맨 앞에 선 보트는 지휘자가 탑승하여 지휘한다. 지휘자의 지시로 보트는 실제 선박에 승선하여 배를 제압한다. 고양이가 쥐를 잡을 때처럼 살금살금 가까이 접근한 후에 지휘 보트는 뒤로 빠져 지원태세를 유지한다. 이때 뒤따르던 다른 보트가 쏜살같이 뛰어들어 검색할 선박에 올라탄다.

"함장님. RIB 보트가 의심 선박 3천 야드까지 접근했습니다. 보트에서 확인 결과 사람들이 몇 명 앉아 있는 게 식별될 뿐 다른 특이 사항은 없다고 합니다."

"좋아. 검색 집행해."

"넵. 집행하겠습니다."

통신기로 신호문을 발송하자 잠시 정지했던 RIB 보트가 최고 속력으로 의심 선박 쪽으로 달려들었다. 정말 고양이가 쥐를 잡을 때처럼 빨랐다.

"함장님. 지금 승선 중인데, 별다른 저항은 없는 듯합니다."

특전요원들의 머리에 설치된 적외선카메라로 찍힌 영상이 실시간으로 전송돼오는 내용을 TV 화면으로 볼 수 있었다. 화면을 통해 현장을 보고 있다고 할지라도 현장 지휘관이 판단해서 보고하는 내용을 우선해야 한다. 섣불리 상급 지휘관이 오판하는 일이 없도록 하려는 조치다. 저항은 없었다. 우리 특전요원들은 너무 쉽게 승선했다. 완전한 나포를 위해 조치 중이었다.

"모두 제압했다고 합니다. 일단 나포한 인원을 모두 함정으로 데려오도록 하겠습니다. 그리고 나포된 선박은 함미에 연결해서 예인하도록 하겠습니다."

"좋아."

의심 선박에 탄 인원들이 해적이 확실하다면 이들을 무장해제 한 후에 CTF 쪽으로 넘겨줄 요량이었다. 인근 국가에 설치된 수용소 등에 배치할 수 있어서다.

"함장님. 지휘 보트에서 연락이 왔습니다."

"응? 무슨 내용이야?"

"무기 등은 보이지 않는다고 합니다. 타고 있는 사람이 총 9명인데, 그중 3명이 여자이고 어린애가 둘이랍니다."

"뭐? 여자와 애도 있다고?"

"네. 그렇습니다."

"그럼 일단 우리 배 가까이 데리고 오라고 하고, 해적 의심 증거들을 수집하라고 해."

"네. 지금 오고 있습니다. 그런데 의심 선박이 속력이 거의 나지 않습니다. 물어보니 아마도 기관이 좀 문제가 있는 것 같다고 합니다."

"뭐야? 기관이 고장 났단 말이야?"

"의심 선박을 끌고 오는 거보다 우리 배가 저쪽으로 좀 더 가서 확인하는 게 좋을 듯합니다."

"좋아. 그렇게 해."

대조영함은 큰 배여서 작은 배 근처로 접근하기를 꺼린다. 너무 근접했을 때 작은 배는 요리조리 잘 이동하면서 공격할 수 있지만, 큰 배는 움직임이 둔하기에 제대로 대응하지 못할 수 있다. 다행히 의심 선박에 무기는 보이지 않는다고 하니 큰 배인 대조영함이 좀 더 가까이 접근해도 될 듯싶었다.

“그래도 너무 가까이 접근하지는 마라. 약 3마일까지만 전진해. 그리고 해적 관련 물체가 식별되는 건 없는지 좀 더 확인해봐.”

“네. 사다리와 칼 같은 것은 있는데, 총기류는 없다고 합니다.”

“그럼 물고기 잡을 때 필요한 어구는 얼마나 실려 있나?”

“어망이나 낚시 도구 같은 건 없다고 합니다.”

“응, 그래? 총기류는 바다에 버렸단 말이야?”

“그건 현재로서는 판단하기 어렵습니다.”

이상했다. 사다리와 칼이 있다는 건 상선에 올라타서 선원들을 납치할 때 사용할 물건임에 틀림없다. 그렇다면 총기류는 우리가 다가가니까 증거를 없애기 위해 바다로 버렸다고 판단했다. 증거가 확실하지 않으면 CTF로 보내기 어렵다. 괜히 생사람 잡게 되는 꼴이 된다. 러시아 상선에서 해적 행위를 신고했다고 해도 증거가 마땅찮다. 정말 난처했다.

“함장님. 3마일 근처에 도달했습니다.”

“좋아. 현장지휘관으로 특전반장인 주원사가 나가 있지?”

“네, 그렇습니다.”

“그럼 우리 배에 달린 RIB 보트를 내려서 갑판사관이랑 통역관이 나가서 심문해보고 현장 상황을 면밀하게 보고하도록 해.”

특전용으로 싣고 온 RIB 보트 외에 대조영함이 보유한 고유의 작은 RIB 보트가 있는데 그걸 내려서 이송할 계획이었다.

“함장님. 그러지 말고 나포된 인원들을 배로 올려서 심도 깊게 조사하는 게 나을 것 같습니다.”

잠자코 함정에서의 전술적 조치사항을 지켜보고 있던 참모장

신 중령이 의견을 제시했다.

"아니야. 해적으로 판명되지 않은 사람들을 함부로 배로 올려서 조사할 수는 없어. 기다려봐."

나포된 인원을 함정으로 끌어 올려 조사하면 편하다. 그러나 만에 하나 이들이 망명을 요구하거나 난민일 경우 사태가 굉장히 복잡해질 수 있다. 만약 그런 경우라면 혼자서 판단하기 대단히 힘든 일이 된다. 기본적으로 해적이 확실할 경우 해적 도구와 해적을 나포해서 CTF로 넘겨주도록 협조했다. 하지만 망명이나 난민일 경우는 다르다. 그렇게 해서는 안 된다.

"함장님. 우리 자체 RIB 보트 준비는 다 됐습니다."

"응. 갑판사관하고 통역관이 내려서 상황을 확실하게 파악해봐."

"네. 조치하겠습니다."

우리 함정 내에 설치돼 있는 RIB 보트가 떠났다. 아까 의심 선박을 검색하기 위해 먼저 내려간 RIB은 특전부대에서 특전용으로 가져온 것이다. 초조하게 기다리고 있는데, 갑판사관으로부터 무전 연락이 왔다.

"함장님. 갑판사관입니다. 상황 보고드리겠습니다."

"보고해봐."

"네. 몇 가지 영어로 질문해보니 답을 했는데, 이 사람들은 예멘 국적의 사람들입니다. 자신들의 신분증을 보여주었습니다. 모두 아랍어입니다."

"아, 그래? 확실해? 카이샷 이용해서 정확한 얼굴 생김새 보내봐."

"네. 지금 전송되고 있습니다."

자세히 들여다보니 아프리카 흑인 같지는 않았다. 얼굴은 검게 보이나 확실히 아랍사람 형체였다. 특전요원들의 머리에 장착한 적외선카메라는 바로 우리나라에서 최초로 개발한 이동형 적외선 카메라인 카이샷이다. 이미 작년에 삼호주얼리호 사건 때 활약해서 이름이 널리 알려진 장비다.

"함장님. 갑판사관으로부터 추가 정보가 들어왔습니다."

"뭐야. 계속 보고해봐."

헤드셋을 착용한 채 교신하고 있는 통신관이 보고했다.

"자신들은 예멘을 탈출한 난민이라고 합니다. 그리고 한국으로 망명을 요청한다고 합니다. 도와달라고 한답니다."

"뭐야? 난민, 망명?"

순간 머릿속이 하얘졌다. 아무것도 생각나지 않았다. 상상해보지 않은 일들이 갑자기 나타나면 가끔 나타나는 현상이다. 해적도 아니고, 그렇다고 소말리아 난민도 아니다. 아니, 아프리카 난민도 아니다. 내전이 진행 중인 예멘의 난민이다. 지금 본국은 새벽 2시경이다. 합참과 해군작전사령부 지휘통제실에 보고해도 이 시간에 직접 이 문제에 답을 줄 사람은 없다. 해적 상황은 국내 군 지휘부의 결심사항이지만 난민, 망명 등의 상황은 외교부, 법무부 등 관련 정부 부처의 협의 사항이기 때문이다.

"부대장님. 인도주의적 차원에서 일단 함정으로 옮긴 후에 조사하면서 문제를 해결하는 게 좋을 것 같습니다."

작전관은 상황이 끝나기만을 바라는지 난민 요청자들을 함정으로 빨리 태우길 원했다.

"잠깐 기다려봐. 이 사람들 당장 우리 보살핌을 받아야 할 상황인지부터 확인해봐. 건강 상태는 양호한지, 먹을거리는 충분한지 등 말이야."

무턱대고 함정에 태우는 건 문제를 해결하는 방법이 아니다. 나중에 아주 난감해질 수 있다. 함정은 그 자체로 국제법상 국가의 지위를 가진다. 외국에 함정을 끌고 나간 함장의 권한은 막강하다. 그만큼 책임도 크다. 무슨 얘기냐 하면, 함정이 국가의 역할을 하기 때문에 함장은 사법권과 행정권을 행사할 수 있다. 입법권은 국내 입법기관인 국회가 가지지만, 사법권과 행정권은 현장 지휘관인 함장이 갖고 있다. 머나먼 이국땅에서 어떤 사건이 발생했을 때는 즉시 국내로 이송해서 사법권, 행정권을 집행할 수 없기 때문이다. 물론 지금처럼 통신과 교통이 발달한 시기에 모든 걸 이렇게 할 필요는 없다. 얼마든지 국내의 지시를 따라 행동하면 된다. 그러나 나라마다 통신과 교통의 수준이 다르고 외국 현지의 상황이 자국과 다르기에 현장지휘관의 판단에 따라 처리하도록 국제법상 권한을 부여하고 있다.

이들이 대조영 함정에 승선한 상태에서 한국으로의 망명을 요구한다면 정말 난처해진다. 파병 기간 내내 우리 배에 태우고 다니며 이들을 보살펴야 한다. 그리고 파병 후 우리나라에 데려가서 망명 신청을 하게 하고 적합 여부 등을 심사받도록 해야 한다. 우리 선박을 해적으로부터 보호하기 위해 파병 나간 청해부대의 임무 수행에 지장을 받는 건 자명하다.

"참모장. 법무참모 어디 있나? 올라오라고 해."

"지금 참모상황실에 있는데, 전투정보실로 오라고 하겠습니다."

법무참모는 옆방에서 상황을 주시하고 있었다. 참모상황실은 전투정보실 바로 옆 격실에 있다. 여기도 모든 모니터가 다 설치돼 있다. 한국형 최신 구축함인 대조영함에는 상황실이 두 군데 있다. 전투정보실과 전단상황실이다. 전단상황실을 참모들이 사용하는 업무 공간으로 만들어 사용하고 있다. 이게 참모상황실이다. 여기만 있는 게 아니다. 함교와 함장 방에도 모니터가 설치돼 있어서 어지간한 상황은 함장실 안에서도 바로 알 수 있다.

"필승! 부대장님. 찾으셨습니까?"

"그래, 법무참모. 지금 저기 보트에 타고 있는 사람은 예멘 사람들이고 해적이 아니야. 그런데 저 사람들이 난민으로 망명을 신청한다는 거야. 이걸 받으면 우리의 남은 작전에 엄청난 지장을 초래할 거야. 그리고 아무리 함정이 국제법적으로 국가의 권한을 가지고 외교권을 행사한다고 해도 이건 우리 영역을 벗어난 거야. 어찌해야 할까?"

"그렇지 않아도 나름대로 나오기 전 이런 문제에 대해 준비를 좀 했습니다. 해군본부와 합참의 법무실에서 간담회도 했습니다."

"그래? 어떻게 하는 게 좋을 거 같아?"

"우선 국제법상으론 난민이나 망명을 함정에서 받으라고 하고 있지만, 현실적으로 재외공관인 대사관에서도 함부로 받지 않고 있습니다. 그리고 이와 관련된 국내법은 직접적으로 없습니다. 다만 출입국관리법에 의하면 외국인은 우리 영토에 들이지 못하도록 하고 있습니다."

"왜 국제법과 국내법이 다른 거야?"

"그건 나라마다 처한 상황이 다르기 때문입니다. 우리나라처럼 좁은 땅덩어리에 우리 국민만으로도 국토가 좁은데 외국인을 함부로 받을 수 있겠습니까? 우리뿐 아니라 대부분 국가에서 특별한 경우라면 몰라도 난민은 잘 받질 않습니다. 망명의 경우도 정치적인 망명만 제한적으로 받아들이고 있는 게 국제사회의 현실입니다."

"그렇다면 이들을 그냥 놔둬야 하나?"

"그건 아니라고 봅니다. 인도주의적 조치는 해야 할 겁니다."

이때를 놓칠세라 잽싸게 참모장 신 중령이 법무참모와의 대화에 끼어들었다.

"인도주의적 조치를 하려면 일단 저 사람들을 본 함에 태워서 면담하고 건강도 확인하고 여러 가지 애로사항을 살펴보는 게 좋을 것 같습니다."

"그래? 법무참모도 같은 생각이야?"

"음… 조금 더 생각해봐야 할 것 같습니다. 이들이 우리 배에 와서 안정을 취하고 건강을 확인하는 건 좋은데, 그다음이 문제가 될 수도 있을 거 같습니다."

"무슨 문제 말인가?"

"만약 저들이 그 이후에 배에서 내리지 않겠다고 하면 어떻게 할 겁니까? 강제로 내리게 하는 건 오히려 나중에 엄청난 파장을 불러일으킬지 모릅니다."

"배에 태우지도 않고 그냥 보낸다면 그게 더 큰 파장을 일으키지 않겠습니까? 일단 배에 태워서 조치해주는 게 기본 도리라 생각됩니다. 교통사고가 나도 피해자에 대한 구호가 최우선이라 하잖습니까?"

"이건 교통사고 사례와 완전히 다릅니다. 조사나 치료는 보트

안에서도 충분히 할 수 있습니다."

인생 경험이 많은 참모장과 법 공부만 해온 법무참모 간에 설전이 벌어졌다. 법무참모는 소령이다. 계급이 소령이지 이제 갓 서른을 넘겼다. 사법고시에 패스하고 연수원을 마친 상태에서 군에 들어왔다. 사관학교 출신 장교가 아니다. 또한, 군 복무를 위해 들어온 의무복무 장교도 아니다. 군 복무는 육군 병장으로 마치고 해군에 재입대한 사람이다. 사법고시에 합격하고 직업으로 다시 해군에 자원한 사람이다. 배를 타는 건 처음이라 했다. 그런데도 나름대로 준비는 많이 하고 나온 것 같았다. 사실 특별참모인 법무참모를 내가 추천해서 데려온 건 아니다. 해군본부 인사에서 지명하거나 지원자를 받아서 보내준다. 함장은 그저 할당받은 인원을 활용하는 지휘관일 뿐이다.

함장으로서 지금 바로 판단해야 했다. 이 두 사람의 주장을 듣고 판단해야 할 상황이다.

"그럼, CTF에서는 뭐라 하나? 한번 물어봐."

"그쪽에서는 우리 배에서 알아서 처리하라고 합니다. 우리 국내법으로 처리하라고 합니다."

"어디 추가로 자문할 데가 없구나."

망설여졌다. 그렇지만 마냥 기다리고 있을 수만은 없었다. 당장 아침이면 호송대열을 갖춰야 한다. 그러려면 빨리 출발점인 홍해 입구로 달려가야 한다. 상선호송 임무가 우리가 부여받은 주임무이기 때문이다.

"그래. 지금 해상상태는 최적이야. 날씨가 덥지도 춥지도 않고 바람도 없다. 물론 파도도 없다. 바다에 둔다고 해서 금방 무슨 일이 생기지는 않는다. 다행히 저 사람들은 지금 구호를 원하기보다는 난민의 지위를 받고 우리 배에 타기를 원하고 있다. 난민 접수는 우리 정부에서도 원하지 않는다고 미리 법무참모가 확인했으니 배에 태우지 말고 지원해주도록 하자."

"함장님. 갑판사관과 교신해서 우리 사정을 전하고 저들에게 필요한 사항들을 지원하도록 하겠습니다."

옆에서 상황을 지켜보던 부장이 거들었다. 부장은 함정의 살림살이를 책임지는 장교다. 서열은 함장 다음이며 부함장인 셈이다. 그렇지만 참모장인 선배가 편성돼 있다 보니 주로 함정 살림살이 일 외에는 나서지 않는다. 특히 작전에 관련된 사항은 참모장인 선배가 작전참모를 겸하고 있어 어지간해서는 개입하지 않으려고 한다.

"우리 RIB 보트로 의무참모와 의료진을 태우고 현장에 내려가서 진료를 보도록 해. 그리고 보급관은 생수랑 비상식량을 준비하고 기관장은 휘발유 몇 통 준비해서 저들이 탄 목선이 항해할 수 있도록 조치해줘."

"네. 알겠습니다."

부장이 대표로 대답했다. 내가 지시한 사항은 즉각적으로 이행됐다. 청해부대 의료진은 의사만 4명이 타고 있다. 주로 전투 중에 사상자가 발생하면 즉각 조치해야 하는 의사들이다. 외과, 내과, 마취과 전문의와 함정 군의관이다. 이들만이 아니다. 함정에 편승한 의무부사관 2명과 의무병 3명을 포함하면 거의 작은 병원 수준이다.

"함장님. 의료진은 내과, 외과 전문의와 의무장이 내려갔는데 신체상이나 건강상 특이 사항은 없다고 합니다. 비상 의약품만 좀 챙겨주고 복귀하겠다고 합니다."

"좋아. 카이샷으로 전송되는 영상 녹화 잘 해둬."

"네. 알겠습니다."

만일의 사태에도 대비해야 했기에 저들에게 조치하는 내용을 영상으로 남겨둬야 할 것 같았다.

"함장님. 추가 보고입니다. 한쪽 엔진이 고장 나서 제대로 움직일 수 없다고 합니다."

"기관장! 우리 정비창 기관 정비사들 내려보내서 장비 손봐줘."

"알겠습니다."

진해 모기지 정비창에 근무하는 군무원 정비사를 직별별로 1명씩 편승해왔다. 순항훈련을 가거나 파병을 나갈 때는 장기 항해에 자주 발생하는 장비 고장에 대비하기 위해 늘 정비창 기술진들을 파견받아 간다. 이들을 이용하면 작은 선박의 엔진은 금방 고칠 수 있다.

얼마의 시간이 지났을까. 저들에게 필요한 물과 비상식량, 유류도 전달하고 기관도 수리를 완료했다고 했다. 이제 내려놨던 특전 RIB 보트는 회수했다. 마지막으로 갑판사관과 통역장교가 타고 나간 우리 대조영함 자체 RIB 보트만 회수하면 바로 현장을 이탈할 계획이었다.

"함장님. 갑판사관 보고입니다. 그들이 계속해서 망명을 요청한다고 합니다."

"그래? 이제 끝내고 우리 임무 해역으로 떠나야 하는데…."

더욱 망설여졌다. 우리가 할 수 있는 응급조치는 다 해줬지만, 망명을 요청하는 난민을 매몰차게 뿌리치고 가기가 어려웠다.

"부대장님. 원래 난민이나 망명도 인근에 있는 국가가 받아주는 게 국제적 관례입니다. 수천 리 떨어진 우리나라에 망명하기보단 인근에 있는 스리부나 오만으로 망명해야 자국 상황이 진정되면 곧바로 되돌아갈 수 있습니다."

법무참모는 내가 고민하는 내용을 훤히 들여다보고 있는 듯했다.

"그럼. 일단 저 사람들을 우리 배에 태우는 건 불허한다. 다만 저들이 탄 배가 속력이 빠르지 않고 항해 장비가 불량하니 우리 배 함미에 연결해서 스리부 근처까지 데려다주겠다고 해. 그 이후엔 스리부로 망명을 하든지 알아서 하라고 해."

나의 지시사항은 작전관의 통제하에 통신관이 현장 갑판사관에게 전달했다. 갑판사관의 지시를 받아 통역장교가 열심히 통역하는 게 카이샤을 통해 영상이 들어오고 있었다.

"함장님. 그렇게 하겠다고 합니다."

안도감이 들었다. 갑판사관과 통역장교가 타고 나간 대조영함의 RIB 보트를 회수했다. 예멘 난민이 타고 있는 소형 목선을 5인치 로프로 대조영함 함미 예인 초크에 묶어 다음 목적지로 이동했다. 함정의 함미 갑판에는 늘 다른 선박을 예인할 수 있도록 로프 연결이 가능한 초크가 설치돼 있다. 대형 상선 같은 경우에는 로프로 예인이 안 된다. 먼저 로프로 연결한 후에 그보다 훨씬 장력이 강한 철로 만들어진 와이어를 걸어 예인한다.

★ ★ ★

날이 밝고 오전 늦게서야 홍해 입구에 도착했다. 조금 늦게 도착해서 그런지 원래 20척 신청한 상선들이 14척밖에 모여 있지 않았다. 6척은 개별적으로 먼저 출발한 듯했다. 밤새 예인해온 예멘 난민선은 스리부 인근에서 풀어줬다. 스리부항의 방향과 거리를 알려주고 안전 항해를 기원해줬다.

홍해 입구에서 오만 끝단까지 14척의 상선을 지난번과 동일하게 선단을 구성해서 호송을 시작했다. 벌써 세 번째 하는 호송작전이다 보니 별 어려움 없이 진행됐다.

저녁 시간이 돌아왔으나 일찍 사관실을 나왔다. 어젯밤에 잠을 설쳐서 오늘은 빨리 쉬고 싶었다. 다른 장교들도 다들 피곤한 기색이 역력했다. 심지어 오늘 점심과 저녁밥을 굶고 쉬는 사람들도 있었다. 함정의 하루는 늘 피곤하다. 흔들리는 배 안에서 생활하는 것 자체가 힘들다. 거기다가 3직제로 당직 근무를 서야 한다.

그뿐만이 아니다. 남는 시간엔 행정업무다 전술토의다 해서 할 일이 무수히 많다. 최고로 힘든 것은 어젯밤처럼 상황이 발생하면 모두 다 깨어서 전투태세를 갖추어야 한다. 그래서 함장은 늘 융통성을 가져야 한다. 특정 업무나 상황으로 인해 대원들이 피곤해하면 같이 느끼고 적절히 휴식을 보장해줘야 한다. 계획된 표준 일과표대로 운용해서는 안 된다.

아침에는 개운하게 일어났다. 식사를 마치고 난 이후 브리핑 시간에 참모장이 보고했다.

"부대장님. 이번 호송 종료 후에는 군적을 해야 합니다."

"응, 그래? 스리부항으로 가란 거지?"

"네. 이번 군적은 스리부항에서 하라고 합니다."

"특별한 이유가 있던가?"

"이유라기보단 원래 군적지를 스리부로 하게 돼 있었는데, 치안 등을 고려해서 오만에서도 할 수 있도록 한 겁니다."

"그건 나도 알아. 헌데 지금 스리부는 좀 찜찜해서 말이야."

"다행히 지금은 테러 첩보 같은 건 없다고 합니다."

"일단 알았다. 다음 기항지는 스리부니만큼 그쪽 입항 관련한 정보 사항도 다시 한번 확인하고, 특히 테러 등 치안에 문제가 없는지도 알아봐."

"네. 알겠습니다."

"그리고 그쪽에서 구입할 군수품이 뭐가 있는지도 세밀하게 파악해봐. 굳이 비싸게 거기서 살 필요는 없잖아. 2주 후면 오만에 들어갈 텐데 말이야."

"그렇습니다. 아무래도 생필품은 시장이 넓은 오만에서 구입하는 게 나을 것 같습니다."

부대 살림살이를 책임지고 있는 부장이 내 말뜻을 잘 이해하고 대답했다. 이제 내일이면 14척의 선단을 풀어주고 다시 홍해로 향한다. 홍해 입구까지 다음 호송을 종료한 후에는 스리부항에서 군적을 할 예정이다.

사관회의를 마치고 함장실에서 그간 읽지 못한 서적들을 들춰보았다. 국내에서 여러 동료가 지루한 아덴만에서 읽으라고 사다 준 국내 베스트셀러 책들이 많았다. 그제 밤의 상황으로 장병들의 피곤이 하루 만에 쉽게 풀어지지 않으리라 생각해서 일과는 평소보다 약간 융통성 있게 진행하게 했다. 오늘도 저녁 시간에는 식사만 간단히 하고 사관실을 나섰다. 다음 작전을 완벽하게 하기 위해서는 장교들도 피곤함을 풀어야 한다. 함장이 계속 장교들의 자유

시간을 붙들고 있으면 그만큼 피로도는 더해진다.

다음 날 오후에 모인 선박은 5척이었다. 이제 이 선박을 홍해 입구까지 호송해주면 2박 3일간의 휴식이 주어진다. 바로 스리부에서 말이다. 약 보름간의 항해 후에 첫 기항이다.

외국에 나간 함정은 어찌 되었건 많은 항구에, 그것도 타국의 항구에 들어가길 원한다. 많은 여행을 할 수 있다는 장점이 있어서다. 그러나 함장은 그렇지도 않다. 늘 각종 사건사고 등 우발 상황을 의식해야 한다. 특히나 일반 행사가 아닌 군사작전 도중에는 더욱 그렇다. 청해부대는 행사하러 해외에 나온 게 아니다. 군사작전 중에서도 최고의 난이도인 대 해적작전을 수행해야 한다. 국내에서 작전한다면 여러 부서의 지원과 상부 지침을 받아가면서 할 수 있을 텐데 여긴 그렇지 못하다. 스리부는 살면서 한 번쯤 가볼 만한 곳이긴 하겠지만, 군적지로는 적합하지 않다. 빈민가도 있고 난민촌도 있다고 했다. 무엇보다 바로 옆이 소말리아다. 소말리아와는 국경 철조망 같은 게 없다고 한다. 스리부는 프랑스령이 되기 전에는 원래 소말리아 땅이었다고 한다. 그러니 1년 전에 소말리아 해적을 소탕하고 1명을 생포한 국가의 함정이 편하게 들어갈 만한 곳이 아니다. 어찌 되었건 스리부항에 기항해야 한다 하니 왠지 찜찜한 기분을 지울 수 없었다.

미지의 땅, 막연한 두려움

고작 5척의 상선만 이끌고 호송작전을 해야 했다. 출발 날짜를 정해뒀으니 도착한 선박만 데리고 가야 한다. 모든 배가 자체 일정이 빠듯하고 시간이 곧 돈이기 때문에 지체할 수 없었다. 만약 호송해야 할 선박 척수가 적으니 하루 늦춰서 기다렸다가 내일 출발하자고 한다면 모든 배가 그냥 알아서 혼자 출발할 것이다. 그리고 해수부에 엄청난 항의 전화를 해댈 것이다. 따라서 척수에 상관없이 호송대열을 갖추고 출발해야 했다. 대원들은 모레 아침에 스리부항에 들어간다고 하니 모두 밝은 표정들이었다.

오늘도 저녁 식사 시간이 돌아왔다. 식사 후에 통상 역사 얘기를 해줬는데, 이번에도 생략했다. 스리부 입항을 앞두고 스리부에서의 일정이나 상륙계획 등을 편하게 얘기하는 시간이 필요해서다. 국내에서 출항할 때 사전에 모두 계획을 수립하고 왔으나 입항이

임박해서는 세부계획을 다시 세워야 한다. 해적활동이라든지 중동 지역과 아프리카 북단 지역에서의 국제정세가 수시로 변하기 때문이다. 덕분에 난 국내에서 가져온 양서를 원 없이 읽을 시간을 가졌다. 특히 내가 좋아하는 역사 서적을 읽을 시간이 많아서 좋았다.

현재까지 스리부에 테러 정보 등 특이 사항은 없다고 확인됐다. 그러나 처음 들어가는 곳이고 소말리아와 인접해 있는 곳이다. 언제 어디서든 우리 대조영함을 비롯한 승조원들에게 위해를 가해 올 가능성이 컸다. 특히 작년에 최영함에서 생포한 해적 1명은 여전히 우리나라에 수감 중이다. 이들은 한국에 수감 중인 동료 해적의 석방을 위해 우리 대원들을 인질로 삼을 수도 있다. 맞교환용으로 말이다. 스리부는 원래 소말리아의 일부이고, 국민은 아직도 소말리아어를 사용한다고 한다. 고민이 많았다. 입항 결정은 상부에서 했기 때문에 번복하기는 어렵다. 그렇다면 결국 들어가서 취해야 할 대비태세와 당직, 외출 나가는 상륙 문제를 해결해야 했다.

"현재까지 스리부항에 대한 테러 정보는 전혀 없습니다. 만약 조금이라도 이런 정첩보가 있었다면 입항을 허락하지 않았을 겁니다."

처음 입을 뗀 건 이 분야 주무 참모인 정보참모 박 소령이었다.

"지금까지 들어온 테러 정보는 없다고 했다. 그럼 당직 편성과 경계태세는 그냥 C형으로 해도 문제없겠나?"

"처음 들어가는 곳이고 지난번 첫 귀항지인 오만의 아리부항과는 다릅니다. 우리가 접수하지 못한 테러 가능성도 있을 수 있습니다."

정보참모 박 소령의 정보평가에도 불구하고 신중해야 한다고 말한 사람은 참모장 겸 작전참모인 신 중령이었다.

"그럼 일부 경계태세를 높여야 하나? 여기도 처음 들어가는 곳이라 다들 외출은 나가보고 싶을 텐데…."

"경계태세는 높이되 남는 사람을 최소화해서 많이 내보내면 될 것 같습니다."

인사참모 겸 부장인 김 중령이 절충안을 표명했다. 사실 함정 승조원들의 외출 권한은 부장이 담당하고 있다.

"그래, 그거 좋은 생각이네. 아무리 생각해도 함교 경계당직과 순찰당직, 그리고 혹시 있을 우발 상황에 대비해서 특전요원 일부는 당직 개념으로 남겨두는 게 좋을 듯해."

"네. 그렇게 하겠습니다. 이 인원들은 추가해서 당직에 편성하겠습니다. 경계테세는 'B'형으로 설정하고, 관련 부대에 통보하겠습니다."

"좋아. 그렇게 하고, 대원들 외출 구역하고 시간은 제한 없는 거야?"

"이건 좀 고민해서 판단하시는 게 좋을 듯합니다."

"사실 우리 함정 계류 부둣가에는 스리부 해안초소 등에서 같이 경계를 서고 있어 걱정이 덜한데, 외출자들은 단속을 많이 해야 할 겁니다."

"그래?"

"과거에도 미국 군함이나 다른 함정에서 외출 나가서 우범지역에 가서 문제가 야기된 적이 많이 있습니다. 여긴 난민촌도 있고 빈민촌이 있어 마약과 총기류 사고 등이 많은 곳입니다."

정보참모가 이것만은 꼭 통제해야겠다는 심정인지 과거 타국의 사례까지 들어가며 제한사항을 열거했다.

"아, 꼭 테러 등의 부대 경계태세와 관련된 사건 외에도 일반적인 사건이 자주 발생한다는 거지?"

"네. 그렇습니다. 외출 구역은 빈민촌과 난민촌은 가지 않도록 해야 합니다. 또한, 외출 시간도 밤늦게까지는 못 하도록 통제할 필요가 있습니다."

"좋아. 그럼 외출 구역과 시간을 정하도록 하지. 어디로 언제까지 했으면 좋겠나?"

"부대장님. 외출 장소는 시내 다운타운과 호텔 내부로 제한하는 게 좋을 것 같습니다. 시간은 9시까지 제한하는 게 좋겠습니다. 9시 넘으면 아무래도 호텔 같은 데서도 클럽이 있어서 마약 사고 같은 게 일어날 수 있습니다."

정보참모가 모든 권한을 쥐고 있는 거 같았다. 평소에 좀처럼 나서지 않던 친구다. 오만 아리부항과 달리 스리부항은 술을 파는 곳이다. 외출 나가서 각별히 주의해야 하는 곳임엔 틀림없다.

"함장님. 정보참모로부터 교육 자료 받아서 내일 1차적으로 교육 먼저 시키겠습니다. 그리고 상륙 당일 다시 재교육하겠습니다."

인사참모를 겸하고 있는 부장이 나섰다. 대원들이 외출 나가서 생길지 모를 사건사고 예방 교육은 모두 부장이 전담하기 때문이다.

"응, 알았어. 오랜만에 외출 나가는 상황이고 여긴 오만과 달리 더운 지방인데도 술을 판다. 술만 파는 게 아니다. 곳곳에 마약류 등 이상한 약품 같은 걸 판다고도 한다. 교육 철저히 하고, 나가서 피곤한 심신을 쉬고 오는 건 좋지만 사건사고에 휘말리지 않도록 교육 철저히 해."

"걱정하지 마십시오. 교육 내용은 제가 정보참모 자료 받아서 최종 확인 후에 부장에게 주도록 하겠습니다."

참모장이 막바지 발언을 했다. 부대의 참모장은 참모들을 모두 관리해야 하는 직책이다. 그렇기에 인사참모인 부장이 할 교육 자료를 정보참모로부터 받아서 확인 후에 부장에게 주겠다는 말이다.

"참모장 주관하에 교육 자료 만들고 교육 잘해서 작은 사고라도 발생하는 일이 없도록 준비해."

"네, 잘 알겠습니다."

"아, 참! 에이전트는 이곳에 파견된 우리 군수지원장교가 추천한 회사 중에서 선정했다 이거지?"

"네. 그렇습니다. 여긴 많은 상선이 드나드는 곳이라 현지인이 운용하는 에이전트는 많습니다. 다행히 해군본부에서 직접 파견 나온 군수지원장교가 있어서 많은 자료를 받아서 수월하게 선정했습니다."

"설마 여기까지 UAE에 있던 박 사장이 사업하겠다고 오진 않겠지?"

"대륙이 다른데 여기까지 오겠습니까? 그리고 이미 현지인 에이전트로 선정이 끝나서 문제없습니다."

"그래. 지난번처럼 어이없는 일 당하지 않으려면 정말 에이전트 잘 선정해야 한다. 그리고 노파심에서 다시 한번 강조하지만, 단돈 1원이라도 허투루 사용하는 일이 없도록 예산관리 철저히 하도록 해."

"네. 잘 알겠습니다."

군수참모가 낮은 목소리로 대답했다. 나름 꼼꼼하게 예산을 관리하고 있던 군수참모라 내 당부가 자존심을 상하게 했을 수도 있겠다 싶었다. 참모장 주도로 좀 더 세부적인 토의를 하도록 하고 사관실을 나와 방으로 향했다. 내일 하루밖에 준비할 시간이 없다. 부산항을 떠나온 지 벌써 두 달이 다 돼간다. 나올 때 깔끔하게 다듬어놨던 함 외모가 연료 소진 시에 나오는 검댕으로 곳곳이 거무스름했다. 내일은 항해 중이긴 하지만 모든 일과를 우선해서 함내 대청소를 해야겠다고 생각했다.

아침이 밝았다. 오전 사관회의 시 어젯밤에 생각했던 오늘의 주요 일과를 지시했다. 오후에는 당직자를 제외하고 모두 대청소를 하라고 했다. 침실과 각 격실 및 외부를 정리정돈하고 함 외부는 청수를 이용하여 물청소를 하라고 했다. 청수는 해수가 아닌 우리가 일반적으로 알고 있는 민물을 말한다. 함정에는 바닷물을 먹을 수 있는 청수로 만드는 조수기가 4대나 있다. 역삼투압 조수기를 사용하여 바닷물을 민물로 만든다. 그래서 대조영함은 장기간 항해해도 물이 부족하지 않다. 배에서 청수가 필요한 곳은 여러 군데 있다. 먼저 기관의 열을 식히는 데 청수가 필요하다. 배의 엔진은 24시간 쉬지 않고 배가 정박하지 않는 한 계속 돌아가기 때문에 열을 식히는 장치가 있다. 먼저 해수가 들어와 기관의 외벽을 감싸고 있는 청수를 식힌다. 청수는 기관 내부에 생긴 열을 식혀주며 뜨거워진 윤활유를 외부에서 식혀줘 윤활유의 열을 낮춰준다. 최종적으로 윤활유는 메인 엔진의 열을 직접 식혀주는 식이다. 기관에서 지속적으로 발생하는 열을 단계적으로 식혀준다. 특히 중동 해역은 늘 덥다. 더운 지방에서는 바닷물도 미지근하다. 미지근한 해수로 청수를 먼저 식히고 청수는 윤활유를 식히도록 장치돼 있다. 두 번째가 생활용수다. 먼저 밥을 해 먹어야 한다. 물론 설거지도 마찬가지다. 또 샤워나 세수 등 대원들이 생활하기 위해 사용하는 물도 해수가 아닌 청수다. 마지막으로 함정을 청소할 때 사용하는 물이다. 외부 갑판에 해수로 얼룩진 염분을 걷어내는 데 쓰인다. 배가 크기 때문에 외부 전체를 씻어내는 데 꽤 많은 물이 필요하다.

사관회의를 마치고 함교로 올라갔다. 뒤를 돌아보니 5척의 상선이 따라오고 있었다. 바람이 없는 아덴만의 바닷물은 넓고 긴 검푸른 비닐을 덮어놓은 것 같았다. 호수와 진배없었다. 하늘은 구름 한 점 없었다. 우리가 있는 동안은 건기라서 비 구경을 할 수 없다. 비가 오지 않으니 바람 또한 구경할 수 없다. 바다는 이제껏 보지 못한 고요함 자체였다.

부서별 또는 직별 단위로 격실을 열고 청소하는 게 보였다. 함교도 늘 에어컨 바람 때문에 닫아놓았던 좌우 문을 모두 개방하고 청소하기 시작했다. 뒤에 따라오는 호송 선박들을 한동안 무심코 바라본 후 방으로 내려왔다.

내 방은 배가 커서 그런지 아주 큰 편이다. 함장실 문을 열고 들어가면 큰 책상과 책꽂이가 있어서 사무를 볼 수 있게 돼 있다. 침실은 내실에 있다. 내실에 들어가면 작은 침대와 옷장이 있고 그 맞은편에 화장실이 샤워장과 함께 달려 있다. 지난번 오만 입항 때 나온 대사관 직원은 내 방을 보고 호텔 같다고 했다. 나도 처음 이 배를 접했을 때인 2006년도에는 그렇게 생각했다. 부장이었기에 함장 방에 보고하기 위해 자주 들어왔다. 그때 본 함장 방은 분명히 호텔이었다. 그러나 막상 내가 함장으로 부임해서 매일 잠을 자보니 그런 생각은 오간 데 없었다. 아무리 잘 만들었어도 배는 철 구조물이다. 그 철 구조물이 한 자리에 머물러 있지 않고 24시간 움직인다. 움직일 때마다 알게 모르게 삐거덕거리는 소리를 낸다. 밤마다 듣는 쇠 부딪히는 소리는 어떨 땐 애간장을 녹인다. 신경을 쓰지 않으려 해도 신경이 쓰인다. 그래서 늘 대원들이 처음 전입해 오면 교육하는 게 배 생활에 대한 마음가짐이다.

우리 옛 조상님들은 집을 짓거나 돌아가신 분의 산소를 쓸 때도 바람과 물을 피하는 곳에다 썼다. 한마디로 풍수사상을 가졌다. 그런데 함정은 절대 그렇게 할 수 없다. 바람과 물을 피할 수 없다. 이겨내야 한다. 바람이 불면 생겨난 파도를 이겨내야 한다. 그뿐만이 아니다. 배는 철 구조물로 만들었어도 늘 물 위에 떠 있어야 한다. 그게 배의 운명이고, 배의 운명은 뱃사람의 삶이다. 사소한 폐소공포증이나 정신질환이 있어도 배를 탈 수 없다. 배에서의 생활이 곤란하다.

이런 환경을 극복하기 위해 준비한 건 아니다. 나올 때 장기 항해를 떠나는 사위를 위해 장모님께서 선물하신 성경을 자주 읽었다. 책상 앞에 앉아 성경책을 집어 들었다. 오늘 하루는 내일 있을 스리부 입항 준비에 언제 지나갔는지 모르게 시간이 흘러갔다. 저녁 식사 후에도 별 담소는 하지 않았다. 저녁에도 낮에 미흡한 분야를 준비하겠다는 부서가 많았다. 사관실도 내일 입항 시 혹시 찾아올지도 모를 손님을 맞이하기 위해 준비를 해야 한다고 했다.

"내일 입항할 때 환영식 같은 거 하나?"

"함장님 지시로 별도의 환영식은 안 합니다. 다만 에티오피아 대사님이 방문하신다고 합니다. 그리고 우리나라 회사 주재원이 5

명 있는데, 같이 오겠다고 했습니다."

"여기도 우리나라 사람이 나와 있구나. 참 세계가 넓은 것 같지만, 막상 다녀보면 좁단 말이야. 이런 아프리카에도 돈 벌러 나온 사람들이 있다니 놀랍다."

"우리 군함도 나오는 지역인데, 아프리카라고 한국 사람 없겠습니까? 돈 되는 지역이면 어디든 가야 하지 않겠습니까?"

"맞는 말이다. 예전에 누군가 '세계는 넓고 할 일은 많다'라고 했는데 정말 그런가 보네."

"대사님 의전 행사는 차질 없이 준비하도록 하겠습니다."

"우리 함정은 여기 작전하러 나왔지 군사외교를 주목적으로 나온 게 아니다. 그러니 행사를 크게 할 바는 아니다. 함정에 방문하는 사람들 섭섭하지 않도록 차 한 잔, 식사 한 끼 대접하고 보내면 된다. 그런 예산은 가지고 나왔으니 문제없을 거야."

"네. 그렇게 계획하고 있습니다. 대사님 의전은 기본적인 수준에서 예우하도록 하겠습니다."

"그래. 머나먼 타국에서 국가를 위해 고생하시는데 국내에서와 같이 타종하고 현문에서 함장이 영접하마. 그리고 더우니까 영송병은 붙이지 마라."

타종이란 함장 이상의 국내외 귀빈이 배에 방문할 때 종을 쳐서 귀빈의 방문을 승조원에게 알리는 의식이다. 그리고 함정에서는 공식적인 행사를 할 때 함장 이상의 인물이 배를 방문하면 영송병을 배치한다. 정복과 흰 장갑을 착용하고 줄을 서서 구령자의 구령에 맞춰 일제히 경례해서 방문자에게 예우를 표하는 의식이다. 이 영송병을 배치하지 말라고 지시했다. 일반적인 행사라면 반드시 해야 한다. 대사님이면 장관급의 예우를 갖춰드린다. 그렇지만 우리 대조영함이 지금 이곳 스리부에 온 것은 군사외교를 위해 온 것이 아니다. 해적 퇴치작전을 위해 나왔음을 잊지 말아야 했다. 이것들은 귀빈맞이를 위한 의식이며 행사다. 우리의 파병 목적과 현지의 더운 기상 상황 등을 고려하여 이러한 의식을 생략할 필요가 있다고 판단했다.

내일 입항할 새로운 기항지인 스리부에 대한 사전준비 사항을 점검하고 나서 아직도 많이 남은 양서 읽을 시간을 확보해야 했다. 함장실에 올라와 독서 삼매경에 빠졌다가 잠들었다.

다음 날 아침 여지없이 5척의 상선은 앞다투어 홍해로 접어들고 있었다. 전투정보실에서 열리는 사관회의에서 모든 입항 준비 사항을 점검했다. 다행히 스리부항은 협수로가 없어 입항하는 데 큰 문제는 없는 듯했다.

★ ★ ★

스리부는 더웠다. 오만보다 덥다고 느껴졌다.

"함장님. 계류부두 선석이 나왔는데 안쪽 끝단에 돌격계류를 해야 합니다. 부두 사이가 좁고 상선들이 많아서 이쪽으로 배정됐습니다."

돌격계류란 자동차로 친다면 후진 주차를 뜻한다. 주차장 라인에 후진해서 들어가 주차하는 것을 말한다. 그러니 전진해서 어느 정도 들어가서는 배를 180° 회전시켜서 배 꽁무니를 육지 쪽으로 계류하는 방법이다.

"이렇게 안쪽으로 들어간단 말인가? 여기 수심은 어때?"

"수심은 양호한 편입니다. 다만 돌격계류를 위해 터닝할 때 이쪽 부이가 설치된 곳이 저수심입니다. 이쪽만 조심하면 될 거 같습니다."

"그래? 도선사와 터그보트는 지원되겠지?"

"네. 지원됩니다. 좀 특이한 것은 도선사 2명이 올 예정이고, 터그보트도 2척이 붙을 예정이랍니다."

"오케이. 입항하는 데 차질 없도록 하고, 참모 당직자는 입항에 상관없이 작전구역 전반에 대한 '안전항해 지원작전'을 철저히 수행하도록."

"네. 정박 중에도 참모 당직은 정상 운용됩니다. 작전구역 전반에 대해 실시간 확인하도록 하겠습니다."

"그래. 우리가 여기 들어온 건 군수적재를 하기 위해 들어온 거지 임무를 쉬기 위해 온 게 아니다. 쉬는 건 당직자가 아닌 사람들이 돌아가면서 잠시 쉬는 거다. 해군은 당직자가 지킨다는 걸 늘 명심하도록."

"넵. 잘 알겠습니다."

참모장이 대표로 대답했다.

마지막 호송을 끝내고 계획된 스리부항으로 들어갔다. 미리 국내에서부터 스리부항에 대해 교육을 받고 왔지만, 막상 들어가니 상상밖이었다. 너무 지저분했다. 냄새도 심하게 났다. 가축들을 부둣가에 그냥 가둬두고 수시로 배로 옮겨 나르고 있었다. 가축을 내다 파는 모양이었다. 아덴만 안쪽 구역인 홍해 입구 쪽으로 오면 조금 큰 목선에 가축을 싣고 항해하는 것을 많이 봤다. 주로 홍해로 나가서 이집트나 예멘 등에 팔기 위해서다.

입항하니 태극기를 흔드는 사람들이 보였다. 대사관에서 나온 사람들로 보였다. 오른쪽 팔 어깨에 흰색 태극기를 부착한 얼룩 무늬의 해군 장교들도 보였다. 여기에 파견 나온 한국해군 장교 4명일 거라 짐작되었다. 청해부대 입항 시 지원 임무를 수행하기 위해 1진 때부터 파견 나온 장교들이다.

"함장님. 양복 입고 태극기를 흔들고 있는 사람은 에티오피아 대사입니다. 스리부에는 대사가 따로 없고 겸임하고 있습니다."

인사참모를 겸한 부장이 보고했다. 이 더운 날씨에 양복을 입고 있는 대사님의 모습을 보고 많은 것을 느낄 수 있었다.

"나도 알고 있다. 어제까지만 해도 설마 했는데 직접 오시다니…."

"대사님이 모든 일정에 우선해서 청해부대는 반드시 방문해서 격려하시겠다고 했답니다."

애국심이 절로 나왔다. 국내에서는 모르지만, 외국에 나오면 한국사람 모두가 애국자가 된다는 말이 있다. 대사님을 비롯한 대사관 공직자들이야 당연한 일일지도 모른다. 하지만 정말 낯설고 열악한 환경에서 경제활동하고 있는 주재원들을 보니 솟구친 애국심이다. 우리는 대사 일행과 스리부에서 사업하는 주재원 5명을 방문자로 맞았다. 사관실에서 간단한 비빔밥으로 오찬을 하고 차를 마셨다.

"대사님. 이곳 스리부까지 바쁜 일정 마다하시고 방문해주셔서 감사합니다."

"작년에 청해부대가 우리 국위선양에 큰일을 하지 않았습니까? 청해부대가 제가 담당하고 있는 곳으로 왔는데 당연히 와봐야지요."

"그래도 여기 오시려면 항공편도 마련하시기 쉽지 않았을 텐데 아무튼 감사합니다."

"이럴 때라야 저도 여기 스리부에 한 번 와볼 수 있어서 영광입니다."

"감사합니다. 에티오피아는 어떻습니까?"

"아시겠지만 에티오피아는 한국전쟁에 참전한 국가입니다. 옛날엔 우리나라보다 더 잘살았던 곳입니다. 한국인에 대한 자부심이 강한 사람들이고요. 그리고 스리부와 달리 한국 사업자들이 많이 들어와 있습니다. 주로 아프리카 자원 개발을 위해서 말이죠."

"네. 그렇군요. 에티오피아는 내륙국가라서 우리 청해부대가 입항할 수 없어 많이 아쉬운 마음입니다."

"정말 그렇습니다. 청해부대가 에티오피아에 오면 제가 일하기 아주 편할 텐데 말입니다. 사실 대사관이 설치돼 있어도 특별한 일 없이는 주재국 정치인들을 만날 일이 많지 않습니다. 한국에서 사업하러 오신 분들의 요구사항을 다 들어드리려면 주재국 주요 정치인들을 자주 만나서 해결해야 하는데 말입니다."

"아, 그럼 그쪽 국가에서는 한국인이 사업하는 데 협조가 잘 안 되나 봅니다."

"그렇지는 않습니다. 매우 협조적이긴 한데, 그래도 큰 사업을 따내려면 아무래도 주요 정치인들을 만나야 가능하기 때문입니다."

"네. 그렇군요. 암튼 대사님 방문해주셔서 고맙고, 오신 김에 함정 견학 한번 하시기 바랍니다."

부장이 대사님과 일행을 모시고 먼저 사관실을 나갔다. 함정 견학 코스는 매번 해오던 대로 하면 되기 때문에 내가 별도로 안내하지는 않았다. 스리부에 사업하러 와 있는 주재원들과 별도의 환담을 이어갔다.

“여기 계신 분들은 모두 같은 회사 직원이신가요?”

“아닙니다. 여기 남자분 4명은 건설사 직원들이고요, 저기 계신 여자분은 개인사업 하시는 분입니다.”

“아, 그렇군요. 여성분은 따로 오셨나 보네요. 혹시 무슨 사업을?”

조심스레 물어보았다. 그러자 혼자 왔다는 여성이 아닌 건설업을 하러 왔다는 남자가 대신 대답했다.

“저분은 여기서 자동차 판매업을 하시는 분입니다. 주로 우리나라 중고 자동차를 들여와서 판매하고 최근엔 신형 차도 판매하고 있습니다.”

“네, 그렇군요. 대단하십니다. 여기까지 오셔서 사업을 하시니….”

“온 지는 제법 됐어요. 원래 제가 UAE와 오만에서 사업을 하다가 이곳으로 건너온 지는 한 5년 됐어요.”

여자는 건설업자인 남자가 해주는 자기소개를 다 듣고 나서야 자신을 구체적으로 소개했다.

“그럼 가족분이랑 다 같이 와 계신 겁니까?”

참모장 신 중령이 호기심 어린 눈치로 추가 질문을 했다.

“가족은 여기 없고 두바이에 있습니다.”

“그렇군요. 한국에서의 고향은 어디신가요?”

중년의 여성이 가족을 외국에 두고 혼자 타국에 사업을 하러 왔다는 데 놀라움을 감출 수 없었다.

"제 한국 고향은 서울 용산입니다. 거기에 제 집도 있어요."

"와아~ 그럼 집이 몇 채가 되겠습니다. 두바이에도 있을 테고…."

참모장이 잽싸게 되받아 물었다.

"네, 있어요. 해외로 사업하러 다니는 사람이다 보니 집이 여러 채 있네요. 헤헤."

"부자시네요. 이런 말씀 드려도 되는지 모르겠지만, 가족분들과 떨어져서 혼자 이국땅에서 사업하시는 데 힘들거나 두렵지는 않습니까?"

"물론 그런 건 있지요. 극복해야지요. 외국에 나와 있는 사람들은 누구나 그런 리스크 극복하고 나오는 거예요."

"참 대단하십니다. 사업 번창하시길 바랍니다."

"네, 감사합니다. 이런 큰 배도 구경시켜주시고 비빔밥도 맛있게 먹었습니다. 임무 잘 수행하시고 파이팅하세요. 대조영함!"

"아이고! 저희가 감사합니다. 사실 보시다시피 우리 대조영함에도 여군이 꽤 있습니다. 여성으로서 정말 머나먼 아프리카까지 오셔서 사업을 하시면서 한국인의 위상을 드높이는 데 감회가 깊습니다. 하시는 사업 날로 번창하시길 바랍니다."

최대한 예우와 존중을 갖춰서 말했다. 더운 열사의 땅까지 와서 한국의 국부를 창출하는 데 남녀 따로 구분 없이 열심히 사는 것을 보니 드는 마음이다. 해적 퇴치작전을 외로이 수행하는 우리로서는 보는 것만으로도 위안이 되었다.

나중에 추가로 확인한 바로는 이 여성 사업가의 남편은 한국계가 아니라 아랍인이라고 했다. 아랍은 공식적으로 일부다처제이기 때문에 여러 명의 부인을 둘 수 있다. 이 여성의 남편은 두바이에도 부인이 있어 굳이 이곳 스리부에 와서 생활하지는 않는다고 했다. 어쨌거나 여성이 혼자서 아무런 연고도 없이 아프리카 스리부에서 사업을 해나가는 게 대단하다고 생각됐다.

오찬 행사가 끝나 대사님과 현지 파견 주재원들을 보내고 우리도 상륙을 나가야 했다. 어제 검토한 것처럼 외출 장소는 시내 중심가와 호텔, 시간은 저녁 9시까지였다. 에이전트를 활용하여 상륙 나갈 때 타고 갈 버스를 빌렸다. 그런데 부두가 너무 좁아서 버스가 대조영함 부두 앞까지 올 수 없었다. 하는 수 없이 최종 상륙자 정렬을 마친 후 버스가 주차해 있는 장소까지 걸어갔다. '상륙자 정렬'이란 외출 나갈 사람들을 대상으로 최종 인원 확인과 유의사항을 교육하는 걸 말한다.

버스정류장에 부대장과 참모진이 타고 나갈 미니버스와 승용차도 대기하고 있었다. 15분 정도 걸어나가는데 온통 퀴퀴한 냄새가 났다. 배가 들어올 때 멀리서 보였던 가축들의 우리를 지나갔다. 염소, 양, 소가 보였다. 조금 더 가니 길거리에서 이상한 물건을 파는 상인들이 보였다. 알 수 없는 푸른색 풀이었다. 더 이상한 건 물건을 파는 상인들의 입안이 모두 빨간색이었다. 피를 흘리는 것은 아니고 입안에 피가 고여 있는 것 같았다. 상인들은 빨간색 입으로 풀을 뜯어 먹고 있었다. 풀에서 나는 피 같은 붉은색 액체였다. 피처럼 빨간색의 즙을 내는 식물이었다. 정보참모에게 물어보니 일종의 마약 같은 풀이라고 했다. 진통제나 소염제 등의 약을 구하기 힘든 아프리카에서는 이 풀을 대신해 육체적 고통을 이겨

냈다고 한다. 풀 이름은 잘 기억나지 않는다. 매우 원시적이라 생각되었다.

주요 참모 몇 명과 승용차에 타고 프랑스군 병원으로 향했다. 군 병원장을 예방하기 위함이었다. 프랑스군 병원장은 반갑게 맞아주었다. 환자는 적극적으로 치료해주겠다고 했다. 이 병원을 제일 먼저 찾아간 것은 우리 함정 내에서 치료하기 힘든 환자가 있어서였다. 내과, 외과, 마취과 등의 의료진이 편성돼 있지만, 충치 환자는 처치할 수 없었다. 치통 환자는 진통제를 먹고 몇 날을 기다리다가 입항하면 치과로 달려가야 했다. 특히나 스리부는 일반 종합병원이 없다. 유일한 종합병원이 프랑스군 병원이다.

이곳 병원은 월요일부터 목요일 오전까지만 진료를 본다고 했다. 금요일부터는 휴일이라 목요일 오후부터는 진료를 보지 않는다고 했다. 그러니 가급적 월요일부터 수요일까지 진료를 보라고 했다. 우리가 들어간 날짜가 목요일이라 난감했다. 우선 치통 환자들을 데리고 오라고 승용차를 바로 배로 보냈다. 시간이 급해서다. 혹시 외출 나가서 없는 사람은 호텔 등지에 가서 태워 오라고 했다. 다행히 배가 정박한 부두와 병원이 그리 멀지 않아 조치는 빨리 이뤄졌다. 이 사실을 미리 알았더라면 외출 나올 때 바로 데리고 올 수 있었는데 하는 아쉬움이 있었다.

프랑스군 병원을 나온 우리 일행은 조금 늦었으나 다른 곳을 예방하기 위해 출발했다. 현지에 있는 미군 부대다. 여기 부대는 육군이다. 홍해를 거쳐 수에즈운하를 이용해 지중해로 들어가는 수많은 선박과 관련한 인접국 간의 다툼에 신속대응하기 위해 존재하는 부대다. 간단한 브리핑을 받고 기지 내에 있는 우리 해군의 군수지원 장교들의 숙소를 방문했다. 철 구조물로 지어진 임시 건물이었지만 견고해 보였다.

보급 및 기관 장교와 기무장교로 구성된 지원장교들은 형제처럼 친하게 지내고 있었다. 매우 무더운 날씨로 인해 낮에는 거의 밖으로 나가지 못하고 밤에만 기지 내부에서 운동도 하곤 한다고 했다. 여기 근무 중인 부대원들도 야간에 외부 외출은 제한한다고 했다. 스리부의 치안이 불안하기 때문이라 했다. 내심 외출 나간 우리 부대원들의 안전이 심히 걱정되었다. 그나마 외출 시간을 9시까지로 정해서 다행이라 생각되었다. 9시까지 들어오려면 8시에는 복귀를 위해 나서야 한다. 그러니까 외출 나가서 저녁밥 먹고 들어오면 딱 맞는 시간이다.

첫 외출에 무사히 모두 복귀했다. 부대에 복귀하지 않는 미귀자나 늦게 들어오는 대원들이 없었다. 내심 엄청나게 걱정을 많이 했는데 다행이었다. 9시에 귀대자 복귀 완료 보고를 받고 잠시 함장 방에서 주요 참모들과 티타임을 가졌다. 스리부 실상에 대해 서로 정보를 주고받고 내일 나가는 대원들에게 정확한 정보를 주기 위함이었다.

“다들 어디에 많이 갔다고 해?”

“함장님. 상륙조장이 모두 원사나 상사들이고 워낙 교육을 많이 해서 그런지 주로 호텔에서 지내다 왔다고 합니다.”

“그럴 거야. 자칫 아무 데나 돌아다니다가 큰 불상사가 생길지도 모르는데 위험한 곳이야 갔겠는가?”

인사참모를 겸하고 있고 또 함정 대원들의 외출 및 외박을 관장하고 있는 부장이 여론을 듣고 하는 말이다. 더운 지방이라 마음

놓고 물이라도 마시려면 호텔로 가는 게 당연하다. 호텔은 국제적 숙박 기준이 마련된 곳이라 그래도 믿을 수 있다. 스리부에는 식당과 라운지, 풀장 등 휴식공간을 갖춘 호텔은 프랑스 호텔 한 군데뿐이다.

"더워서 음료수라도 자주 사 마시려면 갈 데가 호텔밖에 없었다고 합니다. 우리 대원들 전부 그 호텔에 가는 바람에 오늘은 한국인의 날이 됐다고 합니다."

부대 내에서든 외부에서든 군인으로서 소양을 벗어난 행동을 하면 벌점을 부여해서 다음 상륙을 제한하는 조치를 한다. 외국에 나와서 상륙 제한 제재를 받으면 배 밖으로 외출을 못 나간다. 배 타는 사람들에게는 제일 큰 제재 수단이다. 2주 이상 바다 위 배 안에서 생활하다가 입항하면 땅을 밟고 외출 나가는 게 가장 큰 복지다. 배 안에서 갇힌 생활만 하다가 외부로 나가니 얼마나 좋을쏘냐. 벌점을 받게 되면 점수에 따라 상륙을 제한받는다. 엄청난 복지혜택이 줄거나 끊어지니 늘 조심하게 된다. 이게 나름 최대의 통제 수단이다.

"특히 우범지역으로 지정한 곳에 출입하는 사람들이 없도록 순찰활동도 잘하도록 해. 사람들이 많이 가는 나이트클럽은 절대 가지 못하게 하고. 전에 테러도 있었다니 말이야."

"염려 마십시오. 상륙조장들이 모두 간부들이라 안심하셔도 됩니다."

"알았다. 내일은 어디 방문하게 돼 있나?"

"내일은 오전에 일본 해상자위대 기지 방문과 오후는 스리부 유아보육원에 봉사활동을 가시게 돼 있습니다."

"그렇지. 헌데 해상자위대는 꼭 가야 하나? 난 개인적으로 일본사람들 보는 거 별로인데."

"여기서 위급 상황 발생 시 긴급하게 지원받을 수 있는 게 일본 P-3입니다. 지난번 호송작전 때도 늘 서로 교신하고 정보도 많이 받았습니다."

"미국 항공 전력이 없다 보니 할 수 없네. 기지대장 계급은 뭐냐?"

"대령이고 병과는 항공입니다. 기지대장과 간단히 환담하시고 바로 1시간가량 회의실에서 정보교류 회의가 진행됩니다. 저희는 이번 호송작전 때 수집한 정보를 발표하고, 자위대 측은 아덴만 해역 전반의 해적활동에 대해 발표할 예정입니다."

"그래, 서로 정보를 교류하는 건 나쁠 거 없다. 어차피 미국 주도의 CTF 사령관의 지휘 아래 있으니까."

"네, 그렇습니다."

"아까 차 타고 오다 보니까 큰 경기장 같은 게 보이던데, 거기 중국기가 걸려있더라. 혹시 본 사람 있나?"

"아, 그거 말씀입니까? 중국이 지어준 건데, 여기 주민이 아주 좋아한다고 합니다."

"중국이 여기 경기장을 왜 지어줬다고 하냐? 여기 프랑스령이라며."

"미국, 일본이 진출해 있다 보니 중국도 위기감을 느끼고 스리부에 환심을 사기 위해서랍니다. 여기가 사실 아프리카 북단에 있는 수에즈운하 진입로이다 보니까 지정학적 가치를 보고…."

"그래? 중국도 옛날 중국이 아니란 건 알지만, 이건 좀 충격인데."

"듣자하니 여기뿐만이 아니랍니다. 학교랑 도로도 건설해준다고 합니다."

"그렇구나. 중국이 경제력이 커지니 국력 신장을 이렇게 하는구나. 알았다."

오늘 상륙 나가서 얻은 정보를 취합하고 또 내일 나가서 활동할 계획을 확인한 후 잠자리에 들었다. 오전에 입항 때부터 해서 온통 처음 와보는 낯선 곳을 헤집고 다니다 보니 지쳐서 금세 잠이 들었다.

★ ★ ★

다음 날 아침 인근에 있는 일본 해상자위대 기지를 방문했다. 군사적 상황이 발생했을 때 가장 빨리 지원받을 수 있는 전력이 항공 전력이다. 미군기지도 있지만, 미군기지에는 지상군만 있고 항공기는 없다. 항공 전력의 지원을 받기 위해서는 일본의 해상초계기가 필요했다. 일본은 오래전부터 해상자위대의 P-3기 2~3대 정도를 스리부에 가져다놓았다. 시간을 정해놓고 아덴만 해상 위를 초계비행한다. 가끔 해적 정보를 직접 주기도 한다. 아덴만에 나와 있는 우리와 일본 전력은 모두 미국의 요청에 따라 나왔기 때문에 서로 지원 관계는 잘 유지되고 있었다. 실제 CTF 사령관을 한국군 장성이 수행할 때는 일본 전력도 움직인다. 물론 일본군 장성이 할 때는 우리 전력도 협조해준다. 국제사회에서의 군사적 협력은 작전의 효율성을 높인다.

일본 해상자위대 기지는 굉장한 규모다. 임시 건물로 지었으나 있을 건 다 갖춰놓고 있었다. 자위대장은 해군 대령이었다. 나와 동급이라 편했다. 회의 테이블에 마주 앉아 대 해적작전에 대한 정보교류 회의를 했다. CTF가 있지만 많은 정보를 얻을 수 있었다. 정보교류 회의를 마치고 특별히 항공대장에게 유사시 긴급전력지원을 요청했다. 작년에 실시한 '아덴만 여명작전'도 최영함이 수행했지만 대 해적작전을 위해 나온 모든 전력이 지원태세를 유지했다. 작전의 성공을 위해서는 지원전력을 사전에 파악해둬야 한다. 그래야 유사시 유용하게 이용할 수 있다.

개인적으로 나는 일본을 아주 싫어한다. 우리 할아버지께서도 1930년대에 일본을 피해 간도에서 생활하신 적 있다. 1902년생이신 할아버지는 일본인과 어울려 사는 게 싫어서 간도로 갔다고 했다. 그렇기에 우리 집안은 대대로 일본인을 좋아하지 않는다. 그러나 한반도 역내가 아닌 머나먼 이역만리에 혼자 나온 대조영함 1척의 군함으로 할 수 있는 건 많지 않다. 서로 연합작전을 해야 성공확률이 높아진다. 연합작전 간에는 서로 협조해야 승리할 수 있다. 그것도 CTF라는 같은 지휘구조하에서 작전을 수행하는 청해부대와 일본 해자대로서는 어쩔 수 없는 일이다.

좀 부럽기도 했다. 우리는 십수 대의 초계기를 보유하고 있지만, 한반도 3면을 방어하기에도 힘들다. 이런 아프리카 땅에 내다 놓을 항공기가 없다. 국내에서는 일본과 직접적인 연합작전은 절대로 하지 않는다. 하더라도 외해에서 해상조난 상황 발생에 대비한 구조훈련 정도가 전부다. 그것도 미국이 늘 같이하자고 해서 할 수 없이 나가서 하곤 한다. 일본에 강제 병합당해서 일본의 지배를 받아온 우리로서는 일본에만큼은 손 벌리지 않으려는 생각에서다.

그렇지만 이역만리 해상에서 국제적인 대 해적작전에 참가하기 위해 달랑 배 1척 갖고 나온 청해부대로서는 어쩔 수 없는 상황이다. 이런 현실이 서글펐다. 함정만 하더라도 그렇다. 여기 아덴만에 나온 일본 함정은 2척이다. 지금 방문한 해상초계기 부대 말고도 말이다. 중국은 3척이 나와 있다. 물론 러시아도 마찬가지다. 우리나라만 1척 겨우 나왔다.

국내 군사 상황의 여건을 고려할 때 여러 척의 배가 나올 형편은 아니다. 늘 북한의 도발에 대비해야 하는 상황에 처해 있기 때문이다. 이것도 겨우 나왔다. 청해부대 1진이 첫 출항한 것이 2009년이다. 이때도 북한은 수시로 도발을 일삼았다. 혹시 '대청해전'이라는 말을 들어봤는지 모르겠다. 서해 NLL을 수시로 의도적으로 침범하는 경비정과 대치하다가 급기야 11월 우리 경비함과 교전이 발생했다. 이게 대청해전인데, 대청도 동쪽에서 일어난 사건이라 해서 그렇게 이름이 붙었다. 이런 상황에서 청해부대 파병은 처음엔 가네 마네 하다가 최종적으로 유럽으로 오가는 우리 상선을 지켜야 우리 경제가 산다는 논리로 나오게 됐다. 우리 주변국에 비해 겨우 1척의 구축함으로 청해부대를 구성한 이유다.

일본 항공기지를 나온 우리 일행은 바로 프랑스 호텔로 향했다. 점심을 먹기 위해서였다. 점심 후에는 인근에 있는 보육원에 가야 한다. 호텔 야외에 설치된 풀장에는 온통 우리 대원들뿐이었다. 수영도 하고 먹거리를 주문해서 먹고 있었다. 우린 호텔 식당에 가서 오늘의 점심 메뉴로 나온 음식을 먹었다. 일반적으로 모든 호텔 이용객이 먹는 간단한 뷔페였다. 저녁 시간만큼 음식 가짓수가 많지 않았다. 조금씩 덜어 큰 접시에 담고 있었는데, 먹음직스럽게 보이는 고기가 눈에 들어왔다. 점심이라 조금 덜었다. 참모들과 마주 앉아 먹는데, 역겨움에 그만 입에 있던 음식을 뱉어내고 말았다. 그러고 나서 자리를 박차고 일어나 내달렸다. 순간, 같이 먹던 참모들이 놀라 일어났다. 뭔가 큰일이 난 걸로 생각한 모양이다.

달려간 곳은 다름 아닌 화장실이었다. 입에 물고 있던 모든 음식물을 쏟아냈다. 그래도 구역질은 억지로 참았다. 뒤따라온 부장이 등을 두드리려 하는 걸 손으로 막았다. 토는 나오지 않았다. 입 속 음식물을 뱉어낸 나를 본 부장이 아주 미안한 기색으로 물었다.

"함장님. 음식에 이물질이 들어 있었습니까?"

"아냐, 아냐. 미안해."

"무슨 일이십니까?"

"이물질은 아닌데 이상한 냄새 때문에 토가 나왔어."

"혹시 음식이 상해서 그런 겁니까? 신고해서 변상 조치하겠습니다."

"아냐, 그런 거 아니라니까."

"상한 음식이 아니라면?"

"내가 좀 그래. 비위가 약해서 평소 접해보지 못한 냄새에 약해. 아까 먹음직스러운 고기가 소고기인 줄 알고 덜어와 먹었는데, 역겨운 냄새가 나서 그런 거야."

"아, 그랬습니까? 그 고기는 양고기인데 말입니다."

"양고기였어? 난 양고기를 먹어본 적 없어. 아주 역겨웠어."

"네, 그랬군요. 양고기가 원래 냄새가 좀 나긴 하지만, 이런 호텔 식당에서는 냄새가 많이 안 나는데…."

"미안. 비위가 많이 약한가 봐. 전에 오리고기도 냄새가 나서 잘 못 먹었잖아."

"앞으로는 평소 국내에서 드시던 음식 위주로 준비하겠습니다."

"괜찮아. 너무 신경 쓰지 마. 대원들 위주로 식단 짜고, 난 그런 음식만 빼고 주면 돼."

"네, 알겠습니다."

부장은 내가 갑자기 식당을 뛰쳐나와서 매우 당황한 눈치였다. 나의 양고기 취식 불가 통보에 더욱 당황해하는 거 같았다. 나보다 연배가 더 높은 사람들이라면 나의 행동을 조금 이해할 것이다. 우리가 언제 육고기를 종류대로 먹어보았던가. 1965년생인 나도 1980년대 이전까지는 잔치나 제사 지낼 때 소고기, 돼지고기 정도 먹어본 기억밖에 없다. 이후 군 생활 중에도 소고기, 돼지고기는 먹어보았지만, 조류는 닭만 먹어보았다.

우리나라 사람들은 조상 대대로 육고기를 많이 먹을 기회가 부족했다. 농경문화이다 보니 집에서 조금씩 기르는 가축을 큰 행사 때 먹어본 게 전부다. 한반도에 사는 우리 민족은 특히나 양고기는 먹을 기회가 없었다. 양고기는 주로 유목민의 주된 양식이다. 이들은 양의 젖과 고기를 주식으로 삼지만 우리는 그렇지 않다. 우리는 오곡백과를 주식으로 삼는다. 채식 위주다. 식습관은 민족을 가른다. 입에 넣었던 양고기를 뱉어내고 부장과 함께 자리로 돌아왔다. 부장은 내 자존심을 지켜줬다. 차마 내가 양고기를 못 먹어서 뱉고 왔노라고 주위에 말하지는 않았다.

"함장님, 괜찮으십니까?"

식사하고 있던 참모장이 내가 돌아오자 잠시 숟가락질을 멈추고 물었다.

“오, 괜찮아. 아무 일 없으니 식사 계속하게.”

난 아무 일 없었다는 듯 계속 식사를 이어갔다. 확실히 양고기는 피했다.

“참모장. 그 고기 잘 먹네. 무슨 고기인 줄 알고 먹나?”

“이거 잘 모르겠습니다. 먹음직스러워서 가져왔는데, 냄새가 조금 나지만 맛은 있습니다.”

“그래? 그거 양고기라고 하던데. 난 냄새가 독특해서 영 못 먹겠어, 잘 먹는군. 역시 특전용사라서 달라.”

“아, 이거 양고기구나. 우리나라에선 좀 구하기 힘든 음식이잖습니까? 중국에는 양고기가 대중화돼 있다고 하던데, 왜 우리나라엔 많지 않은지 모르겠습니다.”

“중국은 북부지방에 유목민이 살고 있으니 잘 먹지. 남부지방은 농경민이지만 이들도 양고기를 잘 먹어요.”

“우리와는 좀 다르네. 우리나라 사람들은 농경민이라 양고기를 거의 먹어보지 못했다 하셨는데.”

“지난번에도 얘기했지만, 중국은 거란이 세운 요나라 이래로 남북이 물물교환하면서 양고기를 먹을 기회가 넓혀진 거지.”

“그럼 우리나라와는 물물거래를 안 한 겁니까? 북쪽 사람들이.”

부장이 물어왔다. 함정에서 조리업무를 책임지는 부서장이라 그런지 관심이 많았다. 조리 담당 직별인 조리장을 보급관이 담당하고, 보급관을 지휘하는 사람이 부장이다.

“우리는 오곡백과를 생산하는 농경문화를 발달시키면서 북쪽의 유목민과는 늘 거리를 둬왔다. 그리고 물물교환할 만큼 오곡백과의 잉여품이 많지 않았다.”

“그러니까 우리 민족이 먹고살기에도 부족한 오곡백과를 북쪽 민족에게 줄 수 없었단 말씀이시네요?”

“그렇다고 봐야지. 그래서 늘 북쪽 민족은 중국 남부를 향해 달려갔어. 우리나라는 내버려두고.”

“그랬구나. 그래서 거란의 요나라를 이어 들어선 금나라도 중국으로 가고, 심지어 조선 시대에 생겨난 청나라도 중국으로 갔구나.”

“그렇지. 역시 부장은 이해가 빠르군.”

“아닙니다. 그건 상식이니까요.”

“상식도 모르는 사람들 많다. 요즘 상식은 인터넷이나 스마트폰 두드려봐야 알 수 있다. 워낙 범위가 넓어서.”

“국내에서 퀴즈 문제 같은 거 TV를 통해 보면 상식이 상식이 아닙니다. 거의 전문가 수준의 질문과 답을 하는 걸 봤습니다.”

참모장이 거들었다. 스리부에서 프랑스 호텔 식당까지 와서 한 얘기의 종착점은 결국 우리 역사였다. 간단하게 식사를 마치고 오후에 있을 보육원 방문에 대비했다.

저녁 9시가 넘었는데도 당직사관으로부터 상륙자 복귀 전화 보고가 없었다. 어제도 그랬고 오늘도 9시까지 상륙 시간이어서 지금쯤 이미 보고가 왔어야 하는데 연락이 없었다. 조금 전 선저 검사 해프닝이 아직 사그라들지 않은 상태였다. 잠시 후 부장이 문을 두드렸다.

“필승! 함장님. 부장입니다.”

“어, 들어와. 그래, 무슨 일이야?”

"부사관 1명이 아직 복귀하지 않고 있습니다."

"뭐? 같이 간 상륙조 인원들은 어디로 가고?"

"미귀자는 항공 중사인데, 같은 상륙조로 편성된 조장 상사 1명과 하사 2명은 복귀했습니다."

"무슨 소리야? 상륙조는 늘 같이 붙어 다니는 사람들인데, 중간에 중사 한 명을 빼고 다녔단 말이야?"

"아닙니다. 계속 같이 다녔는데, 식사할 때 술을 좀 먹었고 화장실 간다고 나갔는데 없어졌다고 합니다."

"혹시 일부러 상륙조 이탈해서 개인적인 행동한 거 아냐?"

상륙조는 같은 계층이나 계급끼리 편성하지 않는다. 좀 불편할 수는 있어도 효과적인 통제를 위해 상급자와 하급자를 섞어서 편성한다. 예를 들면 상사나 원사 1명에 중사 1~2명, 하사 1~2명이나 아니면 중사 1명에 하사 1명, 수병 2명 식이다. 이러다 보니 쇼핑이나 식사할 때 서로 취향이 달라 가끔 따로 떨어졌다가 각자 볼일을 보고 다시 만나서 들어오는 경우가 있다. 일방적으로 상륙조를 정해주니 할 수 없이 같이 나갔다가 밖에서는 끼리끼리 놀다가 들어올 때 다시 만나 들어오는 것을 말한다. 이런 행위는 적발 시 다음 몇 번의 상륙을 제한하는 벌칙을 부과했다.

"상륙조 이탈은 아니란 게 확인됐습니다. 식사할 때 다른 상륙조도 옆에 같이 있었다고 합니다."

"술을 얼마나 먹었기에 식당을 못 찾고 헤맨단 말이야."

"술은 1인당 양주 반 병 정도 마셨다고 합니다."

"이렇게 더운 나라에서 술 한 모금으로도 취할 수 있다고 조심하라고 했는데 도통 말이 안 먹히는구먼."

화가 났다. 지휘관은 화를 내지 말아야 하는데 나도 모르게 화를 내고 있었다. 여긴 야간이면 아주 위험하다. 군사적인 문제뿐 아니라 개인적인 범죄 사건에 휘말릴 소지가 다분하다. 마약이 유통되고 살인사건이 비일비재한 곳이다.

"지금 헌병 수사관과 기무요원에게 현장 인근을 수색하라고 보냈습니다."

"일단 복귀한 사람들은 씻고 조용히 재우도록 해. 달리 방법이 없잖아. 기다리고 있어야지."

"단순히 길을 잃은 거라면 중사니까 술 깨면 찾아올 수 있다고 생각됩니다. 그런데 혹시라도 불량 세력에게 억류된 거라면 문제가 달라질 수 있습니다."

"알았어. 아까 수사관 나갈 때 통역관 데리고 나갔어?"

"통역관은 배에 쉬고 있고, 구 대위가 같이 따라갔습니다."

"잘했어. 아무래도 순항훈련을 다녀온 사람이 찾기가 수월할 거야. 일단 기다려보자."

시간은 흘러 12시가 다 돼가고 있었다. 수사관한테서 전화가 왔다.

"부대장님. 수사관입니다. 찾았습니다."

"그래, 지금 어디냐?"

"부대 앞 부둣가입니다."

"그럼 다 왔다는 얘기네. 안전하게 데리고 들어와."

잠시 후 수사관이 미귀자를 침실에 데려다주고 내 방으로 왔다. 자초지종을 확인하고 보고했다.

"시내 식당가를 다 찾아봐도 없어서 거의 포기하고 복귀하던 중에 부둣가 근처에서 이 친구를 만났습니다.”

“그래, 어디 있다가 이렇게 늦었단 거냐?”

“8시경에 식당에서 양주를 마시고 화장실에 간다고 나왔는데, 화장실이 보이지 않아 찾는다고 좀 헤매다녔답니다. 볼일을 보고 다시 식당으로 갔는데, 식당이 안 보이더랍니다. 나와서 돌아다니다 보니 술은 금방 깼다고 합니다. 기다리고 있을 동료들을 만나기 위해 그 식당을 계속 찾았다고 합니다. 그러다가 시간이 늦어 택시를 구했는데, 없어서 길을 묻고 걸어서 여기까지 왔답니다.”

“그랬구나. 운동은 엄청나게 됐겠네. 4시간 가까이 걸어 다녔으니.”

“그래도 이만한 게 다행입니다. 야간에 어떤 불순 분자들에게 억류되었을까 걱정이었습니다.”

“맞아. 나도 그게 제일 걱정됐어. 암튼 이번 일은 그냥 넘기지 말고 철저히 재발 방지 교육을 하고, 이곳 아덴만에서는 상륙 나가서도 술은 되도록 먹지 말도록 반복 교육을 하도록 해.”

“네. 알겠습니다. 지속적으로 반복 교육을 하는데도 이런 일이 생겼습니다. 군기지도위원회에 붙여 따끔하게 지적하겠습니다.”

이런 과실이 발생하면 부장이나 참모장이 위원장을 맡고 참모들과 주임원사가 위원이 되어 군기지도위원회를 연다. 여기서는 주로 함정 내부에서 강구할 수 있는 각종 제재를 부여한다. 외국에 나와서 과실이 발생하면 제재는 주로 상륙을 제한하는 것으로 결정한다. 다음 기항지에서 외출을 못 나가게 하거나 심하면 몇 개의 기항지에서 못 나가게 한다. 나가야 관광도 하고 쌓였던 스트레스도 풀 수 있다. 상륙 제한은 대원들을 통제하는 데 아주 제격이다.

반면 당하는 대원들은 엄청난 심리적 타격을 받는다. 이렇게 하면 다른 동료들에게 주는 파급효과도 굉장히 크다. 바로 눈앞에 놓인 혜택이 박탈당하는 걸 느끼기 때문이다.

아덴만에 나올 때는 술은 못 가져가게 한다. 그래서 대조영함 배 안에는 술이 실려 있지 않다. 우리가 주로 입항하는 오만이라는 나라도 무슬림 국가라 술을 아무 데서나 팔지 않는다. 오만은 주로 대형 위락시설이 갖춰진 호텔에서만 판다. 그러나 스리부는 그렇지 않다. 길거리 아무 데서나 술을 구입할 수 있다. 우리나라 소주는 구할 수 없을지 모르나 양주나 맥주는 얼마든지 구해 마실 수 있다. 그래서 이곳을 다녀간 모든 청해부대 진들이 스리부 입항을 꺼렸던 것 같다.

스리부에서의 마지막 날이다. 부장은 아침 식사가 끝나기 무섭게 오늘 상륙계획을 다시 한번 보고했다.

"1일 차에 입항 시간이 좀 늦어서 늦게 나간 사람 위주로 해서 오늘 오후 3시까지 상륙을 보내겠습니다. 낮에 들어오기 때문에 술 먹고 들어오는 사람은 없도록 교육 철저히 해서 내보내겠습니다."

"그래. 어제 상륙 간에 발생한 군기 위반 사례도 있었으니 사례를 들어가면서 교육 잘해서 내보내."

"그렇게 하겠습니다."

"그리고 함장님. 오늘은 안 나가는 사람들이 많은데, 오전에 선선할 때 부식적재 작업을 실시하겠습니다."

군수참모를 겸하고 있는 기관장이 말을 이어갔다.

"아, 참! 부식작업을 오늘 한다고 했지?"

"현지인 에이전트를 통해 들어온 부식의 신선도가 어떨지 모르겠네. 잘 확인하고 불량하거나 재고가 차이 나는 것은 무조건 금액을 지급하지 말도록 해. 그만큼 금액에서 공제하란 말이야.”

“당연히 그렇게 할 겁니다. 지난번 오만에서도 과일 일부가 상태가 안 좋은 게 있어서 그건 골라내고 금액도 줄여 계산했습니다.”

“그래? 보고는 못 받았는데.”

“몇 개 안 돼서 별도 보고는 드리지 않았습니다.”

“아냐. 앞으로 부식이나 식재료에 관련되는 것은 무조건 보고해. 이건 아주 중요해. 부식 같은 걸로 장난친다는 오해를 사는 일이 없도록 해. 그리고 반드시 공지사항 난에 부식 상태, 구입 개수, 금액 지급 내역 등을 정리해서 전 대원이 다 볼 수 있게 공지하도록 해.”

“네. 출항해서 지금까지 그렇게 하고 있습니다. 다음부턴 불량품 교체하고 물품 금액 줄인 것까지 공지하도록 하겠습니다.”

“그래. 바로 그거야. 이런 데 와서는 더 깔끔하게 처리해야 한다. 늘 의혹의 눈초리로 보는 사람도 있다는 사실을 잊지 말라고.”

“넵. 잘 알겠습니다.”

지난번 UAE에서 에이전트 문제로 인해 큰 상처를 받은 적이 있어서 재강조했다. 출항하는 날 지휘부는 대부분 상륙을 나가지 않는다. 출항 전 준비를 위해서다. 배가 들어올 때 계약했던 항무비용을 계산한다. 도선사비와 부두사용료, 배를 정박시킬 때 도선사의 지시로 배를 밀어주고 당겨주는 터그보트 사용료 등이다. 그리고 에이전트에게 계산해주는 비용은 유류비와 부식비, 차량 대여비 등이다.

상륙을 나간 부사관과 수병들은 모두 3시 이전에 복귀했다. 어제 같은 미귀자가 생길까 봐 노심초사했는데, 다행히 그런 일은 일어나지 않았다. 정말 다행이었다. 만약 출항하는데 한 사람이라도 나타나지 않으면 정말 황당해진다. 미복귀자를 두고 임무를 떠나야 한다. 전우의 생사를 모른 채 바다에 나가서 제대로 된 작전을 할 수 있겠는가. 생각만 해도 끔찍한 상황이다.

★ ★ ★

청해부대 9진 대조영함은 정확하게 오후 5시에 스리부항을 출항했다. 이제 두 번째 작전을 수행한다. 내일 아침에 홍해로 나온 상선 15척을 데리고 아덴만 입구로 호송한다. 두 번째 작전이라 자신감은 팽배했다. 그러나 바다의 변화무쌍함과 같이 부대에도 어떤 일이 어떻게 발생할지 아무도 모른다. 그때그때 주어진 상황을 잘 관리하고 헤쳐나가는 수밖에 없다.

출항 첫날이라 나는 몇 시간을 함교에 앉아 있었다. 협수로가 없는 비교적 안전한 항구이긴 하나 많은 배가 들락거리는 곳이라 오랜 시간 함교를 지켰다. 입출항 때는 부서장인 소령급 장교들이 직접 함교에서 조함을 한다. 복잡한 수로에서 발생할지 모를 항해 안전사고를 예방하기 위함이다. 부서장이 있어도 함장이 조함 명령을 내리면 우선적으로 함장의 지시대로 배가 움직인다. 저녁 식사 시간을 놓친 나는 늦은 시간 어제 호텔에서 구입한 프랑스산 빵과 우유로 끼니를 때웠다. 비록 양고기는 비위가 약해 못 먹지만, 빵과 우유는 국적을 불문하고 먹을 수 있었다.

다음 날 아침 브라보 구역에는 원래 호송하려던 상선보다 많은 배가 기다리고 있었다. 호송을 지시받은 상선은 총 15척인데,

호송대열에 같이 끼어 가겠다는 상선이 4척이나 더 됐다. CTF와 연계되지 않은 중국 상선 3척, 러시아 상선 1척이었다. 이 상선들은 자국의 군함으로 호송을 받아야 하는데, 근처에 군함이 없나 보다. 자국에서 나온 군함이 올 때까지 기다리려니 시간이 돈이라 우리 대열에 자의로 합류하길 원했다.

이런 경우는 혹시 일이 잘못 되더라도 책임은 없다. 우리 청해부대에서는 호송에 대한 책임이 없기 때문이다. 호송에 대한 직접적인 책임은 상부에서 지정한 우리나라 선박이다. 지정된 우리나라 상선은 무조건 안전하게 호송해야 한다. 두 번째는 호송에 대한 도의적 책임을 지는 상선이다. CTF와 연관된 국가들의 상선이다. 이들 상선은 우리 국적 상선 다음으로 안전하게 호송해야 한다. 그런데 이렇게 그냥 자의로 와서 우리 대열에 끼여서 가고자 원하는 상선에 대한 책임은 없다.

그렇지만 해적에 위협을 느끼는 상선들은 호송대열에 같이 끼어들기를 원한다. 아무래도 군함과 같이 움직이니 해적이 덤벼들지 않으리라 판단한 것이다. 아무튼 우리는 이들을 받아줬다. 대열이 좀 더 길어지겠지만, 뒤에 두고 안전만 확인해주면 된다.

몽고반점에 몽고는 없다

저녁 시간이 돌아왔다. 요 며칠간 하지 못했던 우리 대조영함과 관련된 역사 얘기를 할 좋은 시간이 찾아왔다. 지난번에 하려던 금나라에 대해 준비했다. 우리 선조가 세운 발해를 망가뜨린 거란을 넘어뜨리고 그 자리에 다시 들어선 국가가 금나라다. 또 지루한 역사 얘기에 빠져들었다.

"함장님. 지난번엔 발해를 망가뜨린 거란에 대해 말씀해주셨습니다. 그런데 그 후 북쪽 지방에 나타난 여진족이 세운 금나라가 있잖습니까? 여진족이 정안국을 세웠고, 거란이 정안국을 망가뜨린 후 우리 고려에 줬다고 했습니다. 그게 강동 6주고요. 정안국을 세운 여진족과 금나라를 세운 여진족은 다른 겁니까?"

"질문을 많이도 하는구나. 말갈족도 백두산 근처에 살던 사람들은 그냥 '말갈족'이고, 헤이룽강 이북에 살던 사람들은 '흑수말갈족'이라 했다. 그러니까 지난번에 얘기했던 정안국을 세운 말갈족은 많은 부류가 고려에 복속됐다고 봐야지. 강동 6주를 찾아왔으니까. 그런데 백두산 이북의 지금의 헤이룽장성 부근에 있던 말갈족은 정안국 이전부터 살아왔다. 이들이 성장하여 화산재가 가라앉은 백두산을 기점으로 세를 통합해나갔다. 금나라를 세운 주력이라 보면 된다."

"아, 그럼 정안국의 여진족과는 완전히 다른 거네요?"

"꼭 그렇게 볼 수는 없다. 거란이 망할 때쯤 거란에 복속됐던 말갈족 일부도 다시 백두산 근처로 돌아와서 같이 세력을 형성했다고 봐야지. 즉, 헤이룽장성에서 독자적으로 활동하던 부족과 랴오둥지방에서 서서히 되돌아간 부족이 서로 연합하여 정치 권력을 만들어낸 거지."

"혹자는 여진족이 세운 금나라도 우리 민족이 세운 나라이고 우리 역사라고 주장합니다. 거란을 이겨내고 세운 금나라는 우리나라 신라에서 망명한 마의태자 후손이 세웠다고 합니다. 혹시 여기에 대해 들어보신 바 있으십니까?"

참모장이 공부를 좀 하고 묻는 듯했다. 나름 인터넷 등을 뒤져보고 하는 말이었다.

"인터넷 등에 흘러 다니는 자료 중에는 신라가 망할 때 만주로 넘어간 김함보의 자손이 완안부의 아골타라 한다. 이 내용은 금나라 역사에도 나오는 이야기다. 완안부는 지금의 하얼빈 부근이다. 여기서 성장한 아골타는 서기 1115년 발해인 양박 등의 권유로 금나라를 세운다. 국호를 '금나라'라고 한 것은 철은 시간이 지나면 녹이 슬지만, 금은 영구히 녹이 슬지 않고 순백을 유지함이라 했다. 지금 우리가 알고 있는 누런 금이 아니라 백금에 비유했다. 그리고 이렇게 비유한 까닭은 여진족의 얼굴이 백색이기 때문이라 했다."

"그렇다면 정말로 금나라는 우리 민족이 세운 나라가 맞네요. 금나라를 세운 지도부가 신라에서 넘어간 김함보의 자손이고, 과거 발해 땅에서 일어났으니 역시 남북국 시대 아닌가요?"

"넓게 보면 틀린 얘기는 아니다. 거란이 세운 요나라와 다르게 고려는 금나라와 별로 싸운 적이 없다. 다시 말해서 거란은 우리를 3차에 걸쳐 침공해왔지만, 금나라는 그런 적이 없다."

"싸운 적은 있지 않습니까? 흔히 알고 있는 윤관 장군의 9성 개척 말입니다. 윤관 장군은 지금의 함경도 부근에서 여진족을 몰아내고 9성을 쌓았다고 알고 있습니다. 그게 여진족의 금나라와 싸운 거 아닙니까?"

통역관이 참모장 의견과는 다소 다른 의견을 제시했다. 고려가 여진족과 국경을 두고 싸운 적이 있으니 남북국 시대는 아니란 의미다.

"윤관 장군이 동북 9성을 개척한 것은 금나라가 생기기 직전의 일이다. 고려는 앞선 거란과의 전쟁의 교훈으로 압록강에서부터 함경도 지방에 이르기까지 천리장성을 쌓았다. 함경도 지방의 천리장성 너머에 있던 여진족이 1104년 성을 넘어왔다. 이에 북방지역을 지키던 윤관이 대응해보았으나 여진족의 기병에 밀려 패했다. 윤관은 고려도 '별무반'이라는 관청을 두어 기병을 양성해야 한다고 주장했다. 고려 숙종은 별무반을 만들었다. 이후 숙종을 이은 예종 때 윤관은 별무반의 기병을 활용하여 여진족을 물리치고

9성을 쌓았다.”

“그럼 고려가 금나라와 싸운 게 맞지 않습니까?”

“더 들어봐. 그런데 이게 전부 여진족이 금나라를 건국하기 직전의 일이다. 여진족의 힘이 강성해지던 시기의 일이란 거다. 윤관이 개척한 9성은 곧바로 여진족에게 다시 탈취당하고 만다. 그리고 여진족은 금나라를 건국한다. 이후 동북방에 쌓았던 9성을 여진족에게 내어준 윤관은 개경으로 돌아와 관직에 오른다. 그간의 치적을 인정받아 문화시중 자리까지 오르게 된다. ‘별무반’이라는 기마병을 양성하는 관청을 세운 것은 업적이나 여진족을 섬멸한 업적은 미미하다. 영구히 여진족을 몰아내지 못했는데도 윤관은 고려 조정에서 승승장구한다. 이는 무엇을 상징한다고 생각하나? 내가 다시 묻고 싶다.”

“그럼 실제 고려는 금나라와는 영토분쟁을 별도로 하지 않았단 얘기네요. 왜 그랬을까요? 금나라를 세운 지도부가 신라에서 넘어간 김함보의 자손이라 신라를 이어받은 고려와는 싸우지 말라고 했나?”

통역관은 어린애처럼 혼잣말을 하기 시작했다.

“역사서에는 별다른 증거가 없다. 다만, 금나라는 고려가 자신들의 신하 나라가 되기를 원했다. 그리고 고려는 인종 때 세력을 잡은 이자겸이 금나라에 신하국이 될 것을 약속했다. 금나라 건국이 1125년인데, 2년 후인 1127년의 일이다. 여진족은 금나라를 세우기 전에는 늘 고려를 상국으로 섬겼다. 고려도 설치해둔 천리장성을 넘보지 않으면 절대 간섭하지 않고 서로 관계를 잘 유지해왔다. 그러던 것이 1107년 천리장성을 넘어와서 윤관이 9성을 개척했으나 이내 여진족의 세력이 급성장하여 9성을 되돌려줬다. 이후 여진족은 거란의 요나라를 무너뜨리고 중국 북부지방 전체 지역에 걸쳐 금나라를 건국했다."

"그러니까 여진족이 금나라를 세운 이후에는 고려와 전쟁하지 않았다는 말씀이네요."

"그렇지. 사실 고려는 함경도의 9성보다 급한 게 지금의 의주인 압록강 유역의 보주, 즉 옛 강동6주 땅이었다. 당시 금나라와 세력을 겨누고 있던 거란이 지배하고 있었으나 고려 역시 강동 6주의 하나인 관계로 영유권을 주장했다. 금나라가 먼저 보주를 탈취하려 하자 고려는 즉시 아골타에게 사신을 보내 보주의 영유권을 주장했다. 거란은 고려에 지원군을 요청하여 금나라에 대항하자고 했지만, 고려는 요청에 응하지 않았다. 이는 아주 중요한 사실이다. 고려는 거란과 연합하여 금나라에 대적하지 않았다. 강대국 간의 패권 경쟁에 끼어들 필요가 없었다고 볼 수도 있지만, 그보다 고려는 금나라를 가까이해야 할 상대로 염두에 뒀다고 봐야 한다. 결국, 의주를 관장하고 있던 거란의 관리는 고려로 투항해오면서 보주를 넘겨줬다. 이때가 1117년이다. 고려는 비교적 균형된 외교를 구사했다. 다시 말해 거란과 금나라는 고려가 자신들의 편이 돼줄 것을 바랐지만, 고려는 중립을 지키다가 다소 금나라에 접근했다."

"여진족은 고려를 상국으로 섬겨왔다고 하셨는데, 금나라를 세운 후에도 이런 관계가 유지됩니까? 뭔가 다른 요구를 했을 거 같은데 말입니다."

"맞는 말이다. 바로 좀 전에 얘기한 보주 땅을 순순히 고려에 넘겨준 이후에는 자신들을 형님의 나라로 부르라고 했다. 고려가 동생이 되고 말이야. 그러나 고려는 무시했다. 예종은 1119년 금나라에 사신을 보냈다. 이때 금나라 황제를 '너'라 칭하자 금나라는 고려 사신을 돌려보냈다. 그래도 무력 충돌은 일어나지 않았다. 고려와 여진족 국가인 금나라의 힘의 위치가 바뀌었지만, 서로 싸우지는 않았다."

"그럼 혹시 금나라가 거란보다 힘이 약해서 고려를 건드리면 거란족에 붙어서 자신들을 공격할까 봐 겁이 나서 그런 거 아니겠습니까?"

"그런 이유도 있다고 봐야지. 이때까지만 해도 아직 금이 요를 완전히 멸망시킨 게 아니니까."

"금나라가 거란족의 요나라를 멸망시킨 이후에는 고려와 금나라의 관계가 완전히 달라집니까? 그리고 금나라가 이후에도 고려에 쳐들어와서 합병을 시도하지 않은 건 무슨 이유입니까? 이 역시 중국 남부지방에 존재하는 송나라가 두려워서 고려를 침략하지 않은 겁니까?"

"아주 좋은 질문이다. 한마디로 말해서 금나라는 그전에 거란이 세운 요나라보다 더 강력한 국가였다. 그리고 송나라도 패해서 쫓겨 더 남쪽으로 내려가서 남송 시대를 열었다. 그런데도 금나라가 고려를 침략하거나 합병하지 않고 지낸 건 지금까지 신라나 고려도 이들과 관계를 잘 유지해왔기 때문이야. 금나라는 송나라와 겨뤄야 하는 상황에서 고려가 적대하지 않는데 굳이 싸울 이유가 없지. 신라나 고려 시대에 들어와서도 여진족을 괴롭히지 않았는데 힘이 더 강성해진 지금에 와서 뒤통수를 칠 거라고는 생각할 수 없었지.”

“그렇겠네요. 그럼 고려도 여진족의 금나라에 뒤통수를 치지 않을 거라는 약속을 했을 거 같은데 말입니다.”

“맞다. 1124년 금나라는 압록강 주변에 군사를 주둔시켜 고려가 쳐들어올 것에 대비했다. 그러면서 먼저 고려를 쳐들어가거나 괴롭히지 말라고 당부했다. 그리고 1125년 마침내 거란을 멸망시킨다. 그리고 1126년 고려 인종 5년에 와서 이자겸과 척준경이 권력을 잡았을 때 금나라의 속국이 되었다. 척준경이라는 사람은 윤관 장군이 9성을 개척할 때 휘하 장수였는데, 여진족의 강성함을 미리 알고 있어서 결정한 행동이라 추측된다.”

“금나라의 속국이 된 고려를 굳이 칠 필요는 없었겠네요. 과거 거란의 침략은 고려가 거란을 계속 부정했기에 일어난 전쟁이었는데 말입니다.”

“고려 인종이 예종보다 강성하지 못해서 생겨난 결정일 수 있겠으나 꼭 그런 건만은 아니란다. 신라나 고려는 늘 여진족을 남으로 보지 않고 형제처럼 보살펴주면서 살아왔다. 그것은 고구려와 발해가 여진족의 전신인 말갈족을 거느리고 살아왔기 때문이다. 유목민이긴 하지만 거란과 달리 대했다는 뜻이다.”

“이렇게 함으로써 고려가 얻은 이익은 좀 있습니까?”

“있다마다. 앞서 얘기한 보주를 고려의 영토로 인정해주었지. 그리고 이후에 고려의 안정을 지원해주었다. 무슨 얘기냐 하면, 1175년에 조위총이 난을 일으켰다. 이의방이 무신정변을 일으켜 의종을 시해했으니 도와달라고 했다. 그러면 자비령 서쪽에서부터 압록강 사이에 있는 40여 개의 성을 내어주겠다고 했다. 그런데 금나라는 조위총의 제안을 거절했다. 고려 국경 근처에 있는 40여 개의 성에 해당하는 영토를 받지 않았다. 그리고 금나라는 중국을 향했다."

"이상합니다. 세상에 영토를 주겠다고 제안하는데도 거절하는 국가가 있습니까? 혹시 다른 이유가 있었던 거 아닙니까?"

"금나라는 고려의 땅을 탐내지 않았다. 더 넓은 거란과 송나라의 땅을 원했다. 금나라를 지탱하는 흑수말갈족에 해당하는 여진족은 지금의 하얼빈 지방의 사람들이다. 이들은 말을 타고 이동하면서 초원지대를 넓혀나갔다. 전형적인 유목민의 영토를 말이다. 이때는 금나라가 1125년에 거란을 멸망시키고 50년이 지난 시기다. 1142년 송나라를 쳐서 남하시키고 송은 남송으로 작아졌다. 그뿐만이 아니다. 남송과 조약을 맺어 금의 황제는 남송의 황제를 신하로 삼았다. 금나라 땅은 거란의 요나라가 가졌던 땅보다 훨씬 더 컸다. 한마디로 지금 중국의 남쪽 지방을 제외한 대부분 땅을 가진 국가가 됐단다. 이런 상태의 금나라는 굳이 고려의 좁은 땅에 관심을 가질 필요가 없었다."

"선뜻 이해되지 않습니다. 아무리 남송과 국경을 마주하고 대치 상태였다고 하지만 이미 남송은 금나라의 신하국인데 고려의 내정을 조금 도와주고 국경지역 40여 개 성을 받아가는 게 이익이지 않았겠습니까?"

"물론 고려 땅이 유목민이 활동하기에 적합하지 않아서 탐내지 않았던 것만은 아니라 볼 수 있다. 예나 지금이나 땅은 많을수록 좋겠지만 우선순위에서 밀렸다. 금나라 여진족은 조상 대대로 고려를 상국으로 모셨고, 최근까지도 형님 나라로 섬겨왔다. 이것은 고려가 힘이 완강해서 여진족을 무력으로 진압한 결과가 아니었다. 고려는 여진족을 다독이면서 국경을 관리해왔다. 천리장성을 쌓아 그 이남으로 내려오지 않으면 내버려두었다. 그리고 천리장성 이남에서도 먹거리가 떨어져서 내려오면 도와주었다. 서로 전쟁하지 않고 상호 존재를 인정했다. 이는 고려 때 와서 생겨난 정책이 아니다. 훨씬 이전인 신라 때부터 있었던 사실이다."

"서로 존재를 인정해왔기에 전쟁하지 않았단 말씀은 무슨 의미입니까? 선린우호를 유지할 만큼 하나의 이민족 국가로서 인정해줬기 때문입니까?"

"그런 게 아니다. 이 시기에 민족통일이나 국토통일을 위한 전쟁을 하지 않았단 얘기다. 거란이나 금나라의 전쟁도 통일전쟁이 아니다. 이들이 일으킨 전쟁은 모두 단순히 영토 확장 전쟁이다. 신라나 고려는 북쪽에 있던 여진족과 그들의 땅을 확보하기 위해 전쟁하지 않았다. 고려 초기 강동 6주의 땅을 확보하기 위해 벌였던 거란과의 전쟁도 빼앗긴 발해인의 땅을 확보하기 위함이었다. 즉, 여진족과 고려는 자연지리적인 차이 때문에 삶의 방식이 달랐다. 이로써 서로 간에 문화적 차이도 생겼다. 즉, 서로 간에 상대방의 땅이 자신들에게 이익을 가져다줄 것으로 보지 않아서 전쟁이 없었던 거란다. 농업을 하는 신라나 고려는 너무 춥고 강수량이 적은 고원 초원지대의 여진족 땅은 탐나지 않았다. 반면 여진족은 내려갈수록 산밖에 없는 한반도가 유목에 적합하지 않아 탐나지 않았다. 그러나 거란이 지배하고 있던 중국 본토는 그렇지 않았다. 더 넓은 초원이 있었다. 여진족이 갖고 싶었던 모든 게 다 있는 젖과 꿀이 흐르는 땅이었다."

"그럴 수도 있겠지만, 혹시 여진족과 고려가 이민족이기 때문에 서로를 인정해준 거 아니겠습니까? 금나라를 세운 아골타의 조상이 신라사람 김함보라고는 하지만, 많은 여진족은 고려의 한민족과 다릅니다. 그렇기에 서로 통일의 필요성을 못 느껴서 전쟁하지 않은 거 아닙니까?"

"앞서 얘기했다만, 절대 그렇지 않다. 영토가 탐나는데 이민족이라면 더욱 전쟁을 일으켰겠지. 이민족의 땅을 복속해서 그들을 지배하면 되기 때문이다. 그런데 고려와 여진족의 금나라는 그렇게 하지 않았다."

"그 이유가 무엇입니까? 궁금합니다."

"이유는 첫째가 아까 얘기했듯이 서로 영토에 대한 욕심이 없어서다. 그리고 둘째는 예부터 형님, 동생으로 살아온 관계 때문이다. 사실 이 둘은 그 옛날 같은 민족이었거든. 고구려가 여진족의 전신인 말갈족을 지배하기 전에도 여기엔 부여가 있었다. 그리고 부여 앞엔 고조선이 있었다. 부여와 고조선의 지도부가 모두 우리 조상이기 때문에 태고 때부터 우리 민족은 여진족과 동고동락해왔다. 고대에 대한 자료가 많이 남아 있지 않아 역사학자들 간에 쟁점이 있긴 하지만, 여진족은 우리 한민족과 아주 밀접한, 같은 민족으로 보는 경향이다."

"네. 그렇게 생각됩니다. 여진족과 우리 한민족이 같은 민족이긴 하나 서로 생활환경이 달라 다른 문화를 형성하고 살아왔단 말입니다. 그러다 보니 서로 영토에 대한 욕심이 없어 통일전쟁은 하지 않았단 말씀으로 이해하면 되겠습니까?"

"그렇지. 서로 땅에 대한 욕심이 없다 보니 영토 통일전쟁을 하지 않았단 말이야. 지금처럼 민족 통일전쟁은 할 필요가 없었던 거지. 이 당시는 민족에 대한 개념이 부족한 시기이기도 했어. 그러나 고려 태조 왕건은 훈요십조에 명확하게 명시했어. 당나라는 예부터 우리와 거래해왔으나 풍습이 다르니 본받을 분야만 받으라 했다. 거란에 대해서는 금수와 같으니 절대 거래하지 말라고 했다. 반면 여진족에 대해서는 아무런 얘기가 없다. 그만큼 여진족을 위협의 대상으로 생각하지 않았고 우리 민족의 영역에 두고 있었기 때문임을 이해할 수 있다."

"혹시 태조 왕건이 옛 고구려의 땅을 회복하려는 욕망에서 그런 말을 한 건 아니겠습니까? 여진족을 구슬려야 땅을 회복하고 지배할 수 있으니 말입니다."

"그래, 그럴 수 있다. 그래서 태조 후대에 성종 때 와서 강동 6주를 얻어오잖아. 또 그것을 지키기 위해 거란과 무려 두 차례에 걸쳐 크나큰 전쟁을 치르고 말이다. 고려가 필요했던 땅은 농사를 지을 수 있는 평양과 그 북쪽 압록강까지의 땅을 말한다. 한때 여진족이 살던 정안국이 있었던 땅이다. 함경도 북쪽 고원지대의 초원을 원한 게 아니란 말이다. 그곳은 농사를 짓기에 부적합한 땅이다. 그러니 자연스레 형제지간에 싸울 필요가 없었던 거지. 북쪽은 유목, 남쪽은 농경으로 살면 되니까 말이다."

"금나라가 생긴 이후에 고려와는 서로 대적한 적이 한 번도 없었단 말씀이네요. 고구려의 후예인 고려가 여진족을 치지 않은 것은 여진족이 같은 핏줄이라서라기보다는 군사력이 약해서 그런 거 아니겠습니까?"

"그럴 수도 있다. 그러나 고려와 금나라가 계속 무난했던 건 아니다. 고려가 금나라를 황제국으로 칭한 지 40여 년이 지난 1164년 국경 지역에 작은 분쟁이 있었다. 그렇지만 크게 발전되지 않았다. 1170년 무신정변이 일어나서 고려 무신들이 의종을 폐위하고 명종을 세웠음을 알았으나 개입하지 않았다. 즉, 금나라는 고려의 내정에 간섭하지 않았다. 그만큼 고려를 인정해준 것으로 봐야 한다. 금나라는 충분히 큰 군사력을 앞세워 고려를 압박할 수 있었지만 개입하지 않았다. 고려는 금나라에 사신을 보내고 조공을 하고 책봉을 받는 등 일상적인 일만 했다. 그러다가 금나라는 이후 몽골제국에 의해 1234년 멸망했다."

"네. 그렇군요. 여진족이 세운 금나라와 고려가 서로 싸우지 않고 평화롭게 지낸 건 어떤 민족사적 의미가 있다고 봐야겠습니다. 마치 발해와 신라, 초기 고려가 평화롭게 지낸 것처럼 말입니다."

잠자코 듣고 있던 참모장이 뒤늦게 정리하고 나섰다.

"맞는 말이네."

"금나라의 뒤를 이어 한반도 북부지방을 장악한 족속은 몽골족의 원나라입니다. 이들은 우리 민족과 완전히 별개여서 고려와 오랫동안 전쟁을 한 겁니까? 흔히 알고 있는 여몽항쟁 말입니다."

"하. 이건 간단하게 얘기할 내용이 아니다. 오늘은 시간이 늦었으니 내일 이 시간에 또 얘기하기로 하세."

"넵. 그렇게 하겠습니다. 야식 먹겠습니다."

통역관은 기다렸다는 듯 얘기를 접었다. 그리고 능숙한 영어로 UAE 장교들에게 설명해주었다. UAE 장교들의 인상을 보아하니 이해되지 않아서 그런지 별로 관심이 없는 듯해 보였다. 야식 시간을 알리는 방송을 듣고 바로 사관실을 나왔다.

★ ★ ★

새벽에 호송해온 상선들을 미리 놓아주었다. 아덴만 입구까지 가지도 않고 흩어졌다. 여기는 넓은 해역이고 상선들은 저마다 가는 목적지가 달라서 그렇다. 아침 식사 후 함교에 올라가니 뒤에 줄을 맞춰 따라오던 상선들은 이미 보이지 않았다.

바다는 늘 평온해 보였다. 바람 없는 바다에 파도는 없다. 정말 자주색의 넓은 천을 팽팽하게 펼쳐놓은 듯했다. 이런 평온한 바다에 해적이 들끓고 있다니 아이러니다. 일반적으로 풍랑이 거칠게 일어나는 무질서한 바다에 해적이 출몰하리라 여긴다. 그러나 실상은 반대다. 흔들리는 작은 보트 형태의 해적선에 탄 해적은 건현이 높은 상선에 쉽게 옮겨 탈 수 없다. 이렇게 화창하고 평온한 날 우리 청해부대는 해적 행위를 걱정해야 한다. 이런 나날이 어쩌면 군인의 평생 숙명인지도 모른다. 평온한 날 적이 쳐들어올 것에 대비해야 한다. 잠시 커피 한잔에 혼자만의 회상에 잠겼다가 함교를 내려왔다.

오늘 작전회의 시간에는 내일 아침에 있을 홍해 입구까지 호송할 선박들에 대해 보고했다. 내일 아침 홍해 쪽으로 출발할 상선들의 대열에 대해 검토하고 호송계획을 보고했다. 척수는 제법 많았다. 무려 20척이나 됐다. 여기서도 호송계획에는 없으나 뒤에서 따라가겠다는 상선이 5척이나 됐다. 호송을 직접 해야 할 상선들은 상부에서 호송 지시가 나온 선박들이다. 청해부대는 상부에서 지시한 선박만 호송하면 된다. 그러나 미국이 주도하는 연합해군사에 소속되지 않은 국가의 선박들도 호송대열에 붙어가겠다고 요청했다. 그 선박이 5척이다. 이 5척의 상선은 청해부대에서 호송에 대한 책임은 없다. 다만 이동 중에 해적 상황이 발생하면 해적을 퇴치하면 된다. 왜냐하면 해적을 잡는 게 청해부대의 임무이기에 그렇다. 아시아 및 인도양과 유럽을 잇는 세계적인 수에즈운하를 상선들이 안전하게 넘어가도록 돕는 것은 세계 공통의 일이다. 미국 주도의 외교정책과 상관없이 국제연합국인 유엔 수준의 일이기 때문이다. 내일 호송대열에 같이 붙어가겠다는 5척의 선박은 중국 2척, 러시아 2척, 북한 1척이다.

이들 선박도 공해상에서 해적들로부터 지켜줘야 하는 것이 유엔 회원국의 역할이다. 유엔헌장과 국제해양법에 따라 공해상에서 어떠한 국적의 선박도 항해 자유를 보장해야 하는 것이 유엔 회원국의 역할이기 때문이다. 직접적인 호송도 아니고 호송에 대한 법적 책임도 없는 상태에서 맨 뒤쪽 열에 붙어서 따라오는 것을 반대할 수 없다. 우리나라 상선도 제3국 군함의 호송대열에 붙어서 이동하는 경우가 많다. 청해부대 9진은 이들의 조건 없는 대열 합류를 받아주기로 결정했다. 그런데 참모장이 다른 의견을 제시했다.

"부대장님. 중국이나 러시아 상선은 자국 군함이 나와 있어서 상호 호송을 교환한다고 생각하면 문제가 없을 거 같습니다. 그렇지만 북한 상선은 고려해야 하지 않겠습니까?"

"북한은 이곳에 군함을 파견 보내지 않았다. 그래서 호송대열에 합류시키는 게 부담이 된단 말이지?"

"그렇습니다. 특히나 CTF에서는 무슬림 국가에 마약, 술, 무기, 인신매매 등의 거래를 하는 선박을 잡아내기 위해 집중하고 있습니다. 북한 상선에서 이런 거래 가능성이 매우 커서 각 국가의 군함들이 염려하고 주의를 기울이고 있습니다. 이런데도 북한 상선을 호송대열에 합류시킨다면 타국 군함에서 의심의 눈초리로 볼 수도 있습니다."

미국이 지휘하는 연합해군사의 예하 부대인 CTF를 통해 이곳 상선들이 아랍 국가들에 마약, 술, 무기, 인신매매 등의 이송이나 교류를 금지토록 하고 있다. 테러 단체 등에서 이러한 물건 등을 교류하여 불법 자금을 조성하고 그 돈으로 무장하는 걸 염려해서다.

"북한 상선이 불법 물질들을 싣고 이동한다는 명확한 증거가 있나? 이 상선은 단순히 인도양을 건너와 홍해를 거쳐 유럽으로 이동하려는 선박이다. 그리고 이와 관련하여 어느 라인으로도 북한 상선의 불법성에 대해 통보받은 바 없다. 그렇다면 호송대열에 합류시켜도 문제가 없는 거 아닌가?"

"그렇긴 합니다만, 북한은 작년 한 해에도 많은 도발을 해온 나라입니다. 그런 나라의 선박을 호송대열에 합류시키는 것 자체가 우리 국익에 저촉되는 거 아니겠습니까?"

"물론 그럴 수 있다. 그러나 우리 청해부대는 공해상의 항해 자유를 지키는 임무가 우선이다. 이것을 위해 파병했다는 뜻이다. 대 해적작전을 해양경찰이 아닌 군함이 수행하는 이유이기도 하다. 그만큼 상선들의 항해 자유를 방해하는 해적 행위를 방지하기 위함이다."

난 딱 잘라 말했다. 이런 경우는 지휘관이 결심해야 한다. 중국, 러시아 상선은 대열에 합류시키면서 아무런 이유 없이 북한 상선만 배제하는 것은 인도주의적 측면에서도 부합하지 않는다. 군함이 인도주의적 행위를 할 때는 그 대상을 가려서는 안 된다. 그게 무력을 행사하는 군의 가치다. 군함은 단순히 법 집행을 위해 행동하는 부대가 아니다. 법 집행만을 위한 거라면 해경이 하면 된다. 해군의 군함인 대조영함이 청해부대로 파견된 이유는 국제사회의 공통의 적이라 할 수 있는 해적 행위를 방지하기 위함이다.

"네. 잘 알겠습니다. 부대장님. 그럼 맨 끝 열에 위치시켜 따라오게 하겠습니다."

참모장 신 중령은 내 지시를 마지 못해 수긍하는 듯했다.

★ ★ ★

저녁 시간이 어김없이 돌아왔다. 오늘은 어제 하려다 못다 한 고려와 원나라의 대외 관계를 얘기하려 한다.

"어제 얘기하려다 시간이 부족해 하지 못한 몽골족의 원나라와 고려와의 관계를 얘기하려는데, 다들 준비됐나?"

"네. 고려는 여진족이 세운 금나라와는 같은 민족 개념이 남아 있어 전쟁하지 않고 지내왔지만, 몽골족과는 오랜 기간 전쟁을 했습니다. 아무래도 우리 민족과는 다른 핏줄이라 생긴 항쟁 아니겠습니까?"

"맞는 말이네. 내가 예전에 몽골족인 원나라에 대해 잠시 얘기한 적이 있다. 그때도 얘기했다만, 몽골족은 거란족보다 더 서북쪽에 살면서 유목 생활을 해온 사람들이다. 거란족보다 더 우리와는 다른 족속이라고 봐야지. 지리적으로 더 멀리 존재한 족속들이니까 말이야."

"헌데, 잘 이해되질 않습니다. 우리 민족도 몽골족과 같은 조상이기 때문에 태어날 때 모두 몽고점을 달고 나온다고 하던데…."

"그래. 우리 한국 사람들은 거의 다 몽고점을 가지고 태어난다. 그렇다고 해서 몽골족과 같은 민족이라 부르기에는 너무 근거가 부족하다. 물론 인류학적인 측면에서 보자면 분명히 같은 DNA를 가지고 있을 거야. 그렇지만 동일 민족으로 구분 짓기에는 역사적인 근거가 부족함이 현실이다. 이 얘기를 하자면 상고시대 역사 얘기를 해야 하는데, 너무 방대하고 근거가 부족하므로 나중에 별도로 하도록 하자."

"사실 역사가 글자 형태로 적힌 게 불과 몇 년 되지 않았고, 민족이나 국가의 개념이 정립된 것도 그리 오래되지 않았다고 들었습니다. 민족이라는 개념이 생겨난 이후의 역사적 관점에서 보다 보니 몽골족은 타민족이 될 수밖에 없을 겁니다. 어쨌건 거란보다 더 서북쪽에서 넘어온 몽골족과는 서로 대적하면서 전쟁을 벌였다는 사실입니다. 이때 고려 조정이 강화도로 피난 가서 아주 오랫동안 저항한 걸로 알고 있습니다. 그렇게 오랜 기간 저항할 가치가 있었습니까? 어차피 거란과의 전쟁에서도 우리 뜻을 제대로 관철하지 못하고 피해만 많이 입었지 않습니까?"

"거란족의 조상을 '선비족'이라 하는데 그 뿌리가 몽골족이다. 즉, 몽골족의 별종인 셈이지. 고려 태조는 거란족이 유목민이라 같이 섞여 살지 말라고 했다. 그런데 그보다 훨씬 더 거칠고 다른 생활을 하는 몽골족을 받아들일 수 있었겠나? 오히려 내가 되묻고 싶은 말이다."

"받아들일 수 없었겠지요. 그렇지만 너무 무지막지한 행동 아닙니까? 몽골족이 어떤 민족입니까? 아시아는 물론 러시아, 중앙아시아를 넘어 유럽까지 공략한 민족입니다. 이런 족속과 전쟁을 했다니 고려 백성이 얼마나 힘겨운 삶을 살았겠습니까?"

"맞는 말이다. 큰 틀에서 보자면 거란도 그랬다시피 몽골과도 싸울 필요가 없었다. 그렇지만 한반도에 고대 국가가 성립된 이후에 다져진 민족의 한계를 극복하지 못했다. 무슨 얘기냐 하면, 지금의 중국 북쪽 지역에 살던 유목민을 철저히 우리 민족과 구분했지. 고려가 민족의 개념에 넣은 족속은 한반도와 그 북쪽인 만주에 살던 사람 정도로 한정했다. 그러다 보니 발해나 금나라와는 싸우지 않았지만, 거란이나 몽골과는 아주 오랜 기간 싸웠다."

"몽골은 나중에 원나라가 돼서 우리와 친하게 지낸 걸로 알고 있습니다. 그리고 좀 전에 말씀드렸다시피 같은 몽고점을 가진 사람들이다 보니 전쟁을 하긴 했지만 그리 심하게 싸우지 않은 거 아닙니까? 당시 무신정권 때였기 때문에 군인들의 체면상 어쩔 수 없이 싸운 거 아니냔 말입니다."

"하하하. 무신정권이었기에 군인들의 체면상 몽골에 전쟁을 벌인 건 절대 아니다. 우리도 군인이니 더 잘 알 거 아니냐? 군인은 막무가내로 싸우지 않는다. 적의 강점과 약점을 알고 싸운다. 당시 몽골군의 기세를 너무나 잘 알고 있었던 고려 무신들이다. 오히려 전쟁에서 지게 되면 정권 유지 자체가 힘들다는 걸 잘 아는 군인이 체면용으로 전쟁을 벌일 순 없다. 그리고 같은 몽고점을 가진 민족이긴 하나 이들을 같은 민족으로 여긴 적은 한 번도 없었다."

"그럼 고려와 몽골 간의 항쟁은 얼마나 오래 갑니까? 그리고 어떤 계기로 전쟁이 종료됩니까?"

"몽골은 1231년부터 1259년까지 총 9차례 고려를 침략한다. 유라시아 대륙을 제패한 몽골은 자신들과 국경을 맞댄 금나라를 치기 시작했다. 처음엔 몽골군에 쫓겨 고려 영역에 들어온 거란족을 몽골군과 연합하여 몰아내는 데도 성공했다. 이전에 금나라는 몽골군에 밀려 작아졌다. 광활하던 금나라 땅에 중국 북쪽엔 거란족인 대요국이, 한반도 북쪽엔 여진족인 동진국이 생겨났다. 몽골군에 쫓긴 거란이 고려에 침입해오자 고려는 몽골과 여진족인 동진국과 연합하여 대항했다. 이때가 1216년이며, '강동성 전투'다."

"아! 고려가 초기에는 몽골과 협공도 벌였네요. 거란을 몰아내기 위해 말입니다. 금시초문입니다."

참모장 신 중령은 못 믿겠다는 투로 얘기를 계속 들었다.

"초기엔 몽골 군대가 내려와도 이전에 금나라가 해오던 것 같이 한반도 밑으로까지 내려오리라고는 생각하지 않았지. 암튼 이를 계기로 몽골은 고려에 과도한 조공 요구와 행패를 부렸다. 그러던 중 1225년 몽골 사신 저고여가 귀국 도중에 국경 근처에서 피살되는 사건이 발생한다. 고려에서는 금나라 잔당이 한 짓이라 했으나 몽골은 고려가 한 짓이라고 주장하면서 감정이 격화되었다. 이때는 아직 금나라가 동진국으로 개명하여 존재할 때였다. 몽골의 오고타이 칸은 동진국을 완전히 정복하기 전에 이를 돕는 고려를 먼저 쳐야겠다고 맘먹고 쳐들어왔다. 이게 1231년 3월의 일이다."

"어쨌건 고려가 여진족의 금나라와 친하게 지낸 건 확실하네요."

"여기까지만 보자면 몽골이 군사적으로 한 행동은 그전에 거란의 요나라가 한 행동과 거의 유사하다. 거란족의 요나라가 고려를 친 이유는 송나라를 치기 위한 사전 조치였다. 몽골이 고려를 친 이유도 금나라의 끝자락인 동진국을 치기 위한 사전 조치였기 때문이야."

"헌데 몽골의 전략이 왜 수정된 겁니까?"

"더 들어봐. 1차 침략은 다음 해인 1232년 8월에 마무리되었다. 몽골군이 고려의 수도인 개경을 포위하자 고종은 항복하고 왕족인 왕정을 인질로 보냈다. 고려의 실권을 가진 무신정권의 최우는 몽골의 차기 침략에 대비해서 몽골군이 물러가자마자 바로 조정을 개경에서 강화로 옮겼다. 해전에 약한 몽골군의 약점을 이용한 항전이었다."

"고려가 항전을 위해 조정을 강화도로 옮기니까 몽골이 계속 침략한 거네요. 즉, 고려가 금나라의 후속국인 동진국과 합세하여 대항할 걸로 보고 말입니다."

"맞는 말이네. 화가 난 몽골군은 다시 침략했다. 한강을 넘어 한반도 전체를 유린해갔다. 그러다가 처인에서 '김윤후'라는 스님에게 적장 살리타이가 죽었고, 곧 몽골군은 퇴각했다. 이게 2차 침략인데, 시기는 1232년 8월에 일어나 그해 12월에 마무리됐다. 1234년 동진국이 무너져 금나라가 완전히 멸망하자 몽골은 중국 대륙의 남송을 치러 가려 했다. 이때 옆구리가 가려웠던 몽골은 다시 고려를 쳐야 했다. 이러한 조치는 그전에 있었던 거란족의 요나라가 했던 행위와 똑같다."

"그냥 그때 고려가 어느 편을 들지 않고 중립적 자세를 취했더라면 더 이상 침략하지도 않았겠네요?"

"그럴지도 모르지. 1235년에 고려를 침략한 몽골군은 한반도 전역을 유린했다. 강화도로 피난 간 고려 정부는 제대로 된 군사적 대항은 하지 못했다. 이때 많은 문화재가 소실되었다. 경주의 황룡

사 9층탑과 부인사에 소장 중이던 '고려대장경 초조판'이 불타 없어졌다. 몽골의 만행에 강화도에 있던 최우는 강화를 제의하여 전쟁을 멈추고 왕족인 왕준을 왕자라 속이고 볼모로 보냈다. 이때가 1239년 9월이다. 그러다가 1247년 오고타이 칸이 죽고 구유케 칸이 즉위하자 4차 침략을 했다. 요구사항은 고려왕의 몽골 입조와 강화도에서 개경으로의 출궁이었다. 이에 고려는 몽골군이 먼저 철수하면 개경으로 들어가겠다는 '선철군 후입조'를 요구했다. 그러다가 1248년 구유케 칸이 죽자 고려가 원하던 '선철군 후입조' 요구사항을 받아들이고 스스로 철수했다. 이때 고려의 실력자 최우가 죽고 최항이 뒤를 이었다."

"서로 간에 정권의 실권자들이 바뀌고 나서야 양국의 정세가 좀 부드럽게 바뀐 거네요?"

"그렇지. 1253년 몽골은 몽케 칸이 즉위하자 또다시 고려를 침략했다. 조건은 같았다. '왕의 입조와 강화도에서 나와 개경으로 복귀'하라는 것이었다. 이때도 몽골군이 한반도를 휩쓸었으나 충주성에 있던 김윤후 스님은 끝내 항복하지 않았다. 1254년 고려는 왕자인 '안경공 장'을 볼모로 보내고 항복을 승인함으로써 몽골군은 물러갔다. 이게 5차 침략이다. 이후 몽케 칸은 왕자의 입조만으로 만족하지 않았다. 고려의 실력자 최항을 비롯한 왕의 직접 몽골 입조를 요구했다. 이 요구가 묵살되자 몽골군은 1254년 7월 '자랄타이'가 '정동원수'가 되어 대군을 이끌고 왔다. 몽케 칸은 왕자로 알고 잡아온 왕준과 안경공 장이 왕자가 아닌 것을 알고 왕과 최항을 직접 알현하라고 한 것이다. 이때도 한반도 전역이 유린되었고, 포로가 20만 6천 명이나 됐다고 한다. 6차 침략은 그해 12월까지 이어졌다.”

“지금으로 생각해보면 충분히 외교적으로 풀 수 있었던 문제를 무지막지하게 전쟁으로 대항했다고 생각됩니다.”

“그런 면이 있지. 7차 침략은 1255년부터 1259년까지 강화도를 공격하기 위한 상륙작전을 감행했으나 실패했다. 8차 침략은 1257년 고려 조정에서 해마다 보내던 세공을 보내지 않자 자랄타이가 다시 침략한 전쟁이다. 이때 고려는 최의가 실권을 쥐고 있었는데, 사신인 김수강을 보내 고려왕과 지휘부의 강화도 출도와 입조를 약속하고 물러갔다. 9차 침략은 1258년 일어났는데, 고려 실권자인 최항이 죽고 김준 일파가 정권을 잡은 데 대한 침략이었다. 김준은 처음엔 앞선 무신정권들이 해오던 대로 대적하다가 1260년 강화조약을 체결하고 전쟁을 끝냈다.”

“최씨 무신정권이 끝나고 몽골 항쟁도 끝나나 봅니다.”

“그런데 전쟁을 끝내고도 고려 조정은 강화도를 나오지 않았다. 계속 버티다가 10년 후인 1270년에야 강화도를 나오게 된다. 이때 무신정권의 무장 중 일부인 김통정은 제주로 기지를 옮기고 저항을 계속했다. 이게 ‘삼별초의 난’이다. 1273년 여몽연합군이 제주에서 김통정을 살해한 후 고려의 몽골에 대한 저항은 막을 내린다.”

“우와~ 고려는 몽골에 대해서는 엄청나게 저항했네요. 지휘부는 강화도에 숨어있으면서 말입니다. 내륙에 있던 평민들은 죽든 살든 상관 없이 저항했네요. 요즘 같으면 어림없는 소리 같습니다. 이건 뭐 저항이라기보다 그냥 버티기에 가깝습니다. 이렇게까지 한 특별한 이유가 있습니까? 이해가 잘 되질 않습니다.”

"아주 중요한 질문을 했다. 저항이라기보다는 버티기가 맞는 말이다. 그것은 고려 백성의 민심과 가치관이 중국 북쪽의 몽골이 아닌 남쪽의 남송에 있었기 때문이다. 거란의 침략 때도 설명했지만, 고려는 중국의 남방 민족을 늘 동경해왔다. 고려뿐 아니라 그 이전의 통일신라, 삼국시대에도 그랬다. 중국 남부에서 농경문화가 도입되고, 각종 종교와 제도 등 문화가 들어왔다. 지금의 중국 북부지역에 있던 유목민과는 어울리지 않았다. 거란과도 세 번에 걸쳐 전쟁을 치렀던 고려다. 거란보다 더 야만적인 몽골을 받아들일 고려가 아니었다. 이쯤에서 내가 되묻고 싶은 게 있다. 고려가 몽골의 요구에 버텨오다가 스스로 무장을 풀고 협상에 들어간 계기가 뭔 줄 아느냐?"

"그야 앞서 말씀하시지 않으셨습니까. 몽골은 그 당시 세계 최고의 군사력과 용맹을 가진 나라였다고 말입니다. 몽골의 무지막지한 공격에 여러 번 유린당하니 더 버틸 재간이 없었지 않았겠습니까?"

"그렇게 생각되지? 아니다. 고려 지도부는 몽골의 9차 침략 이후에도 10년간이나 강화도에서 나오지 않았다. 그러다가 1270년에 와서야 나왔다. 이 시기 몽골은 남송을 거의 제압하고, 수도를 몽골의 카라코룸에서 금나라의 수도였던 지금의 베이징으로 옮겼다. 원나라가 건국을 선포한 해는 정확하게 1271년이다. 무슨 말이냐 하면, 남송이 망하고 나서야 고려는 무장해제 했음을 나타낸다. 반대로 얘기하자면 남송이 망하지 않았다면 고려는 무장해제하지 않고 강화도에 박혀 있으면서 끝까지 버텼을 것이다."

"아니, 왜 그런 바보 같은 짓을 한단 말입니까? 우리 민족이 아무리 대대로 중국 남쪽 사람들의 문명을 동경해왔기로서니 백성이 수십 년간 도륙을 당했는데도 지도부는 강화도에 박혀 있었답니까? 힘이 안 될 것 같았으면 빨리 항복해서 다른 길을 찾든가, 아니면 남송과 연합으로 대항해서 몽골을 무너뜨리든지 해야 정상 아닙니까?"

"고려는 그렇질 못했다. 남송이 망할 때까지 버티고만 있었다. 혹자는 고려 무신정권이 끝까지 저항했다는 호국정신을 보여준 것이라 평가하지만, 지금의 시각으로서는 이해되지 않지. 아마 고려는 남송이 앞선 거란의 요나라나 여진족의 금나라 때도 건재했으니 쉽게 무너지지 않을 걸로 생각했을 수 있다."

이때 참모장 신 중령이 직설적으로 한마디 했다. 해군 특수전 요원답게 군더더기 없이 거침없이 말을 이었다.

"부대장님. 사실 지금 우리 한반도의 처지도 비슷하다고 생각됩니다. 북한은 세계 최강국인 미국이 아무리 압박해도 버티고 있습니다. 자신들의 인민이 굶어 죽어가고 있는데도 정권만 유지한 채 말입니다. 고려가 몽골에 저항하지 않고 버틴 것과 뭐가 다르겠습니까? 아마 북한도 자신들의 정신적 지주라고 생각하는 중국이 무너져야 항복할 거 같습니다. 일반 인민이야 죽든 말든 말입니다."

"충분히 그럴 수 있지. 핵을 가진 북한이 미국의 온갖 압박과 제재를 받아가며 버티고 있으니 말이다. 참모장이 얘기한 것 같이 버티고 버티며 살아만 있으면 중국이 미국을 누르는 날엔 자신들의 세상이 될 거라 믿고 있을 수 있다. 그렇지만 21세기에 밥을 굶고 죽어가는 백성을 뒷전에 두고 정권만 유지한들 무슨 의미가 있겠나. 이런 정신을 가진 북한의 지도부가 고려 무신정권의 지도부와 별반 다르지 않다는 말은 일리 있는 거 같다."

"그런데 말입니다. 한 가지 정말 궁금한 사항이 있습니다. 몽골도 거란과 비슷했다고 했는데, 그렇지 않은 것 같습니다. 거란이 쳐들어왔을 땐 강동 6주를 얻고 두 차례의 침략이 있었지만, 고려가 거란의 주적인 송나라와 거래를 끊음으로써 화친하여 이후에는 전쟁을 하지 않았습니다. 이후 한동안 동북아는 삼국의 시대로 평안하게 지냈습니다. 중국 북부엔 거란의 요나라, 남부엔 한족의 송나라, 한반도엔 고려가 말입니다. 그런데 고려는 몽골과의 전쟁에서는 아무것도 얻지 못하고 무려 40여 년간 국토가 유린당하는 동안 버티다가 남송이 멸망한 후에 항복했습니다. 그렇다면 몽골이 남송을 무너뜨린 후에 왜 고려를 원나라에 합병하지 않았는지 그게 궁금합니다. 끝까지 남송을 지지한 고려가 항복했으니 남송과 같이 고려도 원 제국에 포함하여 지배하는 게 당연한데 말입니다. 그 이유가 무엇이라 생각하십니까?"

"동북아를 제패한 원나라는 고려도 지배했다. 다만 원나라에 합병해서 지배하지 않았을 뿐이다. 남송이 망한 이후 고려는 원나라와 화친을 맺었지만 불평등한 것이었다. 고려의 왕은 원나라의 공주를 부인으로 맞아 국모로 삼았다. 그리고 두 사람 사이에 태어난 왕자를 다음 왕으로 이어나갔다. 이 내용은 KBS의 역사저널 〈그날〉이라는 프로그램에서도 다뤄진 내용이다. 충렬왕은 원나라 쿠빌라이의 딸을 부인으로 삼아 훗날 충선왕을 낳았다. 충선왕은 외할아버지 쿠빌라이 칸을 닮아 기개가 강하고 정치적 욕망도 강했다. 그는 원나라에 들어가 공부하며 사귄 귀족들을 주축으로 고려를 원나라에 합병시켜 달라고 간청했다. 고려가 원나라의 일원이 되면 자신도 자연히 원나라에서 큰 재상이나 더 큰 정치인이 될 수 있다고 생각해서다. 원나라는 황제가 주재하는 어전회의를 열어 이 안건을 회부했으나 부결됐다. 이유는 고려의 험한 지리적 특성을 고려할 때 원나라의 일원으로 편입하는 건 부적합하다고 봤다. 원나라는 고려가 자국의 일원이 되기보다는 제후국으로 남길 원했다. 원나라의 제후국으로 있으면서 조공이나 바치게 하는 게 좋을 거라 판단해서다. 그리고 고려의 왕을 내정한다거나 큰일이 있을 때 내정간섭으로 통제하려 했다."

"정말 쇼킹합니다. 아무리 쓸모없는 땅일지언정 국토가 늘어나는데 원나라가 고려의 편입을 반대했다니 정말 이해가 안 됩니다."

"반대한 세력은 대부분 한족이었다. 조상 대대로 그들 밑에서 살아온 민족을 같은 일원으로 받아주기에 자존심이 상해서였을 수 있다. 좁은 반도에 온통 산으로 둘러싸인 울퉁불퉁한 땅이 탐나지 않아서이기도 하다. 원나라 조정은 미안해서였는지 고려의 충선왕을 고려왕과 동시에 랴오둥지방의 심양왕을 같이하게 했다. 암튼 고려는 왕이 나서서 원나라의 일원이 되기를 간절히 원했으나 한족은 이를 용납하지 않았다."

"저, 함장님. 야식 준비시간입니다."

보급관이 조용히 다가와 속삭이듯 말을 건넸다. 대원들의 식사를 책임지는 보급관 입장에서는 역사 얘기가 귀에 들어오지 않았을 거다. 역사 얘기는 참 재미있다. 구전되거나 현대적 식견으로 이해되지 않는 부분이 많아서 해석의 여지가 있기 때문이 아닐까.

자리를 비켜주기 위해 일어났다. 내일 호송해야 할 선박들의 특징을 또다시 살펴보고 보충 소요가 없는지 확인하기 위해 전투정보실로 향했다.

★ ★ ★

아침 식사를 마치고 함교로 향했다. 20여 척의 상선은 어제 사전 보고 받은 바와 같이 대열을 갖추고 따라오고 있었다. 맨 뒤쪽에 붙어서 따라오는 북한 선박은 잘 보이지도 않았다. 함장 자리에 놓인 쌍안경을 들고 뒤를 보았다. 선체도 작고 낡은 배라는 게 육안으로도 쉽게 알아볼 수 있었다. 마스트에는 자그마한 인공기가 휘날리고 있었다. 함교 당직사관은 부직사관을 통해 2시간 주기로 각 상선을 호출해서 이상 유무를 확인하고 있었다. 북한 상선에는 굳이 영어로 물어보지 않고 우리말로 확인했다.

"진달래호. 여긴 대한민국 해군 청해부대입니다. 항해 중에 혹시 애로사항 있으십니까?"

"청해부대. 여긴 진달래호입네다. 수고 많습네다. 애로사항은 없고 조금 속도를 줄여서 천천히 가주셨으면 합니다. 이상입니다."

"네. 속력을 얼마나 줄이면 되겠습니까? 11노트 이하는 좀 곤란합니다. 기본 이동 속력이 12노트인데, 다른 함정들 일정에 맞춰야 하기 때문입니다."

"저희는 최고 속력이 10노트입니다. 그보다 빨리 가면 따라갈 수 없으니 좀 고려해주시기 바랍니다."

"네. 잘 알겠습니다. 최대한 늦추도록 하겠습니다. 다른 애로사항 있으시면 본 망으로 다시 연락주세요."

북한 상선은 오래된 구형 선박이라 기관에도 문제가 있는 것 같았다. 속력이 10노트 미만이면 아주 저속이다. 청해부대가 정해놓은 속력은 12노트이고, 여기에 맞춰 모든 상선이 다음 행동을 계획하고 호송을 받고 있다. 이보다 더 속력이 늦어지면 자신들의 다음 행동이 지장을 받을 수 있어 대열을 이탈해가는 경우가 가끔 있다. 북한 상선은 아주 취약해서 두고 가면 바로 해적의 밥이 될 공산이 컸다.

취약한 북한 상선을 두고 갈 것인지, 대열을 조금 벗어나더라도 모든 선박을 다 지키고 갈 것인지를 두고 고심했다. 결국 취약한 선박을 지키는 데 주안을 뒀다. 이렇게 되려면 기존에 하던 방식대로 하면 안 된다. 즉, 청해부대인 대조영함이 대열의 맨 앞에 서면 안 된다. 대열 중간 지점에 대조영함이 자리하고 이동해야 했다. 대조영함을 기준으로 앞에서 가는 상선들은 건현이 높고 속력이 빠른 선박들로 세우고, 뒤로는 속력이 느린 선박을 세웠다. 그러면 줄은 길게 늘어지겠지만 어떤 상황이든 앞뒤로 바로 달려갈 수 있어서다. 대조영함은 전투함이기 때문에 위급 상황 시 굉장히 빠른 속력을 낼 수 있다. 만약 앞에서든 뒤에서든 해적이 나타난다면 빠른 속력으로 달려가면서 대응할 수 있다. 대조영함에 탑재된 함포는 사거리가 엄청 길다. 고속으로 이동하면서도 경고사격이나 위협사격은 얼마든지 할 수 있다.

오전 사관회의 시간에 대열을 다시 지시했다. 13척의 큰 상선을 대조영함 앞에 세우고 나머지 7척은 뒤에 서게 하고 이동했다. 그 대신 언제든 달려갈 수 있도록 기관을 즉각 가스터빈으로 전환토록 했다. 우리나라 군함은 평상시에 유류비를 절약하기 위해 디젤엔진을 사용한다. 그러다가 비상 상황이 발생하면 바로 가스터빈으로 전환해서 신속하게 대응하는 시스템이다. 오늘 사관회의는 조금 길게 했다.

부장이 긴 항해에 대비해서 승조원들의 피로를 풀어줄 행사 2개를 제안했다. 첫 번째는 총 5개 팀으로 나누어 함상 올림픽을 하자는 거였다. 매일 오후 4시부터 체육 시간이니까 이 시간을 이용해서다. 오늘 시작해서 입항 전에 결과를 발표하도록 일정을 수립했다. 함정의 4개 부서에서 각 1개 팀을, 참모진 및 편승자 등을 합쳐서 1개 팀을 만들었다. 종목은 배구공을 매트 중앙에 매어 바다로 떨어지지 않게 하는 함상 족구를 비롯해 배에서 할 수 있는 다양한 종목이다. 탁구, 배드민턴, 컴퓨터 축구, 컴퓨터 게임 스타크래프트, 장기, 바둑, 장기자랑 등이었다. 둘째는 한 번 출동할 때마다 각 부서장이 주관하는 소통의 시간을 갖기 위한 함상소풍을 실시하자는 것이었다. 대조영함은 꽤 크고 넓은 배여서 부서별로 일정 구역에서 소통의 시간을 갖자는 취지다. 음료수와 과자를 준비해서 먹으면서 대화할 수 있도록 했다. 2개의 건의 사항을 모두 즉석에서 허락했다.

사실 두 번째 출동을 거치면서 여러 가지 상황이 있었지만, 당직 시간이 아닌 시간에는 여유가 많았다. 여러 가지 자체적인 정비 시간이나 전술토의 등의 시간을 잡아 일과를 진행하지만, 항해가 길어지니 지루함이 배어나왔다. 함정이라는 좁은 공간에서 매일 똑같이 반복되는 일과를 좀 더 다채롭게 조정할 필요가 있었다. 이렇게 해서 승조원들의 지루함을 풀어준다면 그 자체로 사기는 충만해진다.

★ ★ ★

저녁 식사 시간이 돌아왔다. 식사를 마치고 어제에 이어 역사 얘기를 시작했다.

"어제 원나라와 고려와의 관계를 얘기했다. 원나라는 고려를 부마국으로 삼아 간접통치를 했다. 원의 황제 딸을 고려왕의 왕비로 삼아 그 아들이 다시 왕이 되도록 하여 간섭했다. 철저하게 내정간섭을 한 거지. 유라시아 전체를 손아귀에 넣은 원나라의 간섭을 뿌리칠 수는 없었다. 충렬왕의 아들인 충선왕은 원나라 쿠빌라이 칸의 외손자다. 그는 외할아버지를 닮아 정치력이 뛰어나고 야심이 컸다. 원나라에서 자신의 큰 뜻을 펼치기 위해 고려를 원나라에 편입시키고자 거의 10년 동안 노력했다고 한다. 그러나 끝내 한족 대신들의 반대로 무산되고 만다."

"네. 어제 말씀하셔서 이해하고 있습니다. 그런데 한족 대신들이 반대해서 고려가 원나라에 편입되지 못했다고 말씀하셨는데, 그럼 지배계층인 원나라의 몽골족은 반대하지 않았습니까? 만약 반대하지 않았다면, 역시 우리와 같이 엉덩이에 몽고점을 달고 나온 같은 동족이라 그런 것입니까?"

"그건 아니라고 본다. 몽골족 입장에서는 원나라를 건국한 쿠빌라이 칸의 외손자이자 고려왕인 충선왕이 요청한 내용을 선불리 대할 수 없었다. 충선왕은 고려왕이 되기 전부터 베이징에 머물면서 1만 명의 병사로 반군인 합단적을 물리쳤다. 특히나 고려왕이 된 이후에도 고려 조정을 비워두고 베이징에 거처하며 원나라에서의 세력 강화를 도모했다. 원나라 7대와 8대 황제 계승에 관여함으로써 원나라 내에서 권력을 잡았기 때문이다. 이런 공로로 충선왕은 고려를 원나라에 편입해주기를 요청했다. 원나라 황제는 그

것이 여의치 않자 충선왕에게 심양왕까지 겸직하게 했다."

"그러니까 몽골족은 고려를 민족의 동질성 때문에 원나라에 편입되길 용인한 게 아니라 단순히 충선왕의 업적을 놓고 볼 때 요청 사항을 거부할 수 없었던 모양입니다. 그렇다면 이후 고려는 과거 고구려가 잃어버린 실지를 찾아오는 행위를 했어야 하는 거 아닙니까? 마침 충선왕이 고려왕과 심양왕을 겸했다니 말입니다."

"맞는 말이다. 몽골족의 원나라는 황제의 딸을 고려왕의 왕비로 삼게 하고 내정을 간섭했다. 이것은 고려가 망할 때까지 이어진다. 우리가 잘 아는 공민왕의 왕비 노국공주도 바로 몽골족의 원나라 공주다. 공민왕은 어릴 때 10여 년을 베이징에 살면서 원나라가 망할 때가 됨을 미리 알았다. 이때 고려가 추구했던 과거 고구려의 실지를 회복하고 원나라의 간섭에서 벗어나기 위해 노력했다. 그러다가 한족의 명나라가 중국 땅에 들어서고 원나라가 북쪽으로 쫓겨갈 때 공민왕은 명나라와 좋은 관계를 유지했다. 노국공주가 자식 없이 죽고 난 이후 공민왕은 흔들리고 만다. 이후 우왕을 옹립한 최영 장군이 주도하여 이성계와 조민수를 앞세워 랴오둥반도를 찾아오게 했으나 위화도에서 회군하고 만다."

"아! 맞다. 위화도 회군. 역사에는 가정이 없다고 하지만, 이성계가 위화도에서 회군하지 않고 랴오둥반도로 쳐들어갔다면 고구려가 잃어버린 우리 옛 땅을 되찾지 않았겠습니까?"

"고려는 공민왕 초기의 고려가 아니었다. 공민왕은 초기에 원나라의 기황후 세력과 대적하며 원나라의 간섭에서 벗어나고자 했다. 고려 충렬왕 때부터 붙여진 충 자 돌림의 몽골식 왕의 호칭은 공민왕 때 명나라식으로 바뀌었다. 그만큼 공민왕은 원나라와 각을 세웠다. 하지만 이후 노국공주가 죽고 나서 방황하던 공민왕은 신하들에게 비참하게 죽고 뒤를 이은 우왕, 창왕은 힘이 없는 왕이었다. 우선 고려의 국력이 강성하지 못했고, 무엇보다 이성계는 북방의 군사적 우열을 잘 알고 있던 터였다. 원나라는 명나라에 쫓겨 북상하고 있던 상태였다. 원나라의 장수 나하추가 20여만 명을 모아 겨우 랴오둥반도를 지키고 있었다. 명나라에 쫓기던 원나라 나하추의 군사력이 한때 고려의 국경을 넘어와 이성계가 이들을 물리친 적이 있었다. 그리고 중국 본토 한족이 주축이 된 명나라의 군사력이 강성함을 알고 있었다. 명나라 군사력이 점점 랴오둥반도로 북상하자 이를 막지 못한 나하추는 그때서야 고려를 끌어들여 연합으로 막고자 했다."

"명나라의 강성함을 미리 알고 이성계가 회군했다는 말씀입니까?"

"그렇다고 봐야지. 한마디로 이성계가 위화도에서 회군하지 않고 랴오둥을 계속 치러 갔다면 명나라 군사력과 싸워야 했다. 이성계는 물이 올라 막강해진 명나라 군사력과 싸워 패할 것을 잘 알고 있었다. 실제로 1372년 나하추가 요동의 명나라 군사를 공격하여 승리를 거뒀으나, 그 후 1387년 명나라에 항복했다. 현장 군사지휘관으로서 누구보다 군사력의 강약을 잘 알고 있던 이성계는 고려 조정의 정략적 판단에 치러지는 전쟁에 희생양이 되기 싫어서 회군하게 되었다."

"그래도 너무 아쉬운 사건 아닙니까? 우리 민족이 그 옛날 고구려가 떨쳤던 영광을 되찾을 좋은 기회를 놓쳤다는 사실 말입니다. 하라는 전쟁은 하지 않고 반란을 일으켜 고려를 무너뜨린 이성계는 정말 역사에서 지워져야 할 인물 아니겠습니까?"

"아쉬움이 있는 건 나도 마찬가지다. 그렇지만 역사엔 가정이란 없다. 만약 이성계가 위화도에서 회군하지 않고 랴오둥반도로 가서 명나라군과 전쟁을 벌였다면 어떤 결과가 났을까? 한번 되물어보자."

"그야 이기든 지든 결말이 나지 않았겠습니까? 이겼다면 과거의 영광을 되찾았을 거고 말입니다."

"명나라 주원장은 막강한 원나라의 군사력을 몰아내고 중국을 통일한 세력이다. 설사 고려가 잠시 랴오둥반도를 손에 넣었다 해도 바로 탈취당하고 고려 본토 또한 무사하지 못했을 거야. 그랬다면 고려 백성은 또 한 번 국토 전체가 유린당하는 수모를 겪었겠지. 즉, 한반도에 불필요한 전쟁이 일어났을 수 있다는 얘기야. 예부터 전쟁은 이겨놓고 싸우라고 했다. 조선 시대 임진왜란 때 이순신 제독은 그렇게 싸우셔서 늘 이겼다."

"네. 역사는 가정이 없다고들 하니 그만하심이 좋을 듯합니다. 그건 그렇고 몽골족의 원나라가 우리 고려를 제일 괴롭힌 나라인 건 확실한 거 같습니다. 무려 40여 년간을 무력으로 휘젓고 다니고 그것도 모자라 고려왕을 황제의 부마로 삼아 늘 내정에 간섭했으니 말입니다. 거란의 요나라도 세 번 침략했지만, 송나라와 외교적 관계 정립 후 평화롭게 지내지 않았습니까. 반면에 우리 한반도 바로 위쪽에 있던 발해나 금나라는 우리와 비교적 우호적인 관계를 유지했습니다. 같은 민족이라는 개념 아래 생활했던 거 같기도 하고 말입니다. 그렇지만 여기서 한 가지 이해되지 않는 부분이 있습니다. 조선 시대에 벌어진 병자호란 말입니다. 청나라와 벌인 전쟁인데, 청나라는 '후금'이라 했습니다. 한족의 명나라를 치기 위해 다시 한번 일어선 여진족의 후금을 조선은 왜 반기지 않았는지 모르겠습니다."

"햐! 역사에 대한 이해 속도가 빠르네. 후금은 과거의 금나라를 칭한 것이다. 그 후금이 청나라로 명칭을 바꿨을 뿐이고 말이다. 그러니 앞서 설명한 대로 해석하자면 조선은 우리와 민족의 뿌리가 같은 청나라와 싸울 이유가 없었다. 당시 조선의 위정자들이 결정을 잘못해서 그런 거지."

"조선과 청나라 사이에 어떤 인식이 있었기에 이렇게 서로 전쟁을 해야 하는 상황이 되었답니까?"

"이건 좀 시간이 걸리는 얘기인데. 가만 보자… 지금이 몇 시냐? 어이쿠, 벌써 8시가 다 돼가네. 곧 야식 시간이니 이건 내일 얘기하기로 하세."

"네. 그럼 야식 준비시키겠습니다."

부장이 역사 얘기는 이것으로 중단시켰다. 오늘은 돌이켜보면 부장의 날인 셈이다. 대원들의 무료함을 달래기 위한 행사 두 건을 계획해서 승인을 받았으니 말이다. 야식 준비를 위해 평소보다 조금 일찍 사관실 자리에서 일어섰다.

잠자리에 들기 위해 함장실에 막 들어서는 순간 인터폰이 울렸다. 갑자기 울리는 인터폰은 늘 기분이 좋지 않다.

"응, 그래. 함장인데, 무슨 일인가?"

"네. 함장님. 당직사관입니다. 상선에서 본 함 호출상황 보고드리겠습니다."

"그래. 무슨 내용인데?"

"맨 끝에 따라오던 북한 상선의 기관이 고장 나서 수리하다가 정비 요원의 손가락이 잘렸다고 좀 도와달라고 합니다."

"그럼 빨리 RIB 강하해서 의무요원 태워 보내서 봉합 수술하라고 준비해."

"네. 알겠습니다."

전화를 끊고 곧장 함교로 올라갔다. 조금 지나자 외과 군의관인 의무참모가 함교로 급히 올라왔다.

"부대장님. 봉합 수술은 아무 곳에서나 할 수 없습니다. 수술 요건이 구비된 의무실에서만 가능합니다. 아무래도 환자를 이송해 와서 대조영함에서 해야 할 것 같습니다."

"아니, 제3국 인원도 아니고 북한 선원을 본국 승인 없이 어떻게 본 함에 데려와서 수술한단 말입니까?"

참모장 신 중령이 급하게 제동을 걸었다. 고민에 빠졌다. 상황이 급박하기에 빨리 판단해야 했다.

"아직 본국은 심야시간대가 아니니 일단 본국에 보고하면서 동시에 환자를 이쪽으로 이송해오도록 해. 수술하고 바로 다시 상선으로 돌려보내면 되니까."

이송하는데도 시간이 걸리니까 본국 승인을 기다리는 시간을 이용하여 환자를 이송하게 했다. 동시에 북한 상선의 정비 지원도 병행했다. 원래 속력이 느린 배를 호송대열에 참여시켜 뒤처진 상태인데, 고장 수리가 지체되면 이 상선은 대열을 이탈하여 해적의 먹잇감이 될 게 뻔했다.

"정비창 내연 수리사와 내연장, 경무장한 특전요원 2명을 태워서 북한 상선에 가서 수리도 지원해줘. 아, 참! 우리 의무실에 연락해서 손가락 수술 준비도 하라고 해.”

의무참모는 출항하기 전에 별도로 태우고 온 외과 전문의다. 어지간한 봉합 수술은 할 수 있는 군의관이다. 함정의 일반적인 디젤엔진을 ‘내연기관’이라 한다. 그러다 보니 부사관 중에 디젤엔진을 다루는 직별을 ‘내연’이라 하고, 이곳의 제일 선임자를 ‘내연장’이라 한다. 내연장은 함정의 디젤엔진에 문제가 생기면 바로 수리한다. 자체적으로 수리가 불가능할 때는 정비창 수리 전문 군무원을 요청한다.

작전관은 내 지시를 충실히 이행했다. RIB은 거의 수면 가까이 내려졌고, 안에는 수리사와 내연장, 특전요원 2명이 타고 있었다. 특전요원 2명은 안전요원이다. 혹시 모를 상황에 대비하는 차원에서 경무장해서 보냈다. 수리요원들이 수리를 원만하게 할 수 있도록 옆에서 경호 임무를 수행하도록 했다.

이곳 아덴만의 바다는 늘 고요하다. 우리 대조영함이 떠나고 다음 진이 올 때면 바다는 풍랑으로 휘몰아칠 것이다. 아덴만의 연중 날씨 주기가 그렇다. 우리는 1월 말부터 5월 초까지 여기에 있다. 잠시 시간이 흘렀나 싶었는데, 어느새 RIB이 돌아왔다.

“함장님. 환자 1명을 먼저 데리고 왔습니다. 수리요원들은 모두 상선에 들어가서 정상적으로 수리 작업을 하고 있습니다.”

“환자는 바로 의무실로 보내서 치료하도록 하고, 북한 상선에 간 수리요원들도 수리 진도 현황을 계속 보고하도록 해.”

진달래호가 정지 상태에서 기관을 수리하는 동안 대열을 유지하고 가던 상선들은 저만치 앞서가고 있었다. 맨 앞에 선 상선은 육안으로 잘 보이지도 않았다. 수리시간이 계속 지체되면 놓아두고 가야 할 판이었다. 내가 맡은 임무는 호송을 지시받은 상선 20척의 안전을 지키는 것이다. 그냥 대열에 합류해서 스스로 따라오겠다는 제3국 선박의 안전을 지키는 게 아니다. 선두 대열이 너무 멀어져서 호송에 대한 결심을 다시 해야 했다. 사실 진달래호를 포함한 중국, 러시아 상선은 그냥 두고 가더라도 문제 될 게 없다. 그렇지만 호송을 지시받은 20척의 상선은 근접호송을 해야 할 임무가 있었기에 고민에 빠졌다.

'북한 상선을 남겨두고 20척의 상선을 호송하면서 갈까? 아니면 북한 상선이 완전히 수리될 때까지 기다렸다 갈까?'

일단 북한 상선을 두고 가기로 결심했다. 그 대신 조금 전에 내렸던 RIB을 상선 옆에 둬서 북한 상선에서 수리를 마치고 나오는 기술자들을 태우고 오게 했다. 그 대신 대조영함은 본 대열의 맨 뒤쪽에서 같이 가도록 했다. 북한 상선이 수리되면 RIB은 금방 쫓아오도록 했다. 그리고 뒤에서 따라올 북한 상선에 대해 해적으로부터 안전도 고려했다. 대열에서 처져 홀로 이동하는 선박은 무조건 해적의 표적이 된다. 이런 사실을 잘 아는 처지였기에 쉽게 북한 상선을 버려두고 갈 수 없었다.

다행히 1시간 정도 지났을 때 북한 상선에서 연락이 왔다. 수리가 완료되어 정상 항해가 가능하다고 했다. 오히려 원래 최대 속력이던 10노트보다 1노트 더 빨라졌다고 기뻐했다. 천만다행이었다. 11노트로만 이동할 수 있다면 더는 대열의 본대로부터 멀어지지 않는다. 이대로 가기만 하면 해적의 접근은 막을 수 있었다. 함교에 있는 인터폰을 이용해서 사관실 당번을 호출했다. 평소 잘 마시지 않는 커피를 한 잔 가져오게 했다. 초조하게 기다리는 데는 커피가 필요했다. 의무실 상황은 보고되지 않았다.

"아직 손가락 수술은 계속하나 보지. 연락이 없네?"

"함장님. 아직 진행 중인가 봅니다. 의무실엔 인터폰이 꺼져있고 보고도 되지 않고 있습니다. 다만 의무실 앞에서 출입자를 통제하고 있는 주임원사 얘기로는 지금도 수술 중이라고 합니다."

"그런가? 뭐가 문제길래 이렇게 오래 걸린단 말인가?"

"…."

작전관은 머뭇거렸다. 자신이 대답할 사항이 아니란 건 잘 알고 있지만, 난 혼잣말처럼 중얼거리며 물었다. 한참이 지나서야 수술이 완료됐다고 연락이 왔다. RIB을 통해 환자는 다시 북한 상선으로 보냈다. 수술을 집도한 의무참모 외과 전문의 군의관이 함교로 올라왔다.

"부대장님. 수술은 잘됐습니다. 일단 절단된 손가락을 이어 붙이는 수술은 끝나서 문제가 없을 거 같습니다. 그러나 제대로 움직이게 하려면 나중에 다른 큰 병원에 가서 다시 한번 재수술을 받는 게 좋을 거 같습니다. 그래서 환자에게 알아듣게 설명해줬습니다."

"북한 사람이 어디 가서 다시 수술을 받겠나? 자네가 한 걸로 평생 살아야 할 거 같은데, 실력 발휘가 제대로 안 됐나 보지?"

"제가 할 수 있는 건 봉합해서 거의 절단되다시피 한 손가락이 추가 훼손되지 않게 다시 붙인 수준입니다. 신경을 다시 다 이으려면 큰 병원에 가서 해야 합니다. 여기 수준으로는 제한됨을 말씀드립니다."

"그래. 수고했어. 그럼 손가락이 붙은 것만으로도 고마워할 걸세. 한 번씩 경과보고는 받아보고 더 지원해야 할 사항이 있으면

RIB 타고 가서 도와주게."

"네. 잘 알겠습니다. 소독약과 진통제 등 일반적인 의약품은 충분히 줘서 보냈습니다. 내일, 모레 한번 오게 해서 더 보도록 하겠습니다."

"그러게나. 아마 모레 아침까지는 우리가 호송해야 하니까."

밤늦은 시각 전투정보실에서 나왔다. 상선에서 사람이 다쳤을 때 구호작업을 해주는 일은 만국 군함의 공통된 일이다. 특히 우리 대한민국은 한국전쟁 때 북한의 침략에 유엔 회원국으로부터 도움을 받은 나라다. 국제 평화유지에 기여하기 위해 파병한 청해부대인 대조영함의 입장은 당연한 처사다. 인도주의적 조치는 전쟁 시에도 마땅히 해야 하는 행위다. 하물며 평시에야 말할 필요가 있겠는가. 오늘 하루도 바쁘게 보냈다. 자문자답을 되뇌며 잠자리에 들었다.

★ ★ ★

아침 햇살이 밝았다. 우리 수리요원들의 지원으로 성능이 나아져서 그런지 진달래호도 잘 따라오고 있었다. 대조영함이 호송선단 맨 뒤에서 가다 보니 선두에 있는 태국 상선도 속력을 조금 늦춰준 듯하다. 11노트를 유지해주었다. 고마운 일이다. 자신들 일정만 생각해서 12노트를 고집해서 간다면 대열 선두와 맨 뒤에서 따라오는 진달래호와는 거리가 크게 벌어졌겠지만, 그렇지 않아서 다행이었다.

"당직사관! 선두에 가는 태국 상선이 11노트로 속력을 늦춰준 거야?"

"네. 그렇습니다. 이동구간이 그리 길지 않기 때문에 호송구간을 벗어나서 늦은 만큼 속력을 좀 더 증가해서 가면 문제가 될 게 없다고 합니다."

"참 다행이고 고맙네. 계획된 12노트 속력을 계속 고집했다면 호송선단이 늘어져서 신경 많이 쓰였을 텐데 말이야."

"선두에 가는 상선들이 그나마 전탐 성능도 좋고 건현도 높아 기동성이 있는 신형 선박들이라 가능한 거 같습니다."

"그렇겠구나. 아덴만 600마일에서 벗어나면 인도양으로 넘어갈 때 속력을 조금 올려서 늦어진 시간만큼 보전하면 문제없을 테니 말이야."

"저, 함장님. 어제 보고드렸던 함상 올림픽에 대한 추가 보고드리겠습니다. 오늘부터 일과 후에도 종목별로 연습할 수 있도록 일과 조정을 건의드립니다."

"아, 그래? 일과 후에 하는 동아리 활동은 부서장 주관으로 하도록 해. 부장이 함정 전체 일과를 계획하니까 그렇게 하면 되고, 내 허락을 받을 필요까진 없을 거 같은데. 동아리 활동을 하더라도 안전 위해 요소가 있는지 잘 살펴보고 하도록 하고, 취침 전 점호에는 빠지는 일 없도록 하게. 너무 과열되면 안 되니까 말이야."

"네. 그렇게 하도록 하겠습니다."

함정에서 부장은 집행관이다. 영어로도 '엑스큐트 오피서', 즉 'XO'로 표기한다. 함장이 결심하면 바로 집행하고 확인하는 직책이다. 일과 진행을 위해 다른 부서장을 통제할 수 있다. 그러면서도 지원부서의 부서장을 겸임하고 있다. 지원부서의 일은 조리, 보급, 행정, 의무 등이다. 이 일은 엄청 중요하다. 지원업무가 제대로 수행되지 않으면 본업무인 작전이 제한받는다. 그래서 부장에게 지원부 부서장을 겸임하게 한다.

사관회의를 마치고 아침에 둘러보지 못한 함내 전반을 구석구석 둘러보았다. 아침이다 보니 여기저기에서 장비 점검과 직별 직무교육을 하고 있었다. 함정은 모든 게 장비로 구성되고 이를 운용하여 전투력을 발휘한다. 아무리 자동화된 장비라 할지라도 운용원리를 반드시 이해하고 수동으로도 운용할 줄 알아야 한다. 가끔 자동화된 장비가 오작동을 일으키기도 한다. 이때 빨리 수동으로 전환해야 한다. 수동으로 전환해서는 운용자가 일일이 장비를 확인할 줄 알아야 한다. 이게 제대로 숙달되지 않으면 큰 사고로 이어지기도 한다. 요즘처럼 군 복무기간이 짧은 시기에는 하사나 수병에게 장비를 맡기기가 쉽지 않아 중사 이상 간부들이 힘들다.

★ ★ ★

오늘도 숨 가쁜 하루였지만 저녁 시간이 돌아왔다. 식사를 마치고 어제에 이은 역사 이야기를 이어갔다.

"어제 누가 조선 시대에 와서 청나라와는 왜 전쟁을 해야 했냐고 물었지? 누구지? 통역관이야?"

"아닙니다. 접니다."

참모장 신 중령이 대답했다. 대조영함을 타고 있으면서 대조영이 세운 발해의 역사를 얘기하다가 여기까지 오게 됐다. 고려의 역사 속에 등장한 발해 땅에 세워진 거란족의 요나라와 여진족의 금나라를 비교했다. 이제 고려를 물려받은 조선과 발해 땅에 생겨난 청나라와의 관계를 비교하려 한다.

"참모장도 잘 알겠지만, 역사는 반복되는 경향이 있다. 참으로 아이러니하다. 과거의 일을 통해 참회하고 반성해서 같은 일이 반복되지 않기 위해 역사를 공부한다. 그런데 조선의 병자호란은 그렇지 못했다. 참으로 안타까울 뿐이다."

"부대장님. 정말 그런 거 같습니다. 조선 시대에 일어난 병자호란은 드라마나 영화를 통해서도 잘 알다시피 당시 위정자들이 한심할 뿐입니다."

"그래, 그런 부분이 있다. 당시 조선은 인조가 통치했다. 인조는 다들 알다시피 반정으로 세워진 인물이다. 그 앞에 조선을 통치한 인물은 광해군이다. 광해군 때 후금이 일어났다. 후금은 전신인 금나라를 대신해서 일어난 국가임을 분명히 하고 세력을 키워나갔다. 이미 그때 후금의 군사력을 확인하고 협상을 통해 여진족의 군대를 물러나게 했다. 후금을 세운 태조 누르하치는 명나라를 제압해 들어가 랴오둥지방을 놓고 전투를 벌였다. 1619년에 벌어진 유명한 '사르후' 전투다. 선조 때 임진왜란으로 힘든 시기에 군대를 파견해준 명나라에 대한 예의였다. 광해군은 외국어에 능통한 강홍립을 지휘관으로 1만 명을 파병했다. 이때 밀지를 내렸다. 내용은 '후금 군대와 대적하지 말고 상황을 고려하여 판단하라'라고 했다. 강홍립은 후금에 투항해서 조선이 명과의 관계로 인해 파병이 불가피했음을 이해시켰다. 그리고 후금의 누르하치는 조선의 부득이한 사정을 이해하고 지속적인 우호 관계를 제안해서 수락했다."

"이때만 해도 만주족과 전쟁을 치를 확률은 높지 않았네요?"

"그렇지. 그러나 조선 국내 정치가 바뀌었다. 명나라의 임진왜란 파병에 대한 은혜를 숭상하여 사대하던 귀족들이 반란을 일으켰다. 바로 인조반정이다. 광해군이 패륜을 저질렀다 하여 몰아내고 인조를 내세웠다. 반정이라는 뜻은 '바로잡다'라는 의미다. 나쁜 광해군에서 좋은 인조로 바꿨다는 의미다. 이로써 불필요한 병자호란이 발생하게 된다."

"광해군은 임진왜란 때도 아버지 선조 임금을 대신해서 전투를 지휘한 세자로 알려져 있습니다. 도대체 광해군이 뭘 잘못했기에 패륜아라고 축출당했답니까?"

"늘 정치하는 사람들이 내세우는 명분이지. 봐라. 고려 때 거란과도 싸울 필요가 없던 싸움을 하지 않았느냐? 바로 '강조의 정변' 말이다. 이때도 명분상으론 목종의 어머니 천추태후가 김치양과 사이에서 낳은 아들에게 왕위를 계승한다고 하여 반란을 일으켰다. 거란과 우호적이던 목종을 폐위하고 현종을 왕으로 앉혀 송나라와 다시 친교를 맺었다. 광해군을 패륜아라 한 건 아버지 선조 임금의 정비인 인목대비를 폐위시키고 이복동생인 영창대군을 죽인 걸 말한다. 광해군을 몰아낸 인조는 즉각 후금을 배척하고 명에게 사대한다. 그러다가 청 태조의 아들 홍타이지에게 침략을 당한다. 이게 그 유명한 병자호란이고 '삼전도 사건'이다."

"국내 정치적 상황 때문에 결국 병자호란이라는 전쟁이 일어난 겁니까? 국내에서 정치적으로 싸우다가도 외부 적이 침략해오면 정쟁을 멈추고 적과 싸워야 하는 게 도리인데 뭔가 이상합니다. 조선의 정치인들은 고려가 겪었던 역사를 인식하지 못한 겁니까?"

"글쎄. 고려의 역사를 인식하지 못했을 리는 없지. 그러나 당장 눈앞에 보이는 한족의 명나라를 뿌리칠 수 없었겠지. 우리 민족은 늘 중국 본토의 한족을 동경해온 게 사실이다. 그들이 가진 문화와 경제, 사회를 동경했으니까. 그런데 이때는 특히나 임진왜란이 끝난 지 얼마 지나지 않았으니 명나라에 대한 의리를 지키고 싶었겠지."

"개인이든 국가든 의리를 지키는 건 중요하다고 생각합니다. 그래야 다음에 또 험난한 일이 생길 때 도움을 받지 않겠습니까? 광해군도 명나라를 도와주었습니다. 강홍립을 내세워 1만 명의 병력을 지원하지 않았습니까? 그렇다면 인조도 그렇게 했더라면 됐을 텐데 왜 청나라와 전쟁을 벌였답니까? 정말 궁금합니다."

"그게 말이다. 아까도 말했다시피 조선의 국내 정치와 관련이 있다. 1623년 김류, 김자점, 이괄 등의 서인이 반정을 일으켜 인조를 왕에 앉혔다. 1624년 이괄이 이에 격분하여 반란을 일으켜 왕이 공주까지 피난을 갔으나 평정되었다. 이들은 광해군의 외교적 중립정책을 폐기하고 '반금친명' 정책으로 선회한다. 이로 인해 1627년 조선은 후금의 침략을 받는다. 힘이 없던 조선은 싸울 기력이 없어 얼른 협상을 맺어 '형제의 의'를 맺었는데, 바로 '정묘호란'이다. 이때부터라도 조선이 정신 차리고 중립적인 정책을 취했더라면 병자호란은 발생하지 않았을 것이다. 정묘호란 이후에도 조선 조정이 친명적인 태도를 취하자 1636년 국호를 '청'으로 고친 홍타이지가 10만 대군을 이끌고 침략했다. 왕은 부랴부랴 남한산성으로 피난 갔다가 항복하고 '군신의 관계'를 맺은 다음 두 아들 소현세자와 봉림대군을 볼모로 보냈다. 그러니까 한마디로 전쟁을 치를 준비가 전혀 되지 않은 상태에서 일을 벌여서 생긴 결과다."

"우와! 진짜 이해가 되지 않습니다. 아니 어떻게 전쟁을 장난처럼 한단 말입니까? 당시 위정자들이 정말 역사 인식이나 전쟁에 대한 개념이 없었던 거 아닙니까? 고려 때부터 여진족은 우리와 같은 민족 개념에 넣고 금나라와는 싸우지 않고 지냈는데 말입니다."

"당시에는 명나라를 통해 유교의 핵심인 성리학을 공부한 학자가 많았다. 조선의 성리학 이론 등이 모두 중국 한족에게서 왔다. 이렇게 공부한 학자들이 조선의 위정자가 되었으니 임진왜란 때 도와준 명나라는 부모와 같다고 생각할 수밖에 없지. 또 아직 병자호란 때는 명나라가 완전하게 망하지 않았기에 적당히 버틸 요량으로 쓴 정책일 수도 있다."

"그렇지만 어떻게 전쟁하는데 여러 가지 위험 요소를 고려해 보지 않고 그냥 할 수 있단 말입니까? 나라의 운명과 백성의 생명이 달린 문제인데 말입니다."

"그러게 말이다. 고려 말에 몽골족의 원나라가 망하고 중국 땅에 들어선 한족 중심의 명나라는 그야말로 조선을 감명시켰다. 앞에서 우리 역사를 봐왔지만, 중국의 한족과는 삼국시대부터 서로 친해지기를 원해왔다. 그런 한족이 세운 명나라이니 얼마나 따르고 믿고 싶었겠냐? 그뿐만이 아니다. 명나라는 선조 때 임진왜란에 많은 지원병을 보내어 조선을 위기에서 구해주었다. 그 전쟁으로 인해 힘이 다해서 망해가는 명나라를 지켜만 보고 싶었겠냐? 또 있다. 청나라의 홍타이지가 쳐들어올 때 명나라는 아직 망하기 전이었다."

"아, 그렇습니까? 명나라가 살아있었는데 청나라가 우리나라에 쳐들어왔단 말씀입니까?"

"그렇다니까. 혹시 북한 서해안에 있는 철산도 앞 '가도'라고 들어봤는지 모르겠다. 명나라의 랴오둥반도를 지키던 '모문룡'이라는 장수와 군대가 기거하던 곳이다. 이들 군대는 1621년 조선으로 넘어와 그 이듬해인 1622년 가도에 정착했다. 그러나 모문룡 군대는 정묘호란 때도 조선에 도움을 주지 못했고, 병자호란으로 삼전도의 굴욕이 있던 때도 도움을 주지 못했다. 청의 군대가 명나라를 치러 가는 길목을 지킨다는 명목으로 조선 땅 철산 앞에 있던 가도에 틀어박혀 있었다. 이자는 여기 있으면서 치라는 청의 군대는 치지 않고 조선의 군수물자만 수탈해갔다. 엄청나게 수탈해갔는데도 조선은 아무 말도 하지 못했다. 명분이 공동의 적인 청나라 군대를 치기 위함에 있었기 때문이다. 모문룡 군대는 움직이지 않고 그냥 조선의 물자만 수탈해갔다. 그러다가 청나라 군대가 조선으로 넘어와 삼전도의 굴욕을 겪고서야 무너졌다. 즉, 청나라와 조선의 합동작전으로 공격을 받고서야 사라졌다."

"아니, 그게 말이 됩니까? 어떻게 연합작전을 하기 위해 남의 나라에 주둔한 군대가 공동의 적이 쳐들어오는데 가만히 보고만 있었단 말입니까?"

"조선은 오직 명나라만 생각했다. 그러다 보니 다른 대안을 생각할 수 없었다. 다른 대안을 생각했던 조선의 왕 광해군은 패륜아로 몰려 쫓겨났다. 조선의 조정에는 오직 명나라 편에 서서 청나라 군대를 격파할 생각만 하다 보니 이런 일이 생겼다. 당시에 제대로 된 위정자가 있어 상황을 판단할 수 있었다면 이런 일이 생겨날 수 없다. 더욱 웃기는 건 그 이후의 일이다. 이미 명나라는 망하고 중국은 청나라 세상이 됐는데도 조선 사람들은 없어진 명나라를 그리워했다. 명나라 황제에 대한 보은의 충절을 보인 내용이 지금도 그 증거가 남아 있다. 가평에 가면 조선 숙종 때 가평군수 등이 조종암에 새긴 명나라를 그리는 시가 있다. 임진왜란 때 명나라의 은혜와 병자호란 때 청나라에 당한 굴욕을 잊지 말자는 글귀다. 선조가 명나라에 대한 충정을 그린 글귀는 '만절필동 재조번망'이다. 한자의 뜻을 풀이하면 '황하 강물이 일만 번 굽이쳐 꺾여도 결국 동쪽으로 흐른다'라는 뜻이다. 조선이 아무리 평지풍파를 겪는다 해도 명나라 쪽으로 기운다는 뜻이다. 명나라에 대한 절대 충절을 다짐함이다. 이에 더해 인조의 뒤를 이은 효종은 북벌을 강조했다. 청나라를 정벌하겠다는 뜻인 거지. 고려가 여진족의 금나라를 대했을 때와 너무 달랐다."

"제대로 된 역사 인식과 백성을 위한 성품을 가진 위정자가 없었다는 거네요. 너무 비약인지 몰라도 지금 우리나라도 그럴 가능성이 얼마든지 있다고 생각합니다."

"무슨 말이냐?"

국제정치학을 전공한 통역장교가 말을 끊고 들어왔다. 아마도 의미심장한 의견을 내놓을 것 같은 느낌이 들었다.

"우리나라에도 한미동맹 아래 주한미군이 주둔하고 있습니다. 이들은 명목상으론 북한의 남침을 방어한다고 하고서 주둔하는 데 들어가는 비용은 모두 우리보고 대라고 하고 있습니다. 그뿐입니까? 미국 또한 한국전쟁에서 우리나라를 구해준 은혜로운 국가입니다. 그리고 저를 포함한 많은 사람이 미국에서 공부하고 와서 국내 정치를 하고 있습니다. 미국의 정치, 사회, 문화, 경제, 심지어 사상과 종교까지 펴 와서 살고 있습니다. 이런 상황에 우리 주변에서 힘을 키우고 있는 중국이 미국과 자웅을 겨룬다면 우린 어느 편에 서야 하겠습니까? 많은 고민이 필요한 시점이라 생각합니다."

"그건 너무 걱정할 필요가 없다고 본다. 아직 우리에겐 북한이라는 적대세력이 있다. 이들의 도발을 방어하고 대응하기 위해 주한미군이 있기에 중국도 함부로 문제 삼기 어렵다. 그렇지만 앞으로 우리나라가 통일된다면 문제가 달라질 수 있다. 통일된 한국에 주한미군이 존재하고 중국과 미국이 자웅을 겨루는 상황이 된다면 곤란해진다. 한반도가 전쟁터가 될 가능성이 커진다. 우리 국민은 당연히 통일 이후에도 한반도에 미군이 존재하기를 원하겠지. 사상과 체제가 다른 중국이 우리에게 간섭하는 걸 참을 수 없을 테니까 말이야. 자네가 말한 것처럼 우리나라도 미국의 여러 문물과 사상을 공유하고 있고 동조하고 있다. 반면에 중국과는 여러 가지 면에서 우리와 다르다고 생각하지."

"참 힘든 민족입니다. 강대국에 끼어서 분단된 상태로 존재하는 우리나라가 불쌍하다는 생각이 듭니다. 한 나라의 운명이 지리적 특성으로 결정된다고 해도 과언이 아닐 거 같습니다. 부대장님이 말씀하신 대로 한반도는 산이 많고 평야가 적어 예부터 북방의 유목민과 거리를 뒀고 바다 건너 중국 한족과 친했습니다. 친하긴 했지만, 그들은 우리를 자신들의 영역에 넣어주진 않았습니다. 원나라 때 그렇게 원했지만 들어주지 않았습니다. 고려 임금이 원나라에서 10년을 기거하며 고려의 원나라 편입을 건의했지만 거부당했습니다. 그것도 우리 민족이 그렇게 좋아하던 한족에 의해 말입니다. 우리 민족이 너무 일방적으로 한족을 좋아한 건 아닐까요?"

"맞는 말이다. 고려 태조 왕건도 훈요십조에 분명히 말했다. 한족이 성품이 온순하고 문물이 훌륭하고 뛰어나 본받아야 할 것은 본받되, 그렇다고 무조건 따라 하지는 말라고 했다. 국가 대 국가의 관계는 영원한 우방도 영원한 적도 없다고 했다. 만고의 진리다. 우리 역사에서 중국의 한족은 절대 같은 민족일 수 없다. 그러나 한반도 북쪽에 있는 여진족은 다르다. 그들은 사실상 우리 민족군에 속한다. 반면에 중국 북부지역에서 활동했던 거란족과 몽골족은 어떤가? 고려 태조는 그들과는 절대 가까이하지 말라고 했다. 오히려 중국 한족보다 더 멀리하라고 했다. 우리의 민족 개념을 이야기하기 위해서는 고대사인 고조선에 대해 토의해야 하는데, 너무 방대하고 자료가 부족하니 좀 더 공부하고 얘기해야 할 것 같다."

"말씀 잘 들었습니다, 함장님. 내일 아침이면 2차 호송이 끝납니다. 그리고 하루 대기하다가 모레 아침에 오만 아리부항으로 기항합니다. 입항하면 바로 UAE 장교들은 본국으로 복귀합니다. 아리부 공항에서 바로 간다고 합니다. 그래서 내일은 여기 있는 UAE 장교들이 그간 우리 함정에서 느낀 점과 들려주신 우리나라 역사 인식에 대해 질문하는 시간을 가졌으면 합니다."

"아, 벌써 그렇게 됐는가? 늘 내 얘기만 하다 보니 시간 가는 줄 모르고 떠들기만 했네. 그래 내일 저녁은 UAE 장교들의 소감과 그들의 역사 인식에 대해 들어보는 시간을 갖도록 하자."

부장이 내 얘기를 가로채서 역사 이야기를 끝내기를 원했다. 지루한 역사 이야기를 흥미진진하게 들어준 장교들이 고마울 뿐이다. 이제까지 대조영의 발해에서 시작한 우리나라 역사 얘기를 끝까지 들어준 모든 장교에게 고마움을 표하고 자리에서 일어났다.

김치와 초콜릿의 절묘한 교환

아침이 밝았다. 여느 때와 같이 아침 식사를 마치고 함교로 향했다. 앞서가던 덩치 크고 속력 빠른 대형 상선들은 이미 다 가고 없었다. 대조영함 뒤에 처져서 따라오던 북한 상선 진달래호는 뒤에 그대로 있었다. 몇몇 소형 상선은 대조영함 전방에서 가고 있었다.

"함장님. 대형 상선들은 새벽녘에 모두 대열에서 이탈해서 나가고 속력이 좀 느린 선박들만 지금 남아 있습니다."

"그렇구나. 북한 선박에 환자 이송은 언제 한다더냐?"

"오늘 일과표에는 점심 식사 후에 바로 할 예정입니다. 끝나면 인근에서 미국 군수지원함이랑 군적이 계획되어 있습니다."

"그래. 오늘 오후에 군적이 있지? 이거 다 갑판사관 자네 관련 업무다 보니 잘 알고 있구나."

"아닙니다. 오늘 일과표가 나와서 어젯밤에 미리 봐뒀습니다."

"북한 상선이 속력이 느리니까 앞서나가지 못했구나. 오후에 환자 이송하기 전에 환자에게 사전조치해야 할 사항은 미리 조치하라고 의무참모에게 일러줘라."

"네. 알려주겠습니다."

갑판사관은 RIB을 오르내리는 임무를 수행하고, 미국 군함으로부터 군적할 때 유류 호스 연결 작업을 수행하는 주무장교다. 함교에서 내려와 함내 전반을 돌아보았다. 중동지방의 햇살이지만 그래도 아침에는 갑판을 돌아볼 만하다. 오후에는 달궈진 갑판을 돌아다니는 게 쉽지 않다.

오늘 사관회의에서는 여러 가지 일이 많았다. 우선 간단한 축하 행사가 기다리고 있었다. 이달 들어 생일을 맞이한 대원들에게 축하해주는 시간이었다. 생일을 맞은 대원이 50여 명이나 됐다. 지난달 국내에서 출항하기 전에 실시한 이후 거의 두 달 가까이 지나서 인원이 많았다. 선물로 출항 전에 사온 교양서적 한 권씩을 나눠주고 일일이 악수를 청했다. 생일 파티는 오늘 오후 군적이 끝나는 대로 사관실에서 음료와 다과를 제공한다고 했다. 생일 케이크는 오래 보관할 수 없어서 준비하지 않았다. 오후 파티 때 보기로 하고 간단히 격려행사를 마쳤다.

다음은 출항 후 그간 생활하면서 누적된 과실에 대한 처벌을 정하는 위원회를 실시하고 그 결과를 내게 승인받는 자리였다. 가장 문제가 된 부분은 지난 스리부 입항 때 제시간에 들어오지 못한 중사에 대한 처벌이었다. 내일이면 아리부항에 입항해서 상륙을 나가야 하는데, 상륙을 얼마나 제한할지에 대한 결정이었다. 참모장 주관의 위원회에서 심의한 결과는 아리부항 입항 시 상륙 전면 제한이다. 짧은 시간 동안 고민했다. 장기간의 항해 후 잠시 휴식 시간에 나가는 외출이다. 전면적으로 막아버리면 개인으로서는 사기가 엄청나게 떨어질 게 뻔하다. 그렇다고 심의 결과를 무조건 엎을 수는 없다. 지휘관이 할 수 있는 것은 심의 결과가 과하다거나 미흡하다 싶으면 다시 하라고 반려하는 수밖에 없다.

결심이 필요했다. 규정대로 심의한 결과를 받아들였지만, 단서를 하나 달았다. 입항 후 종파별로 수행하는 종교활동에 대해서는 일행과 같이 참가하도록 했다. 이곳 아리부항에는 기독교 구약성서에 나오는 '욥기'의 욥의 무덤이 있는 곳이다. 대조영함 기독전우회에서는 이번 입항 시 욥의 무덤을 성지순례 한다고 했다. 종교활동은 자신의 죄를 진심으로 참회하는 자리다. 여기에 참여시켜 진정으로 죄를 뉘우치게 하는 게 참다운 징벌이 아닐까 해서 내린 결정이다.

마지막으로 결정할 사항은 대조영함에서 내리는 UAE 장교에 대한 기념품 증정과 소감 발표의 범위를 정하는 논의였다. 외국 장교가 편승했다고 해서 함 인원을 모두 모아놓고 소감을 밝히게 하는 건 경우에 맞지 않다고 판단했다. 장교들 간의 유대관계의 일환이므로 오늘 저녁 다과회 때 장교들에게만 소감을 밝힐 기회를 주고 기념품을 주도록 했다.

작전관은 오후에 있을 미국 군함과의 군적에 대비해서 발표와 보고를 했다. 미 군함은 매우 커서 지난번 영국 군함보다 더 간격을 넓혀서 들어와야 한다는 점 등의 주의사항 위주로 보고했다. 이어서 부장은 군적 후 미 군함에 넘겨줄 기념품에 대해 보고했다.

"함장님. 상호 기념품 교환 때문에 미 군함과 메일을 주고받았는데, 그쪽에서 김치 한 통을 보내줄 수 있냐고 연락이 왔습니다. 미 군함은 초콜릿을 그만큼 보내주겠답니다."

"그래? 우리 김치를 미 군함에서 누가 먹는 사람이 있나 보지?"

"그런가 봅니다. 요즘 우리나라 김치가 국제적으로 많이 알려지고 잘 팔려나가니까 그런 거 같습니다."

"김치는 많이 있으니까 좀 건네주고 초콜릿도 그만큼 받아서 대원들에게 골고루 나눠주도록 해."

"네. 그렇게 조치하겠습니다."

미 군함에도 우리나라 교포가 많이 근무한다고 이전에 들은 바 있다. 전 세계에 우리 한국인이 진출하지 않은 곳은 없다고 봐야 한다. 우리 장병들은 정말 많은 걸 보고 느끼는 좋은 기회를 맞고 있다. 좁은 국내에서 일할 자리 없다고 투덜거릴 게 아니라 외국으로 눈을 돌려도 된다는 신념이 들게 한다. 일은 한 살이라도 젊은 나이에 해야 한다. 그래야 성공과 실패를 경험하며 자신의 강점 분야를 찾을 수 있다. 나이가 들어서도 일은 해야 하지만, 다양한 분야를 넘나들며 일할 수는 없다. 실패에 대한 두려움 때문이다.

이어서 의무참모 외과 군의관이 보고를 이어갔다. 손가락 수술을 한 북한 선원의 상태 보고였다.

"부대장님. 환자 상태는 양호합니다. 어제부터 계속 항생제와 영양제를 24시간 투여해서 감염의 우려는 없습니다."

"다행이네. 오후에 바로 데려다준다고 하던데, 별문제는 없겠지?"

"네, 그렇습니다. 수술 부위도 정상적으로 아물고 있고 소독약과 항생제는 충분히 줘서 보내겠습니다."

"그래. 작은 상선에 응급약품도 열악하니 각별히 신경 써주도록 해."

"네, 그렇게 하겠습니다. 그리고 다음 기항지가 미얀마라 하는데, 입항해서 바로 대형병원을 찾아가라고 얘기해뒀습니다."

미얀마에 가서 과연 대형병원에 찾아갈지 의심이 들었다. 아마도 가지 않을 것으로 생각되었다. 일부 신경이 연결되지 않아 제대로 움직일 수 없다고 할지라도 손가락이 붙어있는데 외국 병원에 가서 재수술할까 싶었다. 우리 청해부대로서는 최선을 다해 치료 지원을 했다. 그것으로 우리의 소임을 다한 데 대해 군의관과 의무요원 전체를 대상으로 치하했다.

점심 식사 후 바로 북한 선원을 돌려보냈다. 이틀 전 수술할 때는 내 눈으로 직접 선원을 확인하진 않았다. 야간이었고 부대 전체를 지휘해야 해서 전투통제실을 지키고 있어서다. 그러나 오늘은 함교로 올라와 멀리서나마 북한 선원의 형체를 보았다. 그냥 여느 우리나라 사람과 같아 보였다. 북한 선원은 RIB을 타면서도 연신 감사의 목례를 했다. RIB이 출발하자 바로 고개를 돌려 북한 상선 쪽으로 머리를 고정했다.

이어서 미 군수지원함과의 유류 수급은 정상적으로 수행됐다. 특이할 사항은 미 군함에 우리말을 하는 통역사가 있었다는 점이다. 자신을 어느 직별의 부사관이라고 소개한 여군이었다. 이분이 잠시 후 워키토키로 사연을 전해왔다.

"함장님. 감사합니다. 사실 우리 배에서 기념품을 정하기 위해 건의 사항을 받았는데, 제가 김치 보내달라고 건의했습니다."

"아, 그래요? 김치를 먹는 사람이 많이 있기는 합니까?"

"네. 우리 여군과 여기 근무하는 여 군무원들도 김치 엄청 좋아한답니다. 다이어트 식품이라 좋아합니다. 보내주셔서 감사합니다."

"아닙니다. 우리도 초콜릿 잘 먹겠습니다. 장기 항해에 안전 항해 기원합니다."

"네, 감사합니다. 저희 함장님께도 전해드릴게요."

이렇게 입항 전에 군수지원을 해놓으면 내일 입항해서 오만산 유류를 적재하지 않아도 된다. 그만큼 대원들이 쉴 수 있는 시간을 버는 셈이다.

저녁 식사 후에는 아침에 얘기했던 대로 UAE 장교들의 소감과 특히 우리나라 역사에 대한 인식을 들어보기로 했다.

★ ★ ★

"먼저 훌륭하고 오랜 역사를 가진 대한민국의 대조영함에 한 달간 지내게 된 것을 무척 영광으로 생각합니다. 아울러 여러모로 저희가 편히 지낼 수 있도록 도와주시고 지도해주신 함장님께 감사의 말씀을 드립니다. 특히 함장님께서 매일 저녁 해주신 대한민국의 역사 얘기는 대한민국을 이해하는 데 아주 흥미 있는 공부였습니다. 나라가 있으면 반드시 역사가 있을 겁니다. 그 역사가 아주 짧을 수도, 아주 길 수도 있을 겁니다. 짧은 역사를 가진 나라의 사람들은 그 역사를 발전시켜나가기 위해 애쓸 겁니다. 반면 긴 역사를 가지 나라의 사람들은 지난 역사의 바탕 위에 현재를 얹어놓으려 할 겁니다. 그러다 보면 반드시 뒤따르는 게 전쟁이 될 수 있습니다. 얻으려는 자와 뺏기지 않으려는 자가 서로 충돌하기 때문입니다. 함장님이 쭉 말씀해주신 줄거리는 다 기억하지 못하지만, 과거의 전쟁에는 역사를 만들기 위해 전쟁을 하지 않았다는 겁니다. 즉, 민족을 통합하고 넓히기 위해 전쟁을 한 게 아니라 단순히 땅을 넓히려고 전쟁을 했다는 겁니다. 뺏어서 넓혀진 땅에 사는 사람들은 자동으로 전리품이 되고 말입니다. 그렇게 넓혀진 땅에 사는 타민족이 아무리 동화된다 해도 동일 민족일 수는 없습니다. 그것은 그냥 그 역사 속에 살아있는 타민족일 뿐입니다. 그렇지만 동일 민족이 어떤 이유로 갈라져 있다면 그들은 옛 역사 인식을 같이할 필요가 있습니다. 이는 현재도 많은 민족이 이렇게 하고 있습니다. 비근한 예로 이스라엘이 그렇습니다. 이스라엘 민족은 전 세계에 흩어져 있었지만, 20세기에 들어와 옛 역사의 땅에 둥지를 틀고 다시 하나로 모여들었습니다. 또 최근의 소련에서 분리된 국가들은 모두 같은 땅에서 그들의 과거 역사를 찾아 새로운 나라를 건국했습니다. 발트 3국인 에스토니아, 라트비아, 리투아니아가 그렇고, 벨라루시, 몰도바, 우크라이나공화국이 그렇습니다. 소련의 역사에는 이들 국가가 남아 있습니다. 소련의 주인인 러시아인의 역사에도 남아 있을 수 있습니다. 그러나 이것은 독립한 국가들 각국의 지워버리고 싶은 역사이기도 합니다. 왜냐하면 러시아인은 지배민족으로서 자랑스러울 것이고, 지배를 당한 독립된 국가의 민족들은 수치스러움을 느끼기 때문입니다. 이렇게 역사는 지배자냐 피지배자냐에 따라 같은 역사라도 해석이 달라질 수 있고, 일부 역사는 겹치기도 합니다. 그러나 은밀히 따지면 이는 결국 그 지역에 사는 그 민족의 역사입니다. 그렇기에 오늘날처럼 땅을 넓히기 위한 전쟁을 할 필요가 없는 세상에서 역사란 그저 그 민족의 지나온 과거일 뿐입니다. 과거를 잊지 않으면 역사를 잊지 않는 것입니다. 그간 한국 군인들이 베풀어주신 호혜와 배려에 진심으로 감사드리며 본국으로 복귀하시는 날까지 안전 항해와 무운 장구를 기원합니다."

★ ★ ★

UAE 장교들은 간단한 문구를 정리해와 그걸 읽는 정도로 어려운 우리 역사 얘기에 대한 소감 발표를 마쳤다. 이상한 것은 내가 해준 우리 역사에 대해서는 한마디도 하지 않았다는 얘기다. 우리 배에 처음 왔을 때 보았던 〈대조영〉 드라마 얘기도 하지 않았다. 난 그들의 소감 발표가 끝난 뒤 살짝 물어봤다. 내가 해준 대한민국의 역사에 대해서는 왜 평가가 없느냐고 말이다. 그랬더니 그 중 한 명이 하는 말이 이랬다.

"다 기억하지 못해서 말씀드리기가 힘들었습니다. 그리고 대조영이 활동했던 발해라는 나라는 이미 대한민국의 역사 속에 있기에 더 말씀드릴 게 없어서입니다."

그랬구나. 이 사람들 머릿속에 우리 역사는 관심거리가 아니라는 뜻이다. 그리고 우리나라 국민이 모두 대조영의 발해를 우리 역사로 생각하는데 더 무엇을 말한단 말인가. 발해가 우리 한민족의 역사가 아니라고 말할 사람은 아무도 없다. 그러나 우리 한민족이 아닌 타민족은 아니라고 할 수도 있으리라. 그들은 자신들의 뿌리를 모르거나 잘못 알고 있어서 그럴 수도 있으리라. 그렇다면 이러한 사람들에게 발해가 한민족의 역사라고 인식시키기 위해서는 그 뿌리를 찾아주는 일을 더욱더 해야 할 필요가 있음을 느꼈다. 우리의 고대사 말이다.

★ ★ ★

다음 날 아침 오만 아리부에 입항한 대조영함 청해부대 9진은 2박 3일간의 휴식을 취한 후 또다시 아덴만으로 출동했다. 우리 부대는 이러한 출동을 이후 여섯 번 더 수행한 이후에 한국으로 복귀했다. 복귀 중에는 한 곳만 들러 군수 적재를 했다. 아덴만으로 나올 때는 태국과 UAE 두 군데에 기항했지만, 복귀 때는 싱가포르 한 곳에만 들러서 잠시 쉬고 바로 복귀했다. 장장 6개월간의 긴 여정이었다.

활동성과는 대략 이랬다. 우선 우리 청해부대 9진이 활동한 기간에 해적으로부터 피랍된 우리 선박은 1척도 없다. 사전 예방활동의 총체라고 할 만하다. 선박호송은 근접호송과 동행 선박을 포함하여 총 27회에 걸쳐 175척을 호송했다. 그리고 이 해역을 이동하는 선박에 대한 안전 항해를 지원한 척수는 749척에 달했다. 따라서 기간 중 총 924척에 대한 선박의 통항 안전을 보장했다. 또한, 연합해군사가 수행하는 해양 안보작전에도 기여했다. 총 15척의 선박을 정밀 검색하여 그 결과를 CTF에 전파했다. 임무를 마친 청해부대 9진은 싱가포르에 입항하여 부대 해단식 및 함상 올림픽 결과를 발표하고 시상했다. 이제 본국에 입항하면 다시 본연의 임무에 전념해야 했으므로 입항 전인 싱가포르에서 해단식을 했다.

2012년 6월 15일 부산항에 입항한 청해부대 9진은 해군 작전사령관이 주관하는 환영식을 끝으로 임무를 마감했다. 청해부대에 편승했던 참모진과 편승자들은 모두 철수하고 대조영함 장병들만 남았다. 입항 후 한 달 반 동안의 수리 기간에 인원도 절반 가까이 교체되었다.

대조영, 지구를 돌아 온 세계에 발해를 심다

그리고 1년 후.

대조영함은 다시 순항훈련을 가게 됐다. 해군 사관생도 68기생을 태우고 항해실습과 대외 군사외교를 위해 해외 여러 나라를 방문하는 장도의 훈련이다. 특히나 이번 순항훈련은 해군에서 몇 년 만에 한 번 실시하는 세계 일주 항해가 계획되었다.

난 해군 생활하면서 아주 운이 좋은 지휘관이다. 통상 1년 정도 하는 함장 지휘관을 2년이나 하게 됐다. 지휘관을 오래 하는 것에 대해서는 평이 두 종류로 갈린다. 하나는 아주 위험해서 꺼리는 경우다. 지휘관 임무 수행 중에 부대원들이나 함정에 손상이 발생하면 지휘 책임을 져야 한다. 그렇기에 대부분 지휘관은 함장을 오래 하길 두려워한다. 두 번째로 함장은 함상에서 모든 권한을 가지는 지휘관으로서의 명예를 가지기 때문에 오랫동안 하기를 원하는 경우다. 함장의 권한을 마음대로 발휘했던 과거에는 선호하는 사람들이 많았지만, 지금은 정반대다. 그럼에도 난 운이 좋다고 평가하고 싶다. 청해부대를 다녀온 다음 해에도 배를 몰고 외국에 나갈 기회가 있어서다. 그것도 이번엔 세계를 일주하는 아주 드문 항해 기회를 잡았으니 말이다.

순항훈련 전단이 꾸려졌다. 대조영함이 기함이고 화천함이 부함이었다. 대조영함은 전투함이나 화천함은 유류를 싣고 다니는 군수지원함이다. 내 위에 상급 부대가 편성되었다. 전단장은 6년 선배인 준장이 내정됐다. 전단장과 참모들은 모두 기함인 대조영함에 편승했다. 물론 사관생도도 반반씩 나눠서 대조영함과 화천함에 편승했다. 대신 화천함에는 사관생도만 편승했다. 대조영함이 전투함이고 최신예 함정이다 보니 기함으로 선정되어 이곳에 전단본부가 꾸려졌다. 좀 더 자세히 설명하자면 대조영함에는 상급 부대인 전단장과 그의 참모들이 함정 장병들과 같이 타고 있다. 이들은 대조영함에 있으면서 항해 중에 대조영함과 화천함을 지휘하는 구조다.

"함장. 한동안 신세 좀 지겠네. 불편하더라도 임무 완수를 위해 우리 잘해보도록 하세."

"전단장님! 영광입니다. 저희 배를 기함으로 지정해주셔서 감사합니다. 앞으로 137일간 전단장님을 비롯한 참모 지휘부를 잘 지원해드리겠습니다."

"어이, 무슨 소리. 아무래도 함장이 대장으로 있다가 전단장이 타니 불편함이 많겠지. 그래서 말인데, 제1 사관구역은 나와 우리 전단 참모들이 사용하고 싶네. 함정 참모들은 함장실이 있는 제2 사관구역으로 나눠 쓰도록 하세. 아무래도 구역을 나눠서 쓰면 조금이나마 서로 불편함이 덜할 듯하니 말이야."

"아이고, 전단장님. 저흰 불편함 하나도 못 느낍니다. 그렇지만 배려해주시니 감사합니다. 혹시 생활하시면서 불편하신 사항이 있으면 언제든지 말씀해주시면 조치해드리겠습니다."

어떤 전단장은 업무를 효율적으로 한다는 핑계로 전단 참모들과 함정 참모들을 같은 구역에 섞어 배치하는 경우가 있다. 이렇게 배치하지 않아 참 다행이라 생각됐다. 이런 경우 함정의 참모들은 거의 전단 참모의 밥이 돼버린다. 일방적으로 함정이 힘들어진다. 왜냐하면 전단 참모들의 계급이 높거나 선배들이 주로 오기 때문에 모든 일에 함정 장교들을 부려 먹을 공산이 크다. 그런데 전단장이 나서서 사전에 이렇게 생활공간을 구분해주니 나로서는 고마울 따름이다. 그렇지만 좁은 함정이라는 공간에 전단과 함정의 지휘조직이 같이 타고 있으니 좋은 점도 있지만 불편함이 더 많은 건 사실이다.

"필승! 부대장님. 다시 뵙게 되어 영광입니다."

"어! 이게 누구야? 통역관이잖아. 여긴 어떻게…?"

"이제 함장님이라 부르겠습니다. 작년에 배에서 내려서 원 근무지인 작전사 계획처에 갔다가 올초에 사관학교로 자리를 옮겼습니다. 그리고 이번에 순항훈련 가는데 전단장님께서 데려와주셨습니다."

"아, 그랬던가? 다시 만나게 돼서 정말 반갑네."

"서로 아는 사이인가? 난 이 친구가 작년에 청해부대 통역관으로 갔다 왔다고 해서 통역이 능통할 걸로 믿고 뽑아왔지."

전단장은 우리가 작년에 청해부대를 같이 갔다 온 걸 몰랐나

보다. 작년 청해부대 9진 통역관이 올해 순항훈련 통역관으로 다시 편승했다. 이런 경우가 잘 없는데 좁은 해군이다 보니 가능한 일이다.

★ ★ ★

2013년 7월 25일 진해항을 출항했다. 첫 기항지는 싱가포르다. 경제속도로 가기 때문에 6일이 소요된다. 비행기로는 6시간이면 가는 거리다. 진해에 정박해 있을 때 너무 바빠서 하지 못했던 사관생도 68기 대조영함 편승 신고식을 출항 후에 했다. 생도들은 비행갑판에 모여 있었다. 대대장 생도의 구령에 맞춰 신고를 마친 후 함장 훈시가 있었다. 난 별도의 훈시문을 준비하지 않고 몇 가지 당부 사항만 전달했다.

"여러분! 함정은 철 구조물입니다. 학교에서 배워서 잘 알겠지만, 철은 단독으로는 절대 물에 뜰 수 없습니다. 철을 이용하여 물에 뜰 수 있도록 구조물로 만든 게 함정입니다. 철 구조물을 만든 건 사람입니다. 사람이 과학이라는 도구를 이용하여 만들었습니다. 배는 물 위에 떠 있어야 하는데, 그 힘이 바로 '부력'입니다. 그리고 파도가 쳐서 배가 넘어지더라도 다시 반듯하게 일어서게 하는 힘이 '복원력'입니다. 이 2개의 힘으로 인해 배는 바다를 운항할 수 있습니다. 복원력을 잃으면 일어설 수 없어 항해하지 못하고, 부력을 잃으면 바로 침몰합니다. 복원력과 부력을 유지하기 위해서는 함정에 타고 있는 모든 사람이 반드시 지켜야 할 사항들이 있습니다. 과학으로 만들어진 우리 배는 과학적인 약속을 지킬 때 이 두 힘이 정상적으로 작동됩니다. 절대 과학을 속일 수 없습니다. 여러분이 배 안에서 지켜야 할 사항을 하나라도 제대로 지키지 않을 경우 배는 큰 문제를 야기합니다. 이건 무조건 이행해야 합니다. 선택사항이 아닙니다. 첫째, 붉은색으로 칠해진 어떤 부위도 만지거나 조작해서는 안 됩니다. 위험한 상황에서 작동해야 하는 장비들이기 때문입니다. 둘째, 임의로 함교나 전투정보실, 기관실 등에 드나들면 안 됩니다. 반드시 함 승조원의 안내를 받아 드나들어야 합니다. 왜냐하면 여긴 각종 장비 등을 직접 운용하는 곳이기 때문입니다. 셋째, 함 외부에서 절대 뛰어다니지 말아야 합니다. 전투배치 시에도 빠른 걸음으로 걷고 뛰지 마십시오. 넷째, 야간에 개방된 비행갑판 외에는 함 외부로 나가는 일이 없도록 하십시오. 여러분과 함정의 안전에 관련된 사항입니다. 사람이 과학의 힘으로 만든 배라서 지켜야 할 사항은 반드시 지켜야 큰 난관에 봉착하지 않는다는 사실을 숙지하기 바랍니다. 우리는 한 배를 탄 사람입니다. 대조영함이라는 배가 조그마한 문제가 생겨도 여러분의 순항훈련은 어그러질 수 있습니다. 그리고 함정의 편의시설 이용이나 생활규칙 등은 여기 나눠주는 안내책자를 잘 읽어보기 바랍니다. 안내책자 교육은 이어서 바로 부장이 할 것입니다. 항해가 길기 때문에 생도 여러분과 함장의 만남의 시간은 나중에 별도로 만들겠습니다. 아무쪼록 불편함 없이 의미 있는 귀중한 실습과 안전한 항해가 되길 기원합니다."

별도의 훈시문 없이 함정 안전에 관한 이야기 위주로 생도와의 첫 만남을 마치고 일일이 악수했다. 사관생도들은 과거 30년 전 내가 했던 것처럼 소속 중대와 이름을 큰소리로 또박또박 말했다. 신고식을 마치고 격납고 문을 나서는데, 어느 한 생도가 큰소리로 질문해왔다.

“함장님. 질문 있습니다.”

“그래, 뭐야? 내가 깜빡하고 질문을 안 받았네.”

“격실에 들어갈 때마다 문 앞에 ‘함훈’이 붙어있습니다. ‘사랑과 배려’, ‘상식적 언행’ 이렇게 말입니다. 통상 함정에 타면 ‘필사즉생 생즉필사’, ‘선승구전’ 같은 전투적 문구가 걸려있던데 대조영함은 좀 특이합니다. 종교시설에 온 것 같기도 하고, 특별한 의미가 있습니까?”

“아! 그거 설명을 안 해줬네. 아주 좋은 질문이다. ‘사랑과 배려’는 나의 종교관이라기보다는 배라는 공동체에서 늘 잊지 말고 생활해야 할 신조라고 생각해서 만든 것이다. 다른 육상 부대와 달리 함정은 그 자체가 부대이고 생활 터전이다. 기본적으로 인간은 혼자서는 살 수 없다. 철저한 군집생활을 해야 하는 동물이라는 뜻이지. 사람과 사람 사이에 인간적인 사랑이 없으면 군집생활을 영위할 수 없다. A라는 사람이 B라는 사람을 아주 싫어한다고 치자. 육상부대에서는 만나지 않고 피하면 된다. 그러나 좁은 공간에 갇혀 사는 배를 타는 사람은 피할 수 없다. 싫어도 매일 그 사람을 만나야 한다. 육상부대에서는 일과 8시간 업무를 하고 퇴근하거나 쉬면 된다. 그러나 배에서는 어디 갈 데가 없어 24시간 같은 공간에서 얼굴을 보면서 생활해야 한다. 정말 한 배를 탄 공동체라는 말이다. 그래서 함 승조원 간에는 다소 불편함이 있더라도 서로 인간성을 넓혀 배려하는 마음을 가져야 한다. 그래야만 매일매일 생겨나는 사람 간의 사소한 문제들을 극복해나갈 수 있다. 서로 배려함으로써 사람 간에 적대 의식을 방지하고 우호적 관계를 유지할 수 있다. 어때 이해가 좀 되나?"

"이해는 됩니다. 그러나 실천하기는 쉽지 않을 거 같아 좀 철학적인 문구라는 생각이 듭니다."

"그럴 수 있다. 그러나 이것은 우리 대조영함을 타는 사람들의 마음 자세를 엮어두기 위함이다. 이런 마음을 품고 있다면 실천이 좀 잘 안 돼도 문제는 없다고 생각한다."

"네, 잘 알겠습니다. 그렇다면 두 번째 함훈의 의미는 무엇입니까?"

"두 번째 '상식적 언행'은 말 그대로 언행을 가려서 하란 얘기다. 요즘 상식이 좀 어렵기는 해도 상식적인 선에서 말과 행동을 하다 보면 서로 오해하고 반목하는 일이 생겨나지 않는다. 모든 오해와 불신은 언행에서 생긴다. 특히나 우리나라 말은 경어, 평어, 하대어 등 계급과 연령에 따라 다르게 표현한다. 예를 든다면 '점심 먹었느냐?'라고 물어보는 표현법을 보자. 영어 같으면 'Did you have lunch?' 하면 될 일이다. 그렇지만 우리나라 말은 계급과 연령이 낮은 사람이 아주 높은 사람에게 할 때는 '진지 드셨습니까?'라고 묻는다. 그냥 동년배의 높은 사람에겐 '식사하셨습니까?'라고 한다. 반면 계급이나 연령이 낮은 사람에겐 '밥 먹었냐?' 정도로 한다. 얼마나 복잡하나? 이런 표현법 하나하나가 상대방 마음에 응어리를 만들 수 있다. 또 이에 따른 행동거지는 더하겠지. 그렇기에 사람 간에 상식적인 선에서 언행을 생활화하자는 의미로 지었다. 종교적 관점에서 나온 건 결코 아니다."

"잘 알겠습니다. 함장님의 함훈에 맞춰 앞으로 대조영함에서의 오랜 실습 잘해나가겠습니다."

좁은 배 안에는 정말 여러 계층의 많은 사람이 산다. 계층 간이나 계급 간, 동료 간에도 말과 행동의 오해와 불신으로 많은 문제가 생겨나기에 이를 예방하는 차원에서 함훈을 만들어 내걸었다.

★ ★ ★

순항훈련 전단은 첫 기항지로 싱가포르 창이항에 입항했다. 1년 전 싱가포르에 입항한 후 다시 오게 되어 감회가 새로웠다. 물론 그전에도 들른 적이 있다. 1998년 사관생도 53기생을 태우고도 온 적 있다. 그때는 대조영함이 아닌 이보다 급수가 낮은 호위함정인 서울함을 타고서다. 지금은 서울시 한강 변에 함상 박물관으로 운용 중인 그 배다. 함장으로서 다행스러운 일은 순항훈련 중에는 기항지마다 에이전트를 선정하고 예산을 사용하는 일을 모두 전단에서 한다. 전단에 편성된 군수참모와 경리참모, 참모장 등이 나서서 일한다. 예산 관련된 업무와 멀어져 참 좋았다.

작은 나라이지만 싱가포르는 나라의 구색은 모두 갖추고 있었다. 첫 기항지이다 보니 긴장도 되고 출항 전에 국내에서 너무 출항 준비에 심혈을 기울여 지쳐서 마냥 쉬고만 싶었다.

싱가포르 방문 이틀째 우리 함정 참모들과 간단한 외출을 했다. 정말 쉬고 싶어 모두 센토사섬에 가서 쉬었다 오기를 희망했다. 작은 섬인데도 좀 돌아다니다 보니 금방 지쳤다. 어느 실내음식점에 들어서니 하얀 제복을 입은 멋진 우리 사관생도들이 모여 있었다. 사복을 입고 있었으나 그들은 바로 알아보고 인사했다.

“함장님. 군복 입으신 중후한 모습만 뵙다가 간편복 입은 모습을 뵈니 훨씬 젊어 보이십니다.”

어느 한 생도가 말했다.

“어, 그런가? 나도 예전에 그랬어. 난 말이야. 생도 1학년 때 우리 훈육관 선배님이 우리 아버지뻘 되시는 줄 알았어. 그런데 나중에 알고 봤더니 그때 한창 잘나가던 가수 전영록이랑 동갑이란 얘길 듣고 얼마나 충격받았는지 몰라. 당시 가수 전영록은 우리 큰형님뻘이었거든.”

“함장님은 그렇게 보이지 않으십니다. 삼촌뻘로 보이십니다.”

“야, 이거 너무 과찬인데. 자네들이 졸업반이다 보니 내 기수를 알아서 그래. 아마 신입생이었다면 난 아마 할아버지 대열로 보였을 거야. 지금 생각해봐. 가입교 때 보았던 생도대 연대장 말이야.”

“하하. 사실 맞는 말씀입니다. 그땐 정말 저희도 그렇게 보았습니다. 계속 자주 뵙고 이제 저희도 이 생활을 알고 나니까 그렇게 생각되진 않습니다. 군인들이 왜 그렇게 겉늙어 보이는지 모르겠습니다.”

“그건 말이다. 언행 자체가 고지식하고 일반 사람들처럼 꾸미고 다니지 않아서일 거야. 그리고 해군은 유독 좀 빨리 늙어. 왜냐하면 바닷바람을 늘 맞고 살기 때문에 피부 노화가 빨라서 그래.”

“알겠습니다, 함장님. 내일 출항하면 말라카해협을 통과해서 인도 뭄바이로 간다고 들었습니다. 말라카해협에 해적도 많이 출몰한다던데, 대조영함이 작년에 청해부대 나가서 해적 다 잡은 거 아닙니까?”

“허허. 아주 재밌는 생도네. 대조영함에 대해 많이 들었구나. 작년에 청해부대 9진으로 여러분이 넘어갈 아덴만에 갔지. 그렇지만 우리가 작전한 곳은 말라카해협이 아니었어. 무슨 얘기냐 하면,

말라카해협에 출몰하는 해적은 아덴만의 해적과 달라. 아덴만은 주로 소말리아 해적이고, 말라카해협 해적은 주로 인도네시아 작은 섬들에서 나타난 좀도둑 같은 해적이야. 크게 위험하진 않아."

"아, 그렇구나. 저희도 곧 나오면 배를 탈 텐데 대 해적작전에 대해 함장님의 많은 경험담을 들을 기회를 주시면 감사하겠습니다."

"안 그래도 인도 뭄바이 출항해서 인도양 건너갈 때 여유가 좀 있으니까 그때 많은 얘기해줄게. 아주 재밌게 말이야."

"네, 저희도 기다리겠습니다."

"그래. 자네들은 낮엔 교육받고 실습한다고 시간이 없을 테고, 밤엔 간간이 당직 근무도 서야 할 텐데. 실습당직 말이야. 어느 시간대에 만남의 시간을 가졌으면 좋을 거 같으냐?"

"훈육관님이 출항 전에 말씀하시길 야간 식사 시간 이후로 한다고 했습니다. 야간엔 당직 실습 외에는 특별한 일과가 없어서입니다."

"그래? 그럼 저녁 식사 장소는 전단이랑 분리해서 할 필요가 있겠구나. 이건 내가 나중에 전단장님께 건의해서 조정하도록 할게. 그건 그렇고. 여기 싱가포르가 어떤 국가인지 아느냐?"

"네. 상륙 나오기 전에 잠깐 주의사항 교육받으면서 들은 바 있습니다. 아주 선진국이고 사회질서 유지가 엄격하다고 말입니다. 도로에 침이나 껌을 뱉어도 체포될 수 있다고 말입니다."

"그게 아니라 어떻게 생겨난 국가인지 알고 있냐는 말이다. 이곳의 역사 말이야."

이국만리에서 남의 나라 역사를 얘기하게 될 줄은 나도 몰랐다. 아마도 나의 지나친 역사적 관심이 강하게 작용한 결과일 거다.

"영국 식민지에서 독립한 국가라는 정도만 알고 있습니다. 그리고 초대 리콴유 수상이 부정부패를 척결하고 개방해서 이렇게 국제적 국가가 되었다는 것과 리 수상이 과거에 우리나라에 와서 '한강의 기적'을 이룬 경험담을 듣고 이룩한 결과라고 알고 있습니다."

"그렇구나. 어느 정도는 알고 있구나. 그럼 내가 조금 추가해서 알려줄게. 이 나라는 원래 말레이시아 땅이었다. 말레이시아가 영국에서 독립한 이후 말레이시아의 정치적 사정으로 따로 떨어져나왔다. 원치 않게 독립 국가가 됐다. 오늘날에는 말레이시아가 엄청 후회한다는 거야. 이렇게 훌륭한 관광지와 중간 기항지가 될 줄 몰랐던 거지."

"아무리 정치적 사정이 있다고 해도 나라의 땅을 함부로 떼어내주는 경우는 없는데 좀 특이합니다. 말레이시아가 말입니다."

맨 앞에 있던 사관생도가 눈을 번뜩이며 내 말을 이어나갔다.

"그렇지. 여기에는 이 나라의 운명을 바꾼 아주 중요한 에피소드가 있다. 싱가포르는 말레이시아의 죄수들을 귀양 보내던 곳이었다. 땅은 늪지대이고 좁아서 일반 사람이 살기 힘든 곳이었다. 말레이시아의 정치형태는 아주 독특하다. 9개의 지방정부가 있고, 그 지방정부의 수장이 10년간 돌아가면서 말레이시아 연방국가의 수장이 된다. 그러니까 왕이 5년에 한 번씩 돌아가면서 선출되는데, 재선까지 가능해서 10년간 통치한다. 그런데 싱가포르는 1963년 말레이시아가 영국으로부터 독립할 때 같이 나왔다. 2년 후 리 수상이 비말레이계의 단결을 호소했다는 이유로 말레이시아로부터 추방당했다. 한마디로 국내 정치적 상황으로 인해 말레이시아가 싱가포르를 내쫓았다. 항간에는 리 수상이 싱가포르도 말레이시아의 주로 승격시켜서 총 10개의 주를 운영하자고 제안했다고 한다. 물론 주의 왕이 5년 단위로 돌아가면서 국가 왕을 하니 싱가포르 수상도 말레이시아 왕이 될 수 있도록 말이다. 그런데 말레이시아 대다수 정치인이 반대했다는 거야. 늪지대에 귀양지로 쓰인 쓸모없는 땅에 사는 사람들의 수장이 말레이시아를 대표하는 왕이 된다고 하니 자존심이 허락하지 않은 거지. 그래서 쫓겨나다시피 해서 말레이시아로부터 독립한 거야. 독립할 때 국내외적으로 많은 언론이 작은 척박한 섬나라가 독자적으로 생존할 수 있을까 하고 의문을 품었다고 한다. 그러나 리콴유 수상은 현대의 과학과 기술의 능력을 믿고 개혁개방하여 오늘의 싱가포르를 만들었다는 거야."

"참 어이가 없습니다. 일반적으로 민족이 다를 경우 스스로 독립하기 위해 투쟁을 해서 떨어져나오는 경우가 대부분인데, 여긴 정반대이니 말입니다. 미국은 아무 쓸모없는 얼음 땅 알래스카를 러시아에 돈을 주고 사기도 했지 않습니까?"

"그러니까 땅의 가치를 몰랐거나, 설사 싱가포르가 독립해도 머리 숙이고 다시 말레이시아에 되돌아올 것으로 봤던 거지."

"말레이시아가 싱가포르를 주로 승격시켜주고 같이 살았다면 지금 엄청난 이득을 볼 텐데, 안목이 좁은 선택을 한 거라고 봐야겠네요. 물론 돌아가면서 왕을 한 번씩 하도록 해야겠지만 말입니다."

"그런 재량이 없었다고 봐야지. 척박하고 작은 섬이 주로 승격되고 주의 수장이 말레이시아를 대표하는 왕이 되도록 놔두기에는 자존심이 허락하지 않았던 거지."

"싱가포르에 그런 역사가 있었다니 새롭습니다. 자연환경을 극복하고 개방해서 선진국이 된 점은 우리나라와도 많이 닮았습니다. 그래서 리콴유 수상이 우리나라에 와서 한강의 기적을 이룬 경험을 듣고 갔나 봅니다."

"그렇지. 우리나라도 전 국토의 70%가 산과 강으로 이뤄져 있다. 산과 강에는 농사를 지을 수도 길을 낼 수도 없다. 그야말로 척박하기 이를 데 없는 땅인 거지. 이런 땅을 끝없이 개척하여 농토로 일구고 다리를 놓고 길을 내어 '한강의 기적'을 이루었다. 싱가포르가 땅을 개척해서 역사를 바꾸었듯이 우리도 한반도의 땅을 개척하여 우리 역사를 바꾸는 노력을 지속할 필요가 있다. 그 사명이 여러분에게 있다는 점을 명심하고 실습을 해나가기 바란다."

"넵. 함장님 말씀 잘 들었습니다. 다음번에 함장님과 대화 시간에 더 많은 말씀 부탁드립니다. 감사합니다."

사관생도는 이번 순항훈련을 마치면 바로 임관하여 실무부대에 배치된다. 간부로서 첫 임무를 수행하게 된다. 거금의 국고를 들여 외국에 나와서 그냥 눈으로 즐기는 관광만 해서는 배울 게 없다.

강남스타일, 조선과 대한

다음 날 싱가포르 창이항을 나온 훈련 전단은 말레이반도를 시계방향으로 돌아 말레이시아 포트클랑항으로 이동했다. 말레이시아는 우리나라 사람들이 많이 찾는 관광지이지만 이슬람국가다. 우리 전단이 입항하는 날 마침 이슬람의 금식 기간이었다. 이 기간에는 일반적인 행사는 하지 않는다고 한다. 그러나 우리 전단을 맞은 말레이시아 해군은 우리의 예방을 비롯한 행사를 정상적으로 진행해줬다. 금식 기간임에도 엄청나게 환대해주었다. 그만큼 우리나라의 국격을 높이 인정해서 그렇게 해준 측면도 있지만, 세계해군을 지향하는 말레이 해군의 높은 배려 덕분이라 생각됐다.

첫날 말레이 해군본부 정보작전부장과 수로국장을 예방했다. 8월 더운 날씨에도 우리 지휘부를 살갑게 맞아주었다. 기항하는 동안 말레이시아에 대해 많은 것을 느끼고 배우라는 환담과 우리

해군과 깊은 군사교류도 희망한다고 밝혔다. 수로국장에게는 특별히 자국의 세계지도 및 해도상에 우리나라의 '동해'를 표기해달라고 요청했다. 대부분 나라의 세계지도나 해도에는 '동해' 대신 '일본해'라고 표기되어 있다. '일본해'라는 글자를 지우고 '동해'라고만 표현해달라고 요청하기에는 너무 부담돼서 병행해서 같이 표기해달라고 요청했다. 말레이 수로국장은 우리의 요청을 흔쾌히 받아들이고 지지해줬다. 고마운 일이었다. 많은 국가의 해군이 수로국을 운용한다. 여기 말레이도 해군에서 수로국을 운용하고 있다. 수로국장이 해군 장교여서 가능한 일이라 생각되었다. 반면 우리나라는 수로국이 해양수산부 산하에 있어서 좀 다르다.

입항 당일 저녁에는 대조영함 비행갑판에서 리셉션이 있었다. 오전에 만났던 말레이 정작부장과 수로국장이 참석했고, 현지 우리 대사가 참석했다. 물론 우리 교민이 많이 왔다. 대략 200여 명이 참석했다. 과거에는 이보다 훨씬 많이 왔다고 한다. 요즘 동남아 정도는 우리나라 국민이 자유롭게 여행하는 곳이기에 많이 오지 않는다고 한다. 우리나라 경제가 발전하기 전에는 이런 순항훈련 함정 리셉션에 엄청나게 많은 교포가 왔다고 한다. 쉽게 고국에 내왕하기 힘든 때라 고향에 대한 향수 달래기에 적합해서다. 함상 리셉션에는 식사만 제공하는 게 아니다. 식사 후에 함정 군악대의 연주에 맞춰 군 위문 전문 가수들의 노래 공연이 있다. 요즘은 사물놀이패도 데려가서 공연한다. 여기에는 지휘부뿐 아니라 사관생도들도 일부 참가해서 현지 장교, 공관원, 교민과 어울려 환담하고 유대관계를 갖는다. 사관생도들은 순번제로 모두 한두 차례 리셉션에 참가해서 호연지기를 넓힌다.

"공보참모. 오늘 리셉션에 <강남스타일>도 하나?"

"네. 작년에 이어서 올해도 반응이 좋을 것 같아 준비했습니다. 혹시 승조원 중에서도 춤 잘 추는 대원 있으면 참석시키면 됩니다."

"그래? 작년에 청해부대 때 장기자랑에서 우승한 팀이 있는데 엄청 잘해. <강남스타일> 춤 말이야."

"한번 보고 싶습니다. 참석하라고 하십시오. 잘하면 전단 차원에서 포상도 해드릴 테니 말입니다."

"포상해준다면 좋아하지. 얘들이 외출 나간 거 아닌지 모르겠네. 있으면 참석하라고 할게."

행사 준비 중인 보급관의 워키토키를 통해 함정 현문에 이들이 들어왔는지 물었다.

"함장님. 아직 안 들어왔는데 출입 버스에 나가 있는 안내 당직자들에게 무전으로 확인해보겠습니다."

"알았다. 혹시 연락되면 리셉션에 참가하라고 알려줘."

"네, 알겠습니다."

보급관이 무전기로 연락을 취하니 조금 있다가 바로 연락이 왔다.

"함장님. 지금 시내에서 막 버스를 탔다고 합니다. 걔들은 늘 같이 다니는 애들이라 3명이 같이 있다고 합니다."

"잘됐네. 들어오면 바로 행사장으로 오라고 해."

외국인과 현지 교민이 조금 낯설어할 것 같아 보좌요원을 두기로 했다. 흥을 돋우는 데는 이들이 최적이다. 작전부 예하의 전탐직별 부사관과 수병이다. 여군 중사 1명과 하사 1명, 그리고 수병 1명이다. 이들은 작년 장기자랑에서 <강남스타일> 댄스를 너무 잘 춰서 우승한 팀이다. 아주 끼가 넘치는 대원들이다. 우리가 위치한 항구와 버스가 출발하는 지점이 멀지 않은 탓인지 행사가 시작되고 좀 있다가 대조영함의 댄스팀 '치아라'가 도착했다. '치아라'는 작년에 청해부대 9진으로 나갔을 때 붙여진 팀 이름이다. 국내 가수 '티아라'를 본뜬 이름이다. 춤과 노래를 겸비한 사람들이다. 원래 4명이 한 팀인데, 작년 청해부대 복귀 후 여군 하사 1명이 다른 부대로 전출을 가서 지금은 3명이다.

"함장님. 저희 3명 찾으셨다고 들었습니다."

다소 숨을 몰아쉬며 여군 중사가 내 앞에 와서 섰다. 어디서 술을 한잔했는지 얼굴이 조금 발그스름해 보였다.

"이따 공연할 때 〈강남스타일〉 댄스파티가 있다네. 이참에 자네들도 참가해서 한번 실력을 보여줘 봐. 전단장님이 별도로 포상도 하시겠다네."

"저희야 좋죠. 행사장에 불러만 주신다면 매번 좀 일찍 들어와서 참가하겠습니다."

"다행이다. 그럼 멋지게 우리 문화를 알리도록 해봐. 공보참모가 요청한 사항이야."

"함장님. 그럼 저희는 행사 준비를 좀 하고 나오겠습니다."

"좋아. 복장은 사복보다 정복을 입는 게 좋겠다. 행사장에 있는 승조원과 생도들도 모두 정복을 입고 있으니 말이야."

"네, 알겠습니다. 정복으로 갈아입고 밴드 바로 앞 무대에서 댄스공연을 하도록 하겠습니다."

행사는 정상적으로 진행되었다. 전단장과 두 배의 함장은 현문에 서서 초빙되어 배로 올라오는 사람들을 일일이 악수하며 맞았다. 말레이 해군 장병들과 각국 무관단과 가족들이 꽤 많이 왔다. 그리고 교민이 들어왔다. 본행사 시작에 앞서 칵테일을 마시며 담소를 나누는 시간을 가졌다. 군데군데 모여 있는 부류들을 보며 돌아다니면서 잠시나마 담소를 나눴다. 짧은 영어지만 배의 주인으로서 살갑게 대해야 했다. 칵테일 타임이 끝나자 전단장의 환영사가 있었고, 이어서 주말레이 한국 대사의 답사가 있었다. 그리고 말레이 제독인 정작부장이 답사를 이었다. 발표가 이어지면서 조금 숙연해진 분위기를 군악대 연주가 바로 날려버렸다. 뒤이어 해군 홍보단 가수들의 가곡과 팝송을 들으며 식사를 했다.

식사가 끝나갈 때쯤 사물놀이팀의 공연이 있었다. 징, 북, 장구, 꽹과리 4개의 타악기로 리듬을 탄 소리를 내니 많은 외국인은 의아스럽게 봤다. 물어보니 처음 구경하는 사람도 있다고 했다. 사물놀이가 끝나고 군악대에서 댄스곡이 흘러나왔다. 처음에는 서먹해진 상황에서 아무도 나와서 춤추려고 하지 않았다. 모두 원탁에 들러붙어 있었다. 이런 어색한 분위기를 깬 친구들이 있다. 바로 '치아라'다. 홍보단 가수가 댄스곡 〈강남스타일〉을 부르자 바로 '치아라' 3명의 춤꾼이 무대로 나갔다.

인기는 폭발적이었다. 한류의 힘을 느껴보는 순간이다. '치아라'팀은 작년에도 청해부대 파병 때 함상 올림픽의 장기자랑 종목으로 나와서 1등을 했다. 그때도 〈강남스타일〉 댄스로 했다. 이 중 하사 1명과 수병은 군에 들어오기 전에 댄스 관련 일을 한 유경험자다. 말레이시아 해군에서 온 장병들은 물론 말레이에 파견 나와 있는 각국의 무관단과 가족들이 특히 열광했다. 예전처럼 밋밋하게 가곡이나 팝송 몇 곡 부르고 말았다면 한국의 위상을 실감하지 못했을지 모른다. 대표로 참석한 사관생도들도 한 몸이 되어 잘 어울렸다. 전인교육을 지향하는 사관생도들의 교육 목적상 아주 좋은 사례가 된 것 같았다.

다음 날은 오전에 시내 관광을 조금 했다. 시내에 있는 관광지 두어 군데를 둘러본 지휘부는 곧바로 합동공연이 열리는 쿠알라룸푸르 컨벤션센터로 갔다. 광장에는 우리 군악대와 의장대, 사물놀이팀, 태권도 시범팀이 자리를 잡고 있었다. 의장대의 총 돌리기 시범은 허락하지 않는 국가들도 많다. 말레이는 우리 의장대의 총 돌리기 시범을 허락했다. 여기서도 압권은 〈강남스타일〉 댄스였다. 군악대 연주에 맞춰 홍보단 가수가 노래하자 많은 구경꾼이 춤을 춰댔다. 특이 현지 젊은이들이 호응했다. 준비한 다른 모든 시범이나 공연보다 인기가 많았다.

★ ★ ★

2박 3일의 말레이 기항을 마친 대조영함은 다음 기항지인 인도 뭄바이로 긴 항해를 해야 했다. 말레이 포트클랑항을 빠져나온 대조영함은 작년에 왔던 반대 코스로 말라카해협에 진입했다. 많은 배가 꼭 비행기 탑승구에 줄을 서서 들어가듯 말라카해협으로 일렬로 맞춰 행진하고 있었다. 좁은 해협이고 많은 선박이 이동하기 때문에 아침 일찍 나와서 좁은 공간을 낮 시간대에 빠져나오려고 했다. 함장인 난 이럴 때 무한책임을 느낀다. 하루 3직으로 돌아가는 승조원들은 당직에 맞춰 항해한다. 그러나 함장은 24시간 개념의 당직을 수행해야 할 때가 있다. 지금이 그런 시기다. 좁은 해협에 가끔 나타나는 해적에도 대응할 요량으로 밤늦도록 함교에 있었다. 당직사관에게 항해를 맡기지 않고 직접 배를 몰았다.

인도양으로 나온 우리는 어느새 인도 서해안에 자리한 뭄바이항으로 들어섰다. 인도는 큰 나라이기도 하지만, 정말 인구가 많은 나라임에 틀림없었다. 뭄바이항에 들어가는 대조영함에도 도선사 2명이 달라붙었다. 그만큼 인건비가 싸다는 얘기다. 부둣가에서 홋줄을 잡아주는 일꾼들도 통상 우리나라 같으면 네댓 명일 텐데 여긴 십수 명이나 됐다. 땅이 크고 인구가 많은 국가이지만 영국의 식민지를 경험한 국가다. 아직도 외부에 우뚝 선 건물들은 과거 영국이 지은 것이 많았다. 오래된 건물이라 그런지 멀리서 형체는 멋있어 보이나 막상 가까이 다가가니 지저분했다.

여기서는 인근에 있는 해군부대 방문 행사가 계획되어 있었다. 그런데 행사는 위급한 상황으로 인해 계획대로 진행되지 못했다. 하필 우리가 입항하는 당일 수리 중이던 인도 잠수함 1척에 내부 폭발 사고가 발생했다. 배가 망가짐은 물론 인명피해도 심했다. 이러한 상황에서 해군부대를 방문해서 웃고 떠들 수는 없었다. 조용히 군수 적재하고 쉬다가 가는 게 상책이라 생각했다.

계획된 행사가 취소된 우리는 첫날부터 상륙을 나갔다. 부두와 조금 떨어진 곳에 있는 기념관으로 갔다. 오늘날 인도 독립의 아버지로 추앙받는 '마하트마 간디' 기념관이다. 대국인만큼 아주 큰 박물관을 연상하고 갔는데 아니었다. 2층으로 된 아주 조그마한 공간이었다. 건물이 크지 않고 내부 통로도 좁다 보니 줄지어 순서대로 견학하고 나왔다. 더운 인도 날씨에 외부로 나오자 금세 땀이 나기 시작했다. 옆에 있는 작은 찻집에 들어가니 생도들이 음료수를 시켜 먹고 있었다. 나와 같이 나온 몇몇 함정 참모는 옆자리에 앉았다. 생도 중에는 우리 배를 타고 있는 사람들보다 화천함을 타고 있는 이가 많았던가 보다. 나를 알아보고 인사하는 생도들은 소수였다. 반갑게 먼저 말을 건넸다.

"생도들, 오늘 공부 잘했네!"

"필승! 함장님. 의문이 많이 남는 공부였습니다. 우리나라 독립과 너무 다르니 말입니다."

"그야 당연하지. 인도와 우리나라가 다르고 식민 통치를 한 영국과 일본이 다르니 말이다."

"네. 그렇긴 하지만, 어떻게 무장투쟁 없이 비폭력투쟁으로 독립을 이룬단 말입니까?"

"하하. 군인이 될 사관생도다운 질문이구나. 알다시피 인도는 비폭력을 외친 간디의 독립투쟁으로 전쟁 없이 영국의 식민지로부터 해방했다. 반면에 우리나라는 일본에 무력투쟁도 했지만 독립하지 못하다가 결국 제2차 세계대전이 종료되면서 독립을 이뤘다. 그 차이가 뭔지 아는 사람이 있느냐?"

"그야 인도는 워낙 큰 나라이다 보니 영국이 인도를 완전히 한 나라로 병합하지 못했기 때문 아닙니까? 일본은 조선을 병합해서 완전히 나라를 없애버렸기에 독립하기가 쉽지 않아서 그런 거 아니겠습니까?"

"맞는 말이다. 그래서 우린 '식민지 해방'이라는 말을 쓰지 않고 '일제 강점기 해방'이라고 한다. 먼저 인도와 영국의 식민지배를 보자. 영국은 아주 옛날부터 인도에 회사를 설립하고 무역을 해왔다. 그러다가 점점 확실하고도 영구히 부존자원을 채굴하고 값싼 노동력을 이용하기 위해서는 식민지배가 필요했던 거지. 그런데 영국에서 공부하고 온 간디는 영국이 자국민과 인도인에 대한 차별대우와 불평등 거래 등에 대해 회의를 느끼고 독립투쟁을 벌였다. 영국은 인도 국민의 마음이 완전히 돌아서서 과거부터 해오던 무역마저 끊어질 게 두려웠다. 물론 일본이 조선을 병합한 것처럼 같은 국가로 만들어서 통치할 계획도 없었다. 그러니 인도 국민의 마음이 돌아서기 전에 식민지배를 끝내야겠다고 판단한 거다."

"영국은 인도를 그냥 놔준거나 마찬가지인 거 같습니다."

"그렇지. 반면에 일본은 조선을 완전히 피점령국으로 다뤘다. 한일병합을 해서 한 국가 조직으로 만들어놓고 수탈해갔다. 근대임에도 고대 때처럼 점령국의 지위를 이용하여 타민족을 괴롭혔다. 우리 민족은 거세게 저항했다. 유혈 충돌도 많았지만 애초에 우리 땅을 탐낸 일본은 그냥 놓아주지 않았다. 조선을 끝까지 자기들 국가 땅으로 편입시켜 우리 민족을 지배하려 했다. 이건 식민지배가 아니다. 고대 때 땅따먹기하던 식의 지배를 해오다 제2차 세계대전 패배로 결국 망한 거다."

"영국의 인도 지배와 일본의 조선 지배는 근본적으로 다름을 알겠습니다. 영국은 지리적으로 멀리 떨어진 인도를 병합해서 같은 국가로 살길 원한 게 아니라 단지 경제적 이득을 챙기기 위한 지배였다고 봐야겠습니다. 반면에 일본은 임진왜란 때부터 노렸던 조선 땅을 손에 넣으려는 야심을 드디어 이뤄낸 겁니다. 그러니 자국민과는 동떨어진 대우를 하며 수탈해간 겁니다."

"바로 보았다. 여기서 단순히 '비폭력의 간디'가 수행한 독립투쟁만 높이 볼 게 아니라는 점이다. 우리나라의 수많은 순국선열과 애국지사들의 독립투쟁을 더 높게 봐야 한다는 얘기다."

"그야 자국의 입장에서 보니 눈이 달라서 그런 거 아니겠습니까? 인도사람들 입장에선 간디가 높게 보이고, 우리나라 사람들은 안중근 의사나 윤봉길 의사가 높게 보이고 말입니다."

"그런 뜻이 아니다. 일본은 비폭력으로 절대 물러갈 나라가 아니었다는 점이다. 한일병합으로 완전히 우리 영토를 자국 내로 편입시키고 민족을 핍박하고 말살시키려고 했다. 한마디로 당시 서구 선진국이 행하던 식민 정책과는 거리가 멀었다는 것이다."

"네, 알겠습니다. 예전에 드라마인가 영화인가 보니 신라 시대 문무대왕이 죽어서도 왜구를 물리치는 동해 용왕이 되겠다고 경주 근처 바다에 묻혔다고 합니다. 신라 시대부터 줄곧 우리나라를 탐내오던 일본입니다. 또다시 오지 말라는 법이 있겠습니까? 그래서 저희가 실무에 나가서도 동해 지키는 데 앞장서겠습니다."

"하하. 그런가. 짧은 시간이지만 유익한 시간이었네. 나중에 출항하면 더 재밌는 얘기들 많이 하세."

"감사합니다. 함장님. 그리고 질문이 하나 있습니다. 저희 여기 인도 해군에서 계획한 만찬이나 행사는 모두 취소된 거 확실합니까? 아까 나올 때 들었는데, 인도 잠수함 사고로 모두 취소됐다는데 말입니다."

"그렇다. 이곳 해군 수뇌부가 모두 골머리를 앓고 있단다. 빨리 잘 수습되기를 바라야지 뭐. 하루라도 일찍 터졌더라면 하마터면 인도 입항을 하지 못했을 수도 있었다. 그래도 다행으로 생각해야지."

자리에서 일어섰다. 마땅히 갈 곳이 없어 시내 관광을 하며 저녁 식사를 마친 우리 일행은 배로 복귀했다. 다음 날에도 상륙 나가서 인도의 고귀한 문화관광을 계획하면서 잠을 청했다.

그런데 다음 날 아침에 일정이 바뀌었다. 인근에 있는 항만방어 부대를 다녀와야 했다. 우리 전단장이 준장이라 그런지 그쪽 부대장도 해군 준장이 부대장이었다. 진심으로 죄송하다는 인사말을 여러 번 건넸다. 원래는 상급 부대에서 만찬까지 계획했으나 잠수함 사고로 인해 모든 행사가 통제된다고 했다. 신이 주신 과학기술의 힘을 빌려 만든 장비는 정말 조심해서 다뤄야 한다. 과학기술에서 조금만 벗어나도 대형 사고로 이어진다. 그 대신 과학은 절대 속이거나 거짓말하지 않는다. 기준을 조금이라도 벗어나면 사고로 이어진다.

★ ★ ★

인도 뭄바이항을 출항한 대조영함은 다시 긴 여정을 시작했다. 인도양을 지나 작년에 청해부대 9진이 활동한 아덴만을 거쳐 유럽으로 항해해야 했다. 전단장에게 건의하여 기항지를 출항한 후 이틀째 되는 저녁 시간은 함장과 사관생도와의 만남의 시간을 가지게 됐다. 승조원 식당 바로 뒤에 넓게 마련된 격납고에서 식사를 겸한 대화 시간을 가지도록 승낙을 받았다. 헬기 격납고이지만 지금은 생도들 실습 지원을 위해 헬기를 싣고 오지 않았다. 여기는 원탁과 앰프, 장구 등이 갖추어져 각종 공개행사를 할 수 있게 돼 있다. 각종 행사나 실내 운동도 할 수 있어 다용도로 쓰이는 곳이다.

생도와의 만남의 시간을 갖기에는 격납고가 안성맞춤인 또 다른 이유가 있다. 격납고 외부 문을 개방하면 바로 뒤편에 끝없이 펼쳐지는 바다가 보인다는 것이다. 잔잔한 음악 소리와 파도 소리를 들으며 식사하고, 이어서 바로 함장과의 대화 시간을 갖는다는 것은 생도들로서는 분명히 축복의 시간이다. 사실 이런 시간과 장소에서 함장과의 대화 시간을 갖게 된 건 생도들이 원해서다. 불과 몇 개월 후에 함정으로 배치돼야 하는 졸업반 생도들에게 함장은 장성인 전단장보다 더 엄중하게 보일 수 있다. 곧 실무에 나가 만날 사람들이니 얼마나 두렵고 또 궁금증이 많겠는가.

각 기항지를 출항한 후 첫째 날은 함 내부에 정리해야 할 것과 전 기항지에서 쌓인 피로를 푸는 시기라 피했다. 함장과 만남의 시간은 출항 둘째 날이 적당했다. 셋째 날 이후로 넘어가면 전 기항지에서의 기억이 무뎌지고 다음 기항지에 대한 설렘으로 만남의 효과가 덜해진다. 이런 모든 점을 고려하여 오늘 첫 함장과의 대화 시간을 가진다.

저녁 식사와 병행한 사관생도와의 대화 시간은 대조영함 격납고에 마련했다. 생도들은 훈육관 윤 소령이 데리고 들어왔다. 윤 소령은 작년에 대조영함 전투체계관으로 있으면서 나와 같이 청해부대 9진을 다녀왔다. 평소에는 오늘처럼 격납고에 별도의 식사 공간을 마련하지 않는다. 생도들은 승조원 식당에서 승조원들보다 일찍 식사한다. 30분 전에 식사하고 나가면 뒤이어서 승조원들이 식사하는 체계다. 격납고로 들어서자 미리 저녁 식사 준비를 마친 생도들이 박수로 나를 맞았다.

"오늘부터 각 기항지 출항 후 이튿날 저녁에는 함장님과의 대화 시간을 갖습니다. 뒤로 보이는 바다와 파도를 보며 이렇게 맛있는 식사를 함께하면서 말입니다. 저희 요청에 기꺼이 응해주신 대조영 함장님께 다 같이 다시 한번 박수를 보냅시다."

훈육관 윤 소령이 주도해서 나를 맞아주고 소개했다. 평소 함정 승조원들 앞에 나가 훈시도 여러 번 했지만, 이런 경우는 처음이다.

"보자. 어! 이 생도는 그저께 간디 기념관 앞에서 커피 같이 마시던 친구네. 첫날 이렇게 볼 줄이야."

"함장님. 다시 뵙게 돼서 영광입니다. 대대장 생도입니다."

"아! 자네가 대대장 생도였나? 우리 구면이잖아. 간디 기념관 갔다가 커피숍에서 만나서 수다 떨었던."

"네. 이 생도가 대대장 생도입니다. 지난번 함장님께 신고식 때는 몸이 좋지 않아 부대대장 생도가 제병지휘를 했습니다. 그러다 보니 그때 뵙지 못하신 거 같습니다."

훈육관 윤 소령이 설명해줬다. 윤 소령은 1년 만에 보는데도 훈육관이라는 생각이 들지 않았다. 작년에 청해부대를 같이 다녀와서 그럴 것이다. 난 조금 어색한 순간을 빨리 지나고 싶었다.

"그래, 승조원 식당에서 먹는 밥이랑 다른 게 뭐가 있냐?"

"밥이나 반찬은 똑같은 거 같습니다. 뒤편의 파도와 원탁 등 식사 분위기는 다르지만 말입니다."

"아주 정확히 말하는구나. 함장이라고 먹는 게 다르지 않단다. 단지 생활공간이 다르다 보니 차이가 난다고 생각하는 거지."

"네. 저희도 승조원 식당에서 식사하면서 보급관 선배님께 많이 들어서 잘 알고 있습니다."

"그래? 보급관이 궁금증을 미리 알려줬구나. 우리나라 사람들은 먹는 데 민감해. 특히 사관생도들은 더욱 그래. 내가 해봐서 알아. 하하."

옛날을 생각하며 조금 너스레를 떨었다. 요즘은 많이 달라졌지만, 30년 전 내가 생도 때만 해도 먹는 데 아주 민감했다. 조금이라도 차별이 있다 싶으면 바로 게시판에 불만 사항을 올리곤 했다.

"저희도 함장님 식사 자리에 참석한다고 해서 조금은 기대했습니다. 그렇지만 함장님과 같이 식사한다는 데 더욱 의미가 있다고 생각합니다."

"그래. 인도 뭄바이 상륙 나가서 느낀 게 한둘이 아니었을 텐데, 또 궁금한 건 없나?"

"함장님. 저는 좀 이해되지 않는 부분이 있습니다. 인도는 오랫동안 영국과 무역도 해왔고 또 식민지 생활도 했으면 지금쯤 아주 선진국이 돼 있어야 하는 거 아닙니까?"

"그래. 이게 우리하고 다르지. 인도가 땅도 크고 인구도 많은 건 장점이다. 선진국이 될 수 있다고 보는 사람도 많아. 그런데 이 사람들의 역사성과 국민성을 살펴볼 필요가 있어. 인도는 아직도 '카스트제도'를 유지하고 있다. 신분의 테두리 내에서 생활해야 하니 우리처럼 무한경쟁을 할 수 없지. 그러니 사회가 발전하는 데 한계가 있을 수밖에 없다."

"카스트제도는 매우 오래된 전근대적 이념인 거 같습니다. 요즘 세상에 신분제가 있다니 말이 안 됩니다. 이 제도가 인도가 숭배하는 '힌두교'라는 종교로 인해 생긴 거 아닙니까? 제대로 발전할 수 없는 건 당연하다고 생각됩니다."

"그래도 여기 계신 대사관님은 앞으로 인도는 아주 발전 가능성이 큰 나라라고 말씀하신다."

"단순히 대국이라 그렇게 판단하시는 건 무리가 있는 거 같습니다. 민주주의 국가에서는 그 나라 국민성과 개방성을 보고 그렇게 예측할 수 있겠지만, 국민의 정치적·사회적 자유가 제한되는데 무얼 보고 그렇게 판단하는지 알 수 없습니다. 우리 대한민국은 민주주의 국가를 이룩해서 이렇게 발전한 거 아니겠습니까?"

"그래. 그 부분도 맞는 얘기다. 우리는 일본으로부터 해방되고 건국할 때 '대한민국'이라는 민주주의 국가를 세워서 오늘날 발전을 이루었다. 조선이 일본에 강점되기 전에 민주국가로 전환했더라면 일본의 지배를 받지 않았을 수도 있다."

"그런데 함장님. 한 가지 의문스러운 게 있는데 일본에서 해방하면서 왜 '대한민국'이라는 국명을 사용하게 된 건지 궁금합니다. '고려민국'도 있고 '조선민국'도 있는데 말입니다."

"민국이란 말은 '민주주의 국가'라는 뜻이다. 그런데 앞에 있는 '대한'이라는 말이 어디서 왔는지 궁금하겠구나. 알다시피 '대한'은 조선의 국호를 '대한제국'이라 바꾼 조선의 26대 왕인 '고종'이 1897년에 그렇게 붙였다. 대한제국이 일본에 병합된 이후 많은 독립운동가가 상해로 건너가서 임시정부를 수립할 때 '대한민국'이라 이름 붙였다. 황제 국가인 '제국'에서 국민의 국가인 '민국'으로 바꿔 불렀다."

"대한민국은 대한제국에서 왔는데, 그럼 대한제국은 어디에서 왔습니까? 좀 전에 말씀드린 것처럼 '고려제국', '조선제국'이라 해도 될 텐데 말입니다."

"좋은 질문이다. 조선왕국이었으니 조선제국이라 하면 될 텐데 고종임금은 왜 '조선'이라는 국호를 버리고 '대한'이라 부른 것일까? 혹자는 '대한'이 옛날 한강 이남에 있던 마한, 진한, 변한을 일컫는 삼한을 칭한 거라 한다. 그러나 이건 말이 안 된다. 조선은 한강 이북 땅까지 포함한 국가인데, 한강 이남 땅을 칭했던 삼한을 일컬어 '대한'이라 했겠는가? 그보단 훨씬 큰 의미로 '대한'이라 했다. 서울에 있는 '원구단'이라는 정자에 가면 왜 대한제국이라 칭했는지 이유가 적혀 있다. 대한은 한강 이남의 삼한이 아닌 지금의 한반도 북쪽 만주지역과 중국의 일부 북부지역까지 포함한 큰 의미의 삼한을 말한다. '대한'의 영역은 지금의 한반도를 변한, 한반도 북서부는 마한, 북동부는 진한으로 한 큰 삼한을 일컫는다. 이 영역은 과거의 고조선과 그 이전에 우리 민족이 살던 곳이다. 쉽게 얘기해서 고조선을 대한이라 부른 것이다."

"그럼 우리가 알고 있는 '삼한'인 마한, 진한, 변한 지방은 대략 어느 지역을 말하는 겁니까?"

"한강 이남의 삼한은 경기도와 충청도, 전라북도를 연한 지방을 '마한', 강원도와 경상도를 연한 지방을 '진한', 전라남도 일부와 경상남도 일원을 '변한'이라 했다."

"듣고 보니 삼한이란 지역은 백제, 신라, 가야 지방과 비슷합니다."

"그렇다. 마한은 대략 백제, 진한은 신라, 변한은 가야로 성장해서 바뀐 거라 해도 무방하다."

"아, 그랬구나. 이제 이해가 됩니다. 조선의 26대 국왕이 한강 이남의 반쪽짜리 조선을 가지고 '대한제국'을 건설했을 리는 없겠습니다. 이보다 훨씬 더 큰 조선을 다시 얘기한 거로 봐야겠네요. 고종황제가 말한 '대한'은 과거 고조선과 그 이전의 우리 민족이 살던 영역을 의미하고, 그 영역은 한반도를 포함한 북쪽의 지금 중국 땅이라고 봐야겠습니다."

"그렇다네. 고조선만 봐도 지금의 한반도보단 훨씬 큰 영역이었던 게 사실이니까 말이다."

"그런데 제가 최근에 들은 바로는 고조선에 대한 논란이 많은 것 같은데요. 지금의 중국 동북부 지역을 포함한 광범위한 영역이라는 주장도 있고, 또 그렇지 않다고 주장하는 분들도 있다고 들었습니다. 심지어 고조선의 실체가 불분명하다는 주장도 있다고 합니다."

"사실이다. 우리 역사학자 중에는 고대사를 해석하는 데 두 부류가 있다. 하나는《환단고기》등의 역사서를 들어 구술되어 전해져온 단군신화를 직접 믿는 '민족사학자'다. 또 하나는 철저하게 고증되고 유물로 나타난 사실만 가지고 해석하는 '실증사학자'다. 이 두 부류의 학파는 모두 구한말에 대두했다. 민족사학자들은 조선이 망해가는 시점에 고종임금의 지휘 아래 '대한제국'이라는 국호를 만든 사람들이다. 이분들은 고조선의 영역이 한반도를 포함한 지금의 중국 북동부 지방이 포함된 대국이었다고 주장한다. 반면 실증사학자들은 조선이 일본에 병합된 이후 일본으로 유학 가서 근대화된 신식 검증 방법을 공부하고 와서 주장한 분들이다. 이분들은 공인된 문헌에 기술된 내용이나 땅속에서 나온 유물 등의 증거를 바탕으로 역사를 해석한다. 그래서 고조선의 영역은 지금의 한반도 혹은 한반도 외부의 일부 지역을 포함한 정도라고 주장한다. 이 학파들이 주장하는 바에 따라 고조선의 영역은 확연히 차이가 난다."

"그래서 고조선의 실체를 부정하는 사람들이 있다고 하는 거네요. 그렇다면 '대한민국'의 전신인 '대한제국'은 고종황제의 지휘 아래 민족사학자들이 연구해서 만들어낸 국명이라 봐야겠네요."

"응. 당시 일본의 강압에 못 이겨 조선은 중국 청나라의 품에서 완전히 벗어나는 황제 국가가 되었다. 동북아에서 독립된 황제국에 걸맞은 국명을 찾다보니 '대한제국'이 된 거야. 대한제국은 과거 우리 선조들이 활동했던 고조선 영역을 모두 아우르는 국명으로 안성맞춤이었던 거야."

"왜 많고 많은 나라 이름 중에 하필 '대한제국'이라 지었는지 늘 궁금했는데 이제 조금 이해가 됩니다."

훈육관 윤 소령도 감탄한다. 사실 영관 장교도 우리나라의 국명 유래에 대해 잘 모르는 실정이다. 이런 걸 가르쳐주는 사람이 없어서다. 이런 실정을 들어 임관을 앞둔 사관생도들에게 역사 공부는 꼭 필요하다는 생각이 든다.

"함장과의 대화 시간에 밥맛 없는 역사 얘기해서 미안하구먼. 혹시 오늘 불편했던 생도는 없는가?"

"없습니다. 함장님. 오늘 식사 맛있게 잘 먹었습니다. 다음에도 좋은 말씀 부탁드립니다."

"그래, 대대장 생도. 재미없는 역사 얘기 듣느라 수고했다. 다음번에도 이 테이블에서 식사할 거지?"

"함장님. 역사 말씀을 계속 이어가시려면 대대장 생도는 계속 이 자리에 앉히도록 해야겠습니다. 한 테이블에 8명 앉으니까 함장님과 저랑 대대장 생도가 같이 앉아도 5명은 순서대로 다 앉힐 수 있습니다."

"그래? 그건 훈육관이 알아서 해. 내가 결정할 사항은 아니니까. 난 몇 명이 나랑 같이 앉든 상관없이 식사 제공은 해줄 수 있으니 말이야.”

훈육관 윤 소령은 내가 역사 얘기를 좋아하는 걸 알고 있다. 마이크를 이용하여 얘기하기 때문에 어느 테이블에 앉든 그건 상관없었다.

“오늘 시간은 다 된 거 같아서 이만 물러나겠습니다. 함장님. 기항지 출항하면 다시 생도들이랑 같이 오겠습니다.”

윤 소령은 데리고 온 생도들을 인솔하여 격납고 문을 나섰다. 작년에 청해부대 이동 때와는 달리 인도양에 점점 파도가 불어나는지 찻잔이 조금씩 흔들렸다.

★ ★ ★

아침 햇살이 밝았다. 함교에 올라와 무의식적으로 뒤를 둘러보았다. 부함인 화천함이 잘 따라오는지 궁금해서다. 아침 햇살이 화천함 함교의 창살에 반사되어 더욱 빛나 보였다. 함교 좌우에 있는 좁은 갑판을 ‘윙 브리지’라 부른다. 윙 브리지에는 사관생도 여러 명이 아침부터 웅크리고 뭔가 열심히 받아 적고 있었다. 자세히 들여다보니 ‘발광’ 연습을 하고 있었다. 화천함 함교에서 보내는 ‘발광신호’를 보고 무슨 말인지 해독하는 작업이었다. 발광신호는 주로 밤에 많이 하지만 신호를 공유해야 할 배들이 많지 않을 때는 낮에도 자주 한다. 밤에는 발광신호가 멀리 도달하기 때문에 줄을 길게 늘어선 선박에까지 통신이 된다. 하지만 낮엔 햇볕으로 인해 신호 통달 거리가 짧아져서 주로 몇 척의 배끼리 신호를 주고받을 때 쓴다.

대조영함에 탄 80명의 생도는 8개 교반으로 나뉘어 순서대로 돌아가면서 직별에 대한 교육을 받는다. 여기 함교에 와서 발광신호를 연습하는 생도들은 조타직별 교육을 받는 중이다.

"일단은 모음, 자음을 낱개별로 받아 적는 게 중요합니다. 저쪽에서 신호를 보내면 여기 선임하사가 준비됐다고 발광기를 이용해서 답신을 보낼 겁니다. 그럼 여러분은 각자 받은 신호를 모음, 자음으로 이어서 적으십시오. 그리고 발광 수신이 끝나면 받아 적은 모음, 자음을 연결해서 문장으로 만들어서 제게 제출하시면 됩니다."

조타장이 열심히 발광신호 수신하는 방법을 설명하고 있었다. 조타 선임하사인 중사가 발광 연습을 도와주고 있었다.

"발광신호 자체를 휴대폰으로 녹화해뒀다가 끝나고 모음, 자음으로 구분해서 적어드리면 안 됩니까?"

한 생도가 질문했다. 아마 발광신호에 대한 모음, 자음을 모두 암기하지 못한 것 같았다.

"그건 안 됩니다. 지난번에 말씀드렸듯이 신호를 모두 암기하셔서 날아오는 신호를 실시간으로 바로 모음, 자음으로 적었다가 이 자리에서 문장을 만들어주셔야 합니다. 발광신호에 가장 중요한 건 신호를 모두 암기하고 있어야 한다는 겁니다."

"굳이 암기하지 않고 받은 신호를 폰에 저장해서 다시 보고 해석해서 모음, 자음으로 나눠 문장을 만들면 안 됩니까? 시간 차이가 크게 나지는 않을 거 같은데…."

"여러분! 발광신호는 시차를 두고 해독해서는 쓸모가 없습니다. 이건 전술 신호이기 때문에 함정 전술을 집행할 때 실시간으로 사용하는 신호입니다. 절대로 저장했다가 신호를 해석하면 안 되고, 실시간으로 즉시 해석해서 적으셔야 합니다. 아니면 모두 실격 처리 됩니다."

"아, 큰일났네. 암기해야 할 게 많아서 신호를 모두 암기하지 않고 왔는데…."

한 생도가 발광신호에 대한 개념을 제대로 파악하지 못했나 보다. 일반 전파를 이용한 음성 통신기가 고장이 나거나 보안 유지에 문제가 있을 때 근거리에서 발광신호를 사용한다. 이건 음성통신처럼 말하듯이 이용돼야 하므로 즉각 해독이 필요하다.

"오늘은 연습이니까 긴장하지 마시고 빨리 신호를 암기하시기 바랍니다. 신호를 외우셔야지 모음, 자음으로 즉시 적어낼 수 있습니다. 오늘 다 못 외우신 분들을 위해 야간에도 지원해드리겠습니다."

함정을 타는 장교들은 암기해야 할 요소가 아주 많다. 신호는 발광신호만 있는 게 아니라 기류신호도 있다. 함교 마스트에 얼룩덜룩하게 생긴 여러 개의 깃발을 달아 통신을 하는 수단이다. 이는 낮에만 사용한다. 이것도 깃발을 조합해서 올리고 상대방이 수신했다는 답신을 보내오면 집행지시는 깃발을 아래위로 흔들었다가 바로 내리면 즉각 신호를 집행한다는 의미다. 그러니까 이것도 바로 전술 신호로 이용된다.

함교를 내려와 통신실에 들렀다. 통신실에도 생도 여러 명이 신호문 발송 연습을 하고 있었다. 전술 신호서에 나온 음어를 엮어 신호로 만든 다음 즉시집행, 후시집행으로 보내는 연습이다. '즉시집행'은 신호문을 보냄과 동시에 신호문에 나온 지시가 이행되는 것을 말한다. 반면, '후시집행'은 신호문을 보내고 난 다음 약간의 시간적 틈을 주고 나서 신호문에 나온 지시를 이행하게 하는 집행

법이다. 주로 받은 신호를 해석하는 데 약간의 시간적 여유가 필요할 때 쓴다. 이 모든 신호는 함정의 즉각적인 행동을 요구할 때 사용된다. 주로 전술기동이나 사격 같은 전투를 수행할 때 말이다. 그렇기 때문에 신호문의 송수신과 해독은 정말 중요하다. 전투의 승패가 갈리기 때문이다.

신호문 송수신은 생도들이 곧 실무에 나오면 바로 해야 한다. 주로 통신관이 한다. 장교로 임관하면 주로 통신관 직책을 수행하니 생도들은 다른 어떤 과목보다 열심히 연습에 임하고 있었다. 음성 통신기를 이용하기 때문에 통신기를 잡는 방법부터 다 보낸 후에 수신했다는 답신을 받는 방법까지 다양하다.

"조립이 잘못된 신호문을 보냈을 땐 어떻게 해야 합니까?"

"즉각 취소해야 합니다. 잘못하면 큰 사고로 이어질 수 있습니다. 이때는 함정들이 기동을 시작하기 전에 아주 급히 취소해야 합니다."

통신 직별 교육은 통신장이 아닌 통신관이 직접 했다. 신호문은 제일 머리가 신속하게 잘 돌아가는 초급장교인 소위가 주로 한다. 통신관 정 소위도 사관학교 67기생으로 이들 생도보다 1년 선배다.

"신호문이 제대로 조립된 것인지 어떻게 알 수 있습니까? 어떤 것은 굉장히 복잡해서 잘 모를 것 같은데."

"그래서 신호문을 보내기 전에 조립된 신호문을 작전관님께 사전에 보고하고 보내야 합니다. 아무리 잘 조립한 신호문이라 할지라도 여러분의 의도와 일치하지 않을 수 있기 때문입니다."

"결국은 신호문 조립과 해독이 1차적으로 잘 진행돼야 통신관 임무를 잘 수행한다고 해도 틀린 말이 아니겠습니다."

"정확합니다. 여러분은 내년에 제일 힘들고 부담되는 것 중 하나가 신호문 송수신입니다. 이건 아무도 대신해주지 않고 통신관 스스로 해야 하는 고유한 업무입니다. 만에 하나 잘못되면 엄청난 후폭풍이 따라오기 때문에 지금 잘 배워놔야 합니다."

통신관은 1년 선배이지만 한참 된 선배처럼 강의했다. 함장이 지켜보고 있어서 그런지 아주 열정적으로 강의했다. 후배들은 누구보다 통신관의 강의에 적극적인 자세였다. 아마도 얼마 있지 않아 실무에서 자신들이 겪어야 할 업무를 직접 수행하다 보니 하나라도 더 배우고 싶어서일 게다.

오전 사관회의에서는 모레 있을 화천함과 다수함정 동시 해상유류 수급에 대한 토의가 있었다. 모레면 다시 1년 전의 아덴만에 도착한다. 지금 아덴만에는 1년 후배가 청해부대에 나와 있다. 이 함정과 같이 3척이 동시에 만나 훈련을 겸한 유류 공·수급을 한다. 유류 공급함인 화천함이 중앙에 서고, 좌·우측에 구축함 2척이 붙어 가면서 유류를 수급한다. 화천함 입장에서도 1척이 좌우 한쪽 현측에 붙어 기름을 받을 때와 다르게 엄청 긴장하는 듯했다.

작년에 몇 개월간 누비고 다녔던 정든 아덴만을 통과했다. 새로 나온 청해부대 함정과 우리 전단의 두 배는 계획된 대로 해상유류 공·수급을 실시했다. 안전하게 잘 마무리하고 다음 행동에 돌입했다. 대조영함이 먼저 홍해에 진입했다. 처음에는 수로 폭이 넓었지만 갈수록 좁아졌다. 조금만 더 지나가면 수에즈운하에 도착할 때였다. 항무망을 통해 우리 배를 호출하는 음성이 들렸다. 응답하니 이집트 항무국 소속의 소형 보트가 우리 쪽으로 접근하겠다고 했다. 무슨 영문인지 재차 물어봤다. 이집트에 나와 있는 한국 대사와 무관이 배에 타고 있다고 했다. 바로 이집트에 나온 한국 무관이 통신기에 나왔다.

"한국 대조영함 함장님이신가요?"

"네. 제가 대조영함 함장입니다. 무슨 일이신가요?"

"다름이 아니라 순항훈련 전단이 수에즈운하를 통해 유럽으로 간다고 해서 대사님하고 같이 격려차 나왔습니다."

"네, 감사합니다. 어떻게 하시겠습니까? 우리 배로 올라오시겠습니까?"

"그럴까 합니다. 대사님께서 나오셨는데, 기함인 대조영함에 승함해서 사관생도들을 조금 격려하셨으면 하십니다."

"아, 네. 알겠습니다. 그럼 조금만 기다려주십시오. 순항훈련 실습을 책임지고 있는 전단장께 보고드리고 바로 알려드리겠습니다."

"네. 그럼 일단 대조영함으로 승함하도록 하겠습니다."

"그렇게 하시지요. 일단 함에 오셔서 오찬을 하고 가시도록 준비하겠습니다."

일행을 배로 옮겨 타도록 지시하고 전단장실로 내려갔다. 전단장은 흔쾌히 승낙했다. 점심 식사를 마치고 격납고에 생도들을 불러놓으면 대사님이 간단하게 선물을 증정하고 훈시하도록 했다. 관련 참모들에게 준비하라고 하고 비행갑판으로 갔다. 파도가 없는 홍해이다 보니 대사님과 무관은 쉽게 배로 올라왔다.

"대사님 반갑습니다. 이역만리에서 우리 배를 찾아주셔서 너무 감사합니다."

"아닙니다. 이 해역은 이집트 해역이고 여기를 담당하는 대사로서 당연히 방문해야 하는걸요. 암튼 노고가 많으십니다."

"이럴 줄 알았다면 사전에 보고해서 이집트에 정식으로 기항하도록 할 걸 그랬습니다."

"아마 본국에서 승인을 안 했을 겁니다. 여긴 지금 사회가 불안해서 교민도 철수 준비를 하고 있는 실정입니다."

"아, 그렇군요. 저희 대조영함에 와주셔서 너무 고맙고 제가 안내해드릴 테니 사관실로 가시기 바랍니다."

이집트는 2011년 이집트의 봄이 시작된 이후 최근에 다시 쿠데타가 발생했다. 우리가 한국에서 출항하기 바로 직전에 이집트 대통령인 무함마드 모르시가 축출당하고 아들리 만수르가 임시 대통령이 되었다. 폐쇄적이고 부패한 무슬림 형제단은 체포되고 이로 인해 곳곳에서 시위가 이어졌다. 이런 상태에서는 이집트에서 입항을 요청했다 해도 해군본부에서는 기항을 승인하지 않았을 것이다.

사관실 문 앞에는 전단장이 나와 있었다. 순항훈련 전단의 주인은 전단장이니 사관실에서 전단장이 담소를 이어갔다. 대사님은 전문 외교관으로 30년 넘게 세계 각국에서 근무했고, 이집트가 마지막 근무지라고 했다. 곧 입국하면 정년퇴직할 예정이라고도 했다. 외교적 언행이 절로 묻어나오고 있다는 인상을 받았다.

사관실에서 간단하게 환담을 마친 대사 일행은 격납고로 향했다. 격납고에서 사관생도들에게 훈화하기 위함이었다. 대사님은 미리 준비해온 몇 장의 종이를 안쪽 주머니에서 꺼내 읽으면서 훈화를 시작했다.

전운의 수에즈운하, 평화의 유럽

"여러분! 이곳 이집트는 지금 매우 불안정합니다. 2011년 아랍의 봄을 맞은 이집트는 다음 해에 대통령직선제 선거를 통해 무함마드 모르시를 대통령으로 선출했습니다. 그러나 그가 속한 '이슬람 형제단'은 무능하고 이슬람원리주의를 내세워 점점 독재화되었습니다. 급기야 지난 7월에 이집트 군부가 나서서 모르시 대통령을 몰아내고 임시 대통령으로 만수르를 앉혔습니다. 그러나 어찌 되었건 민주적 절차에 따라 선출된 모르시 대통령을 군사력으로 몰아낸 데 대해 일반 시민의 시위가 끊이지 않고 있습니다. 이러한 시위를 진압하는 과정에 얼마든지 사상자가 발생할 수도 있을 것입니다. 유구한 역사를 가진 이집트가 아직 민주화를 제대로 이루지 못해 생겨난 현상입니다. 먼저 곧 해군을 이끌어갈 사관생도 여러분을 좋은 환경에서 환영해 맞이하지 못하고 이렇게 대조영함 격납고에서 만나게 되어 무척 죄송하게 생각합니다. 그러나 한 가지 분명한 것은 세계를 다니면서 우리 대한민국의 발전상을 여러분 스스로 확인할 수 있다는 겁니다. 경제적 부를 이루고 민주화까지 달성한 위대한 대한민국을 바로 느낄 수 있을 겁니다. 자부심을 가져도 됩니다. 앞으로 임관 후에는 많은 부하에게 여러분이 지금 이렇게 느낀 감정을 들려주고 교육할 수 있어야 합니다. 그리고 여러분 세대가 대한민국 사회를 이끌어나갈 시기에는 더욱 발전된 대한민국이 되도록 공부하고 덕망을 쌓아야 합니다. 오늘 이렇게 홍해 작은 바다에서 만나 전하지만, 수에즈운하를 건너 유럽과 대서양을 넘어 아메리카 대륙을 마음껏 느끼고 배우십시오. 세계를 누비며 호연지기를 길러서 이 나라의 큰 장교들이 되어주실 것을 당부드립니다."

대사님의 훈시는 간단명료했다. 혼잡한 나라에 대사로 나와 사관생도들을 편하게 맞이하지 못한 미안함과 사관생도들의 앞날을 기원하는 내용이었다. 모든 생도를 모아놓고 대사가 훈시한 경우는 드물다. 통상 함상 리셉션할 때 답사로 훈시하는데, 그땐 주로 환영 인사 위주로 한다. 이곳 이집트 현지 사정의 절박함을 알 수 있었다. 이집트 대사는 가지고 온 조그마한 선물을 생도들에게 전달하고 돌아갔다.

수에즈운하를 건너는 것도 쉽지 않았다. 이집트가 관할하는 이 운하는 이집트 당국의 통제를 받아야 지나갈 수 있다. 그런데 하루가 걸려서야 겨우 통과증이 나오고 도선사가 지원되었다. 인도양과 지중해를 연결해주는 수에즈운하는 갑문이 별도로 없다. 그레이트비트 호수에 북쪽의 지중해와 남쪽 아덴만의 인도양 바닷물이 그대로 들어오는 곳이다. 그래서 배를 들어올려야 하는 갑문이 필요 없다. 그냥 바닥만 더 깊고 넓게 파서 배가 다니도록 만든 곳이다. 운하를 지날 때는 지역 도선사와 통제소의 통제를 받아 1척씩 아주 조심스럽게 통과한다. 폭이 좁고 수심이 얕아 여러 척이 한꺼번에 지나갈 수 없다. 대부분 선박은 조금 일찍 도착해서 다소 넓은 해역에 투묘하고 기다린다. 마치 개인 병원이나 은행 같은 데 일 보러 갔을 때 번호표를 뽑아 순서를 기다리는 것과 같다.

그런데 우리 대조영함이 운하 입구에 도착해서 투묘하려고 하니 못 하게 했다. 자국 내 정국 불안을 이유로 투묘하지 못하게 했다. 하는 수 없이 왔던 길을 다시 내려가야 했다. 다행히 운하를 통과할 순서와 시간은 정해줬다. 대조영함은 다시 홍해 입구 쪽으로 내려갔다가 시간에 맞춰 올라왔다.

"함장님. 도선사 외에 지원요원 3명이 더 탔습니다."

함교에서 조함하던 작전관이 함미 갑판에서 도선사를 태우는 일을 하던 갑판사관으로부터 무전을 받고 한 말이다.

"도선사만 타면 되는 거 아닌가? 무엇 때문에 지원요원들이 더 타는 거지?"

"말로는 홋줄을 잡아주는 사람들이라는데, 모두 큰 가방을 울러메고 탔다고 합니다."

"그래? 그럼 도선사랑 같이 함교로 안내해서 데리고 올라와."

"도선사는 사통관이 안내해서 함교로 출발했습니다. 그런데 홋줄 요원들은 함미 식당에 있겠답니다."

운하의 아주 좁은 구역은 배 1척이 겨우 지나가는 폭이다. 이럴 때는 배의 양옆에 긴 홋줄을 매달아 앞쪽에서 당기면서 배를 움직여나간다. 그런데 내가 사전에 확인한 바로 이곳 수에즈운하는 홋줄을 당겨 나갈 만큼 그렇게 폭이 좁은 구간은 없다고 했다. 조금 의아한 생각이 들었다. 함정 자체 엔진 힘과 조타기로 천천히 조함해나가면 된다.

"함장님. 함미 갑판사관 보고입니다."

"뭐냐?"

"조금 전에 말씀드렸던 홋줄 요원 3명이 함미 식당에서 물건들을 펼쳐놓고 장사를 하고 있답니다."

"뭐야! 배에 물건을 가지고 들어와서 장사를 한다고?"

"네. 그런가 봅니다. 이곳 이집트의 특산품이라고 하는데, 시중보다 싸게 판다고 합니다."

"당장 중단시키라고 해. 그리고 절대로 물건 사지 말라고 해."

"네. 다행히 아직 아무도 산 사람은 없다고 합니다."

기가 막힐 노릇이다. 노점상이 외국 군함에 와서 판매행위를 하는 것과 마찬가지다. 총 다섯 번의 외국 항해를 하며 온 세계를 누빈 나로서도 이런 경우는 처음 본다.

"이집트 정부의 기능이 마비된 거 같다."

"아무래도 어제 대사님이 말씀하신 것처럼 정부 통제가 제대로 안 되는가 봅니다. 군함에 상인이 올라온다니 정말 어이가 없습니다."

항해를 보좌하던 부장이 옆에서 거품을 내뿜으며 내뱉었다. 많이 황당해했다. 함정의 군기를 유지하는 임무를 맡고 있어 그런가 보다. 상인이 배에 올라탔으니 그럴만하다는 생각이 든다.

"우리가 너무 고대의 찬란했던 이집트만 생각해오다가 이런 경우를 접하니 더더욱 인정하기 어려운 건 아닐까?"

"그럴 수도 있겠지만, 요즘 아프리카에도 군함에 물건 들고 와서 파는 사람은 없을 겁니다."

"배고프면 뭘 못하겠나. 내 어릴 때 미군 따라다니면서 '기브미 쪼꼬렛' 했던 기억이 난다. 불과 몇십 년 전이야."

"함장님도 그런 시절이 있었습니까? 보릿고개 세대는 아니지 않습니까?"

"보릿고개 세대는 아니지만 늘 배가 고팠다. 특히 맛있는 과자는 사 먹지 못했거든."

"아, 그래서 초콜릿을 달라고 하셨구나."

외국 군함은 치외법권이 인정되는 곳이다. 비록 대조영함이 이집트 정부의 허가 아래 이곳 수로를 이동하고 있지만 아무나 들어올 수는 없다. 이집트 관리라 할지라도 국제법에 따라 함정에서 허락해줘야 탈 수 있다. 개인적으로는 함부로 드나들 수 없다. 설사 드나든다고 해도 상행위 등의 사적인 행동은 절대 못 하도록 돼 있다. 홋줄 요원으로 대조영함에 오른 세 사람은 운하를 통과하고 도선사가 내릴 때 같이 따라 내렸다. 물론 홋줄을 육상에 걸어 배를 나아가게 하는 일은 하지 않았다.

지중해를 지나 다음 기항지는 터키 이스탄불이다. 다다넬즈해협은 별도의 도선사를 부르지 않고 자체적으로 통과해 들어갔다. 도선사를 부르면 돈을 지불해야 한다. 이곳은 다행히 도선사 이용이 선택사항이라 돈을 아낄 수 있었다. 이스탄불 외항에는 보스포르스해협을 통과하기 위해 많은 선박이 외항에 투묘하고 있었다. 우리 순항훈련 함정들은 많이 기다리지 않고 시간 계획에 맞춰 진입했다. 도선사의 안내를 받아 이스탄불 민항으로 들어갔다. 이번 기항에 한-터키 간 정부 차원의 중요한 행사가 계획되어 있어 특별히 민항에 입항할 수 있었다. 우리나라 경주시와 터키 이스탄불 간 엑스포를 지원하는 임무를 받았다. 입항 첫날은 터키 해군 지휘참모대학장과 북부해역 사령관을 예방하고 저녁에는 대조영함 비행갑판에서 초청 리셉션이 있었다. 많은 터키 해군과 교민이 방문했다. 리셉션에 참석한 터키 수로국장을 방으로 따로 불러 세계지도와 해도상에 '동해' 병행 표기를 요청했다. 국내의 '국립해양조사원'에서 사전에 받아 간 자료를 전달했다. 우리나라는 해군에서 수로국을 운용하는 게 아니라 해수부 내의 국립해양조사원에서 이 업무를 수행한다. 세계 거의 모든 국가는 해군에 수로국을 두고 있어 우리나라의 체계와는 조금 다르다.

둘째 날은 아주 바쁘게 움직였다. 오전부터 야간까지 행사가 잡혀있어서다. 오전에는 보훈처장 주관하에 우리나라 국무총리가 참석하는 터키 참전용사에 대한 보훈 행사를 했다. 그리고 조금 쉬었다가 밤에는 양국 총리가 주관하는 경주-이스탄불 공동 엑스포 개막식이 기다리고 있었다.

엑스포 행사에 앞서 우리 국무총리가 참석하는 터키 한국전 참전용사에 대한 보은행사를 먼저 가졌다. 우리나라 국무총리가 비행기로 와서 터키에 있는 한국전 참전용사 할아버지들을 초청한 행사였다. 장소는 이스탄불 컨벤션센터에서 진행됐다. 우리 지휘부도 참석하여 축하했다. 대조영함에 편승 중인 군악대와 의장대를 지원하여 기념식을 하고 만찬을 했다. 고령의 참전용사들은 눈물을 흘렸다. 눈물을 훔치는 한 참전용사에게 다가가 앉으면서 나지막하게 물었다.

"감회가 새로우신가 봅니다."

"내 생전 이렇게 감명 깊은 날은 처음입니다."

"할아버지는 언제 어디에 참전하셨습니까?"

"난 1951년 고지 전투에 참가했어요. 우리 여단이 참전했는데 여단장님이 전사했지요."

"저희도 조금은 알고 있습니다. 오늘 오후에 저희도 직접 그 부대에 찾아가서 장교들과 기념행사를 별도로 할 예정입니다."

"거기까지 간다고요? 여기서 제법 먼 거리인데, 아무튼 잊지 않고 찾아주셔서 감사합니다. 그리고 우리나라보다 더 발전했다니 대한민국은 정말 대단한 나라입니다. 저도 자부심이 느껴집니다."

"아, 그땐 한국이 정말 거지 나라나 마찬가지였겠군요?"

"그렇게 못 사는 나라는 처음 보았습니다. 그런데 내가 죽기 전에 우리 터키보다 더 잘사는 나라가 됐다니 믿어지겠습니까? 정말 대단합니다."

"감사합니다, 할아버지. 그때 참전하셔서 목숨 걸고 우리나라를 지켜주셔서 지금의 대한민국이 있는 겁니다."

엑스포는 두 도시가 하는 행사지만 국가급 행사로 진행한다. 우리나라 국무총리와 터키 총리가 주관하는 행사다. 그러다 보니 우리 국무총리가 별도로 터키로 날아오게 되었다.

오후에는 이스탄불 시내에 마련된 엑스포 장소를 돌아본 지휘부는 이스탄불 시장이 마련한 만찬을 했다. 톱카프 궁전에서 열린 만찬은 터키를 한눈에 알아보게 하는 자리였다. 외국을 많이 돌아다녀본 나로서도 현지 음식을 기피할 때가 있는데 그렇지 않았다.

내 입맛에 쏙 들었다. 야간에는 엑스포 개막식에 참가했다. 행사는 두 국가의 총리가 임석한 가운데 경북도지사와 이스탄불 시장이 주관했다. 경주시와 이스탄불시 간 동시에 실시하는 엑스포에 도지사가 주관하니 조금 이상한 느낌이 들었다. 행사에 나온 한국 관계자에게 물었다.

"왜 경주시장이 안 오고 경북도지사가 와서 행사를 한답니까? 여긴 이스탄불 시장이 나왔는데."

"격에 맞춰서 하다 보니 그런 겁니다."

"그래도 좀 이상합니다. 두 시에서 하는 행사면 시장이 나오는 게 격에 맞는 거 아닙니까?"

"격에 안 맞아서 이게 맞춘 겁니다. 이스탄불은 터키를 대표하는 대도시입니다. 경주와는 격에 안 맞죠. 그래서 격에 맞추다 보니 경북도에서 주관하게 된 겁니다."

"신라 천년의 도시 경주와 동로마제국의 도시 이스탄불이 격에 맞지 않는다고 하는데, 그럼 왜 이런 행사를 하는지 잘 이해가 안 되네요."

"두 시에서 열리는 행사지만, 우리나라 행사 예산이 정부와 경북도에서 지원돼서 진행되다 보니 그렇게 된 겁니다."

'경북도에서 예산을 내려줘서 하게 하면 되지' 하는 생각이 들었으나 끝내 표현은 하지 않았다. 좀 이해가 되지 않았지만 알았다고 하고 행사지원에 집중했다. 성소피아 광장에서 거행된 야간 행사에 많은 우리 교민이 참석했다. 내 앞줄에는 배구선수로 유명한 김연경 선수가 자리하고 있었다. 워낙 유명세를 탄 선수라 밤이지만 환한 불빛에 금방 알아보았다.

마지막 날에도 바빴다. 지휘부와 대표 사관생도들은 버스 1대로 외곽에 위치한 터키부대로 향했다. 한국전에 참전했던 부대를 직접 방문하기 위해서다. 이스탄불을 조금 벗어나자 광활한 대지가 펼쳐졌다. 들녘에는 온통 밀과 해바라기가 심어져 있었고, 더운 햇살에 불을 뿜어내고 있었다. 이 부대는 지금도 여단급 부대로 남아 있었다. 여단장은 아주 살갑게 맞아주었다. 여단장의 안내로 부대 내에 위치한 기념관에 들어섰다. 한국전 당시에 전사한 군인들의 유품이 전시돼 있었다. 물론 한 사람 한 사람의 사진도 같이 걸려 있었다. 조그마한 여단급 부대에 한국전에서 전사한 사람들을 위한 기념관이 있다는 게 경이로웠다. 70여 년 전에 이역만리 남의 나라에서 전사한 장병들의 넋을 기릴 기념관을 갖췄다는 사실이 내 마음을 울렸다. 지휘부와 사관생도 대표들이 터키 현지 부대원들과 묵념을 올리고 서로 환담하며 교류했다. 비록 육군부대이지만 하얀 제복을 입은 해군 장교와 생도들이 방문해서 묵념을 올리고 감사를 표하니 너무도 좋아했다. 우리는 이렇게 군사교류라는 임무를 수행하고 있었다.

다음 날 이스탄불 민항을 출항한 대조영함은 다시 보스포르스 해협을 빠져나와야 했다. 이 해협은 과거 러일전쟁 때 러시아 발틱 함대가 지나온 해협이다. 1904년 10월 15일이 그려진다. 저 멀리 러일전쟁을 치르기 위해 러시아 군함이 대열을 이뤄 막 해협을 빠져나오는 한 장의 그림이 머리를 스쳤다. 만약 그 당시 보스포르스 해협을 빠져나온 러시아 함대가 정상적으로 수에즈운하를 넘어왔다면 우리는 일본에 강점당하지 않았을지 모른다. 일본은 영일동맹으로 수에즈운하 운영권을 쥐고 있던 영국의 지원을 받았다. 결국 영국이 허락하지 않아 발틱함대는 수에즈운하를 건너지 못했다. 러시아 발틱함대는 지중해를 빠져나가 수천 km가 넘는 아프리카 대륙을 돌아서 대한해협으로 진입했다. 아무리 강한 러시아 군대지만 9개월이 넘는 기간을 풍토병과 싸우며 항해한 결과, 전투력은 약할 대로 약해졌다. 반면 일본 군함은 최상의 전투력을 유지한 채 독도 근처에서 러시아 군함이 오기만을 기다리고 있었다. 먹이가 오도록 기다린 거미는 맥없이 걸려든 사마귀를 잡아먹기만 하면 되는 형국이었다. 수에즈운하를 정상적으로 넘어왔다면 거미줄에 걸리지 않았을 것이다. 만약 러일전쟁의 결과가 반대로 났다면 우리나라는 한동안 러시아의 식민국가가 되었을지도 모른다. 그렇지만 일본처럼 우리나라를 강제로 병합하진 않았을지도….

터키 다음 기항지는 영국이다. 약 9일간의 장기 항해를 해야 한다. 지중해를 빠져나온 대조영함은 스페인을 우측으로 끼고 북서쪽으로 항해해 나아갔다.

★ ★ ★

이튿날 저녁 격납고에서 사관생도와 두 번째 만남의 시간을 가졌다. 터키에서 겪었던 방문 후기는 따로 다루지 않았다. 전단에서 별도의 계획에 따라 생도 발표회도 갖고 토의도 한다고 해서다. 대조영과 관련한 역사 얘기를 이어가는 데 초점을 맞춰 대화를 이어나갔다.

"지난번에는 우리 대한민국의 국명에 대한 유래와 고조선의 영역에 대해 얘기했다. 대한민국은 대한제국에서 나왔고, 대한제국은 고조선을 말하는 거라고 했다. 그리고 고조선은 지금의 한반도를 넘어 만주 지역과 중국의 동북부 지역을 망라하는 국가라고. 여기에 대해 반론할 사람이 있는가?"

"함장님. 제가 질문드리겠습니다."

이번엔 대대장 생도가 아니었다. 우리 앞쪽 테이블에 앉은 낯선 생도가 마이크를 들고 일어났다.

"그래. 아무거나 다 좋으니 뭐든 물어보거라."

"고조선의 영역이 확실히 밝혀진 사실은 없다고 들었습니다. 다만 대한제국을 건국한 관료나 학자들이 고종 황제 입장에서 구전되어오던 내용을 바탕으로 주장하고 있습니다. 그렇다면 이 고조선의 많은 영역을 차지한 중국의 입장은 무엇이라고 생각하십니까?"

"중국도 고조선의 실체에 대해서는 인정하는 분위기이지만, 영역에 대해서는 명확하게 밝히지 않고 있다. 그들이 가진 문헌에도 영역이 명확하지 않으니까 그런 게 아닐까 생각된다."

"고조선의 영역에 대한 기록이 명확하지 않아 밝히지 않는다면 후대에 생겨난 고구려나 발해에 대해서는 우리의 역사와 영역으로 명확하게 인정하고 있습니까?"

"그게 문제야. 혹시 '동북공정'이라고 들어봤는지 모르겠다. 과거 고구려나 발해의 영역도 지금은 중국 땅이니 중국의 역사라고 주장한다."

"고구려나 발해는 당연히 우리 역사인데, 억지 주장을 한다니 그건 중국의 아집이라 생각됩니다. 우리 학자들은 그냥 보고만 있습니까?"

"지금 중국인이 살고 있고 실제 지배하고 있는 곳이다 보니 그렇게 주장하는데, 우리 학자들은 신중을 기하고 있다."

"중국인의 논리대로라면 역사란 애초에 없는 겁니다. 존재할 수 없다는 겁니다. 힘으로 밀어붙여 땅을 뺏어 지배한다면 지배자의 역사만 있게 되고, 그 땅에 살고 있는 피지배인의 역사는 없다는 뜻입니다."

"맞는 말이다. 역사의 의미가 왜곡된다고 봐야지."

"말도 안 되는 궤변입니다. 고조선은 몰라도 우리나라 삼국에 대해서는 문헌이 많이 있잖습니까. 삼국의 역사가 아니라면 발해나 고려의 역사에 대해서라도 먼저 말씀하시고 진행하시는 게 좋을 듯합니다. 고구려나 발해의 역사를 인정하지 않는다는 건 이를 계승하기 위해 생겨난 고려의 역사도 부정하는 거 아닙니까?"

"삼국시대나 발해, 고려의 역사를 중국의 역사와 비교한 얘기는 작년에 통역장교에게 자세히 말해줬다. 다음부턴 내가 나오기 전에 통역장교와 함께 고구려, 발해, 고려와 중국에 생겨난 국가들과의 관계에 대해 충분히 얘기해라. 나와는 고조선에 대해서만 얘기하자꾸나."

"함장님. 그럼 다음번부터 통역장교를 이용해서 작년에 말씀하신 역사 토의를 먼저하고 대화 시간을 갖도록 하겠습니다."

훈육관 윤 소령은 작년에 같이 토의도 했기 때문에 잘 알고 있다.

"그렇게 해. 다음부턴 통역관도 여기서 식사하고 같이 토의하도록 데리고 나와."

"네. 그렇게 하겠습니다."

"그런데 함장님. 우리나라 내부에서조차 왜 고조선의 역사에 대해 주장하는 학파가 두 부류로 나누어진 겁니까? 서로 한목소리를 내어도 시원찮을 텐데 말입니다."

대대장 생도가 당당하게 물었다.

"앞서 얘기한 대로 구한말에 일본의 강압으로 조선이 대한제국이 되는 과정에서 민족사학자들이 생겨났다. 대한제국의 건국 과정을 보자. 조선은 대대로 중국에 조공을 바치며 살아왔다. 한마디로 중국의 속국이다. 그런데 1894년 조선을 두고 청일전쟁을 일으켜 일본이 승리한다. 그 결과로 생겨난 것이 조선의 독립이다. 청나라로부터의 독립 말이다. 그리고 조선은 '대한제국', 즉 황제의 나라가 되었다."

"그럼 민족사학자들은 독립한 대한제국을 청나라에 대적하기 위해 만들어진 학파란 뜻입니까?"

"그게 좀 모호하다. 반반이라고 해야 하나? 무슨 얘기냐 하면, 청나라에 대적하기도 해야 하지만 그보다는 일본에 대적하기 위해서다."

"일본이 조선을 청나라에서 독립시켜줬는데 왜 일본을 대적하기 위해 민족사학자들이 고조선을 외친답니까? 이해가 안 됩니다."

"그게 말이다. 일본이 조선을 청나라에서 독립시킨 것은 후에 조선을 잡아먹기 위해 사전 정지작업의 일환으로 한 짓이란 걸 민족사학자들은 미리 알았단다. 그래서 거대하고 방대한 고조선의 우리 민족이 똘똘 뭉쳐서 점점 거세지는 일본의 침략을 막아보자는 의미에서야."

"그런 거였습니까? 민족사학자들은 자발적이지 않고 남의 힘에 의해 독립되는 건 또 다른 문제를 야기한다는 걸 미리 알았군요."

"그래. 1894년에 청일전쟁에서 이기고 나서 3년 후인 1897

년 대한제국이 생긴다. 다들 알겠지만, 청일전쟁 결과 미국의 중재하에 시모노세키조약이 체결됐다. 일본은 승전 대가로 청나라 1년 예산의 2.5배에 달하는 배상금과 중국 영토인 랴오둥반도와 지금의 대만, 펑후섬을 할양받았다."

"엄청나네요. 랴오둥반도라면 우리 선조들이 고려 이후에 그렇게 오랫동안 차지하기 위해 애썼지만 확보하지 못한 땅 아닙니까? 이런 땅을 뺏은 일본이니 조선을 청나라의 품에서 벗어나게 할 수 있었던 거네요."

"그렇지만 랴오둥반도는 곧바로 삼국간섭으로 인해 다시 중국에 돌려주고 이게 원인이 돼서 러일전쟁이 일어난다. 암튼 '대한제국'은 고종임금이 황제가 되고 싶어서 자발적으로 생겨난 국가가 아니란 거다."

"일본의 힘으로 생겨난 대한제국이다 보니 그 신하나 학자들은 일본이 곧 대한제국을 삼킬 것이란 걸 익히 예상했다고 봐야겠네요."

"그렇지. 민족사학자들은 고조선의 영역이 문헌상에 제대로 나와 있지는 않지만, 그동안 구전되어온 자료들을 바탕으로 지금의 중국 땅까지 광활한 영토에 방대한 민족의 국가라고 주장하게 된다."

"그렇군요. 그렇다면 반대로 실증사학자들은 어떻게 생겨나고 그들의 주장은 무엇입니까?"

"실증사학자들은 대한제국이 일본에 강제병합되어 없어진 후에 일본에서 신식 학문을 배운 사람들이다. 이분들은 인정받는 문헌에 나오거나 어딘가에서 출토된 증거물을 가지고 역사를 평가한다. 증명되지 않는 역사는 인정하지 않는다. 그러다 보니 고조선에 대한 역사는 편협해질 수밖에 없다."

"역사를 어찌 기록된 문헌이나 발굴된 자료만 가지고 논할 수 있단 말입니까? 기록된 역사가 그리 길지 않은 시간인데 말입니다."

"어찌 됐건 이들이 현재 우리나라 역사학계를 주도하고 있다."

"그렇다면 혹시 이렇게 주장하는 또 다른 숨은 뜻이 있는 건 아닙니까? 말 못 할 사정 같은 거 말입니다."

"그런 부분도 조금 있다. 이들은 현실성을 너무 강조한다. 고조선의 영역이 광범위하고, 우리 민족 구성이 방대하다면 지금의 중국 땅과 거기에 살고 있는 중국 사람들을 모두 우리 역사로 끌어들여야 한다. 그건 바꿔 얘기하면 대한제국은 중국의 일원이라는 등식이 성립한다. 대한제국에서 나온 대한민국도 중국의 하나라는 논리로 귀결될 수 있다. 이 사람들은 이걸 두려워한다."

"그야 일본에서 일본식으로 교육을 받아와서 그런 거 아니겠습니까? 사실 대한제국이 언제 중국으로부터 떨어져나와 독립했습니까? 그냥 조선이 제한제국으로 이름만 바뀐 거지요."

"국제정치적으로 그렇단 얘기다. 청국의 속국인 조선의 왕이 대한제국의 황제가 됐으니 말이다."

"그렇다면 민족사학자들이 주장한 고조선은 어떤 나라입니까? 우리가 막연히 알고 있는 단군신화가 전부입니까?"

"여러분이 알고 있는 단군신화는 말 그대로 신화적인 논리다. 어떻게 곰이나 호랑이가 사람이 될 수 있고, 우리 할머님이 짐승일 수 있겠나. 그러나 우리 삼국시대 건국 신화만 보아도 건국자는 모두 짐승으로 비유해서 신비함을 포장했다. 신라의 김알지도 알에서 탄생했고, 고구려의 고주몽도 알에서 나왔다. 다시 말해 이는 고조선의 단군은 역사적 사실이기 때문에 그렇게 신비함으로 포장됐다는 논거다."

"단군이 고조선을 세운 것은 모두가 인정하는 바이군요. 이건 두 학파 모두가 인정합니까?"

"그렇다. 단군의 고조선은 인정하지만 고조선의 영역, 즉 고조선이 활동한 영토에 대해서는 의견이 갈린다."

"어떻게 말입니까?"

"민족사학자는 몽골 동남쪽의 요하강 인근에서 발견된 '홍산문화'의 주인이 고조선 이전의 지배자들이고 여기가 수도였다고 주장한다. 반면 실증사학자들은 일본이 주장하던 지금의 평양지방을 고조선 지배자들이 활동한 수도라 주장한다."

"이건 엄청난 차이네요. 북한의 평양지방은 고구려가 망할 때 수도였던 곳인데 어떻게 거기가 고조선의 수도가 된단 말입니까?"

"그러게 말이다. 평양은 고구려의 마지막 수도다. 부여에서 떨어져나와 고구려를 건국한 고주몽이 처음 고구려를 세운 곳은 졸본이다. 지금의 랴오둥반도 북단쯤 된다. 그러다가 중국 선비족이 세운 수나라, 당나라에 밀려서 지금의 압록강 북쪽인 국내성으로 수도를 옮긴다. 그 후 남하 정책을 구사한 장수왕 시대에 지금의 평양으로 수도를 재차 옮긴다. 그런데 하물며 고구려보다 훨씬 오랜 기간 중국 한족과 자웅을 겨룬 고조선의 수도가 한반도 내에 있는 평양이라니 이는 상상할 수도 없는 일이다."

"아까 '홍산문화'라 말씀하셨는데, 그렇다면 '홍산문화'를 이룬 사람들이 고조선이라는 게 거의 확실하겠습니다. '홍산문화'란 어떤 건지 좀 자세히 설명해주셨으면 합니다."

"홍산문화가 발견됐을 때 지금의 중국인도 매우 놀랐다. 왜냐하면 중국의 한족이 활동했던 공간은 지금의 중국 남부지방이고, 북쪽으로는 황허강 인근의 황허문명이 그들의 시초거든. 그런데 중국 네이멍구자치구의 츠펑시 홍산을 중심으로 요서지방에서 청동기시대 유물이 대거 발견됐다. 이때가 1984년이다. '츠펑시'의 츠펑이 한자로 '적봉', 즉 '붉은 봉우리'라는 뜻이다."

"그러니까 '붉은 봉우리'가 '적봉'이고, 곧 '홍산'이란 뜻이네요. 모두 같은 말이군요."

"그렇지. '홍산'지역에서 발견된 문화라고 해서 '홍산문화'라고 한다. 여기서 발견된 유물들은 6천여 년 전의 신석기시대와 청동기 물건이다. 문화의 성격은 초기 농경문화와 유목문화, 정주 농경문화가 다양하게 나타난다."

"이들이 지배한 문화권으로는 대략 어느 영역까지라고 생각하십니까? 물론 한반도도 포함됩니까?"

"영역은 한반도와 만주, 중국 동부인 산둥반도 일대까지다."

"지금 중국 본토도 포함된다는 말씀입니까?"

"산둥반도까지 내려오는데, 내륙지방은 아니고 해안지방 위주로 포함된다."

"이게 발굴된 유물로만 증명된 겁니까? 그렇다면 중국인도 고조선에 대해 인정한다는 말씀입니까?"

"물론 유물로 나왔고, 유물로써 증명됐으니 중국인도 그 자체를 안 믿을 수는 없지. 그렇지만 홍산문화를 고조선의 문화라고 보기보다는 중국인의 시조들이 이룬 문화로 둔갑시켜 주장하고 있다."

"진짜 문제인 거 같습니다. 제가 알기에도 어느 역사책에 보니까 중국 진나라의 시황제가 중국을 처음 통일하기 전까지만 해도 산둥반도와 그 북동쪽은 '동이족'이라 부르고 오랑캐로 여겼다고 하던데…."

"허허. 그래 맞다. 산둥반도와 그 북쪽 일부는 진시황제가 최초로 중국을 통일한 이후 중국에 편입된 땅이다. 그리고 진시황제는 여러분이 잘 알고 있는 만리장성을 쌓았다. 동호족과 동이족을 방어하기 위함이었다. 그들 스스로 쌓은 만리장성 밖에서 출토된 홍산문화가 어떻게 자신들 시조의 문화라 할 수 있겠는가. 그렇기 때문에 절대로 홍산문화가 화하족인 한족의 뿌리가 될 수는 없다. 그들 스스로 자기 조상들을 부정한 거나 마찬가지니 말이다."

"그런데 동호족은 또 뭡니까? 그리고 산둥반도가 동이족 지역이었는데, 이건 무슨 말씀입니까? 혹시 산둥반도를 넘어 바다 건너 한반도를 동이족이라 부른 거 아닙니까?"

"헷갈리겠구나. 동호족은 중국 북방의 유목민을 말하고, 여기서 동이족은 산둥반도를 포함한 한반도와 만주 지방에 살던 사람을 말한다."

"네. 잘 알겠습니다. 동호족이나 동이족이라는 말은 중국의 역사서에도 분명히 나와 있지 않겠습니까?"

"분명히 나와 있다. 한족 스스로 그렇게 불렀고, 역사서에도 명시되어 있다."

"그런데 왜 홍산문화 영역을 고조선의 영역으로 인정하지 않는 것이죠? 이해가 안 됩니다."

"고조선이 홍산문화에서 왔다는 기록이 없기 때문이다. 모든 정황상 맞는데도 말이다."

"그럼 우리나라 실증사학자들도 홍산문화가 고조선의 문화라고 생각합니까?"

"그렇지 않다. 이들은 고조선의 건국을 기원전 2333년으로 삼은 일연이 쓴 《삼국유사》에 기반을 두고 있다. 시기적으로 상당한 차이가 있다. 홍산문화는 기원전 6000년경이고 고조선은 2333년이니까 거의 3,700여 년의 차이가 있다. 아무리 옛날의 일이라고 하지만 너무 차이가 난다는 것이지."

"그렇다면 우리 실증사학자들이 주장하는 단군조선의 대표적 유물은 무엇이란 말입니까? 그리고 구체적인 영역은 어디랍니까?"

"이들은 기원전 2333년경에 널리 퍼져서 발견되는 '비파형 동검'을 대표적 유물로 삼는다. 이것이 분포된 지역은 한반도 북부와 랴오둥을 포함한 중국의 동북부 지역이다. 지도상으로 보자면, 과거 고구려가 광개토대왕 때 넓힌 구역 정도다."

"그러니까 민족사학자들이 주장하는 만큼의 영역은 아니군요. 산둥반도를 포함한 중국 북동부 해안지역이 모두 빠져버린 지역이니까 말입니다."

"그렇다. 그리고 중국은 심지어 그조차 인정하지 않는다. 다시 말해서 '고조선'이라는 국명은 인정해도 그게 지금의 평양을 근거지로 한 한반도 일부라고 평가한다."

"아! 이건 엄청난 차이네요. 어떻게 이렇게 될 수 있죠?"

"저! 함장님. 야식 시간이 된 것 같습니다. 오늘은 이만하시는 게 좋을 것 같습니다."

훈육관 윤 소령이 제동을 걸었다. 곧 야식 준비시간 방송이 나왔다. 이야기를 급히 중단할 수밖에 없었다.

“자, 야식 준비시간이니 다음 기항지 출항해서 다시 하도록 하고, 오늘 수고들 했다.”

간단히 인사말을 주고받고 자리를 이탈했다.

★ ★ ★

잠시 후면 영국의 수도 런던항에 입항한다. 한 나라의 수도가 있는 항구에 외국 군함이 입항한다는 건 무얼 의미할까? 우리로 치면 수도 서울에 영국 군함이 입항하는 것과 같은 이치다. 우리나라보다 위도가 높은 영국의 9월 날씨는 이미 가을에 훌쩍 접어든 느낌이다. 대조영함은 템스강을 통해 입항해야 한다. 본격적으로 템스강 입구에 들어서기 전에 다시 한번 해도를 꼼꼼히 살폈다.

영국 도선사는 배를 아주 잘 몰았다. 영국 해군이 그냥 해군이 아니라는 것을 몸소 느꼈다. 자로 재는 듯이 배를 몰고 가는 도선사가 오늘따라 아주 멋지고 믿음직스럽게 보였다. 들어오면서 다리 갑문을 2개나 통과했다. 우리나라 부산의 영도다리와 같은 방식으로 배가 통과할 때 다리가 들리고 그 밑으로 배가 지나간다. 배가 통과하면 다시 다리는 내려와 도로가 된다. 영도다리도 영국의 다리 갑문을 본떠 만든 게 아닐까 생각된다. 낮에 강으로 진입한 대조영함은 밤이 돼서야 겨우 런던항에 입항했다. 부두는 ‘로열빅토리아 도크’ 내에 있었다. 템스강 안에 있는 부두이니 항상 일정한 수심을 유지해야 한다. 일정한 수심을 유지하기 위해서는 도크 형식으로 물을 가둬놔야 한다. 그래야 배가 들어올 수 있다.

밤이지만 입항해서 보니 제법 큰 외국 군함들이 모두 자국의 국기를 함미에 게양하고 있었다. 기를 게양하는 것도 국제법의 일환이다. 항해 중일 때는 자국의 국기를 함교 위에 있는 마스트에 게양한다. 그러나 다른 나라의 영해에 들어오면 그때부터는 마스트에 기항지 국가의 국기와 함께 게양한다. 하지만 정박 중일 때는 함미에 게양한다. 런던항에 외국 함정 여러 척이 들어온 것은 영국이 국가 차원에서 준비한 '국제 방산전시회'를 거행하기 위함이다.

입항 다음 날 영국 해군 정책참모부장을 접견하고 우호를 다졌다. 여기서는 해도상에 동해 표기 병기를 요청하지 않았다. 영국은 전통적으로 일본에 가깝다. 무관을 통해 동해 병기 요청을 달가워하지 않는다는 사실을 사전에 인지하고 요청하지 않았다. 오후에는 바로 옆에 전시된 방산전시회장을 견학했다. 물론 우리나라 부스도 마련돼 있었다. 현문을 나와 전시장 입구로 들어서는데 큰 헬기가 1대 전시돼 있었다. 안내인에게 물어보니 조만간 한국해군이 도입할 대잠헬기라고 했다. 현재 우리 해군이 쓰고 있는 대잠헬기도 작지만 영국제다. 이번에는 좀 더 큰 헬기였다. 아무래도 작은 링스헬기보다 성능이 개량된 큰 헬기라 생각되었다.

기항지마다 우리 대조영함을 보기 위해 현지 관광객이 많이 온다. 보안상 개방할 수 없는 장소를 제외한 외부 갑판은 개방해서 군사교류를 강화한다. 우리 대조영함도 개방했다. 오면서 들렀던 말레이와 인도에서는 200~300명이 다녀갔다. 그런데 영국은 600명이나 되었다. 참관자 중에는 칠레의 합동참모차장인 3성 장군도 다녀갔다. 방문객이 늘어난 것은 역시 방산전시회에 참가한 효과다. 남미 국가인 칠레도 조만간 우리나라 군함을 수주할지 모른다. 참모차장이 그냥 우리 배를 구경하기 위해 왔을 리는 없기 때문이다. 단순히 영국의 수도를 관광하고 견학하는 게 아니라 군함 세일즈를 하고 있다고 생각하니 감회가 새로웠다. 영국 사람뿐 아니라 유럽과 다른 나라 사람들도 방산전시회에 참가한 사람들은 대부분 대조영함을 다녀갔다. 대한민국 최신예 전투함인 대조영함을 구경하고 사진을 찍고 갔다. 이들은 나중에 군함을 수주할 때 우리나라에서 만들어 갈 수 있다. 이미 영국은 군수지원함 4척을 우리나라에서 구매하기로 결정한 상태였다. 그만큼 우리나라 조선 기술이 뛰어나기 때문에 앞으로 많은 국가에서 우리나라 군함을 사 가리라 예상된다. 저녁에는 한영 방산협력의 날 행사에 참석하여 많은 사람과 교류하며 만찬을 같이했다.

다음 날은 오전부터 런던 시내에 있는 세인트폴 성당을 방문했다. 여기는 한국전에 참전한 용사들의 위패가 마련된 곳이다. 성당은 크고 우람했다. 안내를 받아 들어선 성당에 조그마한 추념비가 있었다. 한국전에서 전사한 분들의 이름이 새겨져 있었다. 노신부님이 직접 예식을 주관해주시고 여기에 맞춰서 참배했다. 참배를 마친 지휘부는 신부님의 안내에 따라 성당 내부를 여러 군데 둘러보았다. 아주 옛날 전투에서 전사한 사람들과 이 성당의 성직자들을 성당 안 지하에 묻어둔 곳이라 했다. 쉽게 말해 공동묘지 위에다 성당을 지어 올린 것이다. 지하에 무덤이 있는 곳까지 가볼 수 있었다. 우리나라에서 볼 수 없는 특이한 경험이었다.

오후에는 시내에서 제법 멀리 떨어져 있는 '레츠미어 초등학교'로 버스와 승용차를 이용해서 갔다. 이 초등학교는 제2연평해전 때 전사한 고 윤영하 소령이 나온 학교다. 런던 근교라서 갈 수 있었다.

함정으로 복귀한 지휘부는 곧바로 함상 리셉션을 준비하고 거행했다. 정말 바쁜 하루였다. 특히나 이번 함상 리셉션에는 한국전 참전용사와 '로드미어 자작부인'이 참석한다. 로드미어 자작부인은 재일교포 출신으로 한국명은 '이정선'이다. 이분은 한국전 참전용사 기념탑을 제작하기 위해 모금 운동을 하고 있다. 남편 로드미어의 이름을 딴 재단에서 금전적 후원을 하고, 특히 현지 영국인의 모금 후원에 앞장섰다. 이러한 업적을 대사관으로부터 전해 들은 지휘부는 대조영함 리셉션에 초대하여 고마움을 표시했다. 우리 순항훈련 전 장병과 사관생도도 개인 생활비를 조금씩 모아 미화로 1만 달러 정도의 금액을 로드미어 자작부인에게 전달했다.

마지막 날도 행사가 이어졌다. 출항은 오후에 하기로 결정됐다. 오전에 잠시 런던 시내에 나온 지휘부는 차량으로 몇 군데 둘러보고는 영국주재 한국 대사님이 주관하는 오찬장으로 갔다. 오찬장에는 우리나라 교포가 몇 명 자리를 같이했다. 주로 한인회장과 민주평화통일 자문위원단 등 대사관에서 관리 중인 사람들이었다. 내 옆자리에는 한인회 간부가 앉았다. 몇 마디 오가다가 갑자기 자신이 운영하는 건설회사에도 북한인이 많다고 했다. 무슨 영문인지 몰라 다시 물었다.

"북한 사람들이 왜 여기서 일하고 있습니까? 혹시 탈북자들입니까?"

"아뇨. 탈북자가 아니고 북한에서 외화벌이를 위해 온 사람들입니다."

"엥! 말로만 듣던 외화벌이공들이 영국까지 와 있단 말입니까? 어쩌다 그런 사람을 쓰게 된 겁니까? 불편하지 않으세요?"

"당국의 허가를 받고 넘어온 사람들인 거 같은데, 일도 잘하고 우리 사회에 대해서도 잘 알고 있습니다."

"혹시 간첩행위나 뭐 그런 거 겁나지 않나요?"

"그런 거 없습니다. 대사관에서도 다 잘 알고 있고, 한국 사회가 선진국이란 것도 알고 있는 사람들입니다. "

"그렇군요. 그럼 탈북해서 영국으로 귀화하든 우리나라로 오든 하지 왜 그렇게 핍박받고 산답니까?"

"이 사람들은 아직 순수한 마음이 있는 사람들입니다. 고향에 두고 온 가족들을 버리고 나올 수는 없다는 겁니다."

"아, 가족들이 모두 북한에 있어서 그렇군요."

"네. 본인들만 나와 있는 사람들입니다. 불쌍하지요. 암튼 빨리 통일이 돼야 할 텐데 말입니다."

"그러게 말입니다. 참으로 안타깝습니다."

이미 대사관에서도 이러한 내용을 알고 있다기에 그 이상 얘기하지는 않았다. 북한 사람들이 가족을 두고 영국에까지 와서 외화벌이 활동을 한다니 놀라울 따름이었다.

★ ★ ★

오후에 대조영함과 화천함은 정상적으로 다시 템스강을 따라 외해로 빠져나왔다. 다음 기항지는 프랑스 셰르부르항이다. 아주 가까운 거리라서 다음 날 입항이 가능하다. 도버해협을 통과하면 바로 프랑스다. 우리나라와 일본 같은 국가이다 보니 금방 입항이 가능했다. 셰르부르는 영국과 가까운 곳이어서 옛날부터 군이 주둔한 곳이다. 국가마다 매 기항지는 민항이 대부분이었는데, 셰르부르는 군항이다. 도버해협과 셰르부르항 근처에는 작은 요트와 보트들이 많았다. 군항이지만 군사적으로 그렇게 긴장감이 들지 않는다는 방증이랄까. 입항 후 셰르부르 시장과 이어서 망슈-북해 해역 사령관을 예방했다. 그리고 저녁에는 사령관 관저에서 프랑스 망슈-북해해역 사령관이 주관하는 만찬에 참석했다.

프랑스군에는 조금 특이한 점이 있음을 느꼈다. 해역사령관이 항만과 해안경계를 포함한 해상치안까지 담당하고 있었다. 우리나라는 해상경계는 해군이 주도하지만, 해상치안은 해경이 담당한다. 그러니까 프랑스 해군은 해경의 임무까지 수행하고 있었다. 선진화된 유럽의 대국에서 해군과 해경의 임무를 구분하지 않은 것이 조금 의아했다. 만찬 자리에 해경지휘관도 참석했는데, 그도 군복을 입고 있었다. 해군이 해경의 역할과 임무도 수행하고 있었다. 우리나라도 해경이 건설되기 이전인 해방 이듬해에는 그랬다. 해경 조직이 만들어지지 않았는데, 무엇보다 배가 없었기 때문이다. 지금은 완전히 별개의 조직과 임무를 수행한다. 선진국인 프랑스에서 왜 해군이 해경 역할을 하는지는 좀 더 연구해봐야 할 것 같았다. 영국과 마찬가지로 동해를 자국의 세계지도와 해도에 같이 명시해 달라고 하는 요청은 별도로 하지 않았다. 우리나라와 일본 입장에서 중립적 견해를 유지하는 프랑스의 외교정책을 고려해서다.

다음 날은 오전에 관광을 겸한 합동공연이 셰르부르 시청 앞 광장에서 있었다. 군악대와 사물놀이, 케이팝 공연에 이어 태권도와 의장대 시범 행사를 가졌다. 관람 인원은 1,500여 명이나 됐다. 한국의 문화가 좀 색다르게 느껴졌을 것이다. 동양에서도 한국의 문화는 독특한 부분이 있으니 말이다. 오후에는 대사님이 주관하는 오찬을 하고 해안가 전적지를 답사했다. 영국의 침입에 대비해서 만든 바다 요새가 여러 군데 있었다. 저녁에는 함상 리셉션이 있었다. 리셉션에는 셰르부르 시장과 망슈-북부해역 사령관, 참전용사들이 참석했다. 날을 잘못 잡은 것인지, 프랑스의 환영 인사인지 행사 시작 전부터 비가 내리기 시작했다. 비행갑판에서 진행된 행사라 비를 피하기 위한 천막을 쳐야 했다. 비가 조금 올 때는 천막으로 충분히 피할 수 있지만, 많이 올 때는 감당하기 곤란하다. 오후 내내 비가 얼마나 올지 확인하고 행사를 진행할지 여부를 결정해야 했다. 예보는 그리 많이 오지 않는 것으로 나왔다. 행사는 예정대로 준비했다. 그런데 막상 행사가 시작되고 난 후부터 거의 폭우 수준으로 쏟아졌다. 난감했다. 그때 부부 동반으로 참석한 망슈-북부해역 사령관 부인과 시장부인이 재미있는 이야기를 해줬다.

"셰르부르는 기상을 예측할 수 없는 곳입니다. 그래서 세계적으로 유명한 셰르부르 우산이 탄생했어요."

"아, 그래요?"

"혹시 〈셰르부르의 우산〉이라는 영화 보신 적 있으세요?"

"저는 본 적 없습니다. 어떤 우산이길래…?"

"그 영화를 못 보셨구나. 셰르부르의 우산은 강력한 비바람에도 꺾이지 않는 아주 튼튼한 우산입니다. 여기 오신 김에 하나씩 사 가시라고 비가 이렇게 많이 오는가 봅니다."

좌중이 웃음바다가 됐다. 천막 사이에 벌어진 틈 사이로 쏟아지는 물 폭탄에 발과 다리는 흠뻑 젖었는데도 행사는 진행됐다. 순간 어색했던 행사 분위기는 급반전되었다. 사실 초청 받아온 프랑스 사람들보다 초청한 우리가 더 난감했기에 분위기를 바꾸려고 한 말이었다.

"출항하기 전에 반드시 하나씩 사 가도록 하겠습니다. 셰르부르의 우산을 꼭 사 가라는 하늘의 계시이니 말입니다."

나도 어색한 분위기를 깨기 위해 노력했다. 이왕 시작한 행사이니 끝까지 잘 마무리되길 기원하면서 농담을 받았다. 아무튼 셰르부르의 우산으로 인해 궂은 날씨 속에 치러진 리셉션은 잘 마무리되었다.

프랑스가 유서 깊은 나라임을 감안하여 사관생도들에게 많은 역사적 탐험을 하게 했다. 기본적으로 한 기항지에 머무는 기간이 2박 3일인데, 프랑스에서는 하루를 더 머물렀다. 그만큼 역사와 문화 탐방을 더 하기 위해서였다. 마지막 날은 단체로 몽생미셸 성당을 견학했다. 정말 웅장한 건축물이었다. 원래 이 건물은 바다 건너 영국의 침략에 대비하여 세워진 바다 위의 작은 성이었다. 지금은 수도자들의 성당으로 활용되고 있다. 바다 위에 작은 섬에다 성을 축조해서 만들었다. 외해로부터 오는 적을 미리 발견하고 바다에서 공격하여 육지로 상륙하지 못하게 하는 곳이었다. 일종의 해상 전진기지 같은 역할을 했다. 이 아름다운 바다 위 성당이 또다시 군사기지가 되는 일이 없도록 잠시나마 나도 세계 평화를 기원했다.

★ ★ ★

다음 날은 출항했다. 기항지는 벨기에다. 프랑스에서 벨기에도 하루 만에 간다. 항해 기간이 매우 짧다 보니 대원들이 쉬지 못하고 행사를 준비해야 했다. 많이 피곤했다. 하루 만에 입항하는 곳이지만, 협수로 항해만 8시간 이상 항해해야 하는 곳이기에 피로감은 더욱 컸다. 기항지는 안트워프항이다. 이곳은 우리나라의 인천 같은 항구로 수도 바로 옆에 붙어있다. 또한 한국전에 참전한 유럽의 군인들을 처음 싣고 출발한 장소이기도 하다. 역사적 감회가 새로운 곳이다.

입항 첫날에는 안트워프 시장과 지역군 사령관, 주지사를 연달아 예방하고 군사교류를 했다. 벨기에에는 우리나라 군함이 사상 처음으로 들어왔다. 대환영의 행사가 기다리고 있었다. 주벨기에 한국 대사는 몇 년 치 외교활동과 업무를 올해 다 한다고 고무되어 있었다. 안트워프 시장이 차기 이 나라 대통령이 될 가능성이 매우 크다고 했다. 대사 입장에서는 대통령이 되기 전에 만나서 친분을 익혀두면 외교업무를 하는 데 한층 쉬울 것이라 예측하며 고마워했다.

나도 개인적으로 벨기에 입항이 다른 어느 기항지보다 즐거웠다. 친한 동기생이 무관을 하고 있어서다. 동기생이 무관이다 보니 행사 준비도 한층 쉬웠다. 오후에 현지 군인들과 합동으로 안트워프 광장에서 참전용사에 대한 헌화와 사열식을 진행했다. 저녁에는 다시 대조영함 함상에서 리셉션이 마련됐다. 입항 시 예방했던 시장과 지역군 사령관 등이 포함된 많은 사람이 대조영함 비행갑판으로 몰려왔다. 현지 군인들과 생존 참전용사, 교민과 대사관 직원들이다. 리셉션에는 벨기에 항만청장과 국왕 군사보좌관이 참석했다. 대조영함 함장실에 별도로 마련된 자리에서 벨기에의 세계지도와 해도에 우리나라 '동해'를 표시해줄 것을 이들에게 요청했다. 물론 동기생 무관이 많이 도와줬다. 나의 요청에 항만청장은 기꺼이 도와주겠노라고 약속했다.

다음 날 오전에는 안트워프 시청 앞 광장에서 진행된 우리 순항훈련 부대에서 준비한 합동공연에 참석했다. 1천여 명의 관람객이 다녀갔다. 여기서도 압권은 역시 우리 대조영함의 '치아라'가 공연한 케이팝이었다. 시청 앞에는 지붕에 금장식을 입힌 다양한 북유럽의 고풍스러운 건물이 자리 잡고 있었다. 주인이 참석해서 공연을 열어야 관람객이 많아진다. 지휘부는 모든 합동공연에 참석해서 관람 온 관객의 환호를 받고 서로 교감을 나눈다. 그래야만 진정으로 우리 군사외교의 효과가 발휘된다. 지휘부가 참석하지 않으면 공연하는 사람들도 맥빠지고 관람객도 공연의 위상을 얕잡아본다.

공연에 참석한 후에는 벨기에 지역군 사령관이 주최한 오찬을 겸한 참전용사 행사에 참석했다. 현지 3공수대대의 생존 참전용사 할아버지와 네덜란드와 룩셈부르크 참전용사들도 각각 5명과 10명이 참석했다. 이분들은 어떤 이유로 현재 벨기에에서 살고 있었다. 아마도 이웃 국가니까 이민을 왔을 거라 짐작되었다. 어제 대조영 함상에서 진행한 행사만큼이나 크게 진행됐다. 우선 우리 승조원과 사관생도들이 많이 참석한 가운데 행사와 식사를 제공해줬다. 참전용사 할아버지들은 감회의 눈물을 흘렸다. 어제 야간에 대조영함 함상에서 마련된 리셉션보다 더 많은 인원이 참석한 것 같았다. 사실 한국의 군함이 처음 와보는데, 여생이 얼마 남지 않은 이분들이야 오죽 감회가 깊었겠는가. 이번 순항훈련은 길고 험난하지만 다른 어느 때보다 정말 가치 있는 항해라고 생각한다. 바로 북유럽 4개국을 우리나라 군함이 처음 방문하기 때문이다. 벨기에를 시작으로 덴마크, 스웨덴, 노르웨이 순으로 기항한다. 우리 해군과 사관생도로서도 뜻깊지만, 국가 보훈과 외교 측면에서도 매우 의미 있는 기항이라 생각된다.

오후에는 사관생도들과 같이 동기생 무관이 특별히 마련한 장소를 방문했다. 한국에 우호적인 벨기에 독지가 한 분이 마련한 만찬이었다. 벨기에 귀족 출신이며 부친인 선대 때부터 한국과 인연을 맺어온 사람이라 했다. 한국과 무역을 하면서 돈도 많이 벌게 되었고, 벨기에 국가와 외교적 과제를 해결하는 데 많은 도움을 받는다고 했다. 이 사람은 선대로부터 물려받은 자그마한 별장 같은 궁을 가지고 있었다. 안트워프에서 1시간가량 떨어진 수도 브뤼셀에 있었다. 작은 성에 도착한 우리 일행은 성대한 저녁을 대접받았다. 유럽 귀족의 전통 식사를 경험해보는 아주 귀한 시간이었다. 우리나라에 대한 관심과 지원으로 주벨기에 한국대사관에서 '명예영사' 자격을 수여했다. 대한민국의 명예영사로서 사명을 다하고 있는 셈이다.

"영사님. 만찬에 초대해주셔서 감사합니다. 이렇게 큰 저택에 혼사 사십니까?"

"아닙니다. 여기는 내가 사는 곳이 아니라 우리 윗대부터 전해오는 조상님들의 행적과 사료를 보존하고 행사도 하는 그런 공간입니다."

"네, 그렇군요. 한국에도 유명한 가문에는 대대로 보존되어오고 행사를 여는 곳이 있습니다. '서원'이라고 부릅니다."

우리나라도 도산서원, 옥산서원 같은 곳이 있다. 조상의 유품과 위패를 모시고 있고 제사도 지내는 곳이다. 조금 다르다면 우리나라 서원에서는 평소에 손님들을 불러다가 파티를 못 열도록 하는 게 차이다.

“내가 한국에 자주 가보았지만, 서울에 있는 커다란 왕궁만 보고 와서 이런 곳이 있는지 몰랐습니다. 나중에 한국 가면 꼭 한번 찾아가보겠습니다.”

“감사합니다. 그런데 우리나라 서원엔 제사 때 빼곤 파티 같은 식사는 할 수 없는 곳입니다. 여기는 바로 아래에 식당이 갖춰져 오찬, 만찬이 가능하도록 돼 있는데 말입니다.”

“식당이 없다 해도 요즘은 뷔페 형식으로 하니까 주문해서 가져오게 하면 될 일입니다. 얼마든 오찬이나 만찬을 할 수 있으리라 생각되는데요.”

“그런 게 아니라 조상님들 위패를 모시는 곳이라 경건해야 하므로 파티 같은 걸 못하게 합니다.”

“네, 그렇군요. 우리나라완 좀 다르네요. 여기 전시된 물품들은 모두 아버지와 할아버지께서 사용하시고 간직하셨던 유품들입니다. 우리 가문의 역사이고 문화입니다.”

“네. 이런 유서 깊은 곳에서 맛있는 식사와 가문의 역사와 문화를 감상하게 해주신 데 대해 깊이 감사드립니다. 동서양의 가풍을 배우는 좋은 계기가 된 것 같습니다.”

자비를 들여 마련한 자리다. 최대한 지원과 후대에 감사함을 표시하고 우리나라의 명예대사로서 많은 일을 해줄 것도 당부했다.

★ ★ ★

다음 날 오전에는 별다른 행사 없이 바로 출항했다. 다음 기항지는 덴마크다. 긴 협수로를 빠져나가 외해를 돌아 덴마크로 간다. 이동 기간은 이틀이다. 배에서의 이틀간 항해는 짧은 시간이다. 군함이라는 부대가 움직이는데 이틀은 금방이다. 군함이 기항지를 옮겨가는 데 준비해야 하는 업무들이 너무 많기에 이틀이라는 시간은 충분하지 않다. 기항지마다 초청해서 치러야 하는 행사나 방문해서 치러야 하는 행사가 한둘이 아니다. 거기다가 외교적 결례가 발생하지 않도록 의전 준비나 사건사고 발생에 대비한 예방 교육을 포함한 준비사항이 많다. 이틀을 항해해 덴마크의 수도 코펜하겐항에 입항했다.

입항하기 전까지 협수로를 4시간 통과해서 들어왔다. 코펜하겐 협수로는 특히 좁았다. 대조영함처럼 큰 배는 아찔하게 느껴질 때가 많다. 협수로를 통과할 때는 무조건 함교에 함장이 배치돼야 한다. 도선사가 지원돼도 함장은 함교에서 지켜보고 조언해야 한다. 앞에서도 밝혔지만, 도선사는 길을 안내하는 사람일 뿐 조함권은 엄연히 함장에게 있다. 도선사가 배를 조함하다가 실수하여 사고가 나도 책임은 함장이 지게 된다. 이게 배를 운항하는 법규다. 그러니 함장은 배가 협수로를 빠져나올 때까지 함교를 이탈할 수 없다. 몇 번째 계속되는 짧은 항해에 긴 협수로는 나를 더욱 피곤하게 만들었다.

대조영함은 정상적으로 덴마크 코펜하겐항에 입항했다. 입항 후에는 군관구 부사령관과 수로국장, 코펜하겐 부시장을 예방했다. 수로국장을 만나서는 우리나라의 동해를 자국의 지도에 표기해주기를 요청했다. 수로국장은 아주 긍정적으로 받아들였다. 사전에 무관을 통해 충분히 협의하고 조율했기에 가능했다. 저녁에는 바로 대조영함에서 리셉션을 열었다. 덴마크 국회의장과 해군 전술부장, 참전용사 등 많은 인사가 방문했다.

다음 날에는 본격적인 현지 행사에 참석했다. 덴마크는 한국전 당시에 '유틀란디아호'라는 병원선을 보내준 나라다. 의료시설이 열악한 한국을 위해 병원선이 왔으니 얼마나 많은 군인과 민간인에게 도움이 됐겠는가. 999일 동안 정박해 있으면서 5천여 명의 군인과 6천여 명의 민간인을 치료해줬다고 한다. 오전에는 지휘부와 생도 및 승조원 등 많은 대원이 유틀란디아호 참전비에 가서 참배하고 헌화했다. 저녁에는 한인회에서 주최하는 만찬에 참석했다. 덴마크에서는 승조원들의 누적된 피로를 조금 누그러뜨리고 문화탐방을 보장해줄 요량으로 하루를 더 보냈다.

다음 날 오전에는 현지 해군부대를 방문했다. 해군 2전대를 방문해서 함정을 견학했다. 우리와 전력 차이는 별로 없는 듯했다. 버스를 빌려 코펜하겐에서 조금 이격된 군항에 가서 견학했다. 이 군함이 자국에서 만든 마지막 배라고 했다.

"이제 덴마크에서는 군함을 건조하지 않는다니 그럼 해군을 없앤다는 겁니까?"

이후에는 자국에서 군함을 건조하지는 않는다고 해서 물어봤다.

"그런 게 아니라 노동력의 수지가 맞지 않기 때문에 배는 노동력이 다소 저렴한 국가에서 만들고, 무기체계는 우리 것을 탑재할 겁니다."

무슨 얘기인지 이해되었다. 그렇다면 앞으로 우리나라 조선소에서도 덴마크의 군함을 만들 수 있겠다 싶었다.

“배가 매우 견고해 보이고 무기체계도 최첨단인 거 같습니다. 군함을 남의 나라에 맡겨서 건조한다면 군수기술이 넘어가는 거 아닙니까? 국가 안보 측면에서 부담되지 않습니까?”

아무리 노동비가 많이 들어도 군함을 남의 나라에 맡겨 만든다는 게 논리상 맞지 않아 다시 물어본 말이다.

“군함 설계 기술이야 많이 보편화된 거 아니겠습니까. 우리나라와 적대적이지 않고 믿을 만한 국가라면 경제적 수지를 고려해서 만들어달라고 요청할 수 있다고 생각합니다.”

영국도 우리나라에서 군수지원함을 만들어간다. 덴마크라고 우리나라에서 군함을 못 만들어갈 이유가 있겠나 싶었다.

“나중에 우리 대한민국에서도 훌륭한 배 만들어가시기 바랍니다.”

대조영함 같은 전투함을 만들어가지고 온 나라의 조선 기술을 덴마크 군인들도 잘 알고 있기에 인사치레로 건넨 말이다.

오후에는 코펜하겐 시청 앞 광장에서 합동공연을 열었다. 합동공연 후에 지휘부는 안데르센 동화집에 나오는 거리를 탐방했다. 안데르센이 덴마크 사람이다 보니 조그마한 마을을 관광화해서 많은 사람이 오가도록 만들어놨다. 건물과 건물 사이를 흐르는 제법 큰 냇가를 중심으로 선술집이 많았다. 관광객을 위한 건물들이었다. 저녁을 시내에서 먹고 온 지휘부는 덴마크에서의 일정을 마무리하고 내일이면 스웨덴으로 떠난다.

★ ★ ★

덴마크 코펜하겐항의 수로를 빠져나온 대조영함은 다시 하루

만에 스웨덴 스톡홀름항에 입항했다. 스톡홀름항까지 오는 데도 협수로를 통과했다. 하루 동안 항해하면서 거의 절반 이상을 협수로를 통과하다 보니 늘 함교에 있어야 했다. 덴마크의 협수로를 빠져나와서 얼마 지나지 않아 다시 스웨덴 협수로를 지나야 해서다. 굉장히 좁은 협수로를 지나는데 가끔 소형 선박도 있어 긴장을 늦출 수 없었다. 협수로를 따라 늘어선 깊은 협곡은 경치가 정말 아름다웠다. 피오르드식 해안이라 했다. 협곡을 빠져나와 조금 넓은 수로 좌우에는 큼지막한 집들이 아름답게 늘어서 있었다. 도선사에게 물어보니 대부분 별장이라 했다. 여름철에 피서를 와서 머물다 간다고 했다. 보아하니 우리나라 해안가에 지어진 펜션 같은 곳이라 생각하면 될 것 같았다.

입항 후 대조영함 사관실에서 주스웨덴 한국 대사님과 스웨덴 해군 대표 장성, 한인회장 등이 참석한 오찬을 가졌다. 우리 부대의 입항을 환영하기 위해 방문한 인사들을 모시고 점심 식사와 차를 마셨다. 오후에는 차를 타고 스웨덴 왕궁의 근위대장과 스톡홀름 시의회 의장을 예방했다. 예방에 앞서 왕궁 앞 광장에서 스웨덴 군대가 사열을 해줬는데, 엄청나게 감명 깊었다. 왕궁의 근위대장 예하에 있는 군인들이 해준 사열이었다. 9월 말이었는데도 스톡홀름의 날씨는 오후 늦은 시간에는 조금 쌀쌀했다. 동복을 입고 사열식을 했는데도 추위가 느껴질 정도였다. 시의회 의장은 여성이었다. 북유럽은 주로 여성들이 정치를 많이 한다고 한다. 섬세한 업무 스타일로 다양한 복지를 만들고 집행하기 위해서란다.

"남성들이 대부분인 우리나라 지방 정치 환경과는 좀 다르다는 생각이 듭니다. 여성 정치인들이 많으니 어떤 현안에 대해 지나

치게 대립하고 싸우는 일은 없겠습니다."

"대화와 타협이 잘되는 편입니다. 주로 주부이고 자식을 둔 어머니이다 보니 이해심이 아주 넓습니다."

"그렇군요. 주로 어떤 부분이 그런 겁니까?"

"예를 든다면, 한국의 태권도를 학교에 도입하고자 하는 안건이 상정됐는데 모두가 찬성했어요. 초·중등 학생들의 경우 남아도는 육체적 힘을 주체할 수 없어 정신력이 피폐해지는 경우가 많아요. 그런데 어느 한 중학교에서 한국의 태권도를 도입해서 운동을 시켜보니 청소년 문제가 완전히 줄었어요. 이런 통계를 들이대며 시내 전 학교에 도입하자고 안건을 제출하니 모든 의원이 찬성했답니다."

"그럴 수 있겠습니다. 한국의 태권도는 단순히 무술을 연마하는 게 아니라 마음도 동시에 수양하는 도의 정신이 있습니다. 그래서 배우면 육체와 정신이 모두 건강해집니다."

과거 생도 시절에 사관학교에서 태권도 교관으로부터 배운 태권도에 대한 기본 지식을 바탕으로 자신 있게 동의해줬다.

"여기 청소년들이 한국의 태권도를 아주 좋아한답니다."

"우리 부대에도 태권도 전문가들이 있습니다. 오늘 공연할 때 많이 참석하셔서 한국의 전통 태권도 시범을 관람하시기 바랍니다."

"가야지요. 가서 멋진 사람들은 눈여겨봐뒀다가 우리 학교 태권도 선생님으로 모셔와야겠습니다."

"아주 좋은 발상이십니다. 한국 젊은이들은 태권도 잘하니까 많이 데려오셔서 활용하시기 바랍니다. 이렇게 멋진 스톡홀름의 태권도 선생님이라면 한국 젊은이들이 다 지원할 겁니다."

모두 웃으며 환담을 마쳤다. 유럽 중에서도 북유럽이 제일 복지가 잘돼 있다고 한다. 환담을 마친 후에 한인회 관계자에게 물어보니 이곳 남자들은 일을 하지 않으려 한다고 했다. 왜냐하면 세금이 너무 많아서 일해도 돈을 크게 못 벌기 때문이란다. 그래서 일을 많이 하지 않으려고 한단다. 조금만 일하고 조금만 받고 살려고 한단다. 오히려 자식을 키우는 여성들이 더 일을 열심히 한다고 한다. 뭔가 이상하다는 생각이 잠시 들었다. 그러면 어떠하랴. 세상에는 다양한 국가와 삶의 방식이 있는 걸.

★ ★ ★

다음 날 스웨덴을 나선 대조영함은 북유럽의 마지막 기항지인 노르웨이를 향했다. 노르웨이는 바로 붙어있는 국가지만 이틀이나 걸렸다. 돌아서 반대편으로 가야 해서다. 기항지가 수도인 오슬로다. 스톡홀름에서 오슬로까지는 먼 거리이기에 이틀이 소요된 셈이다. 스톡홀름의 피오르드 해안을 빠져나와 연안을 조금 항해한 후 다시 오슬로의 피오르드에 진입했다. 두 곳이 비슷하기도 했으나 완전히 달랐다. 노르웨이 오슬로의 피오르드가 훨씬 웅장하고 깊었다. 협수로 폭이 좁아서 항해 안전에 바짝 긴장했지만, 수심은 얕지 않았다. 통상적으로 외국 항을 항해하다 보면 늘 걱정되는 게 수심이다. 해도상에 표시된 수심과 조금 다를 수 있기 때문이다. 그래서 늘 수심을 걱정하는데, 오슬로항까지의 협수로는 폭이 좁아 더욱 수심이 걱정되었다. 폭이 좁으면 수심이 얕다고 생각되는 게 일반적이다. 협수로를 항해하는 동안 내내 함교에 있으면서 틈틈이 피오르드를 감상했다. 조함은 도선사가 하고 있으니 필요할 때 나서면 된다. 나중에 개인적으로 꼭 다시 한번 오고 싶은 곳이라 생각되었다.

입항 후 부대를 환영하기 위해 온 귀빈을 대상으로 대조영함 사관실에서 매번 똑같은 환영 오찬을 했다. 여기는 노르웨이 국제관계부장 및 참전업무감이라는 직책의 해군 장성이 참석했다. 앞선 스웨덴과 이곳 노르웨이는 우리나라와 일본의 해양 분쟁에 대해 중립적 위치를 지키는 국가다. 이런 정책을 참작해서 별도의 동해 병기 표기 요청을 하진 않았다.

오찬을 마친 지휘부는 오슬로 시장과 항만 관리국장, 경찰부청장, 아케르후스기지 사령관을 예방했다. 경찰부청장을 만난 것은 이례적이다. 혹시나 있을 우리 대원들의 불미스러운 일에 대비하기 위한 차원이다. 통상 군부의 입김이 센 국가는 문제가 없다. 그렇지 않은 국가에서는 대원들이 나가서 사소한 법규라도 위반하면 바로 경찰이 대응한다. 기항지별로 2박 3일이나 3박 4일 정도 있는데, 혹시 법적 문제가 생기면 문제를 일으킨 대원은 내려두고 갈 수밖에 없다. 외국 군함은 치외법권이 적용된다. 그렇다 해도 밖에 외출 나가서 법규를 위반하면 서로 입장이 정말 난처해진다. 혹시 모를 위급 상황에 대비한 예방활동이다. 예방을 마친 지휘부는 오슬로 시내에 위치한 뭉크광장으로 갔다. 바로 학창시절 미술 시간에 배웠던 뭉크의 〈절규〉라는 그림이 조각품으로 등장하는 곳이다. 기념사진을 찍었다.

둘째 날은 오전에 오슬로시청 앞 광장에서 합동공연이 있었다. 스웨덴과 마찬가지로 인구가 적은 국가여서 그런지 500여 명의 관람객이 보고 갔다. 노르웨이는 지구 최북단에 위치한 나라답게 정말 추위가 빨리 찾아왔다. 막 10월에 접어들었는데도 5시쯤 이면 해가 졌다. 바이킹의 후예답게 나무로 된 박물관이 있었다. 바이킹 박물관이다. 우리로 치면 민속박물관 같은 곳이다. 온통 나무로 세워진 집들과 창고 같은 것이 즐비했다. 여기 나무들은 모두 직선으로 곧고 컸다. 예전에 우리나라에서 전봇대로 사용한 그런 침엽수들이다.

그 옛날 나무로 만든 큰 배를 타고 바람 부는 대로 떠내려가면 영국이다. 겨울이면 먹거리가 부족했으니 어쩔 수 없이 남의 나라를 침략했을 것이다. 바이킹은 영국과 그 인근 프랑스를 괴롭히며 약탈했다. 영국에서 증기선이 발명되기 전까지는 바람의 힘으로 항해를 해댔다. 노르웨이 바이킹은 바람의 힘으로 영국 앞바다로 쉽게 갔다.

저녁에는 대조영 함상에서 리셉션이 열렸다. 여기서도 참전용사는 있었다. 특이한 참석자가 있었으니 바로 국방장관이었다. 노르웨이 국방장관은 군 생활을 전혀 겪어보지 못한 여성이 하고 있었다. 너무나 뜻밖이었다. 많은 궁금증이 생겨났다.

"장관님. 대조영함을 방문해주셔서 진심으로 감사드립니다."

"오히려 이렇게 근사한 배에 초청해주셔서 감사합니다."

"한 가지 궁금한 사항이 있습니다. 결례되지 않으신다면 질문 하나 드리겠습니다."

"편하게 물어보세요."

"군 출신도 아니시면서 여성이 어떻게 국방장관을 수행하시는지 무척 궁금합니다. 우리나라는 군의 4성 장군을 거친 남자 군인이 장관을 하고 있습니다. 군을 지휘하시는 데 애로사항은 없으십니까?"

"하하하. 많이들 물어오는 질문입니다. 국방장관은 군을 직접 지휘하지 않습니다. 무슨 얘기냐 하면 인사와 예산을 담당합니다. 군의 작전이나 전력건설 등의 업무는 합동참모본부에서 합니다. 그러니까 군사작전에 대해 잘 모르더라도 직무수행에 문제가 없습니다."

"그렇군요. 그런 부분은 우리나라와는 조금 다른 것 같습니다."

"모든 나라가 조금씩 다를 수 있지요. 우리나라는 문민통제가 확실해서 인사와 예산은 장관이 담당하고, 나머지 최고 사령부인 합참에서 모두 담당합니다. 그러니 당연히 문제가 없죠."

"아주 신선한 충격을 받았습니다. 우리 대한민국에선 상상할 수 없는 일이라서 말입니다. 물론 대한민국은 적대국이 선명하고 아직 통일하지 못한 상태라 노르웨이와 많이 다른 점이 있는 건 사실이지만 말입니다."

내가 말을 꺼내놓고도 내가 수습해야 하는 지경이 되었다. 이 나라에 비해 우리나라가 후진국형 국방 제도를 가졌다고 여길까 봐 얼른 뱉은 말을 주워 담았다.

"이해합니다. 우리나라는 눈에 보이는 적이 없습니다. 사실 우리나라에 군이 왜 필요한지 의심이 들 때도 있었습니다."

"그렇군요. 아주 훌륭하고 좋은 나라에 사십니다. 세계에서 제일 풍족하고, 복지가 잘되어 있고, 또 쳐들어올 적이 없으니 말입니다."

"그렇지만 공부를 해보다가 제 생각도 조금 바뀌었습니다. 적이 없을 때 적을 대비하라 했으니 국방은 필요하다고 봅니다. 앞으로 한국군과 좋은 유대강화를 통해 올바른 국방이 유지되길 바랍니다."

"좋은 말씀 감사합니다. 장관님."

여성 장관은 노르웨이에 와 있는 각국의 무관단과 함께 우리 대조영함을 배경으로 연거푸 사진을 찍었다. 우리나라에서는 조금 보기 힘든 광경이다. 한쪽 구석에 한인회장이 한인을 많이 데리고 와 있었다. 자리를 옮겨 물어봤다.

"한인회장님. 교민들 많이 모시고 와주셔서 감사합니다. 안녕하십니까? 여러분!"

인사를 건넸는데 한인회장만 답례하고 나머지는 멀뚱멀뚱 쳐다보고만 있었다. 순간 내가 뭐 잘못한 게 있나 싶어 당황했다.

"아, 함장님. 여기 이분들은 한인회에서 온 게 아니라 예전에 입양돼오신 분들입니다."

그랬다. 한인회에서 초청받아오는 사람들은 대부분 연세가 있으신 어르신들이다. 그런데 여기 온 사람들은 모두 젊은 사람들이었다. 아기를 안고 온 엄마가 많았다.

"네, 그러시군요. 우리나라에서 어린 시절 이곳으로 입양돼오신 분들이란 말씀이죠?"

"네, 그렇습니다."

"감회가 새롭겠습니다. 모국에서 군함을 타고 이렇게 왔으니…."

"말도 마십시오. 이분들 정말 힘들고 불쌍한 사람들입니다. 한인회장으로서 많은 자책감을 느낍니다."

"저도 공감합니다. 국내에서 소화해내지 못해 외국으로 입양

보낸 분들이니 말입니다."

"이런 실정인데 요즘 국내 뉴스 보면 출산율이 저하된다고 아우성인 거 보면 의아합니다. 실상을 제대로 파악하고 하는 소리인지 말입니다."

"그러게 말입니다. 아무쪼록 한인회장님이 잘 독려해주셔서 모국을 너무 미워하지 말도록 해주십시오."

"자주 모입니다. 우리나라 말을 못 해서 그런데, 주소를 알고 있어서 한국에서 온 행사 같은 거 할 때 늘 불러서 밥도 주고 재밌게 놀다 가게 합니다. 처음엔 거부감을 보이던 이들도 지금은 잘 모입니다."

가만히 보니 우리나라 음식을 잘 먹었다. 어릴 때이지만 그래도 조금 커서 온 사람들은 과거에 먹어본 음식이라 그럴지도 모른다. 갓난아기 때 온 입양아는 현지인과 진배없었다. 음식과 문화도 현지인임이 느껴졌다. 입양된 우리 동포를 보고 있자니 마음이 너무 무거웠다. 이런 역사는 빨리 바뀌어야 할 대상이라는 생각이 간절했다.

대서양 처녀횡단,
백의민족과 변발민족

2박 3일간의 노르웨이 일정을 마친 순항훈련 전단은 다시 영국 쪽으로 내려와 이제 대서양을 건너가야 했다. 한국 선박이 대서양을 건너갈 일은 거의 없다. 이렇게 세계 일주를 계획한 해군사관학교 순항훈련 전단을 제외하고 말이다. 10월 초순에 접어든 대서양의 날씨는 그전에 다녀온 함정들의 전례를 볼 때 절대 순탄하지 않다는 걸 안다. 출항 전에 전투정보실에서 사전 회의를 열었다. 제일 문제가 되는 건 태풍 같은 풍랑이다. 겨울철에 위도가 높은 바다를 건너야 하니 걱정이 많았다.

다음 기항지는 캐나다 몬트리올이다. 캐나다 동북단으로 건너가야 한다. 위도 50~60°가 넘는 해역을 초겨울에 건너야 하니 여간 겁나는 게 아니었다. 모두 처음 가보는 초행길이라 더욱 그랬다. 기상 변화를 예의주시해야 한다. 가는 길에 바람이 많은 지역은 피해서 돌아가야 한다. 그러나 많이 돌아가면 제시간에 맞춰 입항하기가 힘들다. 캐나다에서도 행사가 잡혀있고, 앞으로의 일정도 생각해야 했다. 기상 예보를 받아보니 다행히 당장은 우리가 가는 항해 구간에 큰 바람은 없었다.

다시 영국까지 내려와서 대서양을 건너기 위해 장기 항해를 시작했다. 영국까지 내려와야 하는 이유는 겨울철이라 혹시 대서양을 건너다가 유빙 같은 것을 만나면 큰 사고가 날 수 있어서다. 〈타이타닉〉이라는 유명한 영화에서처럼 배가 유빙에 부딪혀 구멍이 생긴다면 큰일이 발생할 수도 있기 때문이다. 그리고 다음 기항지인 캐나다 몬트리올이 영국 하단부와 위도가 비슷해서다.

★ ★ ★

노르웨이 출항 이튿날 저녁 시간이 돌아왔다. 계획된 사관생도와 만남의 시간이다. 지난번 시간에 사관생도들이 필기까지 해가면서 들었던 대조영과 발해와 관련된 역사 얘기를 그대로 기억하고 있었다.

"지난 시간 우리나라 고고학에서 학자들의 견해는 두 갈래로 나뉜다고 했다. 《환단고기》를 인정하는 민족사학자와 인정하지 않고 고조선만 일부 인정하는 실증사학자들로 말이다."

"네. 잘 알고 있습니다. 실증사학자들은 고조선도 처음엔 부정하다가 많은 유물이 발견되고 나서야 일부 인정하고 있다고 말입니다."

"기억하고 있네. 맞는 말이다. 민족사학자들은 20세기 초에 몽골 남동쪽 중국 홍산지방에서 발견된 홍산문화를 환단고기의 역사라고 한다. 그렇지만 실증사학자들은 이를 억지라고 주장한다. 근거가 부족하다고 말이야."

"실증사학자들이 홍산문화가 고조선의 역사와 관계가 없다고 판단하는 건 그 둘의 시차가 많아서 그런 거 아닙니까? 기원전 6천여 년 전에 있었던 홍산문화와 기원전 2333년에 있었던 단군조선과는 시차가 많습니다. 홍산문화가 있었던 시기와 단군조선이 있었던 시차가 3,700년 정도 나니까 말입니다."

"사실 실증사학자들은 일제 강점기 때 일본의 사관으로 역사를 인식하고 있던 사람들이다 보니 모든 걸 유물로 설명했다. 그런데 웃기는 건 일제 강점기 일본이 지금의 평양지역을 발굴하다가 고조선에 관련된 유물을 엄청 발견했다. 그러다 보니 고조선의 수도는 평양이고, 영역은 한반도에 한정된다고 교육시켰다."

"일본이 교육한 내용을 그대로 믿을 사람이 누가 있겠습니까? 실증사학자들도 그 이후에 나온 문헌이나 유물로 재평가하지 않았습니까?"

"그렇지. 재평가했지. '비파형 청동검'은 고조선이 사용한 게 확실하니까 이것을 기준으로 잡은 게 기원전 2333년이다. 수도 위치는 정확하진 않지만 랴오둥반도 인근이고, 기원전 108년 한나라 무제에게 망한 걸로 인식하고 있다. 고조선의 영역이 해방 초기에 주장하던 한반도 내부로 한정할 때보다는 많이 넓어진 거지."

"지금의 평양이 고조선의 수도였다는 말은 이제 안 한단 말씀입니까?"

"아, 그건 말이다. 실증사학자들도 해방 이후에 중국 지방에서 발견되는 유물들을 기초로 재평가를 하고 있어. 그래서 고구려가 수도를 옮겼듯이 고조선도 두세 번 옮겨서 최종적으로 지금의 평양이 수도였다고 주장하고 있다. 해방 전후에 주장하던 내용과는 많이 다르다.”

“그럼 홍산문화도 우리 역사로 인정해야 하는 거 아닙니까?”

“그렇지만 홍산문화가 직접적으로 고조선의 문화로 이어졌다고는 생각하지 않는다. 시간적 차이를 이유로 말이야.”

“그렇다면 민족사학자들은 왜 시간적 차이가 나는데도 홍산문화를 고조선의 역사로 인식하고 있는지 그게 궁금합니다.”

저쪽 구석 테이블에 앉아 있는 사관생도가 손을 들어 질문했다.

“민족사학자들도 이 시간 차이를 인식하고 있다. 홍산문화와 고조선은 시간 차이가 있지만, 고조선 이전에 고조선을 계승해준 선조의 나라가 있었다고 주장한다. 그 근거가 바로 《환단고기》다. 고조선이 세워지기 전에 ‘단국’이 있었고, 그 이전에 ‘환국’이 있었다는 거다. 그것을 계산해보면 기원전 6000년경이 된다.”

“고조선 이전에 단국과 환국이 있었고 그들의 삶이 홍산문화란 말씀이죠? 그렇다면 이건 유물로 입증된 사실인데, 왜 실증사학자들은 믿지 않고 있는지 더욱 궁금해집니다.”

“고조선에 대해서는 중국의 역사서에도 언급되지만, 단국이나 환국은 전혀 언급되지 않는다. 다만 우리나라 역사서에는 언급된다. 고려 시대 일연 스님이 지은 유명한 사서인 《삼국유사》에 나온 ‘고기’의 내용을 근간으로 후대에 명문화되었다. 여러분이 보았던 《환단고기》라는 책자는 1911년 우리 역사학자가 이들 내용을 바탕으로 세부적으로 적은 것이다. 주요 내용은 ‘환웅이 신시에 도읍을 정하여 나라 이름을 배달이라 했다', '배달민족이라 할 때 그 배달이다. 배달은 한자로 옮기면 단이다. 즉, 단국이다. 그 이전 환국은 파내류산 아래 환인 씨의 나라가 있었으니 그 땅의 넓이는 남북으로 5만 리, 동서로 2만 리이고 통틀어 환국이라 했다'라는 내용이다."

"함장님. 그럼 우리 민족사학자들은 구전되어온 내용을 정리한 《삼국유사》나 《환단고기》 등을 믿는 반면, 실증사학자들은 이것을 안 믿는단 말씀이네요. 맞습니까?"

통역관이 나에게 따지듯 물었다.

"그렇다고 봐야지."

"아니 왜 그런답니까? 우리 역사학자들이 우리 사서를 믿어야지 왜 안 믿는답니까? 도무지 이해되지 않습니다."

"아까도 얘기했지만, 실증사학자들은 기본적으로 해방 이전부터 일본에서 공부한 사람들이다. 당시 일본은 조선을 청나라로부터 해방하여 대한제국을 만들어준 아주 중립적인 국가라고 생각했다. 그들은 공식적인 기록문헌이나 발견되는 유물 외에는 안 믿는다. 일제 강점기에 지금의 평양에서 발굴된 무수한 고조선의 유물을 근거로 고조선은 인정한다만, 그 이전의 단국이나 환국은 인정하지 않는 거지. 더구나 1911년 책으로 나온 《환단고기》는 일제에 나라를 뺏긴 민족사학자들이 민족의 자긍심을 더 높이고자 지어낸 얘깃거리라 생각한다."

"우리나라 《삼국유사》는 공식문헌 아닙니까? 고려 때 《삼국유사》에 나온 내용을 1911년에 좀 더 자세히 기록한 《환단고기》를 왜 안 믿는다는 겁니까?"

통역관은 조금 전보다 더 언성을 높였다.

“《삼국유사》는 일연 스님이 개인적으로 만든 책자다. 고려 정부 기관에서 만든 책자는 《삼국사기》다. 김부식이 쓴 책 말이다. 거기에는 단국이나 환국 얘긴 없다. 그러다 보니 당시 일제도 인정하지 않았던 거지.”

“와, 이상합니다. 기원전 2333년 이전에는 우리 민족이 없었다는 얘기로 들리네요. 현생 인류가 동북아에 산 지가 2만 년이 넘는다고 하는데 고작 6천 년 전 역사와 국가를 인정하지 않으니 말입니다.”

“그러게 말이다. 이런 문제로 인해 고대사에 대한 역사 논쟁이 학계에서는 계속 진행되고 있다. 그렇지만 홍산문화는 정확히 유물로서 드러난 사실이니 좀 더 시간이 지나면 선명하게 밝혀지겠지.”

“중국 쪽에서는 어떻게 반응합니까? 진시황제가 통일하기 전에는 산둥반도조차 동이족의 땅이었다고 하지 않았습니까? 그렇다면 산둥반도를 포함한 홍산문화의 영역이 환국과 단국의 역사 아니겠습니까?”

“중국은 진나라가 통일하기 전에 한족 입장에서 동쪽에 위치한 민족은 모두 ‘동이족’이라 불렀다. 그러니까 중국이 ‘동이족’이라 불렀던 지역이라 해도 거기에 살던 사람들이 모두 우리 민족은 아니란 얘기다. 무슨 얘기냐 하면, 중국의 한족을 제외한 동쪽 지방의 이민족은 모두 ‘동이족’이라 불렀으니 말이다. 그래서 과거에는 동이족이었지만 중국이 땅을 넓혀 통합하면 한족의 범주에 속하게 돼서 동이족이 아니라는 논리다. 중국이 ‘동이족’이라 불렀던 사람들도 여러 부족으로 구성돼 있어서 그들 모두가 대한민국을 구성하는 한민족은 아니란 얘기다."

"거 참 쉽네요. 지금도 한반도를 쳐서 자기네 나라로 복속시키면 우리 민족도 그냥 한족이 되겠네요."

"그런 건 아니지. 중국에 한족을 제외하고 얼마나 많은 민족이 살고 있나? 홍산문화가 일어난 몽골 남동쪽 지방의 사람들과 우리 민족을 같다고 보지 않는단 말이지."

"저는 그것조차 말이 안 된다고 생각합니다. 우리가 우리 역사서를 가지고 그렇다고 주장하면 그게 정답 아닙니까?"

"참 어려운 문제다. 나도 역사학자가 아니라 뭐라 말하긴 어렵다."

"그렇다면 이건 어떻게 이해해야 합니까? 우리 민족의 엉덩이에는 태어날 때 몽고점이라는 푸른 점을 달고 나옵니다. 제가 알고 있기에는 중국이나 일본 사람들에게는 많이 없고, 주로 우리나라와 북쪽의 북방 민족에게만 있다고 하던데 이것만 봐도 홍산문화는 우리 민족의 역사로 봐야 하지 않겠습니까?"

"엉덩이에 푸른 점을 띠고 태어나는 민족의 분포도는 자네 말이 맞다. 실제로 중국 사람들에겐 많이 없고, 주로 한반도와 그 북방 민족에게 많이 나타나는 게 사실이다. 그래서 요즘은 DNA 구조를 비교해서 민족의 근접성을 확인하는 기술도 있다."

"5번 테이블입니다. 함장님. 지금 우리 민족의 엉덩이에 푸른 점이 나타나는 건 과거 몽골 항쟁에서 무수히 침략을 받아 DNA가 변해서 그런 거라 생각합니다. 실제로 세 차례나 바다를 건너가려 했던 일본은 태풍으로 인해 못 갔습니다. 그래서 일본 사람들의 엉덩이엔 푸른 반점이 적게 나타나는 것이고 말입니다."

5번 테이블에서 한 생도가 일어나서 반대 입장의 의견을 개진했다.

"몽골 항쟁 기간에 피가 섞여서 그렇다고? 난 그렇게 생각하지 않네. 그럼 중국은 왜 그리 적게 나타나는가? 중국은 원나라 때 같이 살면서 피가 많이 섞였는데도 말이야."

그때 갑자기 훈육관 윤 소령이 내 말을 막아섰다.

"저, 함장님. 곧 야식 준비시간입니다. 오늘은 이만하시고 다음 기항지에서 나와서 하심이…."

"어, 벌써 시간이 그렇게 됐던가? 알았네. 다음 기항지 캐나다를 출항하면 그때 다시 하기로 하세."

생도들과의 대화 시간을 거의 역사 얘기 위주로 하다 보니 정말 시간이 잘 간다. 그래도 딱딱한 내용을 잘 들어주고 서로 토의하니 재미는 있었다.

열흘간의 대서양 항해는 크게 힘들지 않았다. 모두 하늘이 도왔다고 했다. 큰 파도는 우리가 지나가기 전에 그치거나 우리가 지나온 바다에서 일어났다. 쉽게 말해 파도가 우리 대조영함을 피해 갔다. 하늘이 돕지 않고서야 어찌 이렇게 편안하게 10월의 북위 50°가 넘는 대양을 넘을 수 있겠는가.

★ ★ ★

캐나다의 협수로는 정말 길었다. 협수로에 접어들어 몬트리올까지 가는 데 22시간이나 걸렸다. 중간에 도선사가 3명이나 교대했다. 나 혼자 함교에서 내내 있을 수는 없었다. 할 수 없이 부장을 불러 함교를 지키게 했다. 부장이 항해장이니 항해 안전에 문제가 발생하면 함장과 동시 책임을 면하기 어렵다. 야간에 눈을 조금 붙이기로 했다. 입항할 때는 함장이 반드시 함교에 위치해야 하고, 입항 후에는 바로 행사에 참가해야 하므로 잠을 자둬야 했다. 서너 시간 눈을 붙이고 새벽에 다시 함교에 위치해서 배를 입항시켰다. 야간에 함교를 지킨 부장은 내려보내 자게 했다. 이럴 때는 교대로 함교를 지킬 수밖에 없다.

몬트리올항에 입항하기 직전에 대조영함에서 예포를 발사했다. 대조영함에서 11발을 쏘고 답례로 캐나다 해군에서 11발을 쐈다. 예포발사는 캐나다에서 처음 했다. 원래 모든 국가에서 해야 하지만, 기항지마다 원하지 않아 생략했다. 예포는 군함이 타국에 입항하기 전에 가지고 있던 모든 포탄을 버리고 무장해제 한 채 들어간다는 의미로 해오던 의식행사다. 옛날에는 전통적으로 많이 했지만, 지금은 대부분 국가에서 소음 때문에 원하지 않는다.

입항 후 대조영함에서 오찬이 있었다. 환영객으로 오신 대사, 총영사, 시청 대표, 해군 대표 장성, 한인회장 등을 대상으로 했다. 1988년과 2006년에도 캐나다에 군함을 타고 온 적이 있다. 그때는 모두 동해안이 아닌 서해안 밴쿠버로 갔다. 이번에는 동해안에 위치한 몬트리올에 왔다. 아름다운 나라 캐나다. 언제나 다시 오고 싶은 곳이다.

동쪽에서는 영어도 사용하기는 하지만, 프랑스어를 더 많이 사용한다. 반면 서쪽에서는 영어를 주로 사용한다. 역사적으로 캐나다의 서쪽에는 영국인이, 동쪽에는 프랑스인이 많이 들어와 살다보니 그렇다. 북아메리카는 이민의 나라여서 그렇게 구성되었다.

오찬을 마친 지휘부는 몬트리올 시장을 예방했다. 캐나다도 우리나라와 일본 사이에서 중립적 위치를 취하는 국가라 별도로 해도에 동해 표기 요청을 하지는 않았다. 저녁에는 캐나다 대사가 주최하는 만찬에 참석했다.

"우리나라 군함이 서해안 밴쿠버에는 자주 오지만, 동해안에는 자주 오지 않습니다. 아주 오랜만에 군함이 기항해서 대사로서 너무 기분이 좋습니다. 이곳 한인회에서 엄청 좋아들 합니다."

"저희도 자주 오고 싶지만 이렇게 세계 일주를 하는 순항훈련이 아니고서는 올 수 없으니 말입니다."

"매년 세계 일주를 할 순 없는가 보지요?"

"그렇습니다. 한정된 예산으로 특정 국가만 갈 수 없다 보니 매년 코스를 달리해서 갑니다."

"여기 몬트리올은 퀘벡주입니다. 프랑스 사람들이 많아서 학교에서 공부도 프랑스어로 합니다. 혹시 자제분 중에 캐나다로 오고 싶은 사람 있으면 공짜로 공부할 수 있으니 보내주십시오."

한인회장이 대화 속에 불쑥 들어왔다.

"네. 복지가 아주 잘돼 있는 나라네요. 서부 밴쿠버에서도 가능합니까?"

"프랑스인이 많이 사는 퀘벡주에만 해당합니다."

"그렇군요. 나중에 우리 애들도 보내도록 하겠습니다."

다음 날은 자크-카르티에 광장에서 합동공연이 있었다. 800여 명의 현지인이 관람하러 왔다. 역시 세계를 들썩인 케이팝이 최고였다. 대조영함의 자랑 '치아라'팀의 〈강남스타일〉에 모두 녹아버렸다. 공연에 이어 한인회에서 장병들을 위한 환영오찬을 마련해줬다. 넓은 한인회관에서 태권도 공연을 별도로 개최하고 점심을 먹었다. 한인회원 중에는 이곳 어린이들을 위해 태권도 도장을 운영하는 사람들이 많았다. 모처럼 우리 부대에서 태권도 공연 팀이 갔으니 같이 합동으로 공연하고 싶다고 해서 이뤄진 일이다. 외국 유색인종의 어린이들이 기합 소리에 맞춰 태권도를 하는 걸 보니 감회가 새로웠다.

저녁에는 몬트리올 총영사가 주최하는 만찬에 참석했다. 총영사는 감투를 2개 쓰고 있었다. 다른 하나는 국제민간항공기구인 ICAO의 전권대사를 맡고 있었다. 몬트리올에 이 국제기구가 있다 보니 총영사가 전권대사까지 겸하게 됐다고 한다. 공관에서 이루어진 행사는 조촐했지만 호연지기를 길러야 하는 사관생도들에게는 견문을 넓힐 좋은 기회였다. 캐나다에서도 3박 4일간 체류했다.

셋째 날에는 사관생도 모두가 캐나다 국방사관학교를 방문했다. 거의 하루 일정이었다. 저녁에는 기항지마다 열렸던 대조영 함상에서 이뤄진 리셉션이 있었다. 몬트리올 시청 대표와 캐나다 해군 대표 장성이 참석했다. 물론 우리나라 교민은 대사를 포함하여 기본적으로 모두 참석한다. 이미 전날 낮에 합동공연을 할 때 본 사람도 있지만, 리셉션 중간에 하는 함상 공연에 모두 다시 즐거워했다. 캐나다에서는 대조영함을 다녀간 현지인이 약 4천 명이나 됐다. 그만큼 우리나라 해군함정에 대해 관심이 많은 나라였다. 벨기에, 스웨덴에서 1천여 명이 다녀간 것과도 비교가 됐다. 그 외 국가에서는 대부분 500~600명 정도가 다녀갔다.

다음 날 오전 대조영함은 캐나다 몬트리올을 빠져나오기 위해 시동을 걸었다. 동부 해안으로 완전히 빠져나와 밑으로 내려가야 했다. 다음 기항지는 미국의 동부 해안 볼티모어다. 동부 해안으로 완전히 빠져나오지 않고 작은 운하를 건너 바로 미국으로 갈 수도 있었지만, 예산 문제 등으로 돌아나갔다.

사실 유럽에서도 벨기에 안트워프에서 덴마크의 코펜하겐으로 이동할 때 킬운하를 이용하면 시간을 절약할 수 있었지만, 덴마크 북단을 돌아서 코펜하겐으로 갔다. 순항훈련 예산은 매년 가는 곳을 고려해서 책정되는 게 아니다. 거의 동일한 액수를 매년 미리 정해놓고 예산 범위 안에서 기항지를 선택하는 식이다. 그러니까 정해진 예산 안에서 행동해야 한다. 미국 볼티모어항까지는 4일이 소요된다.

★ ★ ★

출항한 지 이틀째 되는 날 저녁이 돌아왔다. 격납고에 마련된 사관생도와 만남의 시간을 가지기 위해 함장실을 나섰다.

“지난번엔 몽골족과 우리 민족이 똑같이 엉덩이에 푸른 반점을 달고 태어나기 때문에 같은 민족일 수 있다는 얘기들을 했다. 또 반대로 그 푸른 반점은 우성인자라 몽골 항쟁을 거치면서 피가 섞여 생겨난 것이라 주장하기도 했다. 과연 어느 것이 맞는 얘기일까?”

“지난번 말미에 함장님께서 단순히 피가 섞여서 생겨난 반점은 아니라고 말씀하셨습니다. 중국이 원나라 대에 섞여서 같이 한 나라가 되었지만, 중국의 한족은 이 반점이 많지 않기 때문이라 하셨습니다.”

“아! 내가 그 얘기를 했단 말이지? 그래 내가 볼 때 단순히 침략을 받아 피가 조금 섞였다고 민족 전체가 다른 민족이 될 수는 없다고 생각한다. 그렇다면 몽골족과 우리 민족 사이에 무슨 관계가 있어서 엉덩이에 푸른 반점을 동일하게 달고 나올까?"

"몽골 항쟁 때 피가 섞여 그런 게 아니라면 정답은 뻔하지 않습니까. 우리가 모르는 먼 옛날부터 뿌리가 같은 민족이라고 봐야 하지 않겠습니까?"

"맞다. 나도 그렇게 생각한다."

"그럼 왜 고려는 몽골 침략 때 무려 40여 년간 항쟁하며 몰아내려고 힘들게 싸웠습니까? 도무지 납득이 안 됩니다."

"잘 생각해봐야 한다. 내가 작년에 청해부대 파병 나와서 통역관과 장교들에게 해준 역사 얘기를 이미 다 들었을 것이다. 통역관을 통해서 말이야. 발해를 거점으로 한 신라, 고려 시대에 생겨난 북방 민족의 국가인 거란의 요나라, 여진의 금나라 및 청나라 말이다."

"네. 그건 다 들어서 알고 있습니다."

"그렇다면 이해가 쉽겠네. 신라를 이어받은 고려는 한반도의 북쪽과 동북쪽에 있었던 여진족을 형제로 받아들였다. 하지만 서북쪽의 거란족과 좀 더 서북쪽에 있던 몽골족은 받아들이지 않았다. 왜냐하면 문화와 생활이 달랐기 때문이다. 오랫동안 유목민으로 살아온 사람들과 농경문화를 기반으로 살아온 사람 간에 생긴 벽 때문이지."

"좀 이해가 됩니다. 그러니까 원래 그 옛날 고대 때는 몽골족과도 같은 민족이었지만 환경과 문화가 달라지면서 교류가 없다 보니 남이 되었다고 생각하면 되겠습니까?"

"바로 그거다. 그렇게 생각하면 모든 게 다 풀린다. 몽골족과 우리 민족이 엉덩이에 동일한 푸른 반점을 달고 나오는 건 같은 조상을 가졌기 때문에 가능하다. 그러나 자연환경의 차이로 유목과 농경으로 생활 방식과 문화도 달라졌다. 시간이 지나면서 자연스레 남이 되었다."

"아무리 그래도 지금도 자세히 보면 몽골족은 우리 민족과는 좀 다르게 보이거든요. 이들은 키도 크고 덩치도 좀 큰 편입니다. 우리 민족에 비해서 말입니다."

"당연하다. 자연환경이 다른 곳에서 문화와 풍습이 다르게 오랜 기간 살다 보니 서로 생김새가 조금 달라졌다고 보는 게 타당하다."

"어떤 실질적인 근거가 있으십니까?"

"작년에도 말했지만, 고기와 우유를 주식으로 먹고 살아온 사람들이다 보니 채식만 한 사람들과 덩치 차이가 난다. 비근한 예로 어린 나이에 유럽이나 미국에 이민 간 사람들 보면 어딘가 모르게 조금 다르다는 느낌이 들 거다. 육식 위주의 생활을 하다 보니 신체 구조가 조금 달라졌다는 논리지."

"네. 그럴 수 있겠습니다. 그렇다면 고려의 태조 왕건이 훈요십조로 거란이나 유목민과는 유대관계를 가지지 말라고 한 뜻은 민족의 개념이 아닌, 문화의 개념으로 배척했던 겁니까?"

"그렇다고 봐야 한다. 지금의 만주 지방인 당시 여진족에 대해서는 아무런 언급이 없다. 그러나 거란이나 서북쪽 사람들은 민족의 범주에도 넣질 않았다. 그만큼 문화적 동질성이 민족성보다 더 크게 작용했다는 뜻이다."

"혹시 고려 태조 왕건이 《환단고기》 같은 우리의 고대 역사를 잘 몰라서 그렇게 단정 짓고 배척한 건 아니겠습니까? 만약 《환단고기》의 내용을 알았더라면 저들도 우리 민족이니 가까이 지내라고 하지 않았겠습니까?"

잠자코 듣고 있던 통역관이 거들고 나섰다.

"지금의 《환단고기》라는 책자는 1911년에 나왔지만, 고려 중엽 때 일연 스님이 쓴 책 《삼국유사》에 그 내용은 얼핏 나온다. 그렇다면 태조 왕건도 구전되어왔을 이러한 내용을 어느 정도 알고 있었다고 본다."

"진짜로 태조 왕건은 민족보다 문화를 더 숭상했단 말이네요."

통역관은 다소 흥분된 목소리로 되물었다.

"그럴 수밖에 없었을 거다. 태조 왕건은 고려를 그냥 개척한 게 아니다. 기존의 신라를 모태로 고려라는 국가를 만들었다. 그리고 국가 이념은 고구려를 계승한다고 했다. 고구려의 범주에 속하는 민족은 받아들이되 그 이전의 민족은 받아들이기 힘들었을 거다."

"왜 그렇게 생각하십니까?"

"좀 전에 얘기했다시피, 고려는 아무것도 없는 상태에서 세워진 나라가 아니다. 기존의 통일신라에서 전수된 나라다. 무슨 얘기냐 하면 신라의 민족 개념을 바탕으로 고려를 세웠다는 것이다. 통일신라는 삼국을 통일했다고 했다. 고구려, 백제, 신라 말이다. 그러니 당연히 고려는 고구려의 영역까지를 민족의 개념에 두었던 것이다."

"그러니까 고조선의 영역까지 우리 민족에 담지는 못했다는 거네요? 맞습니까?"

대대장 생도는 자신이 없었는지 반복 질문을 이어갔다.

"그런 셈이다. 강력한 중앙통제식의 왕권 국가를 만들어나가야 하는 입장에서는 흩어진 민족의 개념보다 문화 개념을 더 중요하게 생각했을 거다. 자신을 지지하는 백성을 안전하게 먹여살려야 하고, 또 이들이 반감을 품지 않게 하기 위해서는 경제가 뒷받침되는 문화가 필요했다. 그러니 자연스레 한반도 지형에 적합한 농경문화와 불교문화를 숭상하게 되었다."

"우리 민족이었으나 살아온 환경과 문화의 차이로 남보다 못하게 싸워온 역사가 거란과 몽골과의 항쟁이라고 봐야겠습니다."

"지금의 민족사학자들 입장으로 보면 그렇다. 고조선을 넘어 홍산문하의 주인인 단국과 환국의 사람들이 거란과 몽골인이니까 말이다."

"햐~ 완전히 반전입니다. 우리 조상들이 쓸데없는 전쟁을 치르고 그렇게 엄청나게 많은 사람이 죽었단 말입니까? 이건 완전히 억지인 거 같은데요."

통역관은 얼굴이 벌게지며 언성을 높였다.

"그렇기에 현재 우리 역사학계를 대표하는 실증학자들이 이를 믿지 않는 이유로 들기도 한다."

"어떤 이유입니까?"

"만약 《환단고기》처럼 홍산문화가 우리 민족의 문화라면, 고구려가 수나라와 당나라의 침략에 맞서 싸운 전쟁도 민족 내부전쟁으로 간주해야 한다."

"엥? 민족 내부전쟁이라뇨? 무슨 말씀입니까? 그럼 고구려가 중국 변방의 나라로서 같은 민족인 수나라, 당나라와 싸웠다는 얘기입니까? 이건 지금 중국이 말하는 동북공정하고 같은 말이지 않습니까?"

"그래서 함부로 말하기 쉽지 않다는 얘기다. 무엇보다 역사 인식을 잘 가져야 한단 말이다."

"아하. 삼국통일을 했다는 신라도 결국 거대한 당나라를 의식해서 그렇게 주장했다고 봐야겠습니다. 삼국통일이 아닌 고조선의 영역을 되찾아야 한다는 이념을 뒀다면 끝내 당나라와 싸워서 이기든지 지든지 해서 당나라와 병합되어 통일됐을 거라는 가정 말입니다."

"그렇지. 만약 신라가 삼국통일을 넘어 《환단고기》에 등장하는 홍산문화 영역을 차지해야 한다고 했다면 과연 당나라가 가만뒀겠는가?"

"가만두지 않았겠지만 홍산문화는 불과 몇십 년 전에 밝혀진 거라 신라는 그렇게 주장할 수도 없었을 겁니다."

"홍산문화는 몰랐어도 구전돼온 《환단고기》는 알고 있었을 거다. 그렇지만 신라는 그 이상 영토에 대해 말을 하지 않았다. 말했다간 당나라에 신라 자체가 무너졌을 테니까 말이다. 이건 국가 간 힘의 논리다."

"그건 그렇고 추가 질문을 하나 드리겠습니다. 우리 민족을 '백의민족'이라 하는데, 작년에 함장님께서 이 백의민족을 농경문화의 결과라고 했습니다. 그렇다면 백의민족의 영역은 어디까지였겠습니까?"

통역관이 계속해서 뭔가 할 말이 있다는 투로 이야기를 이어갔다.

"함장님. 야식 시간이 다 돼갑니다. 오늘은 여기까지 하심이 좋을 듯합니다."

훈육관 윤 소령이 갑자기 끼어들어 통역관의 궁금증을 날려버렸다.

★ ★ ★

몬트리올을 나온 지 5일 만에 미국 동부 해안에 있는 볼티모어항으로 들어갔다. 볼티모어항도 연안에서 대단히 깊이 들어가 있었다. 무려 12시간을 함교에 있었다. 도선사 2명이 교대로 6시간씩 항해했다. 캐나다와 마찬가지로 미국 서부 해안의 샌프란시스코나 LA는 두 번 들어간 적 있지만, 동부는 처음이다. 볼티모어항도 군항은 아니고 민항이었다. 군사교류만 생각한다면 여기에 입항할 이유가 없다. 주미대사관에서 군사외교와 생도들의 호연지기를 연마할 기회의 창으로 미국의 수도가 근접한 볼티모어로 오기를 요청해서다.

입항 후 오찬은 볼티모어 시장특보와 미 해군 대표 장성을 대상으로 했다. 물론 주미 한국대사관과 한인회에서도 참석했다. 대사관에서는 워싱턴 총영사가 나왔고 한인회장이 나왔다. 모든 기항지에서 대사가 직접 참석하는데, 미국은 그렇지 않았다. 우리나라의 현안업무 수행에 워낙 바쁜 나머지 참석하지 못했다. 볼티모어는 워싱턴 가까이 있지만, 그래도 차로 1시간 반 정도 가야 하는 거리에 있다.

오찬을 마치고 지휘부는 대사관실을 방문하여 대사님을 만났다. 현안업무로 함정으로 찾아오지 못한 데 대해 대단히 미안해했다. 충분히 이해할 수 있었다. 우리나라와 동맹을 맺은 대국의 대사이니 얼마나 많은 일이 있겠는가? 대사 예방을 마친 지휘부는 다시 미 해군사관학교 교장을 예방했다. 우리 생도들과 유대관계를 강화하기 위해서는 미리 만나보는 게 좋을 듯해서다. 3성 제독인 미 해사 교장은 흔쾌히 우리 생도와 대원들의 학교 방문과 견학을 허락했다. 마침 미 해군대학에 석사학위 위탁 교육을 나온 1년 후배가 안내하여 사관학교를 미리 둘러보았다. 후배는 우리 사관학교를 1년 다니고 바로 미국 해군사관학교를 졸업해서 이곳 지리를 잘 알고 있었다. 학교는 우리 해사보다 열 배는 커 보였고, 학교 박물관에는 볼거리가 꽤 많았다.

미국 해군사관학교를 '아나폴리스'라고도 부른다. 원래 아나폴리스는 메릴랜드주의 주도로서 도시명이다. 그런데 이 지역에 대표성을 띤 해군사관학교가 존재하다 보니 학교명을 지역명으로 부르고 있다. 반면에 미 육사는 뉴욕주 허드슨강 하류에 위치해 있어 이곳의 지명을 딴 '웨스트포인트'라고 한다.

저녁에는 함상 리셉션을 열었다. 교민이 많이 살다 보니 많은 사람이 참석했다. 대사관에서 통제가 제대로 안 된 모양이었다. 평소 다른 기항지보다 두 배나 많은 인원이 참석했다. 무려 600여 명이나 됐다. 사실 미국 동부 해안으로 군함이 들어올 일이 아주 드물기에 일어난 일이다. 주미대사는 산적한 업무 관계로 리셉션에도 참석하지 못했다. 워싱턴 총영사가 대신했다. 동맹국의 행사인 만큼 미 해군장성들과 메릴랜드주 정무장관이 참석했다. 미국의 연방정부만 생각했지 주 정부는 생각하지 못했다. 주 장관이 별도로 존재한다는 게 신기했다.

다음 날 오전에는 주미 국방무관실을 방문했다. 동맹국이다 보니 주미 국방무관은 한국에서 사단장을 마친 육군 2성 장군이 나와 있다. 긴 여정에 지친 우리를 위해 국방무관은 지휘부와 대표 사관생도들을 불러 오찬을 가졌다. 참 고마운 일이었다. 미국은 동맹국답게 국방무관은 2성 장군이나 그 밑에 군별로 대령급 무관을 별도로 두고 있다. 해군 무관으로는 내 동기생이 나와 있었다. 서로 행사에 바빠서 같이 식사하기도 쉽지 않았는데, 국방무관이 오찬을 열어서 동기생과 식사를 같이할 수 있었다. 정말 감회가 깊었다.

오찬을 마친 지휘부는 웰링턴 국립묘지에서 참전 전사자를 참배했다. 한국전에서 유엔군으로 참전한 국가 중 제일 많은 병력을 보내고 희생된 국가가 미국이다. 미국은 한국전을 잊지 않고 있었다. 자신들의 희생으로 오늘날 대한민국이 크게 성장했다는 데 대해 미 국민도 상당한 자부심을 갖고 있다는 걸 느낄 수 있었다.

저녁에는 워싱턴 인근에 거주하는 해군사관학교 동문 선후배들이 만찬을 열어줬다. 아주 오래전에 전역한 후 머나먼 이국땅으로 이민 오신 선배님들이 의외로 많았다. 그중에는 내가 아는 선배, 동기도 있었다. 참으로 반가웠다. 내 동기생은 불과 몇 년 전에 제대하고 바로 미국으로 건너왔다.

"할 만해? 여기 생활은."

"응. 학위가 있으니까 바로 취직했지. 우리나라 전문대학 같은 곳에 학장으로 있어."

"아, 그래? 몰랐다. 정말 축하한다. 요즘 미국 경기도 그리 좋진 않다고들 하던데…."

"맞아. 저기 선배님은 지금 세탁소 하는데 하루 100달러 벌기도 힘들대."

"하루 100달러도 제대로 못 벌면 어떻게 사냐? 차라리 우리나라에 와서 사는 게 낫지."

"그래도 연금은 받으니까 버티고 사는 거지. 애들 학교도 가야 하니까 국내로 들어가긴 쉽지 않을 거야."

"그렇구나. 미국에 사는 우리나라 이민자가 모두 잘사는 건 아니구나. 나도 나중에 미국 와서 살려 했더니 안 되겠네. 하하."

반농담으로 동기생의 미국 생활 실상을 슬쩍 떠보았다.

"옛날처럼 전문성 없이 그냥 맨발로 뛰어서는 입에 풀칠하기도 힘들어. 예전에 우리나라가 못살 때는 상대적으로 인건비가 높아서 미국에서 돈 벌어 국내로 오면 부자 소리 듣고 살 수 있었는데, 지금은 어림도 없어."

"미국의 인건비가 낮아서 그렇단 얘긴가?"

"그런 셈이지. 그냥 막노동은 값싼 히스패닉계나 인도, 필리핀 사람들 고용하면 된다는 거야. 저 선배처럼 세탁소 같은 건 이런 사람들도 잘할 수 있거든. 이 사람들은 영어권에 있는 사람들이라 영어도 잘해서 오히려 경쟁력이 높은 거지."

"그렇구나. 미국에 가서 돈 벌어 오겠다는 말은 이제 옛말이구만. 헌데 자네는 괜찮은가?"

"난 여기서 석·박사 다 했잖아. 지금 공대학장이니 뭐 저런 선배들하곤 좀 다르지. 그리고 여긴 교수가 투잡, 쓰리잡도 할 수 있어. 나도 조그마한 전자회사를 하나 운영하고 있거든."

"그래? 자넨 위탁 교육을 다 여기서 했지. 투잡, 쓰리잡까지 한다니 곧 부자 되겠네. 제대하고 놀러올 테니 밥은 좀 사주라, 응?"

"언제든지 와라. 내가 집이랑 밥은 무조건 다 제공하마. 대신 제수씨랑 같이 와. 우리 집사람도 보고 싶다고 하더라."

"그래, 고맙다. 역시 동기생밖에 없구나. 한국 나오면 자네도 반드시 연락해. 내가 쏠 테니까 말이야."

"알았네, 알았어. 하하."

"그나저나 자네보다 한 10년 먼저 전역해서 미국 중부로 건너온 동기 말이야. 그 친군 요즘 어디 있지? 가끔 연락은 하냐?"

"아, 그 친구? 가끔 연락은 하는데 나도 못 봤어. 전화는 가끔 해. 지금 한번 해볼까?"

"그래 한번 해봐. 여기까지 오진 못하겠지만 목소리라도 한번 듣게 말이야."

동기생은 먼저 건너온 다른 동기생에게 전화를 걸었다. 통화는 됐다. 서로 안부를 조금 물었는데, 중부의 어느 작은 도시에 있는 백화점에서 구내식당을 한다고 했다. 자신이 주방장이라고도 했다. 전화기 너머로 물소리와 그릇 부딪히는 소리가 들렸다.

"요즘 그 친구도 살기 힘든가 봐."

"그래. 그 친구도 아무 준비 없이 딸 하나 보고 그 딸 수술한다고 건너왔잖아."

그 동기의 딸은 태어나면서부터 한쪽 눈에 장애를 갖고 태어나 여러 번 시간 차를 두고 수술해야 했다. 수술은 미국에서만 가능하다고 해서 오게 됐다.

"수술은 잘됐는데, 사는 게 넉넉하진 않은가 봐."

"미국도 그렇게 살기 좋은 곳은 아니구먼. 암튼 자넨 부자 돼라. 나 전역하면 놀러오게 말이야."

동기생과 대화를 마치고 여러 선배님과도 안부를 묻고 군 생활의 정을 나누었다. 새삼 지구는 참 좁고 작다는 생각이 들었다.

다음 날은 오전에 이너하버 광장에서 합동공연을 관람하고 오후에는 사관생도들과 함께 미 해군사관학교를 다시 찾았다. 첫날 학교장을 예방하러 와서 제대로 못 본 곳을 군데군데 둘러보았다.

학교가 참 넓고 볼거리가 많았다. 해군사관학교다 보니 바다와 관련된 각종 모형 배들과 역대 해군 지휘관의 유물과 장구류 등이 많았다. 역사가 짧은 미국이라지만, 현대 해군의 역사는 우리보다 훨씬 길다. 그만큼 볼 게 많았다.

마지막 날에는 새벽에 출항하여 다음 기항지로 가야 했다. 이곳 볼티모어항은 민항이기에 기예약된 대형 여객선의 입항 시간을 고려하여 자리를 비워줘야 했다. 원래는 평소와 같이 10시경에 출항하려 했지만 당겨서 새벽 4시에 출항했다. 4시에 출항하려면 최소한 1시간 전인 3시에는 모두 일어나야 한다. 하나의 단위 부대이기도 한 대형 군함이 항구를 출항하기 위해서는 준비해야 할 게 많아서다.

다음 기항지는 파나마다. 파나마로 가기 위해서는 먼저 파나마운하를 건너야 한다. 파나마운하는 대서양에서 태평양으로 넘어오는 샛길이다. 이 운하를 통과하지 않고 남아메리카를 돌아 태평양으로 나온다면 8천 마일을 더 가야 한다. 시간과 돈이 엄청나게 더 소요된다. 볼티모어 협수로를 장장 10시간 넘게 빠져나와 다시 미 동부 해안 대서양 하단으로 항해했다. 볼티모어항을 나와 파나마운하를 거쳐 파나마 발보아항으로 가는 데 7일이나 소요된다.

★ ★ ★

출항 이튿날 마련된 사관생도와의 시간은 늘 즐거운 시간이다. 서로 역사 얘기 위주로 토론하다 보니 항해의 지루함을 달래기에 적격이다. 물론 생도들은 항해 중에 학업을 비롯한 실습 등으로 인해 피곤하다. 그렇지만 이 시간만큼은 학업 경쟁의 부담을 덜어준다. 실습점수가 별도로 책정되기 때문에 생도들은 학업 부담을 안 가질 수 없다. 생도들의 학업 부담을 덜어준다는 명목으로 질문은 내가 먼저 던졌다.

"우리 민족은 예부터 '백의민족'이라 했다. 얼굴이 하얗기 때문에 그런가? 아니면 흰옷을 즐겨 입어서 그런가? 작년에 통역관에게는 말했는데…."

"당연히 흰옷을 즐겨 입어서 백의민족이라 하잖습니까. 이건 상식적인 얘기라 저도 좀 압니다."

"그럼 우리 선조들이 어떻게 흰옷을 즐겨 입게 됐는지도 알겠구나?"

"제가 알기로는 우리 민족이 농경문화에 살다 보니 쉽게 구할 수 있는 세제가 벼를 생산하고 나온 짚을 태운 재라고 말입니다. 짚을 태운 재를 물에 타서 빨래하다 보니 흰색이 유지됐다고 알고 있습니다."

똑똑한 대대장 생도였다. 상식적인 수준을 넘어 나보다 더 많이 아는 것 같았다.

"우리 민족은 농경문화를 바탕으로 살아왔다. 그러다 보니 모든 게 농사를 근본으로 삼고 생활했다. 먹는 음식은 말할 것도 없거니와 입는 옷도 그랬다."

"함장님은 지금도 양고기 못 드십니까? 작년에 양고기 냄새에 토하지 않으셨습니까."

통역관은 나의 입맛과 음식 선호도를 잘 알고 있었다. 이걸 슬쩍 생도들에게 흘림으로써 자신이 함장의 특성을 완전히 파악할 만큼 특수한 관계란 걸 드러내 보이고 싶은 모양이었다.

"난 아직도 양고기는 못 먹는다네. 다음 기항지에서 다시 한번 시도해봄세."

"그 맛있는 양고기를 못 드시니 정말 함장님은 우리나라 토종이신 것 같습니다."

"음식에 대해 조금 더 말하자면 이렇다. 북방 유목 민족은 육류와 우유를 주로 먹는다. 농사를 지어 나온 쌀밥을 먹어본 적이 없다. 이 사람들 일부는 쌀밥을 먹으면 알레르기 같은 증상을 느끼기도 한다."

"북방 민족에게 쌀밥 알레르기가 있단 말씀입니까? 처음 들어봅니다."

"구체적으로 알레르기라기보다는 신체적 특성으로 나타나는 증상이라 할 수 있다. 뭐냐 하면 우리나라 사람들에게 종종 나타나는 간질병이다."

"간질병이 음식과 연관이 있다고요? 우리의 주식인 쌀밥하고 말입니다."

"그렇다네. 간질병의 원인이 쌀밥을 먹고 생긴 탄수화물을 처리하는 데 문제가 있어 생기는 병이라고 한다. 정상적인 사람은 탄수화물이 포도당을 만들어 신체 신진대사를 행하도록 한다. 그런데 간질병은 탄수화물이 포도당을 과다 생성해서 뇌에 전기가 쌓여서 일어나는 병이라 한다. 그래서 간질병 환자에겐 탄수화물인 밥을 못 먹게 하고 하루 세끼를 육류만 먹도록 한다. 육류만 먹는 사람들은 북방 민족이다. 유목민 말이다. 우리나라 사람 중에도 육류만 먹어야 하는 사람들이 있다는 뜻이다."

"간질병을 가진 사람들은 모두 유목민의 후예라고 봐도 되는 겁니까?"

"꼭 그렇게 단정 짓기엔 부담이 된다. 내가 의사나 과학자도 아니고 말이다. 탄수화물을 먹지 못하고 육류만 먹어야 하는 사람들이니 유목민의 특이한 유전자를 지닌 후예라고 의심해보는 거다. 반대로 내가 양고기를 못 먹듯이 말이다."

"함장님이 양고기를 못 드시는 건 육류가 몸에 맞지 않아서라기보단 양고기 냄새 때문에 그런 거 아닙니까?"

"하하하. 맞다. 우리 조상 대대로 양고기를 먹어보지 않았으니 냄새만 맡아도 도망가고 싶은 거지. 어쨌거나 유목민인 몽골인은 지금도 채소는 절대 먹지 않는다고 하잖아. 채소나 식물은 짐승이 먹고, 사람은 그 짐승을 잡아먹는 고등 동물이라고 말이야."

"그럴듯합니다. 함장님. 먹이사슬로 보자면 말입니다."

미국에서 고기 먹으면서 공부했다던 통역관이 비꼬듯 한마디 해왔다.

"에끼, 이 사람. 먹이사슬은 아니지. 그럼 밥을 주식으로 먹는 우리나라 사람들은 하등 동물이란 말이야?"

"웃자고 한 말이었습니다. 죄송합니다."

통역관이 멋쩍어했다. 그러니 오히려 내가 미안해졌다. 웃자고 한 농담에 너무 진지하게 받았나 싶었다.

"고려 태조 왕건은 거란이나 몽골인이 엉덩이에 푸른 반점을 갖고 태어나지만 우리 민족으로 여기지 않았다. 반면에 과거 고구려 영역 안에 있던 여진족은 배척하지 않았다. 즉, 고려는 홍산문화 영역 안에 살던 사람들을 우리 민족으로 받아들이진 않았단 말이지."

"그럼 고조선을 표방하고 한반도에 들어선 조선에서는 왜 홍산문화 영역이 포함된《환단고기》를 우리 역사라고 주장하지 않았습니까?"

"조선이 고조선을 염두에 두고 건국한 건 맞다. 그렇지만 조선 역시 고려를 근간으로 이어받은 국가다. 무엇보다 힘이 약한 소국인 조선이 명나라가 차지하고 있는 땅인 홍산문화 영역이 포함된《환단고기》를 우리 역사로 집어넣고 살긴 힘들었을 거다."

"조금 이해가 됩니다. 홍산문화라는 유물이 발견된 게 불과 수십 년 전입니다. 조선 시대에는 구전되어온 고조선의 역사만 있었을 뿐 어떤 유물 같은 근거는 없었습니다. 명확한 근거도 없이 지금의 중국 북쪽 땅을 고조선의 역사에 집어넣기는 쉽지 않았을 거라 생각됩니다."

"오늘날 유물이 발견되고 과학적 기법으로 밝혀내니까 그나마도 서로 주장할 수 있는 형편이다. 조선이나 고려 시대에 감히 중국 땅을 우리 역사의 장으로 집어넣을 수 있었겠나? 지금도 힘의 논리에 막혀 중국의 동북공정에 말도 제대로 못하는데 말이야."

"유물을 더 찾아내고 과학적인 방법으로 우리 역사를 찾아가는 게 가장 합리적이라 생각됩니다. 중국 사람들이 동북공정을 하지 못하도록 말입니다."

"힘을 보태서 유물 찾기에 힘써야 한다. 그게 가장 좋은 방법이다."

"맞는 말씀입니다. 의복은 그렇다 치고, 북방 민족이 하고 다닌 두발 형식도 우리 민족과는 완전히 다르지 않습니까? 저들은 변발을 해왔고 우린 상투를 틀었으니 말입니다."

"좋은 지적이다. 그럼 혹시 우리보다 위도가 높은 추운 지방에 살던 북방 민족이 왜 변발을 해왔는지 아느냐?"

"그건 잘 모르겠습니다. 참 이상합니다. 추운 지방에 살고 있으니 오히려 머리를 더 길러야 조금이나마 보온효과가 있을 텐데 말입니다."

"북방은 춥기도 하지만 비가 많이 내리지 않아 물도 부족했다. 그러니 머리를 감을 수 없었다. 머리를 감지 않으면 자연스레 생겨나는 게 이다. 몸에 붙어사는 작은 기생충 말이다. 머리에 이가 너무 많다 보니 말을 타기가 버거웠다. 그래서 삭발하고 대신 추울 땐 짐승을 잡아 만든 털모자를 쓰고 다녔다."

"아무리 건조한 지방이라 해도 머리 감을 물도 없었단 말입니까? 겨울엔 눈도 많이 오고, 또 여름엔 녹아서 물이 있었을 텐데 말입니다."

"여름엔 눈이 녹아 물이 흘렀다 해도 너무 추워서 머리를 자주 감을 수 없었다. 그러니 편하게 변발을 택했던 거지."

"네. 이해가 됩니다. 이가 자라지 않도록 변발을 하되, 추우니 털모자를 쓰고 말입니다. 털모자뿐 아니라 짐승 털로 만든 외투도 많이 입고 다녔겠습니다."

"당연하지. 유목민이니 그 생활에 적합한 재료와 도구로 삶을 영위해온 거지. 그게 세월이 지나면서 하나의 문명이 되고 말이다."

"그렇다면 언어는 어떻습니까? 중국인의 말과 우리말은 근본적으로 다르지 않습니까? 중국말은 영어랑 어순이 같다고 하던데 말입니다."

"다르지. 북방 민족의 언어는 우리와 어순이 같다. 단어는 서로 달라도 말이다. 영어와 한족의 언어인 중국어는 주어 다음에 바로 술어가 오지만, 우리말은 주어 다음에 목적어가 먼저 나온다. 술어는 맨 나중에 나오지. 그게 큰 차이이다."

"저기, 함장님. 벌써 야식 준비시간입니다. 언어 얘기는 다음 기항지 출항하면 다시 하시는 게 좋을 듯합니다."

언제나 내 말을 중간에 끊고 나오는 사람은 훈육관 윤 소령이다. 생도들 학사 일정을 신경 써야 하다 보니 그렇다. 충분히 이해한다. 우리나라 고대사에 대한 얘기는 다음 시간에 이어서 더 하기로 약속하고 일어났다.

파나마 배추밭, 살사댄스와 갈라파고스

파나마운하는 수에즈운하와는 완전히 달랐다. 수에즈운하는 그냥 땅을 파서 홍해와 지중해를 연결한 단순한 뱃길이다. 그런데 파나마운하는 파나마의 거대한 산꼭대기에 있는 큰 호수까지 배를 끌어 올려서 호수를 지난 다음 다시 반대편으로 내려놓는 식이다. 쉽게 말해 배가 큰 산을 넘어오는 셈이다. 파나마운하 정상에는 큰 호수가 있다. 산꼭대기에 있는 자연호수까지 배를 올려서 호수를 잠깐 항해한 다음 반대편으로 다시 넘어온다. 그래서 자연호수까지 배를 끌어 올리고 호수를 건너서는 다시 배를 산에서 내리는 작업이 필요하다.

배를 산으로 올리는 작업을 하기 위해서는 계단식으로 만들어진 도크에 물을 채워서 다음 계단과 물의 높이가 같을 때 문을 열어 한 계단 올린다. 또 다음 계단 도크에서 물을 채우고 난 다음 다시 올리고 하는 식이다. 내려올 때는 반대 개념이다. 계단식으로 난 도크에 물을 빼고 다음 도크로 내려오고, 또 물을 뺀 후에 한 도크 내려오고 하는 식이다. 시간이 많이 걸렸지만 만 하루 정도의 시간에 모든 게 해결됐다. 오전에 첫 도크에 들어간 대조영함은 밤늦게 호수를 항해하여 다음 날 새벽에 내려와서 오전에 발보아항에 입항했다.

파나마운하는 미국이 건설했지만, 몇십 년 전에 운항권을 파나마에 돌려줬다고 한다. 운하를 건설한 지 100주년 기념식을 하는 해였다. 1913년에 완공됐는데, 건설 노동자의 절반이 중국인이었다고 한다. 중국인 10만 명이 넘게 동원됐다고 한다. 파나마에는 세 부류가 산다. 첫 부류는 아주 부유한 집단으로 유대인이다. 이곳에서 상업을 통해 많은 돈을 번 유대인은 최고급 빌딩에서 살고 있었다. 다음 부류가 중국인이다. 100년 전에 건너온 중국인 노동자들이 터를 잡은 곳이다. 파나마에서 중산층으로 살고 있다. 그리고 하층민은 현지인이다. 흑인에 가까운 현지인은 제일 낡고 지저분한 동네에서 살고 있다.

운하를 운용하는 안내인은 중국이 곧 과테말라에 태평양과 대서양을 잇는 새로운 운하를 건설한다는 말에 긴장하고 있었다. 사실 미국이 더 긴장한단다. 지금은 중국 배들도 미국 동부 해안으로 들어오기 위해서는 파나마운하를 이용하는데, 앞으로는 그럴 일이 없다. 과테말라에 새로 건설되는 중국의 운하를 이용하여 건너올 것이란다. 이렇게 되면 미국 동부 해안이 중국의 경제권에 들어간다는 얘기다. 미국 입장에서는 미국의 중심부까지 군함을 몰고 올 중국을 겁낸다고 했다.

10월의 마지막 날 파나마에 입항했다. 한국에 있었더라면 가수 이용의 〈잊혀진 계절〉을 들었을 날이다. 낮에 낙엽을 밟으며 느낀 가을의 향취를 밤에 와인이나 칵테일을 마시며 노래를 음미했을 것이다. 입항 후 여지없이 현지 대사와 한인회장 등의 일행과 파나마 해군 장성들을 대상으로 오찬을 했다. 오찬 후에는 여느 기항지와 마찬가지로 파나마 주지사와 외교부 사무총장, 태평양 발견 500주년 위원회 집행국장을 예방했다. 2박 3일 일정이라 첫날 리셉션도 같이 열었다. 더운 지역이라 밤에도 더위는 살아있었다. 파나마 해군에서 많이 왔다. 상대적으로 교민이 적다 보니 그 인원을 현지 해군 장병들이 채웠다.

다음 날에는 알부룩 몰에서 열린 합동공연을 관람했다. 약 1,500명의 현지 관람객이 우리나라의 공연을 눈여겨 지켜봤다. 인원은 상당히 많은 수준이었다. 사물놀이며 태권도 시범, 의장대 시범 등 모든 게 생소하다는 표정들이었다. 관람을 마친 지휘부는 점심 식사 장소를 물색했다. 다행히 여기에도 한국 식당이 한 군데 있었다. 한식을 시켜 먹었는데 싱싱한 배추김치가 나왔다. 주인장에게 여기서 만든 김치냐고 물어봤더니 직접 만들었다고 했다.

"사장님, 배추는 어디서 구하셨습니까? 서양에는 동양 배추를 키우지 않던데요."

"이거 여기서는 많이 재배합니다."

뜻밖의 답변이었다.

"여기 사람들이 김치를 많이 먹나봅니다. 그리고 이렇게 더운 지방에 배추가 자랄 리 없을 텐데요."

"더운 지방이긴 한데, 저기 저 높은 산은 그리 덥지 않아요. 저 높은 산에서 중국 사람들이 많이 키우고 있습니다."

"아, 그렇군요. 중국 사람들도 김치를 많이 먹나 보지요?"

"그건 아니고요. 김치는 잘 먹지 않지만, 배추로 다른 요리를 많이 해 먹어요."

"중국 사람들이 많이 사니까 유리한 점도 있네요. 같은 동양인이니 말이죠."

"서로 친하게는 안 지내도 없는 것보단 낫지요."

그랬다. 비슷한 동양인끼리 같이 있으니 아무래도 외로움 같은 건 덜할 것 같았다. 서로 국가와 민족은 다르지만 말이다. 오후에는 전날 배를 몰고 오느라 제대로 볼 수 없었던 파나마운하 박물관을 둘러봤다. 100년 전에 제한된 기술로 힘들게 건설된 운하라는 걸 가슴속 깊이 느낄 수 있었다. 많은 중국인과 현지인이 죽었다고 한다.

저녁은 주파나마 대사가 주관한 만찬에 참석했다. 대사관저에서 만찬이 열렸다. 요즘은 한국인이 이곳 파나마까지 여행 오는 사람이 많아졌다고 한다. 태평양으로 넘어가는 지름길이며 아메리카 대륙의 서해안을 갈 수 있는 통로 역할을 하는 파나마에 근무하는 데 대해 자부심이 대단했다. 별도의 자국 화폐 없이 미국 달러를 현지 통화로 그대로 사용하고 있어 좋은 점도 있지만 나쁜 점도 많다고 한다. 미국 달러를 그대로 사용하다 보니 각종 범죄조직이 활동하기에 좋다. 하루에도 한두 건씩 총기 사건이 발생한다고 한다. 우리나라 범죄조직이 연루된 사건도 발생한다. 미국이 건설한 운하를 자신들이 운용하며 벌어들이는 수입으로 사는 사람들이다.

과테말라에 건설할 거라는 중국 자본의 운하에 대해 걱정이 많다. 중국의 성장에 미국은 미국대로 파나마는 파나마대로 걱정이 많음을 느꼈다.

★ ★ ★

다음 날 발보아항을 출항한 대조영함은 다음 기항지인 에콰도르 과야킬항으로 향했다. 이동 기간은 3일이 걸린다. 출항 이틀 후에 못다 한 고대사에 대한 이야기꽃을 피울 기회가 생겼다.

"함장님. 제가 알기로는 만주도 얼마 전까지 만주어가 별도로 존재했다고 들었습니다. 지금은 만주 지역 주민도 모두 한족이 쓰는 중국어를 사용하지만 말입니다."

통역관이 먼저 말을 꺼냈다.

"그렇지. 우리가 예전에 중·고등학교 다닐 때 국사 시간에도 나온 건데, 우리 언어는 우랄-알타이어 계통이다. 주어와 목적어가 먼저 나오고 술어가 맨 나중에 나오는 양식 말이다. 이런 언어 형태는 북방 민족 모두가 쓰던 형식이다."

"중국의 한족이 사용하는 언어와는 완전히 다른 형식입니다. 그렇지만 언어가 완전히 같다면 모를까 형식만 같다고 해서 같은 민족군으로 보긴 힘든 거 아닙니까? 우리나라와 일본도 언어는 다르지만, 형식은 같으니까 말입니다."

"그도 틀린 얘기가 아니네만, 언어 형식이 완전히 다른 중국과는 민족적인 면에서는 거리가 더 멀다고 봐야지. 특히 한족 말이야. 지금은 한족이라 하지만 황허강을 기반으로 번성한 화하족이다."

"이들의 언어계통은 뭡니까?"

대대장 생도 옆에 앉은 생도가 불쑥 입을 뗐다.

"한족이 쓰는 언어 형식은 '시노-티베트어족'이다."

"네. 그렇다면 우랄-알타이어 계통의 사람들은 구체적으로 어느 어족의 사람들입니까?"

"몽골어, 터키어, 만주어, 헝가리어, 퉁구스어, 일본어 등이다. 여기에 우리 한국어도 속해있다."

"한국어는 중국 화하족이 사용하는 언어와는 완전히 다른 체계에 있는데도 중국은 우리의 《환단고기》 같은 고대사는 인정하지 않는 겁니까?"

"자칫 인정하게 되면 중국의 북반부와 동북부를 다 자신들의 역사에서 빼내야 할지도 모르니 그런 게지."

"좋다 이겁니다. 그렇다 해도 중국 역사는 될지언정 한족의 역사는 절대로 될 수 없지요. 중국 북부와 동북부에는 한족이 살지 않았으니 말입니다."

"그건 이들도 조금 인식하고 있는 거 같다. 중국 소수민족의 역사라고 인식하고 동북공정을 추진한 거니까 말이다. 중국에는 조선족도 살고 있다. 조선족이 살고 있는 지역의 역사도 자신들의 역사라고 하니 당연히 고구려의 역사도 자신들의 역사라고 한다."

"완전히 횡포에 가깝네요. 언어학적으로 그렇다면 요즘 발전된 DNA 구조상으로는 어떻게 나옵니까?"

"DNA 구조상으로도 우리 민족은 중국의 한족과는 완전히 구분된다. 한반도에 살고 있는 사람 중 약 30%는 해류를 타고 온 남방계통의 혈통이고, 70%는 몽골과 바이칼호수 인근에서 점차 동남쪽으로 내려온 북방계통의 혈통이라 한다. 반면 중국의 한족은 인도와 인도차이나반도를 거쳐 들어온 혈통이라 밝혀졌다."

"70%에 해당하는 우리 민족의 기원은 북방계가 확실하네요. 사실 국내에서 가족 간에 혈족 분쟁이 생겨도 법원에서 가장 중요한 증거로 들이대는 게 DNA 분석이잖습니까. 이것만큼 확실한 증거가 어디 있습니까? 《환단고기》의 역사, 즉 홍산문화는 한민족의 역사가 확실하다고 생각됩니다."

대대장 생도가 확신을 가지고 언성을 높였다.

"그러나 이런 근거만 가지고 우리 역사로 단정 짓기엔 부족함이 많다. 자칫 잘못하면 실증사학자들이 말하는 우려가 현실이 될 수도 있어. 중국의 진나라가 통일하고 한나라가 넓힌 영역의 땅을 모두 우리 역사라고 주장하는 논리가 될 수 있기 때문이다. 반대 논리로 좀 더 비약한다면 한반도조차 중국의 역사이고, 중국 땅이라고 주장할 빌미를 제공할 수 있다는 말이다."

"앞으로도 많은 자료를 수집하고 발굴을 더 해나가야겠습니다."

작년부터 역사 얘기를 줄곧 들어온 터라 통역관은 금방 내 말뜻을 알아들었다.

"제가 공부를 좀 하다 보니 알게 된 내용입니다. 우리 고대사에서 쟁점이 되는 분야가 하나 더 있잖습니까? 한사군 말입니다. 한 무제가 고조선을 멸망시키고 설치했다는 사군 말입니다. 이것의 실체에 대해서도 학자들 간에 논쟁이 많다고 하던데 좀 설명해 주시겠습니까?"

통역관이 말머리를 약간 돌렸다.

"햐~ 통역관이 우리 고대사에 관심이 많구나. 역시 미국에서 국제정치학을 배운 사람은 뭐가 달라도 좀 달라. 좋아, 한마디로 말하자면 이래. 일본에서 공부한 실증사학자들은 한사군의 위치가 지금의 북한지역, 즉 한강 이북의 한반도 내부라고 주장한다. 반면, 민족사학자들이 주장하는 한사군의 위치는 한반도 밖의 요하 지방이다."

"근본적인 차이가 나는 이유가 뭡니까? 아무리 지도가 없는 시대였다 해도 너무 많이 차이가 납니다."

"한사군의 위치 문제는 일제 강점기 때 일본이 조사를 통해 한반도 내 한강 이북 지방, 즉 지금의 북한지역이라고 공식화해버렸다."

"함장님. 오늘도 야식 준비시간이 다 됐습니다. 역사 이야기는 다음 항해 때 다시 하시면 좋을 듯합니다."

"벌써 그렇게 됐나. 시간이 너무 잘 가는구먼. 그래 다음 기항지인 에콰도르에서도 많이 배우고 우리 대조영함과 발해의 유래에 대해 좋은 얘기 많이 하도록…."

항해 중에 사관생도들은 매일 바쁘다. 교육을 준비하는 승조원들은 더 바쁘다. 국내 출항 전 사전에 모든 교육 자료를 다 준비했지만, 실제 교육할 때 다시 점검해야 한다. 남을 교육한다는 게 쉬운 일이 아니다.

★ ★ ★

시간은 흘러 대조영함은 11월 초 에콰도르 과야킬항 입항을 눈앞에 두고 있다. 입항 후 오찬은 조촐하게 치러졌다. 대사관에서 대사와 한인회장 일행이 왔고, 에콰도르 해군 대표 장성단이 참석했다. 한인회장이 일러준 말이 마음에 남았다.

"여기 해군은 막강합니다. 우리나라 해군과는 비교가 안 됩니다."

"뭐가 말입니까? 우리 해군보다 군사력이 강하단 말입니까?"

내가 아는 에콰도르 해군은 남미에서 좀 센 편이긴 하지만, 우리나라 해군만큼 강군은 아니라고 알고 있어서 되물어봤다.

"아, 그게 아니고 말입니다. 해군의 입김이 세다는 말씀입니다. 예전에 우리나라 군사정권 때보다 더 셉니다."

"정치적 입김이 세다는 말씀이군요. 군사정권도 아닌데 해군의 정치적 입김이 셀 이유가 뭐랍니까?"

"그게 말입니다. 여기 경제를 틀어쥐고 있는 사람이 해군 참모총장입니다."

우리말을 못 알아듣는다는 걸 알지만 옆에 있는 에콰도르 해군 대표 장성의 눈치를 살살 봐가며 아주 큰 비밀을 털어놓는 것처럼 말했다. 입에 손을 갖다 대가면서 작은 목소리로 소곤거리는 게 조금 거슬리기도 했지만, 뭔가 큰 정보를 공개하는 것 같아 고개를 끄덕였다.

"네? 국가 경제를 왜 해군 참모총장이 관장한답니까? 바다를 지키는 게 해군이고 그 수장이 참모총장인데요?"

"그게 말입니다. 해군 참모총장은 석유장관을 겸하고 있습니다. 이 나라 석유산업을 손에 쥐고 있단 말입니다. 해군은 돈도 많아서 우리 한인회도 사업하려면 여기 해군의 힘이 필요하답니다."

도무지 이해되지 않았다. 세계 여러 나라를 돌아다녀봤지만 이런 나라는 처음이었다.

"해군 참모총장이 석유장관을 겸하고 있는 게 사실입니까? 그렇다면 이유가 뭐랍니까?"

우리나라에서 군인은 절대 두 가지 직업을 가질 수 없다. 아마 모든 공직자는 두 가지 이상의 직업을 가질 수 없을 거다. 부정부패에 휩싸이기 때문이다.

"에콰도르에서 생산되는 석유는 대부분 바다에서 생산됩니다. 석유 생산을 능률적으로 해야 국가의 부가 창출되니까 해군이 석유장관을 할 수밖에 없는 겁니다."

그래도 우리나라 실상과 너무나 달라 금방 이해되지 않았다.

"그럼 여기는 우리나라 해수부 같은 정부부서는 없나봅니다."

"없습니다. 설사 있다 한들 배가 없는데 어떻게 바다에서 석유를 채굴하겠습니까? 정부 배는 모두 해군 소유인데요."

"아, 그렇군요. 이제 조금 이해가 됩니다. 우리나라 조선소에서 드릴십 같은 석유 채굴선을 많이 만들고 있으니 앞으로 사 가면 될 거 같습니다."

"그렇죠. 우리 해군이 에콰도르에 아주 잘 들어왔습니다. 우리나라에서 만든 배를 봐야 우리나라에서 만든 배를 많이 사 올 수 있죠."

"석유 채굴선뿐 아니라 우리나라 군함들도 많이 사 가도록 대조영함을 구경시켜줄 테니까 많이 와서 구경하라고 해주세요."

기항지마다 대조영함과 화천함은 보안에 저촉되지 않는 범위 내에서 현지인에게 배를 개방해왔다. 우리나라에 입항하는 외국 군함들도 우리나라 국민에게 공개 행사를 한다. 한마디로 자국의 기술력과 국력을 자랑하는 자리다. 하지만 꼭 그렇지만은 않은 국가의 군함도 있다. 일부 약소국은 군함이 작고 보잘것없지만, 외국

항에 오면 개방행사를 한다. 우리나라 해군도 예전에는 작은 배를 이끌고 다녔다. 한국형 호위함으로 아메리카를 건너가기도 했다. 그래도 많은 인파가 한국 군함을 구경하러 왔던 기억이 난다. 한국형 호위함이 만들어지기 전에는 미국에서 제2차 세계대전 때 만들어 쓰다 버린 군함을 받아와서 사용하던 시절이 있었다. 그때도 순항훈련을 갔다. 우리 군함에 와본 미국 사람들은 꼭 박물관에 온 듯한 느낌을 받았다고 한다.

오후에는 예방을 나갔다. 과야킬 함대사령관과 해양학연구소장을 만나 군사외교 차원의 담소를 나눴다. 저녁에는 과야킬 함대사령관이 주최한 환영 만찬에 참석했다. 대형식당과 홀이 갖춰진 아주 큰 행사공간이었다. 식사와 연회가 이어졌다. 에콰도르 해군은 남미 국가답게 살사댄스를 능수능란하게 춰댔다. 분위기가 무르익자 연회장은 살사댄스장이 된 듯했다. 에콰도르 해군은 흥을 즐길 줄 아는 것 같았다. 에콰도르 여군이 와서 춤을 추자고 소매를 끌었지만 주춤거렸다. 원래 춤에는 자신이 없어서다. 좀 창피하기도 했다. 같이 따라 나가지 않아서 창피한 게 아니라 춤을 못 춰서 그랬다. 젊은 생도들은 너무나 잘 어울려 놀았다. 사실 나도 생도 시절 순항훈련 전에 몇 가지 사교춤을 배웠다. 블루스, 지르박, 탱고, 차차차 등이다. 외국에 나가서 현지인이 요청하면 나가서 춤을 추라고 학교에서 단체로 배웠다. 그러나 그 이후 한 번도 출 기회가 없었다. 기회가 없었다고 하기보다는 춤에 소질이 없어 기회를 살리지 않았다는 표현이 정확하다.

다음 날은 오전에 말레콘공원에서 열린 합동공연에 참석했다. 어젯밤엔 살사였다면 오늘 오전에는 케이팝이었다. 역시 열광했다. 관람객이 1,800여 명이나 됐다. 지금껏 기항지에서 최고로 많은 숫자의 인원이 참석했다. 남미의 에콰도르가 흥이 많은 국가여서 그럴 수 있다고 생각됐다. 합동공연 후 주에콰도르 대사가 주최하는 오찬에 참석했다. 앞으로 남미가 큰 시장이 될 것이기에 우리 해군 군함이 자주 입항해주기를 바랐다.

오후에는 양국 해군 간 친선축구 경기가 열렸다. 승패는 뻔했다. 두 배를 타고 온 600명 중에 차출된 우리 선수와 몇만 명이 넘는 에콰도르 해군 대표선수와 대적이 되겠는가. 그렇지만 응원은 열심히 했다. 이것이 군사외교다. 서로의 문화를 배려해주고 어울릴 거리는 좀 귀찮더라도 동참해주는 적극성이 있어야 한다. 비록 살사춤은 같이 추지 못했지만 말이다.

저녁에는 어젯밤 에콰도르 해군의 환영 만찬에 대한 답례로 대조영 함상 리셉션이 있었다. 어제 온 멤버 그대로였다. 오전에 있었던 합동공연에서 본 내용과 유사한데도 흥은 그대로 유지되었다. 역시 남미국가라는 생각이 들었다. 술을 먹든 안 먹든 몸을 유연하게 흔들어대는 춤사위는 습관처럼 나왔다. 케이팝에도 잘 어우러져 놀았다. 모두 아주 즐거운 시간을 보냈다.

출항하는 날 환송을 위해 다시 대사와 한인회장, 에콰도르 해군 대표 장성이 대조영함 사관실로 왔다. 간단한 차를 대접하며 즐거운 시간을 마련해준 에콰도르 해군에 감사를 표했다.

★ ★ ★

에콰도르 콰이킬 항구를 빠져나온 대조영함은 다음 기항지인 미국 하와이로 향했다. 동남아시아와 인도양, 지중해를 거쳐 북유럽, 대서양을 넘어 아메리카 동부 해안, 남아메리카 서부 해안을 거쳐 귀국길에 올랐다. 하와이를 거쳐 한국으로 바로 귀국한다. 긴 여정에 많이들 지쳐 있지만, 군함은 늘 활기차게 움직인다. 남미에서 하와이까지는 아주 먼 거리다. 4,900마일이다. km로 환산하면 이 숫자에 1.82를 곱하면 된다. 육상에서 사용하는 마일과 해상에서 사용하는 마일이 다르다. km로 환산하면 해상에서 쓰는 마일이 훨씬 더 길다. 계산하면 8,900km가 넘는다. 이 거리를 장장 15일 동안 항해해서 돌아간다. 긴 여정에서 쌓인 피로를 풀기에는 충분한 시간이다. 태평양을 횡단하면서 사관생도들의 못다 한 실습과 평가도 모두 마무리할 예정이다. 출항 둘째 날이면 하던 사관생도와의 대화 시간도 이제 두 번만 더 하면 마무리될 것이다.

★ ★ ★

출항 이튿날이 돌아왔다. 생도들은 그 어느 때보다 발랄하고 생기 넘쳐 보였다. 머나먼 여정을 통해 가슴 가득 채운 호연지기와 역사와 현실 인식 속에 개선장군이 된 듯한 표정이었다.

"우리 고대사를 인식하는데 두 학파 간에 첨예하게 대립하는 분야가 한사군의 위치다. 문제는 이 문제가 이미 일제 강점기 때 결론이 났다는 데 있다."

"일제 강점기 때 일본인의 손에 의해 왜곡된 부분이 많을 텐데 어떻게 그때 이 문제를 결론 낸단 말입니까?"

통역관이 국제정치학 전공자답게 물어왔다.

"한사군의 위치가 한반도 내부이고 한강 이북, 즉 지금의 북한 지역이란 거다. 우리의 고려 시대 때 편찬된 《삼국사기》에도 명기

돼 있기 때문이다. 그뿐만이 아니다. 일제 강점기 때 평양지역에서 다량 출토된 유물들이 모두 이 사료들을 뒷받침해주고 있다."

"그렇다면 논란거리가 될 게 없을 거 같습니다. 문헌에도 나오고 관련된 유물도 나왔다면 그대로 믿으면 되는 거 아닙니까?"

"우리 문헌에는 나오는데 중국 문헌에는 안 나오는 내용도 있다. 뭐냐 하면 우리 문헌에는 지금의 한반도 내에 한사군이 설치됐다고 한다. 그런데 중국 문헌에는 그렇게 정확하게 나오지 않는다."

"우리 문헌 어디에 그런 게 나옵니까? 우리 스스로 중국의 역사를 대변해주는 꼴인데 말입니다?"

"우리가 잘 아는 《삼국사기》다. 이건 뒤에서 좀 더 자세히 얘기해주마."

"그럼 일제 강점기 때 발견됐다는 유물들은 뭡니까? 이것들도 우리 문헌을 뒷받침하는 근거라고 하시지 않았습니까?"

"평양지방에서 과거 고조선에서 사용한 유물들이 많이 나왔고, 또 최리의 낙랑국이 평양에 있었다는 《삼국사기》의 문헌을 그대로 인용하여 내린 결론이다."

"그럼 이게 조작됐을 수 있다는 말씀입니까?"

"조작됐다고 보기보다 해석을 달리한 거지. 《삼국사기》에 후한의 광무제가 서기 44년 바다 건너 평양에 낙랑군을 건설했다는 내용이 나온다. 이것을 근거로 들어 여기에 맞추다 보니 그렇게 해석했다."

"이게 잘못된 기록이란 말씀입니까?"

"잘못된 기록이라 생각한다. 정작 당사자인 《후한서》에는 그런 내용이 없으니까."

"아까부터 궁금했는데 왜 우리 역사서인 《삼국사기》에 잘못 기록했습니까? 혹시 사대주의 때문입니까?"

"뒤에서 자세히 얘기해줄 건데, 사대주의도 있고 해석을 잘못해서 그렇다고도 봐."

"사대주의야 익히 들어서 아니까 그렇다 치더라도 어떤 부분의 해석을 잘못해서 그런단 말입니까?"

"낙랑군과 낙랑국을 같은 걸로 본 거지."

"확실한 근거가 뭐 또 있습니까?"

"있지. 왜냐하면 《삼국사기》에 '서기 32년 최리라는 사람이 통치한 평양에 있던 낙랑국은 서기 37년 고구려 대무신왕에게 망한다'라고 나온다. 반면에 중국의 《후한서》에는 최리의 낙랑국이라는 말이 등장하지 않는다. 그 대신 '낙랑군에 있던 영동 7현을 서기 30년에 포기했다'라는 말이 나온다."

"그게 무슨 뜻입니까? 잘 이해가 되질 않습니다."

"유추해보면, 한나라가 요하 지방에 있던 낙랑군은 관할했지만, 그 동쪽에 있는 땅은 관여하지 않았단 뜻이다. 즉, 《후한서》에서 말한 낙랑군과 《삼국사기》에 나오는 평양에 있었다는 낙랑국은 별개라는 것이다. 단어는 같으나 완전히 다르다는 거야."

"그럼 한나라가 설치했다는 낙랑군은 평양이 아니고 어디랍니까? 그리고 언제 망합니까?"

"낙랑군은 지금의 요하 지방에 있었고, 고구려의 힘이 강성하던 시기인 서기 313년 고구려에 의해 소멸된다."

"이런 내용은 《후한서》 등 중국에서도 인정하는 겁니까?"

"확실하게 인정하진 않는다. 지금 중국인은 동북공정으로 고구려의 역사도 자신들의 역사라고 주장하는 판에 인정하겠나?"

"그럼 이건 중국과 일본이 모두 인정하지 않는 역사입니까?"

"그렇다. 일제가 강점기 때 우리 《삼국사기》만 보고 평양지방을 포함한 한반도 북부는 중국의 지배하에 있었다고 주장했으니 말이다."

"일본이 왜 그렇게 주장했답니까? 상식적으로 청나라에서 해방하라고 해서 '대한제국'으로 독립된 국가를 만든 사람들이 말입니다."

"전에도 말했듯이 일제는 진정으로 조선을 독립시키고자 대한제국을 세우도록 도운 게 아니란다. 자신들이 강점하기 위한 사전 정지 작업으로 그렇게 한 거지. 다시 말해 낙랑군이 평양에 있었다고 발표한 것도 그런 차원이다. '니들은 원래 고대 때부터 중국의 지배를 받아온 민족이니 앞으로는 힘이 강성한 우리 일본의 지배를 받아야 하는 게 마땅하다'라는 논리를 세우기 위함이다."

"아, 그렇군요. 이거 참 중요한 내용이라 생각됩니다. 한사군에 대해 잠깐 다시 정리해주시면 감사하겠습니다."

이리저리 생각에 잠겨있던 통역관이 새로운 제안을 해왔다. 난 간략하게 다시 정리했다.

"한 무제가 기원전 108년 고조선을 멸망시키고 그 지역에 4개의 군현을 설치했다. 한나라가 세운 4개의 군현이라 해서 '한사군'이다. 이때 한나라에 망한 고조선은 중국 연나라에서 망명한 위만이 뺏어 다스린 국가이고, 망한 군주는 위만의 손자 우거왕이다. 이를 '위만조선'이라 한다. 위만조선은 당시 우리 한반도와 북쪽의 만주 지역을 모두 다스리진 않았다. 위만조선은 지금의 요하 지방에 위치한 작은 국가였다. 지금의 북한지역과 만주지역엔 북부여가 있었고, 남한지역에는 삼한이 있었다. 이게 결론이다."

"문제가 됐던 부분도 다시 정리해주시면 감사하겠습니다."

통역관은 계속 졸랐다.

"문제가 된 부분은 우리의 《삼국사기》에 한사군의 하나인 '낙랑국'이 평양에 있었다는 것이다. 지금의 북한 땅을 낙랑국으로 지배했다는 것이다. 그러나 이건 사실과 다르다. 북한의 평양 땅에 있던 '낙랑국'은 '최리'라는 사람이 다스린 작은 지방정부였다. 이게 골자다."

"아니, 이렇게 간단한데 왜 우리 실증사학자들은 안 믿는단 말씀입니까?"

"이걸로는 근거가 부족하다는 거야. 우리 역사책인 《삼국사기》에 낙랑국이 평양에 설치됐다고 하고, 평양에서 일제 강점기 때 발견된 많은 유물이 이를 뒷받침해주니 그럴 수밖에 없다는 거야."

"앞으로 이 문제를 좀 더 확실하게 해결하려면 결국 더 많은 유물을 찾아내야겠습니다."

"그렇지. 대대장 생도가 아주 좋은 얘기를 했어."

"그런데 사실 쉽지 않은 일인 거 같습니다. 유물을 찾더라도 한반도 내에서가 아닌 만주 등 중국 지방에서 찾아야 할 텐데 중국이 협조하겠습니까? 동북공정을 추진하는 마당에 말입니다."

"현실적으로 한계가 있다. 그렇지만 언젠가는 해결해야 한다. 중국이 천년만년 동북공정을 할 수는 없을 테니 말이다. 오늘 이런 역사 인식을 가지고 미래를 대비한다면 좋은 결과를 맞이할 거라 확신한다."

"그럼 일제 강점기 때 평양에서 발견된 한나라 유물들은 어떻게 된 겁니까? 한나라 유물이 낙랑국의 수도에 있을 리 없지 않았겠습니까?"

"민족사학자들의 주장으로는 평양에 있던 최리가 지배하던 낙랑국은 그 북쪽에 생겨난 고구려의 압박을 받고 있었다. 나중에 고구려에 의해 멸망했지만 말이야. 이 낙랑국은 고구려를 견제하기 위해 바다 건너 한나라와 친교를 맺고 많은 유물을 한나라로부터 들여온 걸로 확신하고 있다."

"평양의 한나라 유물은 한나라가 설치했다는 낙랑군이 평양에 있어서가 아니라 낙랑국이 고구려의 압박으로부터 살아남기 위해 한나라와 친교하면서 들여온 물건이었군요. 이제 이해가 좀 됩니다."

통역관은 차츰 정리해가면서 한나라의 무제가 위만이 세운 조선을 없애고 설치했다는 한사군이 요서 지방에 있었음을 이해하고 있었다.

"그런데 최근에는 한나라가 위만조선을 없애고 설치했다는 한사군 자체에 대해 회의적인 시각을 가진 역사학자들도 많이 생겨나고 있다."

"네? 그게 사실입니까? 한사군은 저희도 학교 국사 시간에 배운 거 같은데…."

"이때 한나라의 역사를 집필한 사람은 여러분이 잘 알고 있는 사마천이라는 사람이다. 사마천이 쓴 《사기》라는 책에는 '조선을 평정했다'라는 말만 나온다. 사실 '한사군 설치'라는 말은 사마천 사후 180년이 지나 '반고'라는 역사가가 《한서》 〈무제본기〉에 '조선을 멸하고 한사군을 설치했다'라고 명시했다. 이때는 후한 시대다. 전한은 서기 8년에 망했다. 그리고 서기 25년 광무제 유수가 후한을 건국했는데, 후한 건국 7년 뒤에 반고가 출생했다. 이 사람이 나중에 '예전에 한나라가 조선을 멸망시키고 그 땅에 한사군을 설치했다'라고 《한서》 〈무제본기〉에 적어놓았다. 이걸 누가 믿겠느냐?"

"그렇군요, 정말. 한 무제가 활동하던 시기에 있었던 사마천은 정작 '조선을 평정했다'라고만 기록했는데, 180년 후에 후한 때 나타난 반고는 '조선을 멸하고 한사군을 설치했다'라고 적었으니 이건 좀 믿기 힘드네요. 어떻게 이걸 가지고 사실인 양 역사책에 버젓이 올려놨을까 이해하기 힘듭니다."

통역관은 아주 노골적으로 우리 역사를 불신하듯 속내를 드러냈다.

"누누이 말하지만, 중국의 역사책을 너무 믿고 그에 근거하여 한 유물만 증거자료로 받아들인 일제의 무리한 해석이 문제였던 거지."

"혹시 《사기》를 쓴 사마천이 기록을 누락해서 180년이 지난 후대에 반고가 《한서》에 추가 기록한 건 아니겠습니까?"

잠자코 듣고만 있던 대대장 생도가 운을 뗐다.

"절대로 그럴 가능성은 없다. 한 무제가 위만조선을 멸망시킨 때는 중국 서북쪽의 흉노족과 엄청나게 싸우던 시기다. 사마천은 이런 내용 하나하나를 놓치지 않고 기록했다. 동북쪽의 위만조선을 멸망시키고 한사군을 설치했다면 정확히 자세하게 기록했을 것이다. 그런데 그렇게 하지 않고 '평정했다'라고만 기록했다."

"그렇다면 민족사학자들은 뭐라고 합니까? 좀 더 구체적인 해석이 있을 거 같은데 말입니다."

"민족사학자들은 위만조선의 왕인 우거왕을 잡아 죽인 거는 사실로 인정한다. 그리고 거기에 원래부터 있던 4개의 부족장에게 다스리게 했다는 거야. 낙랑, 임둔, 진번, 현도 말이야. 이 지역의 부족장에게 지배권을 주고 관할하고 있었던 사실을 나중에 180년 후 한나라의 군으로 설치했다고 잘못 기록한 것으로 추정하고 있다."

"일제 강점기에는 그랬겠지만, 지금은 연구가 많이 진행돼서 국내 두 학파 간에 합의점을 좀 찾은 게 있을 거 같은데요. 좁혀진 부분이 있습니까?"

"아직은 평행선을 달리고 있다. 이를 뒷받침할 만한 유물 수집 등이 부족하기 때문이다."

"그럼 한마디로 명확한 근거가 없는데도 우리 역사책에다 버젓이 기록해놓았다고 봐야겠네요."

"그런 셈이지. 그래서 앞으로 통일되면 이런 부분을 많이 연구하고 유물발굴을 해야 할 거야."

"함장님. 또 야식 시간이 됐습니다. 오늘은 이쯤 하시고, 다음 기항지로 출항하면 다시 기회를 갖는 게 좋을 듯합니다."

언제나 생도들 일과를 책임지고 있는 윤 소령이 내 얘기를 끊었다. 배를 같이 타고 있어도 내 소속의 사람이 아니다 보니 더욱 그의 말을 수용할 수밖에 없다.

"그래. 오늘은 이쯤 하지. 우리 역사 이야기도 거의 끝나가는구나. 이제껏 발해를 중심으로 한 한반도 북부지방에 있었던 나라들이 왜 우리를 저버리고 중국화됐는지 등을 살펴봤다. 그리고 우리 역사에 자세히 기록되지 않은 고조선의 역사와 그 이전의 상고사에 대한 얘기도 했다. 다음번엔 마지막 만남의 시간이니까 이걸 정리하는 시간을 갖도록 하세. 수고들 했다.”

★ ★ ★

에콰도르를 떠나온 지 보름 만에 중간 기항지인 하와이에 도착했다. 군 생활을 하면서 여러 번 입항했던 진주만이지만, 이번에는 감회가 새로웠다. 너무 긴 시간 항해하고 들어오는 입항이라 그랬다. 아메리카 대륙으로 넘어갈 때 주로 중간 기착지로 들르는 곳이 하와이다. 하와이에서 캐나다나 미국 서부 해안의 도시까지는 열흘 안팎이면 도착한다. 그러나 남미는 대각선에 위치하다 보니 항해 기간이 더 길다. 지구 북반부에 위치한 한국에서 남미는 대각선 방향이다. 태평양 중간에 있는 하와이도 당연히 거리가 멀어진다.

진주만의 군항에 입항한 대조영함은 하와이 총영사 등 한인회 인원과 미 태평양 사령관 예하의 하와이지역 사령관 등을 대상으로 오찬을 열었다. 오후에는 별도의 예방은 하지 않고 하와이지역 사령관이 안내하는 곳으로 제2차 세계대전 전적지를 답사했다. 하와이지역 사령관은 우리 전단장과 같은 계급의 해군 장성이었다. 전용 보트에 지휘부와 일부 대표 생도들만 태우고 제2차 세계대전 때 일본군에 의해 침몰한 함정들을 직접 방문했다. 미국인은 절대 아픈 역사를 지워버리지 않는다. 그대로 전시해두고 후손들이 보고 아픈 역사를 반복하지 않도록 되새기게 한다. 한마디로 미국식 ‘와신상담’이다. 미국은 ‘메모리얼’ 시설이나 공간이 많다. 메모리

얼을 우리말로 번역하면 '기념'이다.

우리나라도 용산의 국방부 건물 맞은편 도로 건너에 '전쟁기념관'이 있다. 그런데 우리나라 사람들은 즐겁고 좋은 것만 기념하려고 한다. 이를테면 생일이나 결혼 말이다. 기념은 절대 잊지 말아야 함을 의미한다. 한때 전쟁기념관의 명칭에 대해 부정적으로 평가하던 사람들이 있었다. 전쟁이 뭐 기념할 만한 일이냐는 것이다. '기념'의 개념 자체를 잘 모르거나 잘못 인식해서 생긴 일이 아닐까?

저녁에는 리셉션이 있었다. 2박 3일간의 짧은 일정 속에 해야 할 행사가 많다 보니 첫날 리셉션을 할 수 없는 상황이었다. 대사관에서는 하와이 총영사와 한인회장 일행 등이 참석했다. 대사관은 본토 워싱턴에 있고, 이미 볼티모어에서 대사님은 보고 왔다. 그때도 현안업무에 바빠서 리셉션엔 참석하지 않고 워싱턴 총영사가 왔다. 미군에서는 태평양함대 사령관이 참석했다. 미 해군의 4성 제독이다. 하와이에는 미 해군의 4성 제독이 2명 있다. 1명은 태평양 사령관이고, 다른 1명은 태양양함대 사령관이다. 좀 더 쉽게 설명하자면, 미 합참 예하에 태평양 전체를 관할하는 통합 사령관인 태평양 사령관이 있고, 그 예하에 육군 사령관, 함대 사령관, 공군 사령관이 있다. 이들 세 사람은 모두 4성 장군이다. 그러니까 하와이에는 4성 장군만 모두 4명 있는 셈이다. 행사에 직접 참석한 태평양함대 사령관은 곧 태평양 사령관으로 자리를 옮길 것이라 했다. 진급은 더 할 수 없어도 영전하는 거라고 미군들은 부러워했다.

다음 날 오전에 알라모아나공원에서 합동공연을 했다. 합동공연에 나온 한인회 교민은 예전보다 덜 반기는 분위기였다. 그냥 계획된 행사다 보니 할 수 없이 참석한 것처럼 느껴졌다. 그도 그럴 것이 참석자 중에 젊은 사람들은 거의 없었다. 모두 연세가 많으신 어르신들이었다. 하와이는 관광객이 많이 가는 곳이고, 또 향수병이 생길 정도가 되면 곧장 국내로 왔다 가도 될 만한 여건이다. 한국 해군이 보여주는 전통적 행사에 매료되는 사람은 그다지 많아 보이지 않았다.

합동공연 후에 지휘부는 총영사가 주최하는 오찬에 참석했다. 오후에는 펀치볼 국립묘지를 참배하고 헌화했다. 하와이라는 섬에 미 본토보다 더 큰 국립묘지를 조성하고 있었다. 일본의 진주만 공습으로 수많은 사람이 희생되었고, 그 희생을 잊지 않기 위해 기념공원을 조성했다. 그만큼 하와이에서는 제2차 세계대전 때 전몰한 장병들의 희생을 기억하고 간직하고자 하는 의지가 강하다는 느낌이 들었다. 미국은 분명히 제2차 세계대전의 승전국임에도 희생자와 전쟁의 아픔을 기억하고자 하는 의지는 피해국보다 더 컸다. 승전국의 통 큰 아량일까? 미국은 일본의 하와이에 대한 기습공격과 그 희생을 절대 잊지 않고 기념하면서도 한편으로는 새롭게 떠오른 미래의 적대국에 함께 대응하고자 일본과 손을 잡고 있다.

시련의 끝은 허망했으나,
결국 기회였다

다음 날 아침 드디어 137일간의 긴 항해를 마무리할 마지막 항해에 돌입했다. 진주만을 빠져나온 대조영함은 14일간의 장정에 올랐다. 모두 그간 보고 싶었던 가족들 품으로 돌아간다는 데 들떠 있었다. 이럴 때일수록 안전사고 예방에 매진해야 함을 잘 알고 있었다. 일과는 입항하는 날까지 평소와 같이 진행되지만, 사람 마음은 그렇지 않다. 서로 말은 하지 않아도 들뜨기 마련이다. 가족과 같이 나온 여행이 아니다. 순항훈련은 명확한 임무를 부여받고 과업을 달성하기 위해 나왔다. 임무를 완수하는 군인은 절대로 가족을 생각할 수 없다. 그렇기에 모항으로 입항하는 군함은 늘 평상시보다 긴장해야 한다. 아무리 개인이 부주의하지 않는다 해도 평소보다 사고가 늘어나는 게 마지막 항해에서다. 평상심을 유지하고 안전에 최대한 유의하라는 지시를 내리고 확인하며 항해를 시작했다.

★ ★ ★

출항 이튿날 마지막으로 사관생도와의 대화 시간이 마련됐다. 태평양의 석양은 보기 좋았다. 며칠만 더 가면 북반구에 접어들어 추위 때문에 장시간 외부갑판으로 나오기는 힘들다. 딱 적당한 시기라 생각되었다.

"함장님. 우리 민족이 동북아에 살면서 정말 남의 간섭 받지 않고 독자적으로 역사를 만들어온 시기가 얼마나 있었겠습니까? 함장님의 역사 인식하에 돌이켜본다면 아마 고려 때가 가장 독자적인 역사를 기록했다고 볼 수 있을 겁니다. 고대사 문제에서도 고려 때 기록된 《삼국사기》를 그대로 받아들인다면 큰 문제가 없을 듯한데, 왜 이렇게 양 진영이 대립해서 주장을 달리하는지 잘 모르겠습니다."

"좋은 질문이다. 고려 때가 우리 민족이 주체적인 삶을 살고 문화를 꽃피운 건 맞다. 그런데 고려 때 김부식이 쓴 《삼국사기》는 모두 소멸되고 없다. 지금 우리가 《삼국사기》로 알고 있는 책들은 조선 중종 7년 경주에 있는 옥산서원에서 발견된 것을 정리한 사본이다. 김부식의 아들 김돈중은 무신정변의 주체인 정중부의 수염을 태운 사람이다. 이후 정권을 잡은 정중부는 김부식 일가를 전멸시켰다. 그때 김부식이 쓴 《삼국사기》도 많이 훼손되거나 없어진 걸로 짐작한다. 그래서 지금 전해지는 조선 중종 때 다시 쓰인 《삼국사기》는 모두 중국 명나라의 천자를 중심으로 풀어놨다고 한다. 사실 《삼국사기》에는 중화사상이 많이 배여 있다. 조선 중종 때 재집필된 《삼국사기》의 내용을 얼마나 믿어야 하나? 특히 당시 중국과 사대관계에서 서술된 고대사에 대한 내용을 어느 정도까지 믿고 받아들여야 하느냐가 고대사 문제의 관건이다."

"통일이 되면 이런 고대사에 대한 연구도 더욱 적극적으로 할 필요가 있다고 보입니다. 현재 북한지역을 우리 역사학자들이 마음 놓고 갈 수도 없고, 중국은 중국대로 동북공정을 내세워 고구려의 역사를 자기네 역사로 편입시키고 있으니 말입니다."

"좋은 지적이다. 우리의 고대사는 충분히 더 많이 연구해야 할 대상이지만, 중세와 근대사만 잘 살펴보아도 우리가 나아가야 할 방향은 명확하다. 고려는 나름 독립된 국가를 이루고 고구려의 후예국으로서 역할을 다하려 했다. 그런데 뜻대로 되지 않은 건 정치적·경제적 문제가 가로막았다. 한반도 서북쪽에 있던 거란족과 몽골족은 완전히 오랑캐로 대적했다. 농경과 불교문화를 바탕으로 일어선 고려가 자칫 유목 족속인 이들과 섞이면 정치적으로 나라가 위태로워질 걸로 내다보고 배척했다. 북쪽의 여진족은 그나마 품어 안아야 할 대상으로 여겼지만, 경제적 여력이 부족하여 방관했다. 그러다 보니 여진족과 훗날 만주족은 모두 중국 본토로 향했다. 중국 본토엔 먹거리가 풍부하고 얻을 게 많았으니 말이다. 몽골족이 중국을 지배하던 원나라 때는 고려도 한때 원나라에 편입되길 희망했으나 무참히 거절당하고 만다. 한족이 원하지 않아서다. 중국 본토에서는 한족이 우리 민족을 배척하고, 한반도 북쪽의 북방 민족은 경제적 이득을 도모하려 한반도를 비켜 중국 본토로 향했다. 이런 역사의 흐름 속에 견뎌온 한반도는 비록 남북이 분단 중이긴 하나 고스란히 독자적인 민족으로 살아가고 있다. 이제 정말 동북아에서 고립된 역사를 탈출해야 할 때다. 그러기 위해선 아주 넓은 포용력을 가진 정치력으로 북방 민족을 감싸 안아야 한다. 먹고살기 위해 같은 피붙이인 한반도를 외면하고 먹거리가 풍부한 중국 본토로 달려간 북방 민족이다. 이들을 포용하기 위해선 정치력뿐 아니라 경제력이 뒷받침돼야 한다. 세계 200개가 넘는 국가 중에 경제력 규모가 10위권에 있는 우리 대한민국! 경제력은 이제 충분하다고 본다."

"경제력만 있어서 될 게 아니라고 생각됩니다. 과거에 북방의 유목문화와 한반도의 농경문화가 서로 융합하지 못했듯 이제는 문화를 공유하고 융합해야 할 거 같습니다."

"충분히 공감하는 바다. 유목문화와 농경문화가 제대로 융합되지 못해 난 아직도 냄새나는 양고기를 먹지 못한다. 이제 서로 문화융합을 통해 이질감을 들어내야 한다. 그러기 위해선 문화교류가 필요하다고 본다. 앞으로 대한민국의 간성이 될 사관생도 여러분이 해야 할 몫이라 생각한다."

"과거의 한반도 땅덩어리는 말을 달리거나 양을 키우기 힘들었고, 또 농사를 지을 넓은 땅도 부족하여 북방 민족이 외면했습니다. 하지만 지금은 다릅니다. 과학기술의 힘으로 얼마든지 개발하고 개척할 수 있습니다. 그러다 보니 과거에는 외면했던 중국도 이제 노골적으로 한반도 땅을 탐낸다고 여겨집니다. 물론 일본은 고대 때부터 지진이 잦은 자신들의 땅보단 우리 한반도 땅을 탐낸단 말입니다. 다시 말해 과거엔 일본만 우리 땅을 탐냈지만, 과학기술이 발달한 지금은 중국도 넘본다는 겁니다. 여기에 대한 확고한 대비책을 마련하도록 우리 모두 노력해야 할 것 같습니다."

"아주 좋은 얘기다. 말레이시아가 불모지인 싱가포르를 버렸다가 얼마나 후회하고 있냐? 개발되어 번성해지니 이제야 다시 눈독을 들이듯, 우리 한반도도 그렇게 되고 있다. 중국이 과거에는 쓸모없는 땅으로 치부하다가 현대 과학이 그것을 극복하니까 이제 서서히 한반도를 탐내고 있다. 일본은 더할 나위 없고 말이야. 여기에 대한 대비를 반드시 해나가야 한다고 본다."

"함장님. 중국이 한반도를 탐내는 건 한반도의 경제적 가치보단 군사적 가치 때문이라고 알고 있습니다. 즉, '순망치한' 말입니다. 그래서 북한을 감싸고도는 걸로 압니다. 경제적 가치로 땅을 탐내지는 않는 거 아닙니까?"

"좀 전에도 설명했다만, 과거에는 그랬다. 그렇지만 지금은 아니라고 본다. 아무 쓸모 없는 황무지 땅이라도 이 시대엔 개척해서 사용할 수 있다. 그게 세계 여러 곳에서 증명됐다. 예를 든다면 중동지방의 여러 국가가 그렇고, 러시아가 미국에 팔아버린 알래스카도 그렇다. 땅을 지켜나가야 한다. 해군가 가사에도 '바다가 있어야 강토가 있고, 강토가 있어야 조국이 있다'라고 했다. 앞으로 여러분 사관생도들이 실무에 나가 바다를 잘 지켜 강토를 지키고 조국을 수호하는 데 최선을 다하길 바라는 바다."

"너무나 감사합니다. 아주 난해하고 정리하기 힘든 우리 민족의 정체성에 가까운 중세사와 고대사를 잘 정리해주셨습니다. 대조영이 건국한 발해를 중심으로 역사를 정리해주시니 더욱 이해하기 쉬웠습니다."

통역관이 결론에 가깝게 말을 맺었다.

"여러분이 어렵고 지루한 역사 얘기를 잘 들어줘서 나 또한 즐거웠네. 난 역사가는 아니네만, 대조영 함장이 되어 대조영이 건국한 발해에 대한 의문이 생겨나면서 공부한 걸 여러분과 같이 토론한 게 오늘의 결실이라네. 역사를 잊은 자는 미래가 없다고 했다. 튼튼하고 건전한 역사의식을 가져야 두 번 다시 나라를 잃는 설움과 수모를 당하지 않을 걸세. 그리고 과거 백범 김구 선생이 '찬란한 문화국가를 이루는 게 소원'이라 했듯, 우리 조상은 늘 찬란한 문화를 가진 민족을 동경해왔다. 21세기는 핏줄보단 문화의 동질성이 더 중요한 시기다. 지구촌 시대에는 민족보단 문화 동질성을 더 중하게 여긴다. 문화 속에는 정치, 경제, 사회, 이념이 다 녹아있기 때문이다. 선조들이 못한 고토를 다시 회복할 필요는 없다. 그 대신 선조들이 일군 문화우선주의 DNA를 잘 물려받아 저 광활한 만주 벌판에 우리의 찬란한 문화를 꽃피워 함께 어우러져 사는 것이 지금 우리가 나아가야 할 방향이라고 생각한다. 내 얘기는 이걸로 마치려고 한다."

"지당하신 말씀이라 생각합니다. 사관생도로서 전인교육을 한다고 하지만 우리 역사에 대해 그렇게 깊게 생각하지 못했는데, 이곳 대조영함에 와서 함장님과 토론하면서 너무 많은 것을 얻었습니다. 사관생도를 대표해서 다시 한번 감사드리며 앞으로 실무에 나와서도 후배들이나 승조원들 교육에 잘 활용하겠습니다."

대대장 생도가 나에게 밝힌 포부는 전형적인 군인의 아부처럼 느껴졌지만, 왠지 기분이 좋았다. 이 대대장 생도가 장교가 돼가는 건지 내가 너무 아부에 젖어 있는 건지 모를 일이었다.

★ ★ ★

하와이를 출항한 지 14일 만에 진해항에 도착한 우리 순항훈련 전단은 그날부로 해체했다. 전단장을 비롯한 참모진과 사관생도, 지원요원들은 대조영함에서 내려 자대로 복귀했다. 대조영함은 바로 수리에 들어갔다. 장기 항해를 한 탓에 여기저기 아픈 장기들이 많았다. 이 장기들을 빨리 치료해야 다음 임무를 수행할 수 있어서다. 사람도 아픈데 사람이 만든 쇳덩이야 오죽하랴. 대조영함을 수리해야 잠시나마 승조원도 쉴 수 있다. 오랜 기간 가족과 이별한 탓에 순서를 정해 휴가도 나가게 했다.

해군 역사 이래로 몇 안 되는 1급함인 구축함 함장을 2년 이상 수행한 사람이라 휴가 갈 틈도 없이 바로 발령이 났다. 같은 대령이라도 구축함 함장을 하지 못하는 사람도 많은데, 1년 주기로 돌아가는 함장을 2년이나 했으니 힘들었지만 정말 축복이었다. 요즘 후배들은 대령이 되어서도 함장을 하지 않으려고 하는 사람이 많단다. 괜히 잘나가는 자신의 인생에 함장이라는 직책을 받아 전혀 의도치 않은 사건사고에 휘말리면 징계 먹고 그길로 군 생활 끝날까 봐 그런단다. 이런 고민 없이 2년간 무사히 함장이라는 지휘관으로 근무하면서 새로운 경험을 하고 떠나니 가슴 뿌듯함이 절로 생겨났다.

특히 첫해에는 청해부대 9진으로 아덴만의 해적을 격퇴했고, 이듬해에는 사관생도 68기생을 이끌고 지구를 한 바퀴 돌고 왔다. 아무런 사건사고 없이 말이다. 특히 세계 일주를 하는 동안 우리 해군함정이 한 번도 방문한 적 없는 북유럽 국가를 방문했다. 그것도 배를 끌고 다녀왔다. 벨기에, 덴마크, 스웨덴, 노르웨이다. 그리고 영국 런던과 캐나다 몬트리올에도 우리나라 군함이 처음 방문했다.

입항 후 환영식을 마치고 찾아온 4년 선배님이 계셨다. 작년까지만 해도 직속상관인 전대장이었다. 그 선배님이 안타깝게 생각하며 아주 흥미로운 얘기를 해줬다. 내가 함장을 하기 전까지 자신이 우리 해군에서 제일 장기 항해를 했다고 했다. 그것을 내가 깨뜨렸다고 했다. 자신도 함장을 2년 하면서 첫해에 순항훈련과 이듬해에 파병을 다녀왔단다. 나와는 정반대 순서로 다녀왔다. 그러나 순항훈련 코스가 나보다 짧아 기록을 내줬다고 아쉬워했다.

★ ★ ★

2년 후인 2016년 초 나는 동해에 있었다. 합참의 작전본부 내 지휘통제 팀장과 해군본부 작전과장을 마치고 제11전투전대의 전대장을 하고 있었다.

부전대장이 나를 위하는 마음에 관심을 많이 가지는 건 좋지만, 지금처럼 내 눈치를 봐가며 조심스레 묻는 행태는 기분 나쁘게 했다. 마치 나도 그 범주에 들어 있다고 확신하고 마음을 떠본다는 생각이 들었다.

"요즘처럼 투명한 세상에 모든 함정이 그런 사건에 연루된다는 게 말이 되나. 무슨 근거로 모든 함정을 다 수사한다고 하지?"

"뭐 관행적으로 배들이 부식비를 좀 다르게 사용했다고 합니다. 현금인 달러를 가져가다 보니 부식비를 아껴서 좀 다른 용도로 사용한 걸 잡아낸다고 합니다."

"부식비를 다른 용도로 사용하면 안 되지. 설마 함정에서 그런 일을 했겠어. 청해부대에는 기무요원과 헌병요원들이 다 따라가고, 기항마다 해군본부에 예산결산을 보고해야 하는데 말이야."

"글쎄요. 전 가보지 않아서 잘 모르겠지만, 부식비를 다른 용도로 사용한 함정들이 더 있다는 첩보가 있어 확대 수사를 하는가 봅니다."

"우리 9진은 절대 그런 일 없다. 내가 매 기항 후에 결산을 꼼꼼히 해왔으니까 말이야."

당시 나는 매 기항 전에 예산 사용 계획을 보고 받고, 기항 후 출항하면 계획대로 예산이 집행되었는지를 꼼꼼히 살폈다. 물론 실무자가 나를 속이고 예산을 부정하게 사용했다면 나도 알 수 없을 것 같기도 했다. 그러나 나에게는 이 사건과 관련하여 전화 한 통 없었다. 수일 후 부전대장이 다시 내 방을 찾았다.

"전대장님. 전대장님이 다녀오신 9진은 조사대상도 아니랍니다. 이게 무슨 에이전트하고 연관이 있다고 합니다."

"뭐? 에이전트?"

순간 내 머리를 스쳐 지나가는 것이 있었다. 바로 박 사장이었다. 나에게도 몇 번인가 와서 거래하자고 했던 사람이다. 처음 UAE에서 만난 에이전트 사장이었지만 오만 아리부항까지 찾아와서 사업을 하고자 했던 사람이다.

"에이전트가 왜?"

일부러 모른 체 넌지시 물어보았다.

"에이전트가 한국인인가 봅니다. 아랍 국가인 오만에는 무관도 없지 않습니까? 한국인은커녕 동양인도 보기 힘든 국가에 한국인 에이전트가 와서 편하게 지원하겠다고 하니 쉽게 딜이 성사됐

겠죠."

"딜이 성사되다니? 그게 무슨 말이야?"

"생각해보십시오. 물건을 떼어와서 파는 사람과 사는 사람이 서로 일을 꾸미면 얼마든지 서류는 일치시킬 수 있다고 생각되니 의심하는 거 같습니다. 사고 파는 사람의 서류만 맞추면 부식비로 다른 물품을 살 수도 있기 때문이랍니다."

우려했던 부분이 터졌다고 생각되었다. 아직 조사는 더 해봐야 겠지만, 단순한 해프닝으로 끝나지 않을 거라는 불길한 생각이 들었다. 자신이 터를 닦고 앉은 UAE에서도 임무를 제대로 수행하지 못한 사람이 오만에까지 와서 장사 범위를 넓히려 했으니 무슨 장난이든 못 쳤겠는가.

나를 비롯한 청해부대 9진은 아무도 이로 인해 수사를 받지 않았다. 그렇다고 해서 내 마음이 편할 리는 없다. 청해부대 파병의 업적은 물론, 군 전체의 사기가 저하되는 게 걱정이었다. 특히 해군은 그동안 아덴만 여명작전에 성공하여 해적을 소탕하고 석해균 선장을 비롯한 우리 국민의 생명을 구한 자랑스러운 일조차 이번 일로 묻힐까 두려웠다. 얼마 전까지만 해도 방산비리로 말이 무성했으니 더욱 그랬다.

수일이 더 지난 후 매스컴에서는 온통 청해부대 비리에 대해 보도를 해댔다. 내가 아는 동료들의 이름이 오르내렸다. 모두 나의 전우들이라 가슴이 무척 아팠다. 국민의 신성한 생명과 재산을 보호하는 임무를 수행하는 해군이 이렇게 허망하게 무너지는 걸 지켜보고 있자니 너무 힘들었다.

이듬해 다녀온 순항훈련은 현금을 그렇게 많이 가져가지는 않는다. 유류를 실은 군수지원함을 대동하고 가니까 기름을 외국에서 살 일이 없어서다. 물론 부식 같은 다른 업무추진비는 들고 가지만, 이것도 함정에서 직접 집행하는 게 아니다. 배에 별도로 타고 있는 전단에서 예하 함정에 대한 예산을 집행한다. 순항훈련 기간에는 예산 집행과 관련해서 고민하지 않았다.

★ ★ ★

2021년 다시 합참에 근무하면서 군문을 떠나왔다. 2018년 서울로 발령받아 4년째 근무했다. 과거에 연합사와 합참에 근무했던 경험이 바탕이 되어 다시 오게 되었다. 청해부대가 파병 나갈 때 현금을 들고 가던 관행은 많이 개선되었다고 한다. 해군본부에서 예산을 집행하는 행위에 직접 관여한다고 한다. 이제 오만에도 해군 무관을 배치하여 무관이 복수의 에이전트를 추천한단다.

TV 화면 속에서 어디서 많이 듣던 이름이 뉴스로 나왔다. 바로 몇 해 전에 하와이에서 본 그 미군이었다. 그때는 태평양함대 사령관이었는데, 이후 태평양 사령관을 마치고 군복을 벗고 다른 직책을 가지고 우리나라에 왔다. 주한 미국 대사였다. 나름 군색을 탈피하고자 콧등에 콧수염을 길렀다. 흉하게 보이진 않았다.

나는 36년간의 군 생활을 접고 지금은 민간인 신분이다. 요즘은 가끔 자신과 함께 무역업을 하자던 에콰도르 한인회장의 얼굴이 떠오른다. 당시는 농담으로 그러자고 했지만, 이제는 정말 에콰도르에 사업하러 가야 할지도 모를 일이다. 막상 사회에 나오니 마땅히 할 만한 일이 없어서이기도 하지만, 그보다는 아직 나의 신체와 정신이 청년처럼 젊기 때문이다. 백세시대라고 하니 그저 세월의 무상함만 느껴질 뿐이다.

대조영함은 지금도 국내외에서 대조영의 발해를 세계에 심기 위해 부단히 돌아다니고 있다. 대조영함은 이후에도 내가 다녀온 아덴만을 몇 번인가 더 나갔다고 한다. 구축함이 몇 척 없다 보니 순서대로 나가고 있다. 쇠붙이로 만들어진 함정의 수명이 약 30년이니 대조영함은 지금 한창 중장년의 나이이다. 2005년부터 운용 중이니 절반의 수명을 산 셈이다. 사람과 달리 함정은 수명이 다하는 날까지 고유의 임무를 완벽히 수행한다. 대조영함은 남은 절반의 수명이 다하는 날까지 국내외를 누비고 다닐 것이다.

전역 후에도 어떻게 하면 대조영이 이룬 우리 역사인 발해를 세계에 알릴까 고민하고 있다. 광활한 만주 벌판은커녕 한반도도 둘로 쪼개져 있는 현실이 애통할 뿐이다. 어떻게 하면 선조들이 통합하지 못했던 과거를 하나로 이룰 수 있을까 하는 생각이다. 또한 발해를 넘어 북극까지 우리의 고대 영역을 넓혀나갈까 궁리 중이다. 땅을 뺏어 영토를 넓혀나가자는 게 아니다. 과거와 달리 그리 넓은 땅은 필요 없다. 땅은 강원도와 경상도 등에도 많이 있다. 사람이 살지 않거나 농사를 짓지 않는 버려진 유휴지는 많다. 과거에는 농사가 곧 경제였지만, 지금은 돈이 경제다. 돈이 있는 곳에 사람이 몰리고, 사람이 몰리는 곳에 경제가 생겨난다. 과거에는 땅이 있어야 집을 짓고 살았지만, 지금은 땅이 없어도 아파트 같은 공간에 거주할 수 있다. 이제 땅은 그다지 많이 필요하지 않을 수 있다. 얼마든지 여러 사람이 한꺼번에 공유하며 살 수 있다. 첨단과학으로 땅보다는 공간 활용을 잘할 수 있기 때문이다. 이미 중국과 러시아 땅으로 등록된 우리 선조들의 땅을 되찾는 방식의 역사 바로 세우기는 현실적으로 힘들다. 그보다는 우리의 경제와 문화영역을 더 북쪽으로 넓혀 우리 역사를 재건하는 게 쉽고 바람직할 것이다. 과거 우리 선조들이 잃어버린 옛터를 늘 생각하면서 말이다.

끝.